一寸丹心萬縷情

（上）

情如虹

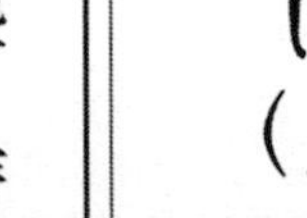

【摯摯　著】

感謝與聲明

◎感謝

首先感謝家人的體諒和支持，讓我在寫作期間無後顧之憂。

感謝張系國先生推薦我成為「中時電子報作家部落格」的一員。我得以在其網站定期連載這部小說。

感謝網上讀者及親友們給我的鼓勵。

◎鄭重聲明

小說中的人物和故事全屬虛構。若有人名和情節與真實的人和事相同或相似之處，純屬巧合。

目次

【第一章】
開元之慶　雙喜臨門

一九一二年的元旦，民國開元之日，中華兒女個個歡欣鼓舞。儘管當時瞭解民國制度的人並不多，至少，男人頭上從此無須再留那根累贅的長辮子，腦袋可以輕鬆不少，讓女人瞧著，也都覺得順眼很多。

初生的民國有不少隱憂，彷彿是從娘胎裏隨身帶出一個沉重的包袱，在成長的過程中還要背負著它一路走。然而，這一日，全國人民都卸下重擔，放開心懷來慶祝。四海騰歡，普天同慶，家家戶戶張燈結彩，人人見面都喜氣洋洋地彼此拱手道賀，全國各地鞭炮也不知放了多少串。

話說浙江有一個大地主，名叫孟崇漢，四十二歲，在開元前兩日就興沖沖地趕到南京，準備參觀孫中山先生就職總統的盛典。他寄居在一位同鄉好友，倪仲，的家裏。仲早年做過縣官，後因痛恨清廷腐敗，遂罷官經商，暗中加入了革命黨。如今已成了新政府的官員之一。崇漢雖不曾入黨，但曾資助過不少革命黨人，包括仲在內。

開元當日，崇漢隨著仲參加了一連串的慶祝活動，到了午夜仍意興未盡。兩人相邀到酒樓去吃宵夜。那是個不夜天，到處人山人海，城中區家家餐館都已客滿。倪仲便建議到位於城南的一間叫「西園」的酒樓去。

「這家酒樓雖偏遠了點，但酒菜很不錯，裝璜雅致，有許多人喜歡去的。」仲說。崇漢贊成，於是兩人驅車前往。

進入「西園」，招呼他們的是一位女掌櫃。長得明眸皓齒，嬌小玲瓏。額前垂著劉海，腦後梳了個髮結。既含閨女的柔美，又有婦人的精幹。令人猜不透她的年齡。

「慧娘，今日我為妳帶來一位稀客。他是浙江來的孟老爺。妳替我們找個寬爽的好位子吧。」仲說，顯得他是熟客。

「真對不起，倪老爺。今日我們店裡客滿，就剩門前這一張小桌了。」慧娘抱歉地說。

「噢，那我們到別處去吧。」仲不悅。他是個愛體面的人，豈肯坐在門邊一張小桌上。

「我看這時候家家餐館都客滿了。能找到這一張空桌已經不錯。我們將就點吧。」崇漢說。

「你是客人。既然你不嫌棄。我們就坐吧。」仲改變主意說。坐下了。吩咐慧娘：「把你們最上等的酒，最拿手的好菜端上來吧。」

「兩位老爺請先喝茶，酒菜一會兒就送上。」慧娘一面奉茶，一面說。

果然，因慧娘特別照顧，好酒好菜很快就端上桌了。

崇漢心情暢快，不知不覺多喝了幾杯。正值酒酣耳熱。慧娘又來侍奉。他瞧著她讚道：「老板娘真是天仙化人，又如此能幹。」他是衷心之言，並無調戲之意。哪知慧娘脹紅了臉，一言不發，轉身便走，坐到櫃台後，不再理會他們。

「你失言了。她不是老板娘。是樓主的妹子。」仲低聲說。

「噢，我弄錯了。但不知者不罪。她為何生這麼大的氣呢？」

「你惹她傷感了。」

「傷感？莫非她是文君新寡？」

「不，她是個老處女。唉，一言難盡。回家再和你說吧。」

直到他們離開，慧娘不曾再來招呼。連收帳時也板著臉，冷若冰霜。孟老爺心中奇怪。一回倪家，便問原故。倪老爺說出了慧娘的身世。

她姓杜。父親開創了這家酒樓，家境小康。她有一個哥哥和兩個同父異母的弟弟。因是獨女，頗受父母鍾愛。十七歲訂了婚，預定次年出嫁。對方是父執的兒子，倆人青梅竹馬，情投意合。不料，禍從天降，婚前一月，未婚夫乘船到上海去辦貨，途中遇上風暴，小船沉沒，被大浪捲走了。

慧娘悲痛欲絕，但世人非但不同情她，反而在她的名字上加了「不祥」的評語。她只得深居簡出，獨守空閨，以陪伴母親和做些女紅來消磨日子。青春虛度兩、三載。不幸再次遭受命運的作弄。這次遇上了一個無恥的色狼，險些成了他的犧牲品。

那人原在北京一個官家做師爺，常陪著主人吃喝玩樂。豈知好景不長。大官貪污被人檢舉，抄家入獄。他也失了業。但是惡習已養成，他嗜酒，嫖賭，愛聽戲，還抽大煙，不久坐吃山空。家裏老婆叫罵，四個饑餓的兒女哭鬧。他不設法解決他們的生活問題，卻拿了家中僅存幾件值錢的東西，一走了之。浪跡江南，來到杜家開的酒樓，叫了酒菜，吃完後付不出錢。他請求以寫幾幅對聯來償債。杜老爺應允了。見他寫得不錯，憐他是個落魄文人，無家可歸，便收容他，請他當兩個小兒子的家教。

師爺住進杜宅不久，便發現了慧娘這被人遺忘了的倩女。他一見就垂涎三丈。然而，慧娘守著「男女授受不親」的訓條，總是站得遠遠的，不敢接近。師爺只得耐心等候機會，先討好這家人。他除了會講故事，還會拉胡琴，唱京戲。慧娘的母親愛聽戲，不時請他唱一段給母女倆解悶。

漸漸地，慧娘不再怕生，開始向他請教些文章和詩詞，師爺自然樂意教她。他與慧娘的父親年齡實相差無幾，但面皮白淨，一根長辮梳得光滑烏亮。因此，慧娘絲毫不覺得他老。經不起他的誘惑，逐漸對他產生愛慕之情。

師爺在杜家住了半年，淫慾難忍。一日下午，乘慧娘的父兄不在家，她的母親和僕人們都在午睡時，師爺把他的兩個小學生鎖在書房，令他們自習，便悄悄地溜進慧娘的閨房。

慧娘正在裁剪繡花圖樣，師爺從後面一把抱住了她，拖到床上，企圖強姦。慧娘驚慌失措。幸而手中還握著一把小剪刀。她把剪刀對準了師爺的咽喉，喊道：「快放開我，否則我要殺了你。」

師爺嚇得鬆開手，撲地跪下，說：「慧娘，我愛妳愛得發狂了，你饒了我吧。」

「你不是好人。光天化日下敢作這下流的事。」慧娘又羞又惱地責備他。

「妳不是最愛聽西廂記嗎？才子佳人的風流韻事，怎能說成下流呀。今日，我作張生，妳作崔鶯鶯，我們成了好事吧。」師爺把他的淫慾附會到一個人人稱羨的愛情故事上。

可憐，天真純潔的慧娘無法分辨真情假意。聽他這麼一說，她的心兒撲撲地跳動，彷彿眼前跪的真是多情的張生。猶豫了半晌，她說：「你有話，請坐下來說吧。」

他們相對坐下了。師爺說：「鶯鶯小姐，不，慧娘。我們從此作情人，豈不是件美事？」

慧娘低頭含羞說：「你若真的愛我，就該向我父母提親，明媒正娶。」

「哎呀，我的大小姐。我兩袖清風，妳父母豈肯把你嫁給我？除非我們先作了夫妻，他們也就沒法反對了。」

「既然你沒有一點產業，我們婚後何以維生，難道你入贅不成？」慧娘想到了一個實際問題，發愁道。

師爺惟恐她嫌他貧窮，連忙改口說：「其實，我家鄉還有祖傳的二十畝田，租給人耕種。我的前妻已死，家裏只有一個老母親。不如妳先跟我回家，我們再成親。」

「你要我和你私奔？」

「慧娘呀，就算妳爹娘不嫌我貧，也不肯將妳遠嫁。如果妳接受我的求婚，只有跟我逃走。妳還沒有見過世面，我帶妳到北京城，妳可以大開眼界了。」

慧娘終日被關在深閨，正悶得慌，很想出去看看外面的世界。尤其對北京城更是嚮往已久。聽了他花言巧語，不免心動。

「你想什麼時候走呢？」她怯怯地問。

師爺聽她答應了，喜出望外。又怕夜長夢多，便說：「就今晚吧。」

「今晚！那不好，太匆促了。我還要再仔細想想。」慧娘搖頭說。

「妳可別三心兩意啊。要是被妳家人知道，那還了得。我們兩人都沒命了。」師爺恐怕她改變主意，極力慫恿她盡早出走。

慧娘終於同意了，說：「好吧。今晚就走。我該帶些什麼行李呢？」

「把妳所有的金錢首飾全帶上，作妳的嫁妝。其他不用多帶，只幾件衣裳就行了。」

「知道了。你快出去吧，免得讓人看見。」

師爺離開了慧娘，回到自己房間，樂得倒在床上哈哈大笑。本來，他只想求一時之快，強姦之後，立刻逃之夭夭。沒想到慧娘會同意和他私奔。這一來，可是人財兩得了。他準備滿足自己的淫慾後，便把她逼入窯門，當成一棵搖錢樹。他正在痴心妄想，聽見敲門聲，連忙收拾雜念，起身整整衣裳去開門，看見

是管家。

「老師，二少爺和小少爺在書房裏哭叫。你怎麼把他們鎖住了，不理呢？」管家問。

師爺這才記起他的小學生們。故意板起臉說：「他們不肯好好讀書，所以被我關起來。等他們把書背熟了，我才放他們。」

「小少爺肚疼，想大解，請你快放了他吧。」管家求情。

「啊，好吧。看在你的面上，我去放了他們。」師爺說著，趕去書房。

小少爺早已忍不住，把糞尿撒在褲子裏了。管家急忙帶他去洗澡。

當晚，師爺來到慧娘房間。推開門，見桌上一個包袱攤開著，裏面放著錢袋，一些首飾和幾件衣裳。

慧娘呆坐在桌邊，彷彿失了神一般。

「怎麼還沒準備好呀？」師爺急道。

「我不想走了。我不能背叛生養我的父母。」慧娘落淚說。

「哎，女大當嫁，難道妳要依靠父母一輩子嗎？快快收拾，跟我走吧。」師爺一面綁好包袱，一面催她。

慧娘身不由己地跟他走出房間，倉皇間忘了關燈。

午夜，慧娘的父兄從酒樓歸來。見大門虛掩。還以為是管家先開了門，等候他們回來。等進入庭院，卻碰見管家提了燈籠走出來。

「呀，我正要去開門，你們倒先進來了。」管家說。

「怎麼，大門不是你開的嗎？」杜父問。

「天黑時，我上了鎖，一直沒開過啊。」

「莫非是有人出去了。你到師爺房裏看看。」杜父吩咐。管家去了。

這時，慧娘的哥哥發現她的房間有燈光。驚道：「這麼晚了，妹妹房間燈還亮著。不要有賊才好。」

他們立刻奔到房間外，推門一看，竟是空房。

管家趕來報告：「師爺不見了。果然是他忘了關門。」

「這狗賊。」杜父已猜到怎麼回事，大怒。即去叫醒夫人問話。

夫人懵然毫不知情。聽說女兒被師爺拐走了，急得嚎啕大哭。

杜父立刻帶了長子，管家和兩個僕人去追趕。

師爺未有周密的計劃。出了門，東竄西走，天又黑，竟迷了路。

慧娘也不識路，只跟著他走。一雙小腳走得皮破血流，終於疼得走不動，坐在路邊休息。「我們就這麼走，能走到北京嗎？」她撫著疼痛的腳，問。

「千里迢迢，哪裡走得到。要坐火車。唉，我明明記得是這條路，怎麼走了半天，還沒到車站呢？」師爺著急了。

「一定是走錯路了。我聽家兄說過，我家距火車站只一小時路程。我們已經走了好幾個時辰了吧。」

「都怪妳一雙小腳走得慢。妳坐著別動，讓我先到前面瞧瞧。」師爺走到十字路口，四處張望了一會。欣喜地跑回來說：「不遠了，我瞧見車站的燈柱，就在前頭。快，我扶你走吧。」

慧娘被他拉起，勉強站穩了。但每走一步，腳底就像被釘錘敲了一下，痛徹心肺。她忍不住哀叫起

來，淚水滾滾而下。但師爺不讓她停步，又拖又推地催她前進。

忽然，身後傳來急促的腳步聲和吆喝聲：「站住，你們往哪裏逃。」瞬時間，他們被包圍了。慧娘的哥哥一拳把師爺打翻在地。兩個僕人上前抓住了他。慧娘兩腿發軟，站不住，跌倒在地上。她父親抱起了她。眾人押著師爺，一起回到杜宅。

杜老爺把女兒放在床上。見她兩眼哭得紅腫，一雙小腳鮮血淋漓濕透了繡花鞋。不忍心打罵她，只咬牙切齒，口口聲聲要：「打死那狗師爺。」

「請你不要責怪他，是我自願跟他走的」。慧娘哭道。

「啊，妳這無恥的賤人，我把妳先打死了吧。」杜老爺大怒，摑打她。

夫人連忙勸阻說：「出了這種醜事，你就是打死他們也於事無補，反而要陪上一條命，還是設法遮蓋了吧。」

「你要我把女兒嫁給那個淫賊？」

「多怪慧娘命薄。事到如今，若不嫁給師爺，還有誰會娶她呢？」夫人悲哀地說。

杜老爺嘆著氣，坐下了，悔恨道：「當初我憐他是個潦倒的書生，暫時收容了他。沒想到，他一住下就不肯走了，還誘拐我女兒，真是喪盡天良。慧娘，妳一向知禮守分，怎麼會上他的當呢？」

慧娘跪下，說：「他說在老家還有二十畝地。妻子早亡，只有一個老母親守著家園。他想娶我，帶我到北京，怕你不答應，所以要我和他私奔。」

「那麼，妳愛他嗎？」

慧娘不答話，只含淚點了點頭。

「老爺，我求你成全他們吧。我看這師爺，還蠻討人喜歡。他回北京再找門差事諒也不難，何況他有二十畝地，好好經營，也該是個衣食無慮的小康人家。」杜夫人說。

杜老爺站起來說：「你們母女倆在房裏等著，我先去問問他再說。」他走出了房間。

慧娘想偷聽她父親怎麼和師爺說。於是，悄悄躲到屏風後，探頭向廳內張望。

只見師爺跪在廳中央，磕頭求饒：「老爺，饒命呀，我下次再也不敢了。」那模樣實在沒骨氣。但慧娘見她哥哥手持木棍站在一旁，也就體諒了他。

杜老爺向管家說：「你扶他起來坐下。給他倒杯茶。」

師爺得到禮遇，心中已有數，不再害怕，拿起茶杯，慢條斯理地喝了口茶。果然，聽杜老爺說：「師爺，你是真心愛慧娘麼？」

「是真心的。我愛她愛得幾乎發狂。你家小姐，她也愛上我了。」

「如果我答應你們的親事，你是否娶她為妻？」

「當然，當然，我明日就娶她過門。」

「過哪家門？你忘了你流離失所，寄住在我家嗎？」

「我和她拜了堂，就帶他到北京老家去。」

「你家裏不是還有母親在嗎？娶媳婦，自然要先稟告令堂。我的女兒也不能隨便送給你。我準備親自護送她到北京。到了那兒，你要明媒正娶。用大紅花轎抬她進門。」

師爺一聽，張口瞪眼，半晌說不出一句話來。

「怎麼？你不願意？」杜老爺盯住他問。

「不，不，只是北京路途遙遠，勞動泰山，小婿過意不去。請你放心。婚後我一定會好好照顧令嫒的。」師爺心虛地說。

杜老爺厲聲道：「我就是不放心。你說家有房地產。我要親自去看過。如果你有半句假話，我一定要去官府告你誘騙我的女兒。」

師爺知道騙不過，只好打退堂鼓。站起來說：「既然你不相信我，這門親事就甭談了。我這就走。」

「走？」杜老爺氣得七竅生煙。大罵：「你這忘恩負義的人。你破壞了我的女兒的名譽。想一走了之？」

「你想怎麼樣？」師爺露出猙獰的面孔說：「是你家教不嚴，養了放蕩的女兒，勾引我這有婦之夫。」

「胡說！明明是你勾引她，你不是對她說你早已喪妻了嗎？」

「老實和你說吧。我不但妻子健在，還有四個兒女。要不是被你家的狐狸精迷了魂，怎麼會和她私奔呢？」

驀然，慧娘從屏風後跑出來。搶了她哥哥手中的木棍直向師爺身上打來，叫道：「滾，你給我滾。」

師爺奪過木棍，一把將她推倒在地下。咒罵道：「都是妳這不祥的人害苦了我。妳要我走容易。只怕我一走出大門，妳就別想再做人。」

「你想敲詐。」慧娘的哥哥握了拳頭，準備和師爺決鬥。

「你們打殺了我，要陪命。不如封了我的口。」

「這半年來，你白吃白住。每月淨收束脩。還不知足嗎？」杜老爺氣憤地說。

「那些碎銀還不夠我抽大煙。我在官家當差時，一個月可賺二十兩銀。還有外賞。如今，你不拿出一百兩銀子來，休怪我口無遮攔。」

「不要給他。我不怕流言。」慧娘說。

「讓我打死他。賠命也罷。」她哥哥也說。

但杜老爺顧慮家聲名譽。只得忍氣吞聲，去取了銀子給師爺。

「銀子你拿去。但是你必須立刻離開南京。若是下回再讓我遇見你，我絕不饒你。」杜老爺恨恨地說。

師爺拿了銀子，笑嘻嘻地說：「多謝了。慧娘再見。」

哪知，他一跨出杜家大門就失信了，偷偷地在南京又逗留了好幾天，到處造謠宣揚他和慧娘的風流韻事。弄得滿城風雨，遠近皆知。

杜老爺在酒樓營業。聽見客人們交頭接耳談論女兒的醜事，當場氣出一場大病。拖了幾個月，一命嗚呼。

慧娘遭此慘痛，從此恨透天下男人。後來，有錢的老爺們想娶妾，請媒人來提親，全被她一口拒絕，還將媒人趕出門。

但是兩年後，她母親去世，兄嫂開始逼她出嫁。何況家中還有個二娘，早就怪她害死丈夫。以前礙著她母親，除了冷嘲熱諷，還不敢虐待她，如今毫無顧忌，不但將她當奴婢使喚，還時常打罵，拿她作出氣筒。但慧娘寧可在家忍受折磨，就是不肯出嫁。

一日，又有個媒人前來說親。慧娘擋在廳門口，不讓她進來。高聲說：「妳快走，我寧死不做人家的小老婆。」硬是把媒婆推出門外。

二娘聞聲，拿了一根竹鞭出來，一邊狠狠抽打，一邊罵：「賤人，妳瞧不起小老婆。分明是瞧不起我。指桑罵槐。我打死妳。」

慧娘被打得遍體鱗傷，逃出家門，去到酒樓。哀求哥哥讓她在酒樓工作，自力更生。

她哥哥只有這個親妹妹。見她受繼母虐待，心中疼惜。便答應讓她在酒樓當掌櫃。一向柔弱害羞的慧娘，拋頭露面，在酒樓工作了幾年，已變得精明能幹。她幫忙營業，生意蒸蒸日上。有時，她哥哥將餐館交她一人看管，自己樂得偷閒，也就不逼她出嫁。何況，她已芳華三十，媒婆不再上門。她的一生也許就如此過了。

孟老爺聽說了慧娘的不幸遭遇，十分同情。得知她守身不嫁，更為她惋惜。但他詫異他的朋友對慧娘的身世知之甚詳。便問：「慧娘的事，你都是從傳說中得知的嗎？」

「實不相瞞。兩年前我初次來到西園，一眼便看中了她。原想金屋藏嬌，但是傳言中，說她是個放蕩的女人。所以，我便去探查了她的品行，結果發現她守身如玉。替她看過病的大夫證明她還是個處女。」

「那麼，你向她求婚了。結果如何呢？」孟老爺好奇地追問。

「我請一個媒婆去說親。但她一聽對象是慧娘，就勸我不要去碰釘子。我被她說得灰心了，只好作罷。碰巧，我又遇上另一位年輕美貌的姑娘。如今，金屋已有嬌娃了。」倪老爺說起他的小妾，不禁眉飛色舞。

崇漢暗中感嘆，想著民國的新官仍不改掉舊官僚的腐敗惡習，國政如何能搞得好呢。但是，這時節，他覺得不便批評他的朋友。他的思想很快轉移到自己的一樁心事上。

他中年喪妻，已經鰥居三年。早想續弦，只是未找到意中人。這一日，見了慧娘便有好感。聽說她仍是處女，竟起了追求的意念。他沈思了一回，緩緩地說：「她不肯作妾。若是有人要娶她為正室，不知她是否會答應？」

倪仲驚奇道：「莫非你有意娶她為妻？以你的家世和財產，還怕娶不到名媛淑女嗎？何必去娶這遭人非議的酒樓女掌櫃呢？」

崇漢不願和他爭論。暗自決定第二天再去「西園」看看這位奇特的女子。

次日，「西園」酒樓剛開門，就來了一位客人。

慧娘坐在櫃台上。見了他，有點驚訝，禮貌地向他打招呼：「孟老爺，早安。」

「慧娘，你早。」崇漢微笑說。

一位男侍者前來請他裏邊坐。他卻偏要坐在前晚坐過的那張靠近櫃台的小桌子上，侍者只得依了他。

慧娘感覺到他一直在注視她。心想，又是一個想討小老婆的，便故意不理會。拿出一個繡花綳子，開始低頭繡花，始終不回望他一眼。

崇漢吃完早點，走到櫃台前付帳。

慧娘這才放下了手中的針線，抬起頭來，看了一下帳單，說：「茶點共五十錢。」

崇漢取出零錢付了帳。看見櫃台上擺著的刺繡，是一對紅牡丹，稱讚道：「這對牡丹花真是繡得巧奪天工。我想出一兩銀子買了它。」說著，掏出一錠銀子放在台上。

「這是自家用的枕頭套面。不賣的。何況枝葉尚未繡好。」慧娘說。

「我只愛牡丹，枝葉不全不要緊。這一兩銀子若是不夠，我還可以再加一兩。」

「說了自家用的，為什麼你非買不可呢？」慧娘有點惱了。

但崇漢欲罷不能，又掏出一錠銀子。嬉皮笑臉地說：「我看中了它，也想用它來做我的枕頭套面。請妳割愛相讓。」

不料，慧娘大怒，指著他高聲說：「你這人好不識相。我說了不賣就不賣，任憑你出一百兩銀也不

賣。」

經她這麼一嚷，崇漢頓時面紅耳赤，狼狽不堪，因為這時酒樓裏已有不少其他的客人，都好奇地轉首向他望來。

他連忙把銀子收回懷裏，倉皇地逃出了酒樓。甚至覺得無顏在南京呆下去，便匆匆地辭別了倪仲，回家去了。

慧娘的哥哥中午才到酒樓，聽說此事，便埋怨妹妹：「二兩銀子，買妳那塊沒完成的手工，妳還不賣，虧妳還是個生意人。我看，妳今後別在這裏掌櫃了，回家多繡幾塊手帕，放在這櫃台上，便是能一貫錢賣一塊，也是個好副業。」

慧娘不理睬她哥哥的嘲弄，但深悔自己的魯莽和冒失。心想，無論如何，她不該讓一位賞識自己的老爺當眾出醜，下不了台。

當晚她回家，把那幅繡面完成了，又加繡了一幅，做成一對枕套。她準備託倪老爺把它轉送給孟老爺以表示自己的歉意。但是，日復一日，既不見倪老爺上門，又不見孟老爺的蹤影，她一直未能了卻心願。

過春節，杜家賀客盈門。親友們打牌的打牌，談笑的談笑，好不熱鬧。慧娘獨自躲在閨房，悶悶不樂，百般無聊。她不禁又拿出那對繡花枕套，瞧了好一會，決定去倪老爺家拜年，順便請他將枕套送給孟老爺。

「恭喜，恭喜，倪老爺，慧娘來給你拜年啦。」

「真難得啊，慧娘。恭喜新年。快請進來坐。」倪老爺歡喜道。

「我帶了些親手做的年糕，請你笑納。」

「好極了。我最喜歡吃妳做的年糕。」

「另有一件禮物，我想請你轉送給孟老爺，不知可否？」

「孟老爺？」

「就是開元那日，你帶他到我們酒樓吃酒的那位老爺。」

「啊，妳有禮物給他！是不是一見鍾情了呀？」

「不，請別誤會。」慧娘連忙否認，說：「因我得罪了他，所以想藉這件禮物向他賠罪。」

「奇怪，那日我同他在酒樓吃酒，盡興而返。次日他就回鄉去了。你能和他有什麼過節？」

「實不相瞞。次日早晨，他獨自又來吃早點。在付帳時，他見了我的刺繡，便執意要買。我不肯賣，他就出高價。惹得我惱了，當眾搶白了他幾句，令他狼狽而逃。事後我十分後悔。」

「原來如此。難怪他匆匆告別，我還當他家中有急事呢。」倪仲恍然大悟。轉而訓道：「慧娘，不是我說你，我真為你可惜呀。只因你生性孤傲，白白錯過了不少好姻緣。再說，那孟老爺與眾不同，他為亡妻守喪至今已三年。有不少名門閨秀投以青睞，他毫不動心，卻偏偏看上了你。青春一瞬即逝，你還期待什麼？」

「我不配作他的夫人。送他枕套，只是負荊請罪之意。不敢有任何其他的奢望。」慧娘垂著頭，說。

「好吧。正巧我明日要到他家去拜年，就順便替你轉達你的歉意和禮物吧。」

「多謝倪老爺。慧娘告辭了。」

自從受辱返家後，孟崇漢終日心中怏怏。深居簡出。每逢有人來說媒，即如談虎色變，避之不及。過

年，他也稱病，拒不見客。但聽說倪老爺遠道而來，不得不出來迎接。彼此拜過年後，相對坐了。

「崇漢，聽說你貴體不適，不知得了什麼病？」

「時而心胸疼痛。夜間冒汗，失眠。」

「可能是積鬱成疾。我給你帶來一樣禮物，也許你見了喜歡，病就可以立即消除。」

「哦，有什麼珍品，讓我瞧瞧。」崇漢雖然不信禮物能治癒他的病，但不免好奇。隨即打開了倪老爺遞給他的一個錦盒。只見一對繡了牡丹花的枕頭套，不禁大驚失色。問：「你，你，這枕頭套是何處得來的？」

「這是慧娘親自送到我家，請我轉送與你的。」

「她為何無緣無故送我禮物？」

「我也不明白。據她說，是向你負荊請罪之意。我不便多問。」

崇漢聽說，立覺氣順神爽。笑道：「負荊請罪！她居然也知道將我害苦了。」

「如此說，她果然是你的病根子。這下你的病可好了吧。」仲撫掌笑道。

「嗯，」崇漢承認，又嘆道：「好一對美麗的繡花枕套，可惜枕邊無人。奈何。」

「讓兄弟為你作媒，如何？」

「難成。除非你說的是慧娘。」

「難道你真的非她莫娶嗎？」

「我初見她就讚賞。後聽說她未婚，便動了心。二次上酒樓，對她愈看愈愛。所以，堅持要買她的手工，表示有情。不料，竟受她當眾羞辱，真叫我懊惱萬分。自南京歸來後，我一直想忘了她，但做不到。內心實在痛苦。如今，她請倪兄轉贈枕套，想是明白了我的心意。她與我畢竟有緣。」

「唉。賢弟，我勸你不要自作多情。我猜想，她多半是因得罪了我的朋友，怕我不再上她的酒樓，所以才想出個補救的辦法。」

「照你這麼說。她仍然把我看成一個風流好色之徒。那，我更該正式下媒聘，以表達我的誠心。」

「你不怕碰釘子。就自行去找媒人說媒吧。」

「我想請的媒人正是倪兄，你呀。」

「嗄，恕我不能從命。別家親事，我還可以為你去說，獨慧娘那兒我不去。」

「我知道這是個不情之請。但慧娘敬重倪兄，只有你去說媒，才能成功。萬望成合。」崇漢起身拜揖懇求道。

「如果她不給我面子，還是不答應呢？」仲為難地說。

「若她不答應，我也不強求。從此死了這條心。」崇漢說。

杜家人聽說孟老爺要娶慧娘為正室，而且請了一位達官貴人親自來說媒，都感到十分驚訝。請倪老爺在客廳裏稍坐，便去告訴慧娘。

「慧娘，倪老爺親自來作媒，這門婚事絕對推不得呀。即使有詐，你也只好認了。」杜兄說。

「這樣的機會要錯過了，這輩子妳就別想嫁人了。」嫂子說。

「你們不必說了，我答應就是了。」慧娘平靜地說。她受過騙，不信孟老爺真的愛她。猜想是因自己得罪了他，如今他利用財勢來強娶。若是她拒絕親事，他決不會善罷甘休。她寧可自己受罪，不想連累兄嫂。

兄嫂見她答應了，十分歡喜，當下收了聘金。還同意孟老爺的要求，一個月後迎娶。

慧娘自己縫製嫁衣。她一針一針地縫著，沒有做新娘的喜悅，只有痛苦的回憶。想起當初受師爺欺騙，以致父母先後憂憤而亡，就像針針扎在她心上。想著，想著，淚水滴落在嫁衣上。

兄嫂為她辦了不少嫁妝，但她一件也不要，說：「留給姪女出嫁時用吧。」她只帶了少許母親遺留給她的首飾和一對玉鐲。

迎娶那日，孟老爺穿戴了新郎裝束，騎了一匹馬。有樂隊開道，吹吹打打來到杜家門前。入堂先拜了慧娘父母的靈位，然後由倪老爺證婚，拜了天地。

鞭炮聲中，新娘由新郎扶上了點綴著錦花的馬車。僕人駕車直奔孟家莊。

孟家的莊院內，到處張燈結彩，佈置得喜氣洋洋。僕人們點燃了連串的鞭炮，賓客們都來看熱鬧，向新娘新郎道賀。孟老爺扶新娘進屋，在正廳主人位上一同坐下。先由他的獨子，年輕的紹鵬，參見繼母。接著，僕人們一起來向老爺夫人賀喜。慧娘這時才相信自己確實做了一位女主人。她感激得熱淚滿眶。

洞房裏，紅燭喜幛相映成輝。一張大床上，鋪著嶄新的龍鳳錦被。枕頭套上繡著牡丹花。

「這對枕頭套，可真是千金難買啊。」崇漢打趣說。

「但逢有情人，免費贈送。」慧娘含羞地說。

崇漢樂得哈哈大笑，隨即遣退了僕人，關上房門。

他以如火的熱情，一夜之間，把慧娘累積在心上十幾年的冰霜全融成一潭春水。

半年後，孟家莊又辦了一樁喜事。這回的新郎孟紹鵬，剛滿二十歲，不但相貌英俊而且才高志大。新娘子，賈婉珍，芳齡十八，天生麗質。人人都說這門親事是天作之合。

紹鵬幼受傳統教育。他的亡母望子成龍，對他管束甚嚴，時常伴他讀書到深夜。他又天資聰明，若非科舉制度已被廢除，定能考中壯元。然而，少年時，他到上海求學，開始接觸新思想，從此嚮往自由。他原想逃避由「父母之命，媒妁之言」定下的婚姻。只因母親驟然去世，他不忍心違背她臨終的囑咐，就勉強做了新郎。

婉珍是典型的淑女，安分守己。出生在書香門第，可惜仍逃不過被迫纏足的命運，一雙金蓮不足三寸。她為這雙小腳忍受摧肌折骨的煎熬和痛苦，據說這能討好未來的夫婿，換來女人一生的榮華富貴。豈料，新婚之夜，新郎只瞄了一眼，非但不欣賞，還說：「過時了」。害得她萬般委屈，落淚漣漣。

他發現失言，又見她楚楚可憐，即刻走到她身邊，屈膝跪下道歉。然而，哄勸無效。他對她的小腳其實也相當好奇，便脫了她的繡花鞋來觀看，只見兩隻腳像糯米團似地，嫩白又柔軟。他捏在手掌中，竟愛不釋手，還忍不住用嘴去親了一親。她被他弄得癢不可支，破涕為笑。小倆口終究親親愛愛地度過了洞房花燭夜。

入門三日後，新娘照例要下廚做羹湯，孝敬公婆。婉珍在娘家時，從未作過炊事，只在出嫁前惡補了一番。又聽說婆婆曾開過餐館，不免更加緊張，在廚房裏手忙腳亂。不料，婆婆竟偷偷地前來幫她，等一切就緒，方才離去。婉珍端上羹湯，公婆和丈夫吃了讚不絕口。婉珍暗自慶幸有個像大姐姐似地照顧她的婆婆。

新婚不過十多天，紹鵬就留下妻子，獨自回上海繼續學業。婉珍只得獨守空閨，好在還有慧娘作伴，

婆媳倆因此更加親近。

不久，她們竟同時發現自己懷孕了。

崇漢得知，欣喜若狂，像中了兩張巨額的彩票，但必須等九個月後才能兌現，竟使他比孕婦還更覺得日子長。奇怪的是，他的長子出世前他反倒沒這麼緊張過。

次年六月中，兩個嬰兒相繼出生。崇漢原本希望夫人生個女兒，媳婦生個孫子。結果正好與他期望的相反。然而，絲毫沒令他掃興。

做婆婆的只比媳婦早三日臨盆，產下一個白胖的男嬰。崇漢為他取名紹卿。他才做了兩日小少爺，就因姪女的降臨而被僕人們改稱為「二爺」，但慧娘怕他遭鬼神嫉妒，特給他取個乳名叫「小牛兒」，並要求全家上下都這麼叫他。

女兒出世的第二天，紹鵬方才趕回家裏。入門，見兩個奶媽各抱一個嬰兒，僕人們圍著他，要他猜哪個是他的孩子。

他瞧了半天，結果還是猜錯了。惹得大家一陣哄笑。

眾人散後，他坐到床邊和妻子敘話。「你辛苦了。真對不起，我來遲了一步。」他抱歉地說。

「不要緊，一切都很順利。」婉珍說。見他似乎落落寡歡，暗驚，問：「是個女兒，你不喜歡吧？」

他另有心事，但說不出口，只能說：「女兒好。我只是擔心不會做個好爸爸。」

婉珍釋懷，笑道：「初為人父，你一定很緊張。我也是。你給孩子取個名字吧。」

他想了一會，說：「就叫玉蘭。好不好？」

「孟玉蘭，好極了，我贊成。」

「但是還得徵求爸爸的同意。我這就去和他說。你好好休息吧。」他走出了房間。

其實，紹鵬此時正為畢業後的出路而徬徨。從小，他就知道父母期望他做官從政。而今，他痛恨官場腐敗，想放棄仕途。他已計劃赴日本學習紡織工業，將來好創辦工廠。然而，既擔心父親反對，又捨不得妻女，因此為難。

沒料到，他父親聽說了他的志願，不但贊成而且鼓勵他。

女兒剛剛滿月，紹鵬即起程赴日本。

婉珍內心憂傷，但不敢有意見。她曾聽一位堂叔說起過熊的習性：公熊一旦達成傳種的天命，就會離開母熊，一去不回。她想，自己畢竟比母熊幸運，因為丈夫還知道要回家。

【第二章】

老樹新枝　靈苗初露

紹鵬留學兩年，歸國後，便熱切地計劃創辦紡織工廠。不料，袁世凱稱帝，解散國會，護國軍誓師討伐。戰禍來臨，他不得已，只好停止籌資活動，回鄉等待時局安定。這段期間，他日坐愁城，鬱鬱不得志，但生了個兒子。

崇漢有了孫子，喜可知也。何況，這時二次革命勝利，老袁做不成皇帝已憂憤而死。孟家便大辦滿月酒。當晚賀客盈門，熱鬧非凡。

豈料，突然來了一個不速之客，宣佈清帝復辟的消息，舉座皆驚。

這場反潮流的政變，註定是要失敗的。但是，那陣子卻逼得男人非重紮回辮子不可。紹鵬是寧可丟腦袋，也不肯蓄辮。甚至，慷慨激昂地揚言要去參加革命軍。崇漢怕他惹禍，不得不打發他再次出國。

這回，紹鵬到了南洋，周遊各國大商埠。後來盤纏用盡，他就在一位華僑富商經營的店鋪裏當職員。在異鄉飄泊了一年多方才回國。

國內已成軍閥割據的局面，但紹鵬已等不及天下太平。他在上海開辦了一家紡織廠，聘請一位能幹的經理名叫周建業，雇用百餘名工人。經營了四年，生意興隆，產品已供不應求。他打算擴充工廠，又想造新屋，把家眷接到上海，於是下鄉說服父親賣田資助他。

以往，紹鵬回家探親總是席不暇暖又匆匆離去。這回，為協助父親賣地，他就停留在家中。空閑下來，他才突然意識到自己是三個孩子的父親。長女玉蘭已經八歲，長子玉祺五歲，小兒子玉棠剛才滿周歲。此外，他還有一個和他女兒同齡的弟弟。

一天下午，他正陪他妻子在屋裏閑聊，忽見三個孩子放學回來，進門把書包一扔就回頭想出去玩耍。他連忙叫住他們：「站住。別跑。」

孩子們停住了。轉身盯著他，像是望一個陌生人。

「過來。我有話和你們說。」他招手叫他們到他跟前，第一次仔細地觀察。

他的弟弟長得眉清目秀，橢圓形臉，白嫩嫩的如粉妝玉琢，若非剪了短髮又穿了男童裝，真會讓人錯認為女孩。

再看他的女兒，端莊秀麗。細柔的長髮梳成兩條辮子垂在肩上，兩頰白裏透紅，笑起來還會出現酒渦，一雙天足已比她母親的小腳大了。這天她穿著一套藍色碎花的短衣長褲，十足是個鄉村小姑娘的打扮。他的長子也生得俊秀可愛，只是在他面前似乎有點膽怯，縮在母親身邊。

紹鵬望著孩子們出神。他幼年時，母親對他家教甚嚴。他若淘氣貪玩，她會用家法打他。以致他的童年十分枯燥，也令他少年老成。如今見了這三個活潑的孩子，猶同無轠之馬，不由得擔心難以管束。

「爸爸，你要和我們說什麼？」女兒熱切地問他，打斷了他的遐思。

紹鵬斂了斂神，說：「我只想知道你們在學校學了些什麼？」

「我和小牛兒學……」玉蘭搶著回答，但立即被她父親打斷了話。

「怎麼一點規矩都沒有。他是妳的叔叔，妳怎能叫他小牛兒。」

「大家都跟著奶奶這樣叫。爺爺也不管。」玉蘭受了責備，十分委屈地說。

「我不在乎。」紹卿說。

「你已經八歲了。該有正經的稱呼。今後你的姪兒女不能再叫你小牛兒了，必須叫你叔叔。」紹鵬說。

紹卿努努嘴，嫌他哥哥多事。但沒再說什麼。

「今天我們學了一課白話文。叫時間老人。」玉蘭繼續說完那句被打斷的話。

「噢，白話文？會背嗎？背一段我聽聽。」紹鵬驚訝地說。雖然有人提倡用白話取代文言文教學。但他沒想到這麼快就已在家塾裏實行了。

「會。我們一起背。開始。」玉蘭指揮。紹卿和玉祺立刻跟從，一同背誦起來。

時間老人是一首新詩。每個句子的結尾都是「滴達，滴達」的鐘擺聲。玉祺還不會背全文，只一道喊著「滴達」。

三個孩子邊誦邊手舞足蹈。背誦完了，他們望著紹鵬，期待他的讚賞。

紹鵬甚覺有趣，但不免將自己幼年的程度作比較，忍不住笑道：「這是什麼文章。我八歲時已經開始讀四書五經，你們卻還在滴達，滴達，浪費時間。」

孩子們大為洩氣。紹卿不服氣，說：「我們和你不同，你出世時還是帝國的奴隸，我們一生下來就是民國的主人翁了。」

紹鵬一向自認為前進人士，但弟弟一句話就將他劃入了舊時代的行列。這令他十分惱怒。斥道：「我的兒女都和你一樣大了。你怎能這樣對我說話？」

「這話是你爸爸說的。」紹卿調皮地說。轉首用雙手掩住了嘴，以免笑出聲來。

「是爺爺常說的。」玉祺作證。但一見父親的顏色，立即嚇得爬上了母親的膝頭，躲進她的胸懷裏。

紹鵬遷怒妻子，說：「孩子們都被妳寵壞了，變得目無尊長。」

婉珍心想，你長年不在家，也從不管孩子，如今卻來埋怨我。便頂了一句：「養不教，父之過。」然而，話才出口，她立刻就後悔了。

果然不出所料，紹鵬立即沉下臉，說：「好，從今起，由我來管教孩子。」即又轉首對孩子們說：「今後放學回來，你們必須先作完功課，才能玩耍。今晚，到我的書房來，我要親自教你們課外作業。聽見了嗎？」

「聽見了。」玉蘭乖巧地回答。

「玉祺，你呢？」紹鵬又喝道，也許他把長子看大了。

婉珍低頭輕聲教兒子說：「快說聽見了。」

「聽見了。」玉祺照說，卻將臉更貼緊了母親的胸部。

「既然聽見了，為何還黏在媽媽身上？還不快和姐姐一塊做功課去。」紹鵬斥道。

玉蘭連忙扶弟弟下來，牽著他的手要走。

紹卿上前阻止說：「你們別聽他的。我們不是說好一起去池塘看小蝌蚪的嗎？」

「弟弟，別再惹你哥哥生氣了。你也做功課去吧。」婉珍勸道。

「哼。」紹卿瞪了他哥哥一眼，憤然轉身跑了出去。

當晚，玉蘭和玉祺一起來到紹鵬的書房，原以為父親要親自當家教，豈知，他正忙於設計新屋，桌上擺滿了各種設計圖樣。見了兩個孩子，他方才記起下午的承諾。

他愣了一會，在書架上尋了半天，找到一本書，翻到一篇《木蘭詞》，交給玉蘭。又拿出一張紙，寫下一首唐詩，交給玉祺，說：「你們拿去，請媽媽教吧。過幾天，唸給我聽。」

玉祺聽說，喜出望外，拿了那張紙就一溜煙跑了。

玉蘭卻不甘心，抗議說：「爸爸，你不是說了，要親自教我們的嗎？」

「現在爸爸忙，等有空再教妳。」紹鵬說。但見女兒不悅，便又改口說：「這樣吧，我先教妳唸一遍，好嗎？」

「好。」玉蘭欣然同意。

她挨近父親身邊，跟著他一句句朗誦，聲音清晰流利。

紹鵬故意唸了一大段才止，她居然仍能跟上。他大為驚喜，摟住女兒親著，說：「真聰明。唸得好極了。妳喜歡什麼？說吧。爸爸一定給妳買。」

「我什麼都不要，只要常和爸爸在一起。」

「沒問題。爸爸正在造一棟新屋。準備將媽媽，妳和弟弟們一塊接到上海去住。以後我們一家人再不用分開了。」

「真的嗎。我們要搬到上海去？」

「當然是真的。爸爸怎會騙妳呢。妳瞧，這是新屋的設計圖樣。」

「小牛兒，不，小叔，他也能和我們一起搬去嗎？」

「只怕你爺爺奶奶捨不得他走，但是妳別難過。他們隨時可以來上海，我也會常帶妳下鄉來探望他們的。」

「謝謝爸爸。你忙，我不煩你了。」玉蘭拿起書本走出房間。

紹鵬望著她的背影，心中無限喜愛。他平日最寵愛的是小兒子，如今女兒也成了他的寶貝。不料，卻

無意中傷害了長子的感情。

玉祺覺得父親偏心，變得沉默寡言。

一日下午，天氣悶熱，紹鵬提議到後院的荷花池邊乘涼。他一手扶著妻子，一手牽著女兒，走出屋外。奶媽抱著玉棠跟在後頭。

玉祺正和紹卿在院子裏玩擲陀螺，瞧見他們走過，突然心中難過，落下淚來。

「玉祺，你怎麼哭了？」紹卿驚問。

「爸爸不喜歡我，連媽媽和姐姐也不理我了。」

「不會的，一定是他們看見我們在玩，所以沒叫我們。」

「爸爸偏心。」玉祺還是傷心不已。

紹卿想出了一個主意，說：「我有個辦法，可以試探你爸爸愛不愛你。」

「什麼辦法？」玉祺擦了淚，問。

「我們假裝到池塘邊去看金魚。乘他們沒注意，你躲到假山後，我就往池裏扔石頭，呼叫你掉入池裏去了，看你爸爸急不急。」

「好，我們去。」

於是兩人一同跑到荷花池邊。

紹鵬夫婦都坐在亭子內乘涼，瞧見了他們，只招呼了一聲，不怎理會。

忽然，聽得紹卿大叫：「不好了，玉祺掉進池裏了。」

紹鵬倏地跳出亭子，奔到弟弟身邊問：「玉祺掉進哪裏了？」

「那邊。」紹卿指著水上飄蕩的漩渦說。

紹鵬不問第二句，只縱身一躍，便跳進池裏。池水雖不深，但池底長滿青苔。他一下滑倒，沉沒了。

「救人哪，救人哪。」婉珍、玉蘭和奶媽都嚇得大叫起來，連紹卿也急得呼救。

幸而有幾個僕人聞聲，瞬時間趕到。其中兩人立刻入池，迅速將紹鵬提出水面，拖到池邊。但紹鵬不肯出池，一面咳嗆，一面急道：「玉祺還在池裏，快救他。」

「爸爸，弟弟沒落水，是小叔騙你的。」玉蘭說。

紹鵬抬頭看，果然見玉祺蹲在假山旁。他不由得心頭火起。即令僕人扶他上來。

「紹鵬，你沒事吧。」婉珍扶住他，關切地問。

「逆子，想弒父！」紹鵬罵道。

「他只五歲，不懂事。一定已經嚇壞了。請你饒了他吧。」婉珍懇求道。

「大爺，請息怒。你全身都濕了，還是先去洗個澡吧。」僕人們也紛紛勸說。

紹卿初見哥哥入池沉沒，難免驚慌失措。後來見他被救上來，像個落湯雞，又覺好笑。不料，紹鵬回頭瞥見他笑，如同火上加油，排開眾人，向他衝來，舉手要打。

有一位將紹卿自幼帶大的中年男僕，叫秦叔的，阻擋了紹鵬，說：「大爺，請別忙動手。還是等告知老爺和夫人後，再教訓他吧。」

紹鵬氣極了，說：「哼，你的二爺，我打不得。我打自己的孩子，你休要管。」即轉身走到假山旁，一把將玉祺抓起。就在平石上坐下，將孩子按倒在膝上打屁股。

紹卿急忙上前拉住了他哥哥的手臂，喊道：「你不能打玉祺，是我出的主意。」

「滾開。」紹鵬一把推倒了他。

「你敢再打他，我就叫爸爸打你。」紹卿說，一下子爬起來，就往屋子方向跑去。

玉蘭也跟著飛也似地跑了。

紹鵬見他們去請救兵，更加怒不可遏。指著妻子和僕人們，警告說：「你們都給我站開去。誰也不許說情。」接著便用力猛打。

婉珍嚇呆了。拍打聲和兒子的哭聲令她心痛如絞。她想跑上前去槍救，無奈雙腳像麻木了似地，移動不了，只能眼巴巴盼望救兵快到。終於，她看見紹卿和玉蘭拖著公婆遠遠趕來了，急忙說：「紹鵬，爸媽來了。你快住手。」

「大爺，請別打了吧。老爺和夫人來了。」僕人們也都勸道。

但紹鵬就是不聽。直到他父親走近，氣呼呼地喝道：「紹鵬，你想打死我的孫兒嗎？」他才不得不住手。

崇漢一把奪過孫子，拉下他的褲子，檢視傷痕。只見小屁股一片紅腫，浮現著班班紫手印。當下氣得大罵：「你瘋了嗎。這樣毒打自己的孩子。」

紹鵬這時才冷靜下來，後悔不及。但仍為自己辯護：「他不肖。假裝掉入池塘，害我跳下去救他，差點淹死。」

「我聽小牛兒說是他出的主意。你要打，就該打他。」

「教訓弟弟是爸爸的責任。」

「你是說我失責？沒錯，是我之過，才有你這樣的兒子。」

紹鵬以往從未被父親如此怒罵過。垂首不敢再言。

崇漢也氣壞了，將長孫交與夫人抱了，便坐下喘息。

慧娘一面撫慰玉祺，一面忍不住責備他的父母，說：「紹鵬，你打得真太狠了點。婉珍，你也真是的。在一旁看著，為何不勸阻他呢。」

婉珍原已傷心，被婆婆一說，即泣不成聲。

紹鵬心中不服，暗怪後母寵壞弟弟。又因腹內不適且周身發癢，便說：「我方才喝了幾口池水，腹疼。」即捧著肚子，匆匆地走了。

慧娘自知失言。急忙又對媳婦說：「紹鵬身體不適，你快去照顧他吧。其實都是小牛兒闖的禍。請你告訴紹鵬，我一定會懲罰他的弟弟的。」

「玉祺已經挨了打，不必再懲罰弟弟了。」婉珍說。

一個年輕的丫鬟，叫翠環的，抱過玉祺，伴著婉珍和玉蘭一起走了。

慧娘回頭尋找小牛兒，卻見他正為父親捶背，不禁驚奇地對丈夫說：「他闖了大禍，你不捶他，倒讓他捶你？」

「可不是嗎！」崇漢頓然覺悟似地說：「我一定是被他的哥哥氣昏了頭，居然忘了他才是禍首。還叫他替我捶背消氣呢。」

「我要你痛打他一頓。」

「唉，我的氣才消，你又要我動氣。要打，你為何不自己動手？」

「好，我打。」慧娘就地撿了根樹枝，叫道：「小牛兒，你過來，跪下。」

紹卿乖乖地走到母親跟前跪下了。慧娘舉起枝條，就是打不下去。

小牛兒哭了，說：「媽，你打我吧。不然，我對不起玉祺。」

聽他這麼一哭，慧娘哪裏還打得下。

崇漢說：「算了吧。這次饒了他。下次他再頑皮，我加倍打他就是了。」

慧娘氣餒地丟下樹枝，但說：「絕不能饒。我們得給紹鵬一個公道。不如這樣吧，明日，我請蕭老師責罰他就是了。」

孟崇漢將他莊院內一棟獨立的小木屋作為學堂，聘請一位姓蕭的老師。教導自家和鄰近農家的孩子。學生共有三十多個，玉蘭是唯一的女生。

蕭老師，年紀五十中旬，留著長鬚，面貌嚴肅。教的課材不外是《三字經》和《幼學瓊林》。他原本反對白話文，只是在東家的指示下，才不得不補充幾篇當代的白話詩文。他的講桌上通常放著一根教鞭。雖然孟老爺反對體罰，但其他的家長都仍有「教不嚴，師之惰」的想法，要求老師嚴厲管教他們的孩子。

紹卿天資聰明，也肯用功，不失為好學生。只是他愛在課堂上發言，肆無忌憚，觸犯了老師的權威，常令蕭老師生氣。比如，老師講到《二十四孝》中〈恣蚊飽血〉的故事。他聽了就哈哈大笑。老師問他笑什麼？他說：「一定是因天氣熱，那個孩子才脫光了衣服，偷偷跑到他父親的床上去睡覺。結果被他爸發現了，怕責罵，就編出個代替父親餵蚊子的謊言。大人們都被他騙了，當他是孝子，還寫進書裏去了。真好笑。」說得全班同學哄堂大笑。蕭老師氣得吹鬚瞪眼，恨不得痛打他一頓，但又不敢打。只能拿起教鞭在桌面敲擊，發出驚心動魄的聲響，警告：「誰敢再笑，我就打死他。」雖然震懾了學生，還是覺得威信掃地。

這天，慧娘親自陪同紹卿和玉蘭來到學堂，替玉祺請了假，又說：「紹卿愈來愈頑皮了。昨日，居然作弄他哥哥，害哥哥跌入池塘裏。請老師打他三下手心，以示懲戒。」

蕭老師心中暗喜，卻假意推辭，說：「夫人，恕我不能從命。因為老爺一再關照過我，不許打他。」

「他父親已經同意，今後他若不守規矩，任由老師懲戒。」

「既然如此，我就代夫人和老爺處罰他吧。請夫人一旁坐下觀看。」

「不，我不看。我走了。」

蕭老師送孟夫人走出了門外。看她走遠了，方才返回教室，拿起教鞭，揚揚得意地對紹卿說：「你聽見你母親的話了吧。她要我打你三下手心。快伸出雙手來。」

紹卿剛伸出兩個手掌，老師便刷地抽了一鞭。「噢。」他喊了一聲，痛得縮回了手。

「還得挨兩下，怎麼就縮手了？」蕭老師嘲笑他。

紹卿眼淚在眼眶中打轉，但想到昨日玉祺一定被打得更痛，就勇敢地伸出手，又忍受了兩鞭。

「從今以後，你敢在課堂上亂說亂動，我就要打你的屁股。」老師警告了他，方讓他歸座。

紹卿生來是個至情至性的人，高興就笑，難過就哭。有時聽了一個悲慘的故事也會哭上半天。他的姪女玉蘭反而比他堅強，還時常笑他：「羞，羞，愛哭的牛。」

但這次玉蘭卻很佩服他。中午休息時，撫摸著他青腫的手說：「你真勇敢。以後我再也不嘲笑你愛哭了。」

下午，蕭老師吩咐學生自修。他剛走不久，班上最高大的一個學生，綽號叫袋鼠的，便躍到紹卿身邊說：「小牛兒，今天老師講的課，我一點都不懂。請你給我解釋一遍，好嗎？」

「現在不行。老師說了，自修時要肅靜，若有人講話，就得全班受罰。還是等放學後，我再給你講吧。」

「下了課，我得趕著回家下田幹活呢。遲回家，我爸生氣，我會挨揍的。」

紹卿推拖不得，只得開始為他講解。豈知，全班同學一哄而上，圍住了他們，還大聲說笑。有些學生甚至彼此追逐嬉戲。頓時，整個教室鬧哄哄地亂成一片。

「不要吵。快坐下。當心老師打通堂。」玉蘭發出警告。

「怕什麼。打通堂也輪不到你。老師從不打你們孟家的孩子。」袋鼠向她做鬼臉。

「原來你們想害紹卿挨打。」玉蘭憤然說。

「嘿，嘿，小牛兒是孟二爺哩，老師哪敢打他。」袋鼠說。

忽然有人喊道：「老師來了。」孩子們都迅速地逃回座位。

「好哇，幾天不打，你們就起鬨了。」老師拿起教鞭罵道，又指著第二排右邊一個學生說：「這是什麼回事？張五福，你說。」

張五福是自耕農的兒子，勤奮好學，平日是最受老師寵愛的學生。他站起來說：「孟紹卿給大家講解課文。大家圍著他聽，不知怎麼就鬧起來了。」

蕭老師誤以為紹卿假扮他，領導學生取鬧，便生氣地說：「我早警告過你們，不論誰在自修時吵鬧，都要全體受罰。現在一個個給我走上來，每人挨一鞭。」

紹卿坐在最前排，他自認沒過錯，老師也沒指明要他上，所以坐著不動。張五福不得已，只得像往日一樣，第一個上前，彎腰翹起屁股，讓老師打了一下。同學們一個個接上，心中都又氣又悔，想害紹卿不成卻反害了自己。

不料，蕭老師打完最後一個，即指著紹卿說：「還有你。你領導搗亂，我不能不打你。」

「老師，他是冤枉的。有人故意作弄他，想要害他挨打。」玉蘭代為辯護。

「是嗎？紹卿，你說出是誰想害你，我就饒了你。加倍打領頭鬧事的人。」

袋鼠緊張了。每次老師打他，總是特別用力。剛才挨了一鞭，屁股正熱辣辣地作疼，若紹卿說出他來，免不了又要受苦。

「沒人害我。是我起頭講話的。」紹卿說，便離座走到老師面前，準備領受處罰。

蕭老師雖然有時生紹卿的氣，心裏還是喜歡他的。今見他寧可自己受罰，不肯出賣同學，暗中讚賞，因此，鞭子高高舉起，只輕輕打下，好像蜻蜓點水。

然而，回家途中，紹卿還是委屈地哭了。

玉蘭生氣，說：「哭什麼，活該。誰叫你不說出袋鼠來呢。」

「又不只是他一個人作弄我。」

「我們回去告訴爺爺奶奶，請他們替你作主。」

「不，不要告訴家裏人。我要你做守密的星星。妳答應過的。」

玉蘭記得，曾有一個晚上，她獨自跪在一張靠窗的椅子上，抬頭望著天上的星星喃喃自語。不料，紹卿突然來到她的身後大叫一聲，嚇得她幾乎從椅子上跌下來。她發怒，要去向大人告狀。他連忙道歉，又問：「妳在向誰說話呀？」「我和星星說我心中的秘密。」「星星那麼遙遠，怎麼能聽見妳的話呢？妳不如和我說吧。」「不行，星星會守密，你不會。」「我能的。我願作妳的守密的星星，妳也作我的，好不好？」「好吧。」於是，他倆定了約，彼此為對方守密。

「好，我不說就是了。被打的地方還疼嗎？」玉蘭轉為同情他，說。

「不，這次老師打得很輕，一點也不疼。剛才，我只是心中難受罷了。」紹卿說，自覺又在姪女面前出醜了，難為情，便向她作個鬼臉，跑了。

綽號叫做袋鼠的男童，本名叫江進田。他父親，江忠，是孟家的佃農。他有兩個姐姐和一個妹妹，她們從小就跟著父母在田裏幹活。因進田是獨子，父親望他成器，在他六歲那年就將他送進了孟家辦的私塾。豈知阿田才上了幾天學，就開始逃學。隨後被他爸狠揍了一頓。在嚴師和嚴父的交互鞭策下，他幼小的身心承受不了，生病發高燒。江大媽氣極敗壞地抱怨：「好端端一個蹦蹦跳跳的孩子，上學不到一個月，就變得失神落魄，還病成這樣。你再逼他讀下去，恐怕連小命都沒了。」江忠也洩了氣，說：「不讀也罷了。看來他這輩子還得做農夫。」於是，阿田退學了。直到他十歲時，才自動請求復學。

進田連續讀了三年，但近來他爸似乎反悔了，想要他停學，幫忙耕種。所以，他放學後不敢偷懶，一回到家，便去田裏幫忙幹些活，希望藉此來說服他爸，允許他繼續上學。

「媽，可以吃飯了嗎？我餓煞了。」阿田幹完活，一進屋就大喊。

「飯已經煮好了。要等你爸爸回來才能吃。」江大媽一面將菜飯擺上桌，一面說。

「怎麼不見爸爸，他到哪裡去了？」

「他到隔壁吳大叔家去了。已去了大半天，大概就快回了。」

阿田和他的姐妹們都又餓又饞，對著熱騰騰的飯菜只能苦熬。好不容易等到父親回來，卻見他一臉酒氣，滿面怒容。

江忠平日為人和善，但他憤怒時，脾氣就變得像地雷，一觸即爆。所以家人一見他這付模樣，都不敢出聲。江大媽也不敢過問，只轉首對著孩子們說：「開飯吧。」

江忠上了飯桌，即喝道：「拿酒來。」

「我看你已喝醉了。還喝嗎？」江大媽忍不住說。

「他媽的。吳貴的老婆怕我多喝了他家的酒，把我趕了出來。妳也不讓我喝。那我索性到酒家去喝個痛快。」江忠嚷道。

「大妞，快去拿酒給你爸喝。」江大媽連忙吩咐大女兒。

阿田發覺父親一雙眼盯住了他，嚇得不敢抬頭，只顧扒飯。

驀然，江忠拍案而起，叫道：「阿田，你跟我去見孟老爺。」

阿田驚慌，打翻了飯碗，不知失措，即被他爸一把拖著走了。

一路上，阿田默默地跟在他爸身後走著，猜想是小牛兒告了他的狀，擔心大難將至。不料，來到孟家門前，江忠不請門房通報，便直闖入屋內，完全不像是帶兒子來陪罪的，倒像是來興師問罪的。阿田心中納悶。

「江忠，你想幹什麼？」秦叔擋在廳堂口，問。

「我要見孟老爺，討個公道。」

「我看你喝醉了吧。我家老爺哪裏虧待你了。今年初，他才給你減了租。不是嗎？」

「不干你事。你快請老爺出來。」

「老爺已休息了。你明日再來吧。」

江忠一拳向秦叔揮去，卻反被秦叔扭住臂膀摔了一跤，跌在地上。

「是誰在此吵鬧？」崇漢走出來問。他身後跟著紹鵬。

「是江忠，他喝醉了。無理取鬧。」秦叔說。

「老爺，我沒醉。我是來和你講理的啊。」江忠跪地說。

「好，你起來，坐下說。」崇漢說。

崇漢父子和江忠對面坐了。阿田垂手站在他父親身旁。

江忠迫不及待地說：「孟老爺，我們江家，到我為止，三代都為你家佃農，你不該把我租的三畝田賣了呀。」

「不，江忠，我並沒打算賣你租的田，一定是你聽信謠言了。」崇漢驚奇道。恐怕出錯，又轉首吩咐紹鵬：「你快去把賣地的契約拿來。」

「是。」紹鵬應聲，去屋內拿出地圖和地契。

父子倆仔細看過了。崇漢笑道：「江忠，果然是你錯了，你那塊地，我們沒賣。是你東鄰吳貴那塊賣了。」

「不。你聽我說。吳貴原租了六畝田，父子三人耕種。但是，今年春天，他家出了禍事，他的兩個兒子出去釣魚，全都失蹤了。吳貴只得將一半的田退租。你要我先照看那塊地，到秋天再正式轉租給我。你可知道，我已在這塊田上，下了多少血汗呀。沒想到你竟將它和吳貴剩餘的租田一起賣了。如今，我的力氣和心血全都白費了。」江忠說。

崇漢記起來了，初春時，吳家出了事，退租三畝地。因一時裏找不到新的佃農，他讓江忠先幫忙耕種那塊地，並答應考慮江忠增加租地的要求。然而，賣地時，他忘了對江忠的允諾，就把這塊田賣了。

「江忠，我明白了你的牢騷。這是我的錯，我忘了你想增加租地這回事。但是，我們究竟未曾簽約，你也仍保留著你原有的三畝租田。你在吳家田上花的心血，我補償你就是了。」崇漢抱歉地說。

「我一生的希望是有塊自己的田。我今年三十九歲了，不趁現在多出點力，積點錢，這輩子就別想翻身了。」江忠說。

「你只有一個兒子，他還在上學。你一人耕六畝田也未免太辛苦了。」

「不，我老婆和三個女兒都在田裏幫忙幹活，不下於男人。進田今年已十三歲，我準備要他停學下田。」

「江大叔，你還是讓兒子繼續讀書吧。再過兩年，我帶他到上海，到我的工廠去做工人，豈不是好？」紹鵬插嘴說。

阿田聽說，心中暗喜。不料，他爸一口拒絕：「不要。我不想我的兒子做佃農，也不要他做工人。我要給他買地，讓他做主人。」

阿田忍不住抗議說：「我不要做地主。我寧願做工人。」

江忠大怒，起身揮手就摑了他一掌。罵道：「小奴才。我們家已做了三代的奴隸，你還只想當一個工人。沒出息的東西，你的書都白讀了。」

「你沒錢，卻天天喊要買田，也不怕人笑話。」阿田也不知那來的勇氣，第一次當眾和他爸拌嘴。

「胡說，你那裏知道老子沒錢。」

「姐姐妹妹都長大了，還三個人擠一張床。她們每次求你買張新床，你都不肯。沒錢買床，會有錢買田地嗎？」

「我們一家人省吃減用，為的就是存錢買地。你不知道，我已經存了兩百塊錢，眼看就能買畝田了。」

「江忠，我們賣吳貴租的地，每畝賣了五千元。你還是先給你女兒們買張床吧。」崇漢說。

江忠聽說，一屁股坐倒在地，哭道：「我耕三畝田，交了租，只夠養活一家六口。那裏積得多少錢。

我要是能多租三畝，就有翻身的日子。現在一切都成空了。我們父子倆一輩子都只得做佃農了。」他哭個不止。阿田也跟著哭得傷心。

崇漢父子面面相覷，不知如何是好。

開始，崇漢認為既沒簽約，他沒有義務保留那塊田。何況，江忠就是多租了三畝田也未必能積夠錢買田，分明是喝醉了酒，胡鬧。然而，聽著一個中年人因夢想破滅而絕望的哭聲，他不由得起了惻隱之心，心想，多擁有三畝田或少三畝，對他而言，無足輕重，但是足以令一個長期的佃戶翻身。

見江忠如此苦惱，崇漢有意成全他的心願，轉首和紹鵬商量了一會，便打定了主意。說：「江忠，你別哭了。我念你三代為勤勞的農夫，也是孟家莊最長久的租戶，決定在阿田滿二十歲時將你現租的三畝田贈送給你父子。」

「阿田，他說什麼？」江忠以為聽錯了，轉首問兒子。

「他說要在我滿二十歲時，將我們租的田贈送給我們。」

「真的嗎？阿田，快跪下，給老爺和大爺磕頭。」

「但口說無憑呀。」阿田懷疑地說。

「哈，哈，你這小子倒是精明。好吧，我給你寫張字據。」崇漢笑道。隨即拿出文房四寶，開始書寫。

崇漢寫完，將字條交給進田說：「你讀了三年書，這些字認得嗎。讀給你爸聽聽。」

進田接過字據，看了一下，便開始朗誦：「孟家莊主人，孟崇漢，因感江忠三代為本莊佃農。願在其子江進田年滿二十歲時，將其所租的三畝田贈送給他父子。此據為證，決無反悔。」

進田唸完，即和他父一起跪下磕頭，說：「謝謝老爺的恩德。」

「快起來吧。」崇漢扶起他們。

江忠回家，興高彩烈地訴說此事，還說：「當年兒子剛出世時，我就請了一位算命先生給他算了命。先生說他命中將得一塊田。還替我給孩子取名進田。這名字取得好啊，如今果然應驗了。」

「你快去把這算命先生請來。給我們姐妹們也算算命。」女兒們說。

「可惜啊，他早已離開村子，不知去向了。」江忠說。

「我們該到廟裏去拜謝菩薩。也請菩薩保佑孟老爺。」江妻說。

看著父母和姐妹們都高興地說個不停，阿田默默地退到牆角。暗想，為了報答孟老爺，今後不能再欺負小牛兒了，而且要暗中保護他。

然而，紹卿對此事毫不知情。每天上學時，仍擔心會被同學們陷害而挨打。放學後，他也不像以前一般快活。僕人們都不敢再叫他的小名，改稱他為二爺，他聽了就憋扭。最令他難過的是，他與姪兒女玩耍的機會大大地減少了。他把這一切都歸罪於他的哥哥，所以，一看見紹鵬便問：「哥哥，你幾時回上海呀？」

紹鵬被他問得又好氣又好笑，瞇著眼瞧著他，回答：「就快了。」

過了不久，紹鵬在上海建造的新屋落成，準備將妻子兒女一起接去住。

紹卿聽說了，大急，哭道：「哥哥，求求你，不要搬家。我再不惹你生氣了。」

「弟弟，我一早已計劃把家眷接到上海去，這事與你無關呀。」紹鵬說。

「弟弟，別難過，日後你可以來上海玩，住在我們家裏。」婉珍也安慰說。

「小叔，你別傷心，我們會時常回來探望你和爺爺奶奶的。」玉蘭也勸說。

紹卿還是捨不得和情同手足的姪兒女分離，一味哭求：「請你們不要走，不要走。」

他父親喝道：「住聲。你做叔叔的，這般哭哭啼啼，成何體統。惹得玉蘭和玉祺也傷心了。」

他只得含悲忍淚，眼看著哥哥一家人乘馬車離去了。

【第三章】

懸崖勒馬　擯除情障

紹鵬的新居，是一棟磚砌石鑲，兩層樓的花園洋房。路人見了莫不羨慕，然而，婉珍剛搬進來時，卻覺得十分不自在。她以前住的全都是平屋。如今，主人房在樓下，但孩子們的房間都在樓上。她那雙小腳上上下下木板樓梯，很是吃力，又怕摔跌。同時，她驟然成了女主人，不再是凡事有公婆作主的小媳婦。每當管家來向她請示時，她都很緊張，深怕做錯決定被僕人們譏笑或受丈夫譴責。

她帶來了女僕翠環和小兒子的奶媽。翠環年輕，很快適應了新環境。但是，奶媽和管家，一見面就像水火不容，他們之間的爭執常令她感到為難。

管家名簡瑞，四十多歲了，仍是單身漢。他是服侍紹鵬長大的老家人，又跟隨紹鵬在上海多年，難免有點倚老賣老。

奶媽有一段辛酸的經歷。她娘家姓趙，出生原是漁家女，長得有幾分姿色，被一個姓袁的少爺看中，娶了做小老婆。她原以為從此能脫離貧困，豈知夫家早已家道中落。袁家的老爺少爺們都只知道吃喝玩樂，無謀生能力，他們吸上了鴉片煙，開始變賣家產。眼看就要坐吃山空。袁少爺原本娶了個門戶相當的小姐為妻，結婚三年仍未生育。他父母一來急著抱孫，二來因家中已請不起佣人，因此同意他娶漁家女

為妾。

趙氏只過門三日，她婆婆便把僅剩的一位女僕解雇了。從此她成了奴婢。次年，她生下一個女兒，地位毫無改善。她在袁家度日如年，直到有一天，她在菜市場上遇見了以前被袁家解雇的女僕林嫂。原來，林嫂已到孟家幫佣，告訴她，孟家媳婦即將臨盆，急欲找一位奶媽。她的女兒那時已滿周歲，於是她決心離家出走去當奶媽。她說謊，隱瞞了身分，順利地被孟家雇用了。約莫一個月後，袁少爺找上門來強迫她回家，但她寧死不從。袁少爺不敢在孟家逞凶，只得和她談判，要她將每月全部的薪水寄回家供養女兒。她明知他將用她的錢去買鴉片，還是答應了。

或許是少婦和中年單身漢之間自然產生的一種焦躁不安情緒，也可能是他們各為其主，管家想擁護男主人的權威，奶媽卻想護衛女主人。總之，他倆終日為瑣事爭吵不休。

「從今日起，妳得稱呼這個家的主人，老爺和夫人。」管家說。

「還是稱大爺，大奶奶的好。阿拉這樣稱呼慣了。」奶媽不同意。

「大爺已自立門戶了，就成了老爺。」

在稱呼上，最後由紹鵬作了決定，改叫先生和太太。其他的事只得由婉珍做和事佬了。

好在婉珍天資聰明，經過一番磨練後，很快適應了新環境。她開始喜歡這獨立的小家庭。不幸的是，這份剛建立的自信心不久就被粉碎了。

一天早上，紹鵬睡到十點多才醒來，覺得周身酸疼，還有點頭暈，他暗想是因前一夜跳舞和酒喝多了。婉珍只道他是工作勞累了，勸他在家裏休養一天。

忽然，翠環進來說：「先生，剛才有位黃小姐打電話來找你。但她聽說你……。」她還沒來得及說完，就被打斷了。

「哦，是黃小姐打電話來。我去接。」紹鵬立刻就掀被而起，說。

「可是，她已經掛斷了電話。」翠環急忙補充說。

「為什麼妳不先通知我，就掛了電話。」紹鵬斥道。

「不是我掛的。是她聽說你身體不舒服，就立刻掛上了。」翠環委屈地說。

紹鵬不願躺了，開始更換衣服。婉珍一面幫他穿衣，一面好奇地問：「紹鵬，這位黃小姐是誰啊？」

「是我們工廠的一位大主顧。我這就去打回電話給她。」

紹鵬走出臥房門，到廳裏去打電話。撥了號碼，但對方沒人接。他氣餒地坐下了。

婉珍跟著出來，在他對面坐了。他卻悶聲不響，拿起報紙來看，分明是想遮擋阻她的視線，不願和她交談。

沒料到，一小時後，黃小姐居然手捧一束鮮花，登門來探病人了。她看來大約二十五歲，摩登漂亮，燙了頭髮，穿一件綠色洋裝，束了腰帶，顯出豐乳肥臀。但最引婉珍注目的，是她那對穿著高跟鞋的天足。相形之下，婉珍覺得自己的小腳不但過時，而且立足不穩。

紹鵬認識黃小姐，是在五年前。那時，他因反抗清帝復辟，不得已走避南洋，到處流浪，不久盤纏用盡，好在遇見一位華僑商人，名叫黃博。黃不僅是他同鄉，而且識得他父親，當下邀請他到自己家中住，並聘請他為商行助理。

黃博有一獨生女，對紹鵬一見鍾情，就要求父親招他為婿。黃一向縱慣女兒，有求必應。但這一次，

卻不允許，因為他知道紹鵬已有妻兒，必不肯相從。他不忍見女兒因失戀而苦惱，便匆匆為她訂了一門親事。對方是個富家少爺，長得也是風流瀟灑，黃小姐與他交往不久，就答應出嫁了。

紹鵬回國後，忙於創業，早已將黃小姐忘卻。不料，一日收到黃博的信，說將派女兒前來和他交涉生意。他感激黃家父女過去對他的情義，自然想乘機報答。

黃小姐乘船抵達，他親自到碼頭去迎接。他原想邀請她到家中作客，但因黃博向他訂了一大批貨，黃小姐是來談價錢和簽約的，住在他家怕有不便。於是，他為她預定了旅館，自願承擔一切費用。

黃小姐已不再是昔日那個任性的少女，她具有成熟的風韻。單是她豐滿又曲線玲瓏的體態，就足以使男人消魂。紹鵬見了，開玩笑說：「真是黃毛丫頭十八變。我幾乎不認得妳了。」

「變得美了，還是醜了？」她問。

「當然是更美了。這麼個美人兒，妳的丈夫放心讓妳一人出遠門嗎？」他說。

她低頭不語。

紹鵬轉向跟隨黃小姐一起來的女僕說：「阿花，很高興再見到妳。我到現在都還懷念妳煮的咖哩雞呢。」

「你喜歡我，就帶我回你家吧。」阿花笑道。她的長相很特別，眼大鼻凹，唇齒前突，體格粗壯，如同男人。紹鵬住在黃家時，欣賞她的勤勞，對她頗有好感，常愛和她開玩笑。

紹鵬幫她主僕倆在旅館安頓了，便邀請黃小姐出去吃飯。她在餐館裏才告訴他，因發現丈夫嫖妓而已離婚。他深表同情。她又暗示當初自己是因失戀於他，才負氣出嫁的。他感到內疚。為了讓她忘卻不愉快的過去，他放下了繁忙的業務，一連數日，只陪她吃喝遊玩。

黃小姐代表她父親與他簽了交易合同，但無意離去。

紹鵬也覺得尚未盡夠地主之誼，照樣每晚陪她上餐館，戲院和舞廳。黃小姐豪放，充滿性感。相形之下，他開始覺得自己的老婆古板，索然無味。

紹鵬和黃小姐交往了將近一個月，有點著迷了，日日晚歸，遲起。直到有一天早晨被女兒吵醒。

「我不要住這裏了。我要回爺爺奶奶那兒去。」玉蘭在他臥房中大聲嚷道。

他驚醒，問：「哦，為什麼？妳不喜歡新學校，新同學嗎？」

「不。是因為你騙我，你說搬到城裡後，我就能天天見到你了。可是過去一個月，我幾乎都見不著你。晚上我睡時，你還沒回家。早晨我上學後，你才起床。」玉蘭氣憤地說。

紹鵬如遭當頭棒喝，頭腦突然清醒了。他可以捨棄一切，但不願失去兒女。如果必須作一抉擇，那他寧可放棄私慾。於是，他慈祥地說：「玉蘭，謝謝妳提醒了我。前陣子，我忙，忽略了你們。今後，爸爸一定會多花點時間在家裏。」

「你今天能回家吃晚飯嗎？你不知道，媽媽每天看著你的空位子，就吃不下飯。你沒注意她瘦了嗎？」玉蘭仍用責備的語氣說。

婉珍站在一旁，已忍不住淚水滾滾而下。

紹鵬看見了，難免感到愧咎，回答女兒說：「我答應妳，今天晚上一定回來吃飯。」

「真的嗎，你可不能失信噢。」

「妳放心，爸爸從不失信的。妳該去上學了。我們晚上再談，好嗎？」

「好的。爸爸，再見。」

他下床，送走了女兒，回頭見婉珍淚水未乾，便上前憐惜地用手替她拭淚，說：「妳的確瘦了很多，又變得愛哭，簡直就像林黛玉了。」

「林黛玉還有個痴情地愛她的寶玉。」婉珍幽怨地說。

「妳嫌我愛你愛得不夠嗎？好，讓我補償你吧。」他含情，笑瞇瞇地說。隨即關上房門，將她抱到床上，給了她最大的滿足。

「我的愛比寶玉的如何？」他笑問。

「不知道，無從比較。」她掩嘴笑著回答。

紹鵬乘坐包車，在前往工廠的途中，暗自慶幸從墮落的邊緣及時回頭。他準備坦白告訴黃小姐，因家庭和事業的關係，他已無暇再陪伴她了。他相信她會諒解的。

到了工廠，他走進辦公室，看見周經理正和一位客人聊天。他認出了那客人是他在流亡南洋途中結識的一位朋友，名叫朱善文。他倆志同道合，曾結伴旅行。

「善文，是你！你幾時到的，怎麼沒事先通知我？」紹鵬驚喜叫道。

「紹鵬，久違了。我回國探親，昨日剛到，今天一早就來拜訪你了。」善文起身和他親切地握手。

「你們故友重逢，好好敘舊吧。我不奉陪了。」周經理說。

「好，建業，你去忙吧。」紹鵬說。等周經理走了，他和善文開始聊天，各述當年分手後的經歷。

善文已在泰國曼谷定居，成家立業。當他聽說紹鵬曾在黃博家客居時，不禁驚奇，說：「原來你識得黃博，你可知他有個潑辣又淫蕩的女兒？」

「善文，你這話太過分了。我不但一早就認識黃小姐，而且她目前正在上海，是我公司的顧客，也是我的好朋友。你和她有何怨仇，竟然如此毀謗她。」紹鵬皺眉道。

「對不起。我不是有意侮辱你的女朋友。但請聽我一句忠言。對黃小姐這種女人，你可不能不防啊。」

「我不明白你說什麼。其實，黃小姐很可憐，她遇人不淑，前夫吃喝嫖賭，逼得她只好離婚。」

「她老公縱有千錯萬錯，也已被她擺平了。」善文笑道。

「黃小姐作了什麼？」

「她親自帶了兩名打手，跟蹤她老公到窯門，把他從床上赤裸裸地揪到大街上示眾，當場宣佈和他離婚。」

「我不相信。就算是真的，她的前夫也是罪有應得。」紹鵬說，又追問：「你有何證據說黃小姐淫蕩呢？」

「她離婚後，不甘寂寞。同時勾引了兩個有婦之夫。其中一個原是華僑界頗有名望的長者，孫兒都已和她一般大了。他原準備瞞著家人，暗地娶她作小老婆。不料，竟在公共場合遇見她和另一個情夫親親熱熱地在一起。黃小姐乾脆一不作二不休，當場公認和他兩人的姦情，害得兩人都身敗名裂。聽說黃博為聲名狼藉的女兒傷透了腦筋，才設法將她送到了上海。」

紹鵬聽得目瞪口呆，開始懷疑黃小姐前來找他的真正動機。她對交易毫無興趣，連她父親要定的貨色也不清楚就在合同上簽了字。多虧他念舊情，照訂單開了特別優惠的價格，不曾讓黃博吃虧。

半晌，他才惶恐地說：「善文，謝謝你的忠言。不瞞你說，我險些受她誘惑，好在尚不曾失足。」

「請你放心。黃小姐的事，除了你，我還不曾對任何人說起。我將會保密的。」

「我十分感激你。善文，你準備在此停留多久？」

「大約一個月。我知道你忙，該告辭了。」

「請留個地址和電話，改天我們再約會吧。」

送走了善文後，紹鵬坐立不安，十分煩惱。驀然，電話響了。他猜測是黃小姐打來的，本想不接，但響聲不停，他終於拿起話筒。果然是黃小姐的聲音：「紹鵬，早安。」

「你早。」他壓抑心中的厭惡，勉強應道。

「你答應過今天下午陪我去跑馬場看賽馬，你幾點鐘來接我啊？」

「啊，我答應過你嗎？對不起，我忘了。黃小姐，我業務繁忙。只得取消約會了。」

「那麼，等你白天忙完了，我們一起去吃晚飯，好嗎？」

「不行。我已答應女兒今晚回家吃飯。」

「紹鵬，你今天怎麼了。昨晚，我們不是還一塊兒親熱地跳舞，直到深夜嗎？」

「過去一個月，我為了報答你父親過去對我的恩情，熱情款待你。但我有我的事業和家庭，請恕我今後不能再奉陪了。」

「孟紹鵬，你反臉無情，玩膩了我，就想拋棄嗎？」

「這是什麼話。黃小姐，我一向尊重你，請你不要血口噴人。你對自己的行為應該心知肚明。」

黃小姐聽了他這句話，沉默半晌。忽然，她哭了，嗚嗚咽咽地說：「紹鵬，你一定是聽了謠言，不要我了。你難道不知道嗎，我自從第一次見到你，就一直愛著你。」

他不等她說完就急忙打斷她的話，說：「對不起，黃小姐，我要去開會了。」隨即掛上了電話。

紹鵬感到無比惶恐，他想善文的話已不容置疑。自己竟然與一個聲名狼藉的女人進出公共場所，還為她負擔旅館費用。更糟的是她承認愛上他，不肯善罷甘休。眼下就可令他身敗名裂。他一向潔身自好，重視名譽，此時不免感到羞憤和沮喪。

當晚，他回家時的心情已與早晨出門時完全不同了。

「爸爸，你回來了。」女兒一見他就撲進他懷裏。妻子也笑盈盈地迎接他。

然而，當她們看到他慍怒的臉色時，都暗吃一驚。

「今天，我真累啊。」他為自己掩飾，有氣無力地坐下了。

「先生，請喝茶吧。」翠環奉上茶盅，說。

紹鵬接過了，低頭喝茶。

「下午，黃小姐打電話來，她說請你今晚打回給她。」翠環又說。

不料，紹鵬驚怒，把茶杯往案几上一摔，大聲說：「以後再也不要提這個女人。她的電話，我不接。她上門來，我也不見。一律給我擋回去。你們都聽見了嗎？」

這表示他和黃小姐絕交了。對婉珍來說，是個好消息。雖然他無緣無故發脾氣，令人費解，但她猜想他剛和女朋友分手，心中有些不快，過些時就好了。因此，她溫柔體貼地說：「看來你是累了。吃完晚飯，早點休息吧。」

豈知，他一見飯桌上擺了豐盛的五菜一湯，又發怒了，說：「這麼多菜，吃得了嗎。你們以為我賺錢容易嗎？」

「平日沒這麼多。今天特為你加多了兩個菜。若有剩菜，我們可以明天再吃。」婉珍連忙解釋，說。

「明天，我和你們一起吃剩菜。」他餘怒未息地說。又轉向管家，用不客氣的語氣說：「這個家每月

開銷要多少?晚上,你把帳簿拿來給我瞧瞧。」

他這一番話把起初良好的氣氛全破壞了。

婉珍不再吭聲,含淚低頭扒飯。卻又聽見他抱怨說:「你怎麼不夾菜呢。每天山珍海味,還這麼瘦。真不像話。」他說著,把一塊雞肉夾到她碗裏。

她勉強地吃下那塊雞肉,眼淚也同時往肚裏吞。

紹鵬瞧不見自己的臉色,也不覺得他的語氣傷人,反認為婉珍哭喪的臉可厭,不再理會她。他也不願望長子,那張小臉上,流露出對他的畏懼和仇恨。他又故意迴避女兒的眼光。早上,他感激她喚回他的理智,此時他只覺得羞辱。他的視線不知不覺地落到被奶媽抱在懷裏吃奶的小兒子身上。看著幼兒的小嘴有節奏地吸吮奶汁,他暫時忘卻了心中的煩惱。於是,他一面吃飯,一面就望著小兒子吃奶。

那個晚上,人人都感到沮喪,只有奶媽暗自得意。

為了避免黃小姐的糾纏,紹鵬決定不再會她,也不接她打來的電話。可是,他沒料到,她竟闖進工廠來找他。他聽到報告,趁她未來到辦公室之前,趕緊走出室外,躲起來。

周經理接待了黃小姐,好言規勸:「你年輕貌美,想追求你的單身漢必定不少。又何苦非要纏住孟先生呢?他夫妻恩愛又有三個兒女。你忍心破壞他的家庭嗎?」

「你少管閑事。快叫孟紹鵬出來見我。」黃小姐不客氣地說。

「對不起,孟先生剛出去了。」

「我不相信。我等著,他不來,我就不走。」黃小姐坐定了,點了一支煙,抽著。

周經理靈機一動,從抽屜裏拿出一份文件來,說:「黃小姐,其實你來得正好。你瞧,這合同上的條款，你還記得嗎？我想提醒你，我們給你的優待只到今日為止。從明天起，你就得自付旅館費了。」

黃小姐瞧了合同上的條款一眼，先是驚訝，接著，悻悻然走了。

過了一會，紹鵬回到辦公室，周經理便說：「孟先生，本來我不該過問你的私事。但是我實在不明白你為何要逃避黃小姐。莫非你已與她發生了某種關係。」

「建業，你別胡猜，我和她從未有任何曖昧的關係。至於，我為何逃避她，那是說來話長。」

於是，紹鵬說出了他與黃小姐結識的經過，以及從朱善文口中聽得的傳聞。

「照你這麼說，你只是怕被她的惡名連累。但你愈惶恐，愈容易招人懷疑。我勸你對黃小姐的事還是泰然處之。」建業說。

「唉，都怪我當初太熱情，一心想報答黃博，把黃小姐當成貴客，親自為她訂旅館，還情願承擔費用。如今難免落人口實，有金屋藏嬌之嫌。你叫我怎能泰然處之呢？」

「這，你完全不必擔心。那筆帳原是在合同上注明的。剛才，我已乘機當面提醒黃小姐，從今日起，我們不再負擔她的旅館費了。」

「我不明白。」

「是這樣的。我們常為遠道而來談生意的顧客支付旅館費用。因怕他們在完成交易後，逾期不歸。我特在合同上注明招待旅館的日數，將它列為優惠條件之一。我對黃小姐也不例外。雖然你和她有私誼，但她必竟是代表她父親來簽合同的。所以我在合同上給與最大的優惠，申明招待一個月。今日正好到期。我剛才已打電話通知旅館經理，以後黃小姐的旅館費得由她自付了。」

紹鵬聽了，頓時放下了心中一塊石頭，高興地說：「我記起來了。那日，黃小姐來簽約時，你特地指了這條優惠給她看。當時，她只為得到最大的優惠而高興，對寫入合同一事全不在意。甚至，連我也忽略

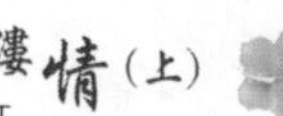

了它的重要性。建業，多虧你有深謀遠慮，今日你救了我呀。」

「只要你捫心無愧，何必顧忌謠言。至於黃小姐，她盤纏用盡，自然會回鄉。所以，我勸你莫煩惱，泰然處之。」

「好極了。建業，我聽你的。」紹鵬說，當下將所有的憂慮一掃而空。

豈知，黃小姐詭計多端。當天下午，她上了他家門。

「太太，黃小姐來了。」管家緊張地向婉珍報告。

「先生不在家，她來做什麼？你打發她走吧。」婉珍厭惡地說。

「我勸她走，但她說她不是來找先生，而是特地來找你的，有重要的事和你談。」

「哦，她有事要見我？」婉珍猶疑了一陣，終於說：「好，你請她進來吧。」

黃小姐一進門，就親熱地向婉珍伸手，叫道：「阿姐。」

婉珍不願和她握手，故意避開，說：「黃小姐，請坐。」。

「阿姐，妳別客氣。今後就把我當自家人看待吧。」黃小姐不在婉珍指定的客座坐，卻喧賓奪主地挽了婉珍的手臂，拉她一起在併攏的兩張椅子上坐定了。

婉珍驚疑地問：「我聽孟先生說妳是他生意上的顧客。我一向在家裏，不懂得做生意，妳來找我有什麼事？」

「原來紹鵬沒和妳說實話。做生意只是幌子，其實我是他的舊情人。」

「妳胡說。他是個重視倫理的人。我不相信他會有外遇。」婉珍驚怒道。

「阿姐，妳太老實了。像他這樣一個瀟灑的男士，離家出洋流浪了一年，能無外遇嗎？不瞞妳說，他

在曼谷時，一直住在我家裏。當時我們就相愛了。」

「妳，妳難道不知他是有妻兒的人？」

「那又有啥關係。我愛他，不計名分。情願做小的。」

「妳想做他的小老婆？」

「阿姐，這回他邀我到上海敘舊，為我預定了旅館，每日陪我上館子，戲院，舞廳，吃喝玩樂，我們已同居一個月了。難道妳竟一無所知嗎？」

婉珍以為她的惡夢成真了，心痛如絞，只勉強裝得冷靜地說：「我不知道。我只知他近日裏關照家人，不接妳的電話，也不想見妳。」

「他愛我，又捨不得他的家庭和兒女，因此十分煩惱。阿姐，妳可得評評理呀。難道情人可以玩膩了就拋棄的嗎？這事要是傳出去，對他的名譽可不好。妳說，是嗎？」

「如今時代不同了。娶妾，也是有損名譽的。」

「就因時代不同了，妳的這雙小腳不再吃香，反成了人們的笑柄。紹鵬需要一個像我這樣的新女性，陪伴他參加商場的應酬。我對他的事業將會有很大的幫助。」

黃小姐這番話擊中了婉珍的要害，引起她的自卑感。一時裏，她無言以對，垂下了頭。

這時，躲在客廳外偷聽的奶媽卻忍不住為女主人打抱不平。她衝進來，指著黃小姐罵道：「妳這狐狸精，胡說八道，好不害羞。孟先生幾時愛上妳了？」

「妳，妳是誰？」黃小姐吃驚地問。

「我是小主人的奶媽。我這兩個奶子可是貨真價實。我看妳那對寶貝，虛有其表，外強中乾，連一滴奶汁也擠不出的。」奶媽拍拍自己的胸脯，說。

「妳這下人，竟敢侮辱我。還不快給我滾出去。」黃小姐大怒，罵道。

「妳罵我下人，我說妳才下賤哩。人家孟先生不要妳，妳卻非做他的小老婆不可。」

「妳敢放肆，我要他立刻趕妳走。」黃小姐氣得滿臉通紅，跳起來，喊道。

「哼，只怕妳沒這能耐。」奶媽滿不在乎地說。

黃小姐惱羞成怒了，轉向婉珍威脅道：「好哇，我以姐姐稱呼妳，妳卻讓一個下人來羞辱我。也罷，你們既然無情無義，我就叫你們身敗名裂，家破人亡。」

婉珍因沉痛過度而失神落魄，未曾理會黃小姐和奶媽的爭吵。等聽了她的威脅，才驀然醒轉，驚惶地說：「黃小姐，請妳千萬不要破壞紹鵬的名譽。方才妳說的話，我會慎重考慮的。」

黃小姐聽出她有妥協的意思，心中暗喜，更施加壓力，說：「好，我讓妳考慮一天。若妳同意讓紹鵬娶我最好，否則，我就將我和他的戀情在報紙上發表，公諸於世。」說完，她大步向門外走去。

婉珍等她離去，即轉身摀著嘴飲泣，奔進了臥房。

管家則和奶媽吵起架來。

「妳呀，就好多管閑事。差點把事情弄得不可收拾了。」

「你還敢說我。這兩天，先生三申五令，不許這女人進門。你為什麼放她進來？」

「妳別把自己看大了。老實說，在上海要請奶媽易如反掌。只要登一個廣告，包你有上百人來應徵。妳得罪黃小姐，說不定就把飯碗砸了。」

奶媽洩氣，不說了。

晚上，紹鵬回到家。一進門，就覺得氣氛有點異常。婉珍沒在前廳迎侯他，僕人們也出奇的冷淡，甚至連招呼也不打一個。

「太太呢？」他問管家。

「太太在臥房休息。」管家回答，接過他的文件包，即轉身入內去放置。

他見翠環傻愣愣地望著他，正想和她說話，她卻像逃避似地泡茶去了。又見奶媽坐在廳裏餵奶，明知他回來，不但不招呼，甚至連頭也不抬一下。

他猜想，一定是自己前陣子心情不好，得罪了家人。他想彌補感情。於是，在奶媽對面坐下了。說：「奶媽，妳把我的兒子哺養得胖嘟嘟的。我很感謝你。」

奶媽從孩子嘴中抽出奶頭，擦乾，收入了衣襟裏。又將孩子抱起，拍拍他的背，聽他打了個飽嗝，方才慢吞吞地說：「你用不著謝我。我只不過是個下人。」

「誰罵妳是下人啦？是老簡嗎？」紹鵬皺眉，問。

「他沒這膽量。」奶媽瞥了一眼躲在門後的管家，說。

「那是誰招惹妳了？妳告訴我，我替妳作主。」

「沒人惹我。我只是想家了。」

「啊，我明白了。妳想念老公了。當初是妳想擺脫他，不讓他來見妳。若妳改變主意，我可以寫信請他來小住幾天，如何？」紹鵬笑道。

「我那老公，雖沒出息。但不是拈花惹草的好色之徒。他娶我為妾，是為傳宗接代，因他的原配不能生育。比起那些事業有成，但瞞著夫人，在外頭和情婦同居的，他還算是老實。」

奶媽的話分明是指桑罵槐。紹鵬驚怒，問：「妳指誰在外頭和情婦同居？」

「我是下人，哪敢多嘴。」

「袁夫人，莫非妳在我這兒作奶媽，覺得委屈了吧。」紹鵬反唇譏諷道。
「我是想辭職不幹了。」奶媽傲然回答。
翠環捧著茶盤出來，見此僵局，真不知如何是好。她悄悄地將茶杯放置在紹鵬座位旁的案几上，就想溜走。
「站住。」紹鵬站起來喝道：「翠環，妳說，今天家裏出了什麼事，有人來過嗎？」
「今天下午，來過一個女客人。」翠環怯怯地說。
「女客人！是誰？」他問，雖然他已猜到了。
「我不敢說。一提起她的名字，你就要發怒的。」
「是黃小姐。她來做什麼？」
「我什麼也不知道，什麼也沒聽見。你還是去問太太吧。」翠環搖頭擺手，不肯說。
「好吧。我去問她。」紹鵬說。轉身往臥房方向走去。
他推開臥房門走進去，見婉珍閉目躺在床上，眼鼻都已哭得紅腫。他搖頭嘆氣說：「唉，這又何苦呢。」
婉珍驚醒，看見他，又忍不住蒙面哭了起來。
「哭，又哭。妳到底怎麼啦？」他不耐煩地說。
她擦乾淚，在床頭坐起來，說：「今天下午，黃小姐來過。」
「我已知道她來過了。她和妳說了些什麼？」
「你坐下，我有重要的事和你商量。」
他依言，在床邊坐了。

她神色凝重地又說：「我考慮了一下午，決定保全這個家。我不反對你娶黃小姐做姨太太。」

「什麼！妳要我娶小老婆？」他驚訝，簡直不敢置信。

「紹鵬，黃小姐已經把你們戀愛的經過全告訴我了。五年前，你在泰國就已和她相愛了，不是嗎？這次她來上海，你舊情復燃，陪她玩樂了一個月。直到前幾日，想是你顧念這個家，決心和她斷交了。但是我看得出，你很痛苦，情緒不穩。黃小姐也不肯善罷甘休。所以，我決定成全你們。」她含淚說。

不料，紹鵬聽了，非但不感激，反倒嘲笑她，說：「妳真是世界上最愚蠢的女人。妳上了黃小姐的當！」

婉珍的自尊心原已受傷，見他毫不領情，反而譏笑她愚蠢，不由得氣憤填胸。回罵他：「你，你是世界上最自私，驕傲，無情無義的人。簡直就像暴君。」她還是生平第一次罵人，恨不得把所有的壞名詞都用在他身上。

他瞧她窘迫的神情，心中實在憐愛，但為逞一時口快，滿足自己的優越感，繼續訕笑道：「暴君？妳的思想真是太落伍了，還停留在封建時代哩。」

她終於忍無可忍了。變得歇斯底理，哭喊：「我落伍，我是小腳婆。是誰的錯？我的親娘逼迫我纏腳，說是為了討好夫婿。到頭來，反成了你的笑柄。我恨，我恨。你替我砍了這雙畸形的腳吧。」她一面喊，一面用力捶打自己的小腳。

紹鵬見狀，連忙上前制止，握住她的雙手說：「不要怪你的小腳，它不是妳的錯，妳不必因它而自卑。我說你落伍是指你的頭腦陳舊，這是妳可以改變的，以後要多讀點書報，接受新思想。知道嗎？」

「哼，新時代，新思想，使你不敢娶小老婆，寧可和情婦搞同居。」她憤恨地說。

「胡說，妳不該聽信謠言。難道妳不信任我嗎？」

她不回答，半信半疑地望著他。

他又說：「不要再提黃小姐了，我們談正經的事吧。方才，奶媽說她想辭職，回家去。玉棠還小，我們得儘快為他另雇一位奶媽。」

「你要奶媽走？」她驚駭地說。

「不，是她自己要走。好歹，她總是袁家的媳婦，她想回夫家，我們不便阻止。何況，在本地找奶媽並不難。」

婉珍誤會他是聽了黃小姐的饞言才要趕走奶媽。她把奶媽當成了眼前唯一的親信，哪裏捨得，因此，口不擇言地罵道：「換奶媽，說得容易。你以為你的兒子和你一樣，不論見了誰的奶頭都吃嗎？」

紹鵬聞言大怒，說：「你敢侮辱我。如此無端挑釁，莫非是想離婚？」

婉珍暗想，離婚！原來你比黃小姐精明多了，你不願娶小老婆，是想離婚再娶。她不禁萬念俱灰，不哭也不鬧，只幽怨地說：「你想休妻，還缺乏理由嗎？我愚蠢，落伍，猜疑，無理取鬧。我們的婚姻本來就是憑父母之命，不合時代了。」

他沒聽她說完，已氣沖沖地衝出了房間。

來到大廳，一見奶媽，他就將所有的怨氣都發洩在她身上。怒吼道：「你要走，把孩子給我留下，就帶上你的大奶奶一塊走吧。」

奶媽愕然。在她懷裏熟睡的孩子被驚醒，大哭起來。奶媽驚慌失措地將他交給翠環抱走。然後，下意識地低頭望了一下自己隆起的雙乳。

原來，她一時糊塗，以為紹鵬要她帶了她的職業道具走路。心想，一個紳士居然也會說出如此缺德的話。卻聽得管家在她身後埋怨說：「奶媽，這下你可把太太害慘了呀。」她才猛然醒悟「大奶奶」是指婉珍，立刻急得跪下了，哀求道：「先生，千錯萬錯是我的錯。太太是無辜的。你趕我走不要緊，可不能休妻呀。」

紹鵬剛發完脾氣就立即後悔。見奶媽會錯意，更加羞慚。又見她跪下，連忙彎腰扶她，說：「奶媽，快起來。方才我說的，不過是一時的氣話。請你千萬別記在心上。其實我不願讓你走，更不會休妻。」

奶媽站起來，一面用手帕擦著眼淚，一面說：「下午，黃小姐來這裏造謠，說你和她相愛並且已經同居。我不相信，搶白了她幾句。她就威脅我，說要你趕我走。所以，我才向你辭工。」

「原來如此。奶媽，請你放心，我不但不會受黃小姐的指使辭退你。而且要獎賞你。因為你能分辨真偽，不輕信謠言。」

「太太是個老實人。她怕黃小姐破壞你的名聲，惶惶不安。」

「奶媽，我想請你幫我一個忙，替我去勸慰太太，好嗎？」

「好啊。但是我該怎麼和她說呢？」

「你請她放心。她的丈夫從未和黃小姐談過戀愛，更沒有同居過。於心無愧，不怕謠言中傷。你勸她從此不要再理會黃小姐，以免自尋煩惱。」

「好，我立刻去和太太說。」奶媽高興地去了。

樓梯口傳來一聲輕嘆。紹鵬回頭看，發現玉蘭和玉祺坐在梯階上。他方知剛才自己在孩子面前失態，頓時覺得十分羞慚。坐下了，垂頭喪氣地用雙手蒙住臉。

玉祺乘機跟隨奶媽走向母親的臥房。

玉蘭卻來到父親的跟前，叫道：「爸爸。」

他抬起頭，含淚望著女兒，說：「玉蘭，爸爸愛這個家勝過一切。你相信爸爸嗎？」

「我相信你。」玉蘭毫不猶豫地說。

「好女兒。」他將她摟進了懷裏。

在奶媽和女兒的勸說下，婉珍和紹鵬終於和解了。但他倆心中芥蒂未除，只不過是貌合神離。

黃小姐害了單相思。猜想紹鵬突然和自己斷交，是因為顧慮家庭的關係，所以特地上門去找他的夫人攤牌，想藉她之口向紹鵬表明自己有委身之意。原以為，不論紹鵬同不同意娶妾，他一定會因此事尋上門來。不料，過了好幾日，毫無動靜。打電話去孟家，對方一聽見她的聲音，就立刻掛斷。顯然，這一著是失敗了，但是她卻不灰心，一計不成，又施一計。

一天黃昏，紹鵬和建業一同走出工廠，準備回家。卻發現黃小姐的女佣阿花在門外等候他。

「孟先生。我等你很久了。我家小姐病了，請你去看看她吧。」阿花上前攬住他說。

「黃小姐病了，你該去找醫生才是。如果人地生疏，我可以替你請個醫生去看她。」

「她得的是相思病，只有你能治。看醫生是沒用的。」阿花直截了當地說。

「那，我更不能去看她了。怕治不好，反而加重了她的病。」紹鵬笑道。他欣賞阿花的坦率。

「請你救救她吧。小姐想自殺，已經絕食兩天了。要是有個三長兩短，叫我怎麼向老爺交待呢？」

「啊，有這麼嚴重，你為何不早說呢？」紹鵬開始緊張。心想，黃小姐一向任性，很可能因受了挫折而輕生。於是，他轉向周經理說：「建業，請你替我打個電話到我家，就說我有應酬，今晚不回家吃飯了。」即和阿花一同離去。

進了黃小姐住的旅館套房，裏面靜悄悄的。

「阿花，請你通知黃小姐，我來看她了。」紹鵬說，想在客廳等待。

「她沒力氣起身哪。還是讓我陪你進去她的臥房看她吧。」阿花說。

紹鵬原有顧忌，但轉而一想，黃小姐絕食兩日，身體必然虛弱。既有阿花陪著，進她臥房去看看也無妨，於是同意了。

「小姐，孟先生來看你了。」阿花進了臥房，喊道。

黃小姐閉目躺在床上，身上蓋了一條棉被，毫無反應。

紹鵬不知她是睡著了，還是昏暈了，急忙上前，叫道：「黃小姐，你快醒醒呀。」

「紹鵬，你終於來了。我想得你好苦呀。」黃小姐睜開眼，一見他就流淚，說。

「唉，我已有家庭。你還年輕，儘可以追求自己的幸福。何必為我絕食自殺呢？」紹鵬嘆道。

阿花移了張椅子到床頭，說：「孟先生，請你陪小姐坐一會。我已熬了一鍋雞湯，去拿碗來給她喝，好嗎？」

「好的，你快去。」紹鵬說。

阿花走了。

紹鵬靜坐著。因怕黃小姐勞神，不敢多和她說話。他眼望著地下，內心自責，不該猝然置黃小姐於不顧，害她輕生。

不料，忽見一隻赤裸的女人腿沿著床邊滑下，他驚異地抬頭一看，幾乎嚇煞。原來黃小姐不知何時已掀被坐起，一腿下垂，一腿仍平放在床上。她全身只披了一件半透明的輕紗。無異於裸體呈現在他面前。她面色紅潤，肉體豐滿，那裏像正在絕食的人。他知道上當了。

「原來你沒絕食。我被你們主僕騙了。」他抗議，但發不出怒氣。

「我餓，我渴。今日我要飽餐你。」她弄淫賣笑，活像個蜘蛛精，貪婪地望著捕獲的獵物。

他想逃離。但不知為何，全身變得骨酥筋軟，站不起來。

她下床，一屁股坐進了他的懷裏。雙臂環繞了他的脖子，低頭吻他的嘴。

他的修養還不到坐懷不亂的程度。頓時被一種消魂的感受刺激得無比亢奮，不由自主地摟抱她，想要回吻。幸而，良知及時向他發出警告，他彷彿聽見女兒的聲音在他耳邊響起：「爸爸，我相信你。」

於是，他憑著自幼培養的自制能力，克服了慾望，推開懷中人。

「怎麼，你不喜歡嗎？」黃小姐驚異道。

「我快透不過氣了。」他用手扯扯領帶結，說。

「是了。我該先讓你脫了衣服。」她笑道。就要動手為他解鈕扣。

「還是讓我自己來吧。請你先下去。」

「好吧，你自己脫。」她從他身上下來，上了床。準備欣賞他脫衣。

他急忙站起來。轉身見房門關著，不知阿花是否守在門外。他知阿花的力氣大，能雙手舉起一個盛滿水的大磁缸，自己恐怕不是她的對手。猜想一時逃不了，他改變了策略，脫下西裝外套，放置在椅背上，又從茶几上拿了支香煙，點燃了，坐在沙發椅上抽起煙來。

「咦，你怎麼不脫了？」黃小姐焦急地問。

「急什麼，反正多的是時間。你先去拿點酒來給我壓壓驚。你節食幾日，不也餓了嗎？吃了晚飯，再說吧。」他舒適地背靠著沙發椅，蹺起個二郎腿，悠哉遊哉地說。

「也好。我們先吃完飯再玩吧。我早已吩咐阿花準備酒菜了。這就去叫她拿來。」

她無可奈何地依了他。下床，加披了一件緞袍，穿了一雙拖鞋，走到他面前，彎腰在他額頭上吻了一下，親熱地說：「你等著，我一會兒就回來。」

他朝她的臉上噴出一口煙。她笑著避開，轉身走出了房間。

他傾聽她的腳步聲走遠了，立即熄了煙，越窗而逃。

從內庭，他轉入旅館的前廳，故意和掌櫃的說了幾句話，才從容不迫地離去。出門，叫了部車，他前往周建業的家。

黃小姐回到臥房裏，發現不見了紹鵬，只見窗簾被風吹動。她心知不好，連忙撲到窗前，果然證實他已逃離。她氣得暴跳如雷。即令阿花：「快，快去報警，說他企圖強姦不遂，越窗逃脫了。」跟在她身後，捧了酒菜的阿花，將托盤放下，勸道：「小姐，請你冷靜點吧。警方若盤問起來，恐怕還是我們吃虧呀。」

黃小姐咬牙切齒咒罵了一會。拿起桌上的酒壺自酌自飲，直到爛醉。

紹鵬在周經理家吃了晚飯，等周太太離座，才私下向建業訴說了在黃小姐家的遭遇。

「想不到，黃小姐竟是如此淫蕩的女人。看來傳言不虛啊。」建業驚嘆道。

「前幾日，她還到我家去騷擾內人。我真不知如何對付她才好。」紹鵬煩惱地說。

「我建議你寫封信給她父親。請他將女兒接回家。」

「啊，你提醒了我。朱善文不久就要回曼古了。我已預約了他，明晚為他餞行。屆時，我託他給黃博帶個口信就是了。」

「好主意。我相信善文一定肯幫你這個忙的。」

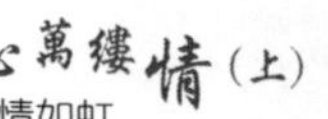

紹鵬和建業一面喝酒，一面聊天，談得十分投機，直到午夜才告辭。

他回到家，推開房門，發現婉珍穿了睡衣，坐在一張有扶手的椅子上打瞌睡。

白天她梳髮髻，晚上長髮散開，垂在肩頭，別有一種迷人之姿。他被黃小姐激起的亢奮，似乎又升起了。這回，他無須顧忌。

「婉珍，你還沒上床睡啊。」他懷著一腔愛慾，欣喜地趨前叫道。

「啊，你回來了，現在幾點鐘了？」她驚醒，迷糊地問。

「已經是深夜了。我愛你。」他半跪半蹲伏在她身上，開始吻她。

她聞到一股酒味，轉過臉，說：「你喝醉了。今晚和誰應酬來？」

「我沒醉。我到周經理家吃了晚飯，又和他一同喝酒聊天，消磨了整個晚上。」他早已忘了曾請建業通知他的家人說他有應酬的事。

婉珍起了疑心，暗想：「謊言，周經理打電話來說你和顧客出去吃飯，你怎會在他家吃呢。你一向不說謊，這次說了，一定是和黃小姐在一起尋歡作樂。」

她傷心，但不願拆穿他的謊。便推開他，站起來，裝作去取他的拖鞋，暗地抹淚。

她拿起拖鞋，轉回頭，卻見他已脫得只剩下內褲。她驚慌地制止他再往下脫，說：「今天不行。」

他熱情地緊抱了她。笑道：「為什麼不行？自己家裏，自己老婆。我幾時要，都行。」

「我身體不適。來月經。」

「你總有藉口。」他放開她，怒吼。彷彿突然變成了一隻猛獸。

她以為他要打她，嚇得倒退了兩步。但他只瞪了她一會，便氣餒地仰倒在床上。

她鬆了口氣，上前柔聲勸道：「時間不早了。你快去洗漱，睡覺吧。」

他洗完澡回來，婉珍已睡下了。他上床又去抱她，親她。

她怕他玩得起興，欲罷不能，便堅拒，說：「不要碰我。」

「你不要。我就休了你。」他開玩笑地說。

不料，她卻當真了，倏地跳下了床，氣憤地說：「你口口聲聲要休妻。我成全你吧。明日，我就帶領三個孩子回娘家。」

他也生氣了，說：「要走，你自個走。孩子是孟家的人，一個也不許你帶走。」

「你可以再娶，再生育。我終生不會再嫁，你若奪走我的兒女，我活不成。」她說著，開始哭泣。

「唉。」他嘆了口氣，說：「好了，好了。我們別吵了。我只是說說，並非真的要休妻。你不必認真，快上床睡吧。我不碰你就是啦。」他說完，掉頭睡下了。

從那夜起，床中央像是劃了「漢河楚界」似地，他們各據一方，互不侵犯。彼此的誤會愈來愈深，幾乎到了不可收拾的地步。

除夕，紹鵬全家回鄉過年。慧娘一見媳婦憔悴的面容，就吃驚地問：「婉珍，你病了嗎？」

婉珍未開口先落淚，哽咽難言。

紹鵬繃著臉，埋怨說：「她有什麼病，只是和自己過不去。」

看來是兩小口鬧意氣了。因是大年夜，一家人團圓，慧娘不想尋根究底，怕把事情鬧大。只勸他倆和解，快快樂樂地過年。

次日，紹鵬出外到親友家拜年，直到黃昏時才歸來。剛進了庭院，忽然背心被硬物擊中，感覺劇痛。

他轉身看，一塊小石頭落地，又見弟弟手拿彈弓，站在附近一棵大樹旁。

「是你暗傷我？」他既驚且怒，趨前責問。

「是又怎樣？誰叫你欺負嫂嫂。」紹卿理直氣壯地昂頭說。

「胡說。快把彈弓給我。」紹鵬生氣，想奪他的彈弓。但紹卿不給，拔腿就跑。

紹鵬追上，一把揪住，正舉手要打，忽聽得身後一人喝道：「住手。」

他回頭見父親氣沖沖地走過來，急忙為自己分辯，說：「弟弟無緣無故用彈弓投石，打中我的背。」

「真不像話。大年初一，你們兄弟倆就打架。不怕別人笑話嗎？」孟老爺不給長子留面子，當眾連他一起罵上了。

「哥哥瞞著嫂嫂，在外頭有女人。我替嫂嫂報復。」紹卿說。

「謠言。你聽誰說的？」紹鵬氣極了。

「是玉棠的奶媽對媽媽說的。」

「閉嘴。你小小年紀，懂什麼。道聽塗說，散播謠言，還敢用彈弓打人。要不是年初一，我一定不饒你。還不到房裏去悔過。」這一回，孟老爺把小兒子痛罵了一頓。

紹卿不敢再說，丟下彈弓，跑進屋裏去了。

孟老爺回頭又令紹鵬：「你跟我一同去見你媳婦。」

慧娘正在房裏勸慰婉珍，聽見敲門聲，連忙前去開門。

孟老爺瞧見媳婦眼淚汪汪地坐在床邊，不禁又是一肚子的氣。抱怨道：「真霉氣，過新年，不是兄弟打架，就是夫妻反目。打打鬧鬧，哭哭啼啼，成何體統？」

「急什麼，你坐下再說吧。」慧娘說。

「婉珍，你心中有什麼委屈儘管說出來。我替你作主。」孟老爺坐下了，又說。

「他愛上一個新派女人，嫌我是小腳婆，想和我離婚。」

「豈有此理。紹鵬，你喪心病狂了嗎。」孟老爺罵道。

「她無中生有。其實，我和黃小姐交往只不過是生意上的應酬。」

「難道你陪她吃喝，聽戲，上舞廳，都是為了做生意嗎？」

「不錯，這些都是商場上的應酬。不值得大驚小怪。你犯了嫉妒，猜疑，導致家庭不和。」紹鵬說得振振有詞，他對婉珍的指控足以構成休妻的條件。

慧娘聽了不免著急，說：「原來你們只因一點誤會而鬧得不歡。那麼彼此陪個不是，和解不就成了嗎？無論如何，你們結婚都快十年了，膝下已有三個孩子，這樣美好的婚姻破壞了多可惜呀。」

「依照舊式婚姻的標準，或許可說美滿，但是，現代夫妻要講愛情。」紹鵬說。

不料，他這一句話，招來了眾怒。

婉珍傷心欲絕，泣道：「我就知道你根本不愛我。你是奉父母之命才娶我的。」

慧娘打抱不平，說：「紹鵬，你說這話，實在太過分了。想當年，你出遠門，婉珍整日為你牽腸掛肚，早晚求神拜佛，祈祝你平安。她這分心意若不算愛，也是痴。」

孟老爺也斥責兒子：「當初，我看你少年老成，以為你大了必是通情達理的人。豈知，你變得如此無情無義，還敢妄談愛情。」

紹鵬深悔失言，令家人都誤解了他，低聲下氣地說：「我錯了。請原諒我失言。」

慧娘不想讓他太難堪，趕緊向丈夫說：「還是讓他們小倆口自個和談，我們走吧。」

崇漢嘆著氣和夫人一同走出了房間。

婉珍仍不住抽咽。紹鵬心軟了，又想起往日的恩情，氣也消了。他走到她身邊跪下，說：「婉珍，都是我不好，請你原諒我吧。」

婉珍一向尊重丈夫，連忙扶他起來，說：「我也有錯。」

他們相扶到床邊坐了。他將她摟進懷裏，說：「其實，我早就該把我和黃小姐之間的關係和你說明白的。」

於是，紹鵬原原本本將他和黃小姐之間的交往經過，以及一些誤會都解釋清楚了。

婉珍聽完，又驚奇又慚愧地說：「原來是我錯怪你了。你要我向你下跪道歉嗎？」

「下跪？不，倒不如陪我上床。」他笑道。即將她拖倒在床上。

他倆愛夠了才喜氣洋洋地從臥房裏走出來。

慧娘見了，打趣地問：「你們之間到底有沒有愛情呢？」

「有。」紹鵬毫不猶豫，直率地回答。

婉珍羞紅了臉，像個新娘子。

「有就好了。」崇漢呵呵笑道。又說：「昨晚那頓年夜飯，我吃得真嘔氣。今天，我們大家都歡歡喜喜地吃一餐，慶祝新年。」

初五，紹鵬一家人起程回上海。紹卿在門口送行，警告說：「哥哥，你回去後，可不能再欺負嫂嫂。否則，下次回來，小心我的彈弓。」

紹鵬彎腰，指著他的鼻子，說：「你下次再敢，我一定痛打你的屁股。」

「下次他再敢作弄你，不用你動手。我先用家法處罰他。」崇漢說。

紹卿向他爸吐吐舌頭，躲到母親身後去了。大夥都笑起來。

黃昏時，紹鵬夫婦回到家裏。剛坐下休息，管家就拿了封信出來，說：「先生，今天早上有人送來一封信，說有重要的事，請你回來後立刻打開看。」

「哦，是誰的信？」

「不知道。送信人是個小廝，不肯說是誰差他來的。」

紹鵬打開信封，裏面一張字條上，只寫了兩行字。

「原來是黃小姐的信。她說明日就要離開上海了，希望能再見我一面。」他把字條遞給婉珍看。

「黃小姐沒回家過年。孤零零一人流落在異鄉。真可憐。」婉珍同情地說。

「你說，我該不該去赴約呢？」

「你應該去。無論如何，她父親必竟是你的恩人。她對你一往情深，你雖不能接受她的愛，也可當她是個妹子。」婉珍說。

「好吧。那我今晚就去會她，為她餞行。」紹鵬也覺得應該有始有終。總不能，她來時熱情招待，她走時卻毫不理會。

於是，他換下長袍，改穿了一套西裝。戴了一頂呢帽，又穿了件風衣，出了家門。

來到黃小姐的寓所，他敲了門。阿花開了門，請他入內。

「阿花，恭喜，恭喜。」他一進門便塞了個紅包給她。

「不要。小姐不准。」阿花退拒。

「不關她的事。別客氣，收著吧。」

「謝謝你啦。」阿花收了紅包。替他將帽子和外衣掛在衣架上。

「黃小姐今日沒有身體不適，能出來會客了吧？」他輕聲問，擔心又受騙。

「她出來了。你看。」阿花說。

紹鵬回頭，果然見黃小姐出現了。她穿了件素色旗袍，臉上只化了淡妝。比起往日妖艷的妝扮，顯得清爽得多。

「黃小姐，恭喜，我給你拜個晚年。」他拱手，說。

「喜從何來。獨個人沒愁死已不錯了。」她苦笑道。又說：「你請坐吧。」

「你為何不回家過年呢？」他與她對坐了，問。

「連我父親都已不願見我了。」她嘆氣，說。

「有這回事嗎？那你離開上海，要到哪裡去呢？」他懷疑她又耍花樣。

「我準備去香港投靠我的姑媽。趁明晨八時的船走。這是船票，你看吧。」她從茶几上拿了船票給他看。

他看了一下，說：「香港是個好地方。你年輕，去到那裡，會有幸福的前途。」

「不論前途如何，總比在此討人嫌好。」

「黃小姐，令尊對我恩重如山。我願當你為親妹妹。日後，你在香港若有困難，只要寫信給我。我一定會盡力幫助你的。」

「謝謝你。世上再沒比你對我更好的人了。」

「不要如此悲觀。我相信你將來一定會找到比我更理想的人。今晚，我想請你出去吃晚飯，為你餞行，好嗎？」

「不用出去了。你不是喜歡吃阿花煮的咖哩雞嗎，我已叫她煮了。我也親手燒了兩樣菜，就在這兒吃吧。」

「好極了。你學會了烹飪，我倒要嚐嚐你的手藝。」

黃小姐煮了糖醋排骨和一條魚。阿花煮了雞，炒一盤青菜，還有湯。紹鵬邊吃邊讚，享受了一頓豐富的晚餐。他還和黃小姐對飲，喝完了一壺酒。吃飽喝足，他說：「我飽了，不能再吃了。」

「宴席該散了。你再和我乾一杯，我們就分手吧。」黃小姐說，又回頭令女僕：「阿花，你到後頭再為我們斟兩杯酒來。」

「小姐，我看你和孟先生都喝得不少了。就免了吧。」

「死丫頭，就會偷懶。你不去，我自己去。」黃小姐怒道。起身往廚房走去。

阿花連忙跟了去。

紹鵬離了飯桌，到沙發上坐了，點了支香煙抽。心想，黃小姐今日喜怒無常，他有點為她擔心。忽然，聽見敲門聲。他熄煙，去開門。見是周經理，他感到十分驚奇，問：「建業，你怎麼來了？」

「剛才我到你家去拜訪。不料，見你夫人十分憂慮，因為你的大少爺突然發高燒，咳嗽得很厲害。我怕令郎得肺炎，所以建議立刻送他到醫院，你夫人同意了。我送她和令郎一起到仁愛醫院，掛了號。他們留在候診室，我則趕來找你。」

「啊，我的玉祺。」紹鵬聞訊大驚。玉祺感冒咳嗽已有好幾天了，已看過醫生。不料，病情惡化。當下，他從衣架上拿了帽子和大衣，就要和建業一同離去。

忽聽得黃小姐叫道：「紹鵬，你別走，先和我乾了這杯酒再去。」

他回頭，見她雙手各拿了一杯酒。遞一杯給他。他匆匆接過，不假思索，就要喝。

酒方沾唇，猛聽見阿花大叫：「有毒，喝不得。」

他大駭，急忙將酒杯摔在地下。杯破，酒灑了一地。他無暇和黃小姐計較，即轉身奔出去。

黃小姐見他走了。大怒，逼迫阿花，說：「你放了他，你替他死。喝，你把這杯酒給我喝了。」

阿花退到了牆邊，哭道：「小姐，你饒了我吧。我不忍心害死孟先生，也不願看你死呀。」

「我情願和他同歸於盡，要你多管閑事。你破壞了我的計謀，我要你死。」她將酒杯頂住了阿花的嘴，想把毒酒灌進去。

阿花被逼得起了性子，打掉酒杯，又用力推開她。黃小姐摔倒，昏了過去。阿花將她背進了臥房。

紹鵬趕到醫院，見了婉珍。急問：「玉祺呢？」

「已被護士抱進去做檢查了。」她六神無主地說。

突然，診室內傳出孩子尖銳的哭聲，他們急忙衝進門去。

「我的兒子，他怎麼了？」紹鵬問。

「請放心。他沒事。我們剛才給他打了一針退燒。」護士說。

「令郎患了支氣管炎。我已開了藥方。照方吃上十天藥，應會痊癒的。」醫生說。

「謝謝你。」紹鵬夫婦感激不盡。

那一夜，紹鵬守在玉祺的房間裏，心緒紊亂，整夜無眠。次晨，見孩子的病有了起色，他稍微放心，但仍不敢把在黃小姐家險遭毒害的事告訴妻子。

帶著倦容，他裝成無事般出門。在前往工廠的途中，他開始擔心黃小姐自殺，於是吩咐車夫轉往旅館開去。

他遠遠地瞧見她主僕倆從旅館走出來，提行李上了一部包車。他跟蹤她們到碼頭，直到她們上了輪船，他才放心地離去。

擺脫了感情上的紛擾，紹鵬專心事業。雖然經歷不少挫折，憑著毅力，他克服種種困難。不出幾年，就成為有名氣的企業家。

【第四章】

國無寧日　壯士從戎

孟家的私塾關閉了。紹卿每天到距家有十里路的學校去上學，由秦叔駕著馬車接送。他的一個同學張五福也搭乘他家的馬車。

秦叔，原名叫秦仁豪，三十六歲。在孟家當僕人已有十九年。前孟夫人臨終時，將身邊一個丫頭許配了他。他有過一個女兒，比紹卿長一歲。

紹卿出生後，秦妻就做了他的奶媽。他剛斷奶不久，秦妻帶著女兒回娘家探親。不幸，歸途中遇上強盜，母女雙雙被害。仁豪萬分悲痛，從此將父愛轉移到小主人身上。紹卿叫他秦叔，大家跟著叫，久而久之，他的原名已被人忘卻。

六月中，一個清朗的日子，秦叔照常送紹卿上學。平日，他從不在鎮上逗留。這天，正巧是紹卿九歲生日，他準備買些糕餅給小壽星吃。於是，來到一家糕餅店。

不料，他剛買好禮物走出店外，突然見一大群饑餓的難民從四面八方湧現。難民們見了食物，有的乞討，有的搶奪。糕餅店老板想關門，已來不及。

秦叔手中的禮物也被搶走。他顧不得損失，連忙坐上馬車，就想駕車離去。但有些暴民想奪他的馬

車，阻擋了他的去路。秦叔揮起馬鞭，驅散了他們。忽又見一個滿身塵土，骯髒的年輕人衝上前來，他揚起一鞭打過去。

來人中鞭跌倒，哭喊：「舅舅。」

他定睛一看，果然是他的外甥，謝德輝。急忙跳下車，扶起年輕人，問：「阿輝，你怎麼會落難到此。你爸爸，媽媽呢？」

「軍閥混戰，半夜裏，炮火沖天。我奔出門去打探消息。回到家，發現一顆炸彈把家毀了，我從瓦礫中挖出了爸媽的屍體。軍隊就要進城交戰，我只草草得埋葬了他們，隨著大家逃難。」

秦叔聽說姐姐和姐夫都已遇難，無限悲痛。但眼前情況不容他疑遲，他扶外甥上了馬車，即回孟家莊。

孟老爺同情阿輝的遭遇，知他無家可歸，便收留了他。

阿輝十八歲，已長得六尺高，原本體格健壯，只因逃難，一個月來餐風宿露，消瘦了許多。他父親生前開豆腐店，阿輝平日天未亮，就起來磨豆子，再將做好的豆腐一板板堆疊起來，挑著去賣。小時候，由一位街坊裏的老學究啟蒙，教他讀了三，四年書。以後全靠他自學。他一有錢，就買書報來看。誰也看不出這賣豆腐的小子，胸懷大志。

自從到孟家莊後，阿輝很快活。首先，他學會了駕馬車，代替秦叔接送紹卿上學，他對那匹馬有特別的喜愛。隨後，他在打掃孟老爺的書房時，發現了豐富的書籍。一天，趁老爺出外，他溜進了書房，拿起一本《三國演義》，坐到牆角下，看得津津有味，午飯也沒吃。

秦叔到處找不著他，著急萬分。

直到下午，孟老爺回家，才發現了他。秦叔拿了掃帚把要打他。孟老爺反倒沒生氣，還替他說情：

「不論誰看了《三國演義》，都會著迷的。」又說：「阿輝，我這兒還有《水滸傳》、《七俠五義》，你要看，全拿去，慢慢看吧。」

晚上，紹卿要阿輝伴讀。阿輝有機會看書，真是求之不得，也開始學寫文章，請孟老爺批改，因此他留在孟家莊，不想離開了。

秦叔卻不願見唯一的外甥在鄉下荒廢時日。於是，趁紹鵬回鄉探親時，請求他帶阿輝去上海謀生。

紹鵬一口答應。說定了秋收後就讓阿輝到工廠作工。

臨行前一日，阿輝覺得有件心願未了。他一直想騎一騎馬。於是起個大早，悄悄地打開馬廄。裏面有兩匹馬，他牽出了其中一匹，躍上了馬背。那匹馬雖從未被人騎過，但頗馴良，又受阿輝飼養多日，就任他騎了，沒使野性。

阿輝騎馬在院子裏繞了兩圈，心中得意，膽子也大了。他將馬策出了莊院，揮鞭令馬奔跑。馬受驚奔馳，差點將他摔下來。幸而，他雙腳有力，夾緊了馬腹。又拉緊韁繩，扒在馬背上。然而，他無法使馬停止，滿懷恐懼，只能聽天由命。突然，前頭路盡，馬跑到了一個有籬笆圍著的農家前。牠停不住，企圖跳躍籬笆，但前蹄被絆倒。阿輝被拋出了數丈遠，跌落地上，暈了過去。

農家的主人叫張儉。村裏人都叫他張大叔，說他好福氣，因為他有九個孩子，前五個和最小的一個都是兒子。張大叔給孩子們取名為，一富，二貴，三榮，四華，五福，六妹，七妹，八妹，九平。其中以五福最幸運，因為只有他一個上了學。他和紹卿同年又同窗，平日搭乘孟家的馬車去上學。

清晨六時，張大叔和三個大的兒子都已起身。正準備出門做農事。忽聽得轟然一聲大響。他們立刻跑出去查看。先見一匹馬壓倒了籬笆，又尋見了阿輝。

「是秦叔的外甥，阿輝。他騎馬來，跌暈了。」張三榮驚道，他和阿輝同年，兩人已成了好朋友。

「快去通知秦叔。」張大叔說。三榮飛也似地跑了。

張大叔和他另兩個兒子將阿輝抬進了屋裏。

秦叔醒來，見阿輝的床鋪空了，還以為他一早到院子裏鍛練身體去了。等進了院子，瞧見滿地馬蹄印，馬和阿輝都不見了，這才著急起來。正要出院去找，卻見三榮跑過來。

「秦叔，不好了，阿輝騎馬，撞倒了我家的籬笆。馬受傷了。他也跌暈了。」三榮上氣不接下氣地說。

「啊。」秦叔驚呆了。半晌，他回過神，就往外跑。剛跑出門，又停了，向三榮說：「等等，我要稟告老爺。」

孟老爺聽說阿輝闖禍，受了傷，連忙換了衣服，和他們一同來到張家。入門見阿輝躺在一張長板凳上，已被救醒，但動彈不得。

「你這畜生，真會作孽。好端端地，明日就要去上海了，卻來闖禍。你摔死了也罷，不死不活，若殘廢了，這輩子看你怎麼過。」秦叔又心疼，又生氣，一邊罵，一邊哭。

阿輝心裏後悔，只是流淚，說不出話。

「你先別罵他，快去請醫生來看看他有無骨折要緊。」孟老爺說。

一語提醒了秦叔。他連忙用衣袖擦乾眼淚，說：「我這就去請醫生。」轉身走了。

孟老爺和張大叔一同出來看那匹受傷的馬。見牠前腿折斷，狀甚痛苦。孟老爺便拿了支獵槍，射殺了牠。

阿輝算運氣，雖然摔得滿身烏青，但沒骨折。休養了幾日，他已能走動了。然而，這次意外事件，耽誤了他去上海的行程，也改變了他一生的命運。

盧永祥和孫傳芳兩大軍閥爭奪地盤，殃及華東地帶。一日清晨，大批軍隊進入了村莊，徵糧拉伕，搶劫財物。其中一隊士兵進入了孟家莊。

秦叔和阿輝一起正在院子裏打太極拳，當下被衝入的士兵捆綁了。

「你們為什麼抓人？」兩人企圖掙扎，卻被士兵毆打。

秦叔平日飼養的一隻黃毛狗，向士兵撲去，被軍隊長一槍射倒。

「金毛。」秦叔悲痛地叫道。黃狗抬起頭，望了主人最後一眼，隨即倒斃。

孟老爺聽到槍聲，以為出了人命，急忙走出來看。驚問：「誰在我家殺人？」

「沒殺人，只殺了條狗。」士兵隊長笑道。

金毛不但是紹卿的寵物，而且受孟家上下的喜愛，就像家中一員。孟老爺見牠被殺，心中痛惜，又見秦叔和阿輝被綁，大駭，說：「他們是我的家人，為何綁他們？」

「我們奉令徵糧徵伕。你這麼大個莊院，出兩個莊丁，算什麼。」軍隊長已叫他的士兵去倉庫搜糧。他們帶來一輛馬車，又發現孟家馬廄裏還有一匹老馬和馬車，也一起徵用了。令莊丁將米糧盡數裝上馬車，準備帶走。

「你們帶走糧也罷。請放了我的人。」孟老爺說。

「你若願贖他們，我們可以商量。十根金條，贖一個。」隊長獅子大開口。

「沒有。地方不平靜，常有盜賊。家中早已不儲藏黃金。」孟老爺一口拒絕。隊長想他不願出高價贖僕人。便打折扣說：「沒有黃金，銀元和鈔票也行。五千元贖一個。便宜了你。」

「贖金一萬元！前幾年不是旱就是澇，積蓄用盡。今年，秋收剛畢，尚來不及收租。家裏存錢所剩不多，請高抬貴手，放過我們吧。」

「你不是浪費我的時間嗎？算了，不給錢，我們就帶人走。」隊長發怒，站起來，轉身要走。

「請等一等。我把所有的現錢都給你就是了。」

「快去拿來。」

孟老爺進入屋內，不一會，取出一個大錢袋交給了軍隊長。說：「我家裏所有的存錢都在此了。你自己點數吧。」

隊長打開錢袋，瞧了一眼，裏面有銀幣也有鈔票，估計有幾千元。他一言不發，提起錢袋就走出去，下令：「放了那老的。我們走。」

士兵放了秦叔。要帶走阿輝。

「不，不，請放了他，帶我走吧。」秦叔哭求道。

「滾開。」士兵將他推倒，踢打。

「住手。」阿輝怒喊。又叫道：「舅舅，你不要管我了。」

秦叔伏地痛哭。

「你為何不把兩人都放了？」孟老爺著急地責問。

「你的贖錢不夠。」隊長說。

「你再拿幾件值錢的東西湊數吧。」

「不要再囉唆了。這小子不給贖了。」隊長不耐煩地說，走下台階，準備帶隊離去。

紹卿原先被他母親護著，躲在房裏，從窗口偷看外面的動靜。即見士兵要將阿輝帶走，立刻衝出來，拉住他父親，說：「爸爸，你不能讓他們抓走阿輝啊。」

「他們是軍人，有槍。我沒法和他們講理。」孟老爺無可奈何地說。

「不，放了他，放了阿輝。」紹卿突然奔到門口，伸張了兩臂，阻止軍隊進行。

軍隊長先是一怔，隨即拔出手槍，指著他恐嚇：「快讓開。否則，我就像殺那條狗一樣，殺了你。」

「勿傷吾子。」孟老爺大聲喝道，瞬時趕到了兒子身邊。

夫人和幾個僕人也一同奔過來，擋住了院門。

「還不讓開。你們都不要命了嗎。」軍隊長怒道。

孟老爺把心一橫，決定抗爭到底，說：「我已給了糧和贖金，你若不放人，休想出我的院門。」

「好大的口氣。你敢違抗軍令，我把你就地槍斃。」軍隊長說。

忽聽得身後有人大聲說：「誰敢傷孟老爺和他的家人，先吃我一槍。」

隊長吃了一驚，連忙轉身看，見四周突然出現了二，三十個壯丁，其中一人，拿了長槍瞄準自己。他不禁目瞪口呆。

原來，莊內本來就有十幾個長工，因秋收又雇請了十幾名臨時工。起初，他們見軍隊進莊，怕被抓走，大都消聲匿跡。及見紹卿挺身而出營救阿輝，又見孟老爺和夫人也奮不顧身擋住了大門，他們便一個個現形，拿起棍棒，鐵鍬，長槍，準備護主。那持槍瞄準隊長的人叫李彪，武藝高強，曾當過鏢師，這幾日正客居在莊內。

「你們敢造反?不怕大軍來鎮壓嗎?」隊長驚怒，說。

「你不用神氣。今日楚，明日漢。你們那一派究竟是王，是寇，也還未分曉哩。倘若你想報私仇，先打聽打聽我李彪是什麼人。」

「這人恐怕是江湖上傳說的李大俠，他不但武功高強而且是個神槍手。」副隊長驚駭地說。

剛才還神氣十足的隊長，忽然變得像鬥敗的公雞似地，只想逃命。於是下令放了阿輝，匆匆帶隊離去。

「秦叔。阿輝。」紹卿拉住了兩個僕人哭泣。

「多虧你和老爺救了我和阿輝。」秦叔也哭。又惶恐地說：「可是軍隊會來報復的。恐怕會害了你們一家人和莊丁呀。」

「他們若再來，我就和他們拼命。」阿輝握拳，恨道。

「秦叔，阿輝，你們別著急，先把金毛埋了。我去和李大俠商量對策。」孟老爺說。其實，他心中也惶惶不安，扶著夫人，請李彪一同進屋去了。

紹卿跪在金毛的屍體旁，悲痛不已。阿輝蹲在他身邊安慰說：「你不要悲傷。我決心去參加革命軍，打倒軍閥，為民除害，替我父母報仇，也為金毛報仇。」

「你想當兵？秦叔會同意嗎？」

「我想暫時不告訴他。你能替我保密嗎？」

「好，我一定不告訴任何人。」紹卿答應。

秦叔拿來鐵揪和一個木箱。阿輝和紹卿幫他一起將金毛埋在院內的牆角下。

孟老爺向李彪求教退兵之計。

李彪說：「孟老爺，你放心吧。目前，孫、盧兩派系正打得火熱。我看這隊士兵是盧系的，他們剛打了敗戰，趕著徵糧補充兵卒，預備再戰。大敵當前，無暇為少了一個伕役而來尋仇的。我猜測他們不久就會敗退離境。」

「但願如你所言。」

果然不出李彪所料，進村騷擾的軍隊不久就被敵軍打敗驅逐了。但是他們已在村內造成極大的損害。村民有的家破人亡，有的糧食財物皆被奪走陷入絕境。

張大叔家損失慘重。他的長子一富因拒捕被當場槍殺，次子二貴被抓走，家中糧食也被搶劫殆盡。幸而，敗兵撤退後，二貴居然逃回來了。張家悲喜交集。

戰事平息後，紹鵬立即下鄉探親。見家人無恙，方才鬆了口氣。

「紹鵬，你把阿輝帶到上海去吧。那匹馬不用他賠了。就是牠沒出事，也會被士兵搶走的。」孟老爺說。

紹鵬同意，說：「阿輝，你明日就跟我一起回去吧。你可以在我的紡織廠做工。」

不料，阿輝拒絕說：「謝謝老爺和大爺。但我不想去上海做工，我要從軍報國，消滅軍閥。」

「什麼，你瘋了嗎？」秦叔大急，罵道：「你是謝家，也是我秦家，唯一的命根子。我不許你去參軍。」

「軍閥不滅，人民無法安生立命。爸媽不就在家被炸死了嗎，我們不也差點被抓走了嗎？」

「不管你說什麼，我就是不答應你去從軍。你不聽話，我就打你。」

「你打死我，就少了一個救國的戰士。」

見他舅甥倆吵架，紹鵬暗中同情阿輝，插嘴說：「我看阿輝有志氣。我願意幫助他報考黃埔軍校。」

阿輝大喜，拱手說：「多謝大爺，阿輝若能考進軍校，定不忘你的大恩。」

秦叔聽了，卻大哭大鬧，說：「你去從軍，我就去尋死。」

孟老爺勸道：「秦叔，你難道沒聽說過嗎，將相本無種，男兒當自強。阿輝若進了軍校，將來或許能成為大將軍。不比做一個小工人榮耀嗎？」

「老爺，你看阿輝能成將軍嗎？」秦叔有點回心轉意了。

「我看他有貴人相，何況有志者事竟成。秦叔，你讓他選擇他自己的道路吧。」

「可是他只上過幾年私塾，怎能去考軍校呢？」秦叔猶疑地說。

「他在我家半年，快把我書架上的書都看完了。他的文章寫得也還通順。只要苦讀兩年，必能參加投考。」孟老爺說。

「我將為他聘請教師，一切費用由我承擔。從今起，阿輝只要專心準備考試就行了。」紹鵬說。

「除了文科，還得為他請個武教練。我想就聘請李大俠教他。」孟老爺也熱心地說。

阿輝在文武教師的指導下，苦學了兩年半，取得了等同中學學歷的證書，便準備啟程去廣州考軍校。

張大叔的第三個兒子，三榮，與阿輝一向要好，常來陪阿輝一起練拳腳功夫。他羨慕阿輝，也想從軍。在阿輝臨行的前一日，透露了心中的願望：「阿輝，你能帶我一同去從軍嗎？我雖然沒有資格考軍校，去申請當個小兵總可以吧。」

年輕人能結伴同行，那個不喜歡。阿輝毫不猶豫，高興地說：「好極了。我們一同參軍報國。」

「但是，我沒有錢，付不起路費。」三榮為難地說。

「沒關係。孟老爺和我舅舅都給了我不少錢。足夠我們兩人的路費和好幾個月的生活費。」阿輝慷慨地說。

三榮欣喜欲狂。當下，兩人商議定了。次日，在火車站見面。

孟紹鵬特地帶了家眷一同回鄉為阿輝餞行。

「多謝老爺和大爺的栽培，但願我不辜負你們的期望。」阿輝感激地說。

「不必客氣。祝你一帆風順，考上軍校。早日得勝，衣錦還鄉。」紹鵬說。

「阿輝，你到了黃埔，早日來信，免得秦叔和我們一家人掛念。」孟老爺說。

「我會的。」阿輝答應。

「等我長大了，我也去參加革命軍，和你一起打軍閥。」紹卿說。

「希望那時候，革命軍已經勝利，不用打內戰了。」阿輝笑道。

「阿輝，我給你做了個花圈，你帶上吧。」玉蘭手中拿了一個彩紙編成的花圈，說。

「呀，謝謝你。」阿輝驚喜地低頭，讓玉蘭為他套上了花圈。

「阿輝，時間不早，該走了。」秦叔說。他駕了孟家新買的馬車，準備送外甥去火車站。

阿輝上了車，依依不捨地向孟家人揮手告別。途中，他取下花圈，拿在手裏撫弄，心中充滿喜悅和感恩。

張三榮清晨起來，將幾件衣服放入了一個布袋裏，上面又加放了許多乾糧和水果。他告訴家人，要到火車站為阿輝送行。

「應該去的。」他母親說。還吩咐他多帶些禮物。

「爸，媽，我要走了。」三榮背起布袋，說。

「去吧，送了阿輝，早點回來。」張儉說。

「請你們不要擔心，我一定會回來的。」三榮含淚說。

「咦，你怎麼哭了？」二貴奇怪地問。

「沒什麼，我想起阿輝要走，心裏難過。」三榮連忙擦了淚。轉身走出去，又回頭揮手，高聲叫：「再見。你們保重。」

「這孩子今天有點奇怪，他不會離家出走吧？」張大媽擔心地說。

「別操心，他身上沒錢，往哪裡去？」張儉說。

阿輝來到車站，見三榮已經在等他了。他跳下馬車，叫道：「三榮。」

「阿輝，」三榮提著布袋跑過來，說：「我爸媽叫我帶了些乾糧和水果給你在路上吃。」

「先放在馬車上吧。你陪我去買火車票。讓我舅舅看行李。」

阿輝買了兩張車票，即將一張給了三榮。兩人一同走回馬車邊。

「秦叔，你和阿輝一定有許多話要說。讓我把行李搬到火車上吧。」三榮說。

「好，三榮，謝謝你啦。」秦叔不疑有他，將箱子和布袋遞給三榮提走了。回頭敦敦囑咐阿輝：「路上要小心。出門千萬要保重身體。若考不中，也不要緊，立即回來就是了。」

「我知道了。」阿輝一面敷衍舅舅，一面偷瞧三榮，見他上了火車，放心了，就說：「火車快要開了。我該上車了。舅舅，請你也保重。再見。」

秦叔見外甥離去，心中悲傷，淚眼模糊，沒注意不見了三榮。

直到火車開動，阿輝和三榮一起從窗口伸出頭來，向他揮手，他才大吃一驚。叫道：「嗄，三榮，你怎麼在車上呀，快下來。」

但火車很快出了站，消失了。他追之不及，只得急急忙忙去張家報訊。

「你說什麼？阿輝把三榮拐上火車，帶走了。」張大叔聞訊大驚。

「不是。你聽清楚，是三榮自己溜上火車的。」秦叔企圖分辯。但張家人哪裏肯信，都一口咬定是阿輝拐走了三榮。

秦叔無法，只得帶了張儉來請孟老爺評理。

「我家三榮，身上一分錢也沒有，怎能買火車票，一定是阿輝替他買的。」張儉向孟老爺控訴。

「就算阿輝替他買了票，也不能證明是誘拐呀。很可能是三榮自己要走，向阿輝借了路費。」秦叔說。

孟老爺聽明白了怎麼回事，判斷說：「我看多半是三榮自願去的。也許阿輝是鼓勵了他，又幫他出了路費。不過，張大叔，你不用擔心。等阿輝來了信，有了地址，我立刻替你寫封信，要他勸三榮回來，就是了。」

張大叔聽了勸，回家去。接著，每過三，五天，就來問秦叔有無信息。秦叔不勝其煩，兩人又吵架。

孟家僕人都勸張儉，說：「張大叔，你別和秦叔吵了。說不定阿輝將來當上大將軍。你家老三就是成了他的侍從，不也沾光嗎？你若惹惱了秦叔，阿輝回來找你算帳，你吃得消嗎？」

張大叔寡不敵眾，只得忍氣吞聲，從此不來吵了。但是，阿輝去了兩，三個月都沒一封信來，連秦叔也氣極了，整日罵：「沒良心的小畜生。」

終於，阿輝寄來了一封信。

孟老爺看了，立刻派人去請來張大叔，方才向眾人宣佈：「秦叔，張大叔，恭喜你們。阿輝和三榮都考進軍校了。」

秦叔十分欣慰。張儉卻不相信，說：「阿輝撒謊。三榮沒讀過書，哪能考得上呢？」

「阿輝信上說，有一位軍官見三榮體格健壯，拳腳功夫好，讓他進了警衛訓練班。」

「好哇，阿輝真會打算。他去學做將軍，讓我的兒子去學做衛士，將來好侍候他。」張大叔抱怨說。

「罷了，罷了。老爺，請你替我寫封信去大罵阿輝一頓。令他立刻把三榮送回來。路費由我出，我給他寄去。」秦叔氣道。

「誰希罕你的錢，路費由我自己給兒子出。孟老爺，我明日就把錢送過來。請你替我寄。」張大叔說。

阿輝和三榮考上軍校的好消息不脛而走，很快地傳遍了全村。鄉下人都認為他們中了武狀元。紛紛來向秦叔和張大叔賀喜送禮。一時，張家貴客盈門，禮物堆積如山。張大叔啞巴吃黃蓮，有苦說不出。遂改變主意，不要三榮回家了。

不久，張大叔接到兒子一封信，是阿輝代寫的。信內還附了一張相片，是三榮和阿輝的合照。兩人都穿戴了全副軍裝，顯得英武神氣。他見兒子這般模樣，喜出望外。即刻拿了照片去給秦叔看。他向秦叔道歉，又表示感激阿輝提攜了三榮。

秦叔也剛收到信和一張同樣的照片，正自高興，哪裏還和張儉計較。從此，兩個冤家就像成了親家似地，時常聚在一起，談論他們的子，甥。他們有一個共同的願望：「阿輝和三榮一塊兒衣錦還鄉。」

有一天，張大叔拿了信，興沖沖地又來找秦叔，說：「三榮來信說，他當了周恩來的衛士。這個姓周的是啥人，你曉得嗎？」

「我也是第一次聽說這個人。據阿輝的信上說，他是軍校的政治主任，阿輝很欽佩他。」

革命軍勢如破竹，僅在一年內，平服了華南和華中各地的軍閥。

村民們獲知消息，都聚到孟家莊來，熱切地說：「好呀，阿輝和三榮不久就能衣錦還鄉了。我們要為這兩個大英雄準備慶功宴。」

不料，四月中旬的一天，紹鵬倉皇地來找秦叔和張大叔，警告他們：「以後不可再提阿輝和三榮了。快把他們寄來的信全部燒掉。」

「為什麼？他們不是革命英雄嗎？」秦叔和張大叔都驚訝地問。

「國民黨和共產黨決裂了。上海發生了大規模的反共事變。國民黨正在清黨。謝德輝加入了共產黨，你們瞧，他的名字被列在通緝名單上。」紹鵬拿出一張通緝令，指給秦叔看。

秦叔頓時嚇得目瞪口呆。欲哭無淚。

「我的三榮呢。他的名字也在通緝令上嗎？」張大叔著急地問。

「沒有。但聽說共黨領導逃亡時，身邊衛士有多人陣亡。」

「唉呀，你說我的兒子已經被殺了嗎？。」張大叔幾乎暈倒。

「不，我不知道，但你要有心理準備。切記，若有人來查問阿輝和三榮，只說早已與他們失去聯絡。他們的事一概不知。」紹鵬一再警告。

這消息，猶如晴天霹靂，秦叔和張大叔都驚呆了。前一日，他們還興高彩烈地談論著慶功會上將出現的熱鬧場面，如今只落得淚眼相望。

【第五章】

混沌歲月　民間英雄

孟家的鄰居，尤金滿，是個凶殘的惡霸。孟家賣地，他卻一路買進，成了縣裏最大的地主。他剝削佃農，過著驕奢淫佚的生活。家裏有婢女和僕役數十人，大多是買來的終生奴。國民政府下令禁止販賣人口並取締奴工，尤老爺便將他買的婢僕全認做養女養子，但他們的待遇毫無改善。

一日，尤老爺入城，在街邊用一串錢買了一個九歲的男孩，名叫王竹清。因他骨瘦如材，到尤家後，便被稱為小竹子。

小竹子在尤家當童奴，作苦工，還常吃不飽。幸而，尤夫人身邊的一個婢女，叫勤姐的，常暗中照顧他。勤姐其貌不揚，一張圓臉佈滿雀班，卻比那些美貌的丫鬟們幸運，免除了被大少爺強姦的危險。

一年後，有一天下午，尤老爺自南京載了一車貨回來。小竹子在幫忙搬貨時不小心打破一個大花瓶，被尤老爺用馬鞭子毒打，直到他暈過去。尤老爺餘怒未息，令人將他抬進柴房裏關起來，不許給他吃喝。

半夜裏，勤姐偷偷地打開柴房，放他逃走。「小竹子，你快逃吧。老爺怒氣未消，還要折磨你。你這條小命恐怕難保。」勤姐流著淚，說。

「我逃到哪裡去呢？」小竹子泣不成聲。

「有位孟老爺，為人慈善。也許他會幫助你的。」

「他家，怎麼去呢？」

「孟家和這裏相鄰。你只要往西面走，看到一個大莊院，就是了。」

「勤姐，謝謝妳。可是，妳放了我，會被罰的。」

「不要多說了。你逃命要緊。但願你平安到達孟家。」

小竹子哭，勤姐也哭。

兩人擁抱了一下，勤姐催他走了。她又關上柴房門，悄悄地溜回屋裏。

沒想到，一進門，就發現尤夫人守候著她。

「夫人，妳不是已睡了嗎？」她吃驚，道。

尤夫人把她拉到臥房裏，沉著臉，問：「妳到哪裡去了，是不是去看小竹子？」

明知瞞不了，但又不敢說實話，她只得硬起頭皮說謊：「不是，今夜月色好，我去院子裏散步了一會。」

「你小心點。老爺心情不好。要是知道妳幫助小竹子，非剝妳的皮不可。」

「多謝夫人警告。我服侍妳睡吧。」勤姐小心翼翼地說。她知道這晚老爺到小妾房裏睡了，夫人獨守空閨，心情也不好。

尤夫人到梳妝台前坐了，勤姐替她按摩肩頭，儘量使她舒適，希望她饒了自己，然而，從鏡子裏，她發覺夫人的雙眼一直犀利地訂著她，不由得令她毛骨悚然。

小竹子在半途，被狼狗追逐撲倒。正危急時，幸而有一輛馬車急駛而來，駕馬車的一個壯漢，李勇，救了他。將他送到孟家。

李勇二十五歲，面上蓄了鬍子，模樣十分英武。他的父親，李彪，曾做過鏢局的鏢師。他少年時便隨父闖蕩江湖。有一次，李彪被強盜殺傷，幾乎喪命，從此改行靠田獵謀生。孟崇漢很欽佩李彪，時常邀請他到家裏喝酒聊天。後來，為助阿輝投考軍校，特聘請他作武教練。不幸，過了一年，李彪病逝。李勇承擔了撫養母親和兩個妹妹的責任。他想到在江湖行走時，常看到各地物價不同，便決定行商，向孟老爺借貸買了一輛馬車，來往運貨買賣。

適逢革命軍北伐，需要戰地物資。李勇冒著生命危險，衝過槍林彈雨，為北伐軍運輸糧食和軍需品，因而結識了幾名高級軍官，他們託他收購軍糧。於是，大地主們紛紛巴結他，想請他推銷自己的農產品。他為人有俠義之風，時常扶助弱小，被村人視為英雄，都稱呼他李大哥。

進了孟家的大廳，在燈光下，李勇才發現手中抱的孩子竟是滿身鞭傷，大驚。

秦叔連忙去通報孟老爺和夫人，紹卿也被驚醒，一同走出來看。

「這是什麼回事？你是誰家的孩子，是誰把你打成這樣？」孟老爺問。

「我叫小竹子，是尤家人。因為我打破了一只花瓶，被老爺打了，我逃出來的。」

「尤金滿這惡霸太殘忍了。我非去找他算帳不可。」李勇磨拳擦掌，恨道。

「且住，去不得。」孟老爺連忙叫住他。「小竹子傷重。你若去尤家鬧，讓他們知道他在這裏，一定要搶他回去，反為不妙。不如讓他先安靜地在這裏休養一天，等明兒再說吧。」

「明天，我要送一批貨到鄭州。大約一個月後才會回來。」李勇猶豫地說。

「你放心去吧。把小竹子的事交給我處理，我會和尤老爺評理，絕不讓他再傷害這孩子。」

李勇分身乏術，只得接受了孟老爺的勸。「好吧，這事就拜托老爺，我告辭了。」

半夜裏，小竹子發起高燒。孟崇漢請來大夫為他療傷，對尤金滿的殘暴感到憤怒，決定等天亮了，便去請村長評理。

尤老爺得知小竹子逃走，怒不可遏。忽見管家進來，說：「村長和孟老爺一同來請見。」他心想，孟家和自家相鄰，莫非小竹子逃到他那兒去了。

請客人坐下了，他即刻先發制人，說：「村長，你來得正好。我的一個養子，小名叫小竹子的，昨夜失蹤了，我正想請你幫忙尋找他。」

「我們正是因他而來。他現在孟老爺家中。」村長說。

「尤老爺，小竹子遍體鞭傷，血跡斑斑，逃到我家。俗語道虎毒不食子，你既然當他為兒子，為何下此毒手？」孟老爺說。

「昨日，我剛從南京買回一對價值連城的唐代瓷花瓶，就被逆子打破一個。我一怒之下，打了他一頓。不料，他負氣離家出走了。孟老爺，依傳統的規矩，不得收容他家逃奴，何況小竹子是我的養子，請你立刻將他送回來。」

村長對古董頗有愛好。聽說有唐代的花瓶，即忍不住問：「你還剩一只唐朝的花瓶，能讓我瞧瞧嗎？」

「就是那只。成了單，再配不到一對了。」尤老爺指著牆角下擺著的大花瓶，說。

村長走過去看。孟老爺也跟著去，他對古董也頗有鑒賞力，看了一會，笑道：「這原是贋品。一對花瓶，至多也不過十幾塊錢。你說價值連城，未免誇張了吧。」

尤老爺面紅耳赤，他明知是膺品，只花了十元，就買到了一對。他裝作上了當，痛恨地說：「該死的奸商，騙了我二百元。下回我去南京，非找他算帳不可。」

「為了這麼一只花瓶，幾乎傷了人命，實在太過分了。」孟老爺說。

「我管教兒子，用不著你多事。」尤老爺惱羞成怒了。

「我不能見死不救。小竹子傷重，不能再承受你的折磨，我決定替他贖身。」

「豈有此理，你想搶我的兒子。」

「你若不答應，我就帶這孩子到縣府告你傷害人體。」

「你敢。」尤老爺氣得暴跳如雷，說：「我這就派人上你家奪回我的兒子。」

「兩位老爺，你們都冷靜點。不要把事情鬧大了。小竹子現在正發高燒，生命危殆，你們最好誰也不要動他。等他養好傷再說。」村長勸道。

村長又說好說歹，兩面調停。最後，尤老爺同意讓小竹子暫時留在孟家養傷，直到傷痕褪盡為止。

尤老爺等他們一走，就大發雷霆。令管家：「快把放走小竹子的人給我查出來。」

這時，尤夫人走進來說：「不必查了。我知道是誰。」

「是誰？快說。」

「是勤姐。」

「這個死丫頭，快給我綁起來打。」

「你請息怒，聽我說。小竹子留在孟家甚為不妥。我想過幾天就讓勤姐去領他回來。」

「對，勤姐放他逃走，還要她去領回。不過，不罰這丫頭，出不了我的氣。先餓她兩日再說吧。」

過了三天，尤夫人便帶著勤姐來到孟家要求見小竹子。

孟夫人請他們進屋坐了。

「我家老爺脾氣躁，誤傷了兒子，事後他很懊悔。我也很不放心，特來探望兒子，想單獨和他談談，可以嗎？」

「當然可以。」孟夫人說，她無法阻止人家母子相會。

小竹子見勤姐憔悴，知道她受了苦，又聽她勸說：「小竹子，你早也得回去，晚也得回去。不如早日回，免得又惹老爺生氣。」他只得答應跟尤夫人走。

崇漢夫婦見尤夫人牽著小竹子的手出來，要帶走他，都覺得驚愕。

「你不能帶他走。尤老爺當著村長的面答應，等小竹子養好傷才接他回去的。」

「是他想家，自己要回去的。」尤夫人說。暗中捻了小竹子一下。

小竹子哭道：「我的傷不要緊了。我要和娘一起回家。」

孟老爺和夫人都覺得為難，然而，他已是個十歲的孩子，想回家，照理沒人能阻止，於是，只得讓他走了。

紹卿放學回到家，得知小竹子被尤夫人帶走了。大急，抱怨父母說：「你們都不守信。說好讓小竹子在這裏養傷的，你們怎麼就讓人將他帶走了呢？」

「唉，他是尤家的養子，自願跟養母走，我們有什麼法子呢。」孟夫人嘆道。

「他一定是被迫走的，我要去救他回來。」紹卿說。

「不，不要去，還是等李勇回來，再想辦法去打探他的消息吧。」孟老爺說。

一個月後，李勇自外地歸來了。他掛念著小竹子，風塵僕僕地來到孟家尋問。

紹卿見了他，搶先說：「李大哥，你終於回來了。小竹子在我家養傷，才過了三天就被尤夫人哄回去了。我好想他，但尤家人不許我探望。李大哥，你能設法把小竹子帶出來，和我見面嗎？」

「沒問題，瞧我的。」李勇拍拍胸膛，說：「我這就去帶他來見你。」

李勇去到尤家。尤老爺熱情歡迎他，令僕人拿出酒食招待。

「李大哥，辛苦了。你這回遠行，可有收獲？」

「收獲極大，華中各地駐軍向我訂了幾萬噸稻米。」

「我看今年會豐收，都從我這裏買吧。」

「我剛回來，好累。不想談生意。我是專為一事來找你的。」

「你有什麼事，儘管說吧。」

「我適才到孟家，聽說了小竹子的事。孟少爺很關心他，特地託我來探望。」

「李勇，你可千萬別聽信謠言。小竹子是我的養子，我從沒虐待過他，只是有一次，他打破了我一只名貴的花瓶，被我打了一頓，他就負氣出走，被孟家誘拐扣留。後來，還是我的夫人親自到孟家交涉，花了不少口舌，才將這孩子接回來。」尤老爺顛倒是非。

李勇心中有數，也不與他爭辯。只說：「無論如何，請你讓我見小竹子一面。我也好向孟少爺有個交代。」

「好吧。請你稍候。我叫家人去找他來。」

尤夫人吩咐勤姐去找小竹子，讓他洗淨臉，換件少爺的衣服，才帶去見李勇。

小竹子來到客廳，見了救命恩人，卻不敢相認。

李勇上次沒看清他的面貌，只記得一個渾身是傷的小可憐。如今見他長得細眼薄唇，十分清秀，臉上

烏青雖仍未褪盡，但已不很顯著。

「原來是這麼個清秀的小少爺。尤老爺，你不如讓我帶他到孟家亮亮相。看他這般模樣，以後他們也不會說閑話了。」

「你說得有理。就請你帶他去孟家顯耀一番，堵了他們的嘴吧。」尤老爺說。

就這樣，李勇毫不費力將小竹子帶到了孟家。

小竹子和孟家人重逢，悲喜交集。他跪下向老爺和夫人磕頭謝恩。

夫人連忙扶起他說：「小竹子，你到了這裏，就當自己的家，不必客氣了。」

紹卿握著他的手說：「竹清，我們作兄弟好嗎？我比你大四歲，願意當你的哥哥，照顧你。」

不料，小竹子哭了。

「怎麼，你不願意嗎？那也不要緊，我不強迫你，你別哭呀。」紹卿驚道。

「我願意。我又有了親人，太高興了。」

黃昏時，李勇將小竹子送回，並對尤老爺說：「你這位少爺，我很喜歡，以後我會常來看他。」

尤老爺說：「你是個大忙人，不必為犬子如此費神呀。」

「莫非，你不願意我高攀你家少爺。」

「不是，不是。請別誤會。只是我的養女，養子眾多。總不能讓他們一個個都坐著吃閑飯，還是要他們作工的。」

「這個，我明白。不論小竹子是工人還是少爺，我都喜歡和他做朋友。若你不准，以後我再也不上你家了。」

「李大哥，你別生氣。你既然愛小竹子，隨時都可以來看他。今後，我替你準備一個房間，讓你單獨會見他，好嗎？」

「謝了。今日告辭，改天再來。」李勇拱拱手，走了。

「慢走，慢走，」尤老爺送他到門口。

原來尤金滿誤會李勇有同性戀，專愛童子。為了籠絡他，替自己做買賣，不惜犧牲養子來討好他。若非李勇單純只想幫助小竹子，一個無辜的兒童就要被蹂踐了。

從此，李勇一有空就來找小竹子。尤老爺特地為他安排了一間套房，有一小廳和臥室相連。

勤姐被指派侍候他們，她暗中欽慕李勇，視他為英雄。每當他來時，她即殷勤地為他倒茶，敬煙，捧上點心和水果。她傾聽他講故事，臉上會流露喜悅的笑容，甚至莫名其妙地泛起紅暈。

李勇聽小竹子說那次是勤姐冒險放他逃走的，因此，對她也有好感。久而久之，他竟愛上了她。有一天，他遣開了小竹子，向她吐露了情意。說要為她贖身，娶她為妻。

勤姐受寵若驚，推拒說：「不，我配不上你。」

她為李勇著想，英雄應該娶美人。何況，有不少富豪想招他為婿。

「什麼配不配的，莫非妳不愛我，拒絕我的求婚？」

「莫說做你的妻子，就是做丫鬟，能侍候你一輩子，我都願意。但是，我像在做夢，不敢相信我有這福分。」

「我讓妳相信。」他摟了她，吻她的嘴。

勤姐沒有推拒。她希望這一剎那成永恆。

不久，李勇又出外作買賣，臨行前和勤姐說好，等他回來就為她贖身。

勤姐心想，若老爺和夫人得知李勇要娶她，一定會百般刁難和敲詐李勇。於是，她故意違抗主人，裝瘋作顛，想讓他們自願攆她出去。為了爭取自由，她忍受打罵和饑餓。

尤夫人果然受不了，向丈夫說：「你快把勤姐賣了吧，我見了她就生氣。」

「現在要賣人可不容易了。不如將她嫁出去。」

「她長得醜，脾氣又不好，誰肯娶她呢。恐怕，連送人都要倒貼錢。」

「這樣吧，等李勇回來，我和他商量。請他將她帶到偏僻的村子去賣。總會有人要的。」

李勇回來了，他幫尤老爺賣了一批貨，又帶回來一大車他託買的東西。尤老爺和夫人高興地接待他，請他喝酒聊天。

「快把好酒好菜拿上來，給李大哥接塵。」尤老爺吩咐婢僕們。

勤姐拿了一壺酒，跟著兩個捧菜的婢女一起上來侍侯。

「不要妳來，妳給我下去。」尤老爺斥喝。勤姐低著頭，一聲不響，走了。

「咦，那不是勤姐嗎？怎麼變得這麼瘦，生病了嗎？」李勇驚問。

「這丫頭變了。整天惹我生氣。李勇，你接觸的人多，知道那家要買丫鬟的嗎？」尤夫人說。

「這，我倒可以為你們打聽，打聽。」李勇說，心中充滿了疑惑。過了一會，便要求：「我想單獨見見小竹子，可以嗎？」

「當然可以。我早猜到你要見他，已經叫他在房裏等你了。」尤老爺向他眨眼，還作了個淫穢的動作，笑道。

李勇走進了房間，小竹子不在，勤姐投入了他的懷抱低泣。

「別哭。告訴我，發生了什麼事？為什麼他們要賣妳？」

「我怕他們知道你要娶我後，向你勒索高價，所以故意激怒他們，以便脫身。」

「原來妳使了苦肉計。一定挨了不少打吧。」

「只要能達成和你長相守的願望，無論什麼苦，我都能忍受。」

「今日苦盡甘來。妳這就跟我走吧。」

「不行。妳等明天再來。就說買我回去給你母親當丫鬟，千萬別提要娶我的事。」

「虧你想得周到。」李勇讚道。

李勇的母親聽說他要娶尤家的丫鬟為妻，很不以為然。說：「最近有許多媒婆上門，說的對象都是大家閨秀。你為何偏要娶個丫鬟呢？」

「我猜那丫鬟一定是個美人兒，才會給哥哥看上的。哥哥，你說是不是？」李勇的大妹說。她，雙十年華，是個美麗的姑娘，已經定了親。

「情人眼裏出西施，每個人的審美觀念不一樣，只要我喜歡就行了。」李勇說，又開他大妹玩笑，說：「像妳這麼個醜丫頭，不也給葛少爺看上了嗎。」

「呸，你才是醜八怪呢。」他大妹生氣了，反唇相譏。

「哥哥是豬八戒。」李小妹，十六歲，也幫姐姐出氣，譏笑她哥哥。

李勇哈哈大笑。

李母也笑，說：「其實美醜沒啥關係，最要緊的是人品。」她說這話時，絕沒想到兒子會娶個醜媳婦。

「勤姐忠厚善良，將來一定會孝順妳的。她自願先來我們家做丫鬟，等妳允許後，再談婚嫁。」

「那好，我正想要一個丫鬟使喚。你就帶她來吧。」李母說。

次日，李勇即去和尤金滿夫婦說：「昨日，你們不是說要把勤姐賣了嗎。正巧，我母親要我替她找一個丫鬟，侍候她。所以，就讓我替母親買了勤姐吧。」

「好極了，你只要出兩百元，我就把勤姐賣給你。」尤老爺高興地說。

「哦，兩百元。」李勇驚嘆道。他原已準備了一千元贖金。尤老爺把勤姐的身價定得如此低，真出乎他意料之外。

但尤老爺還誤會他嫌太貴，連忙說：「既然是令堂要買丫鬟，我減半價吧，一百元就行了。」

「好。」李勇即從囊袋中拿出一百元放在桌上，說：「勤姐的賣身契可得交與我。」

「那當然。」尤老爺說。請他夫人去拿了來，交與李勇。

李勇帶著勤姐回家，卻使他的家人震驚。

他的兩個妹妹都掩嘴竊笑，悄悄私語。

「千挑百選，卻挑了個麻子回來。」

「原來哥哥眼中的西施，臉上有雀班。」

李母更是沮喪，但李勇已是一家之主，她也不好說什麼，只得收容了勤姐。

不久，李勇的家人就改變了對勤姐的偏見。她任勞任怨，侍奉李母無微不至，對兩個小姑也十分敬重。最主要的，還是李勇愛她，對她溫柔體貼。李母看在眼裏，愛屋及烏，也就回心轉意。

一年後，李勇和勤姐成親，辦喜酒，宴賓客。尤金滿得知，大呼上當，悔之晚矣。

【第六章】
翩翩少年　情竇初開

江進田剛過了二十歲。孟老爺履約，將三畝田的地契轉移到江忠父子的名下。江忠擺脫了四代佃農的命運，欣喜欲狂。進田也曾經幻想，他要伏倒，親吻屬於自己的田地。然而，當這天來臨時，他卻毫無興奮感。反而懷著怒氣，拿起鋤頭狠狠地鋤了兩下那塊無辜的土地。他這反常的舉動並非沒由來的，都是為了吳阿蓮。

阿蓮的父親名吳貴，以前也是孟家佃農。後來，孟家賣地時，將他的租地賣給了尤家。吳貴夫婦生過六個兒女，但養活的只有長子，次子和幼女。阿蓮和她大哥年齡相差十五歲。她十歲那年，兩個哥哥出去釣魚，失了蹤。吳貴的妻子憂傷病倒，他家一度陷入困境，全靠鄰居江忠的接濟，方得度過難關。吳貴心中感激，又聽說進田二十歲就能成為地主，便決定將阿蓮許配他。吳、江兩家定了親，約定就在進田取得地契後完婚。

阿蓮和進田可以說是青梅竹馬，兩情相悅。進田一心盼望和她成親。豈料，失蹤多年的吳大哥，突然回鄉探親，破壞了他們的好事。

原來，當年吳家兩兄弟被人誘拐，到了南洋。歷經艱辛，弟弟不幸亡故。哥哥卻苦盡甘來被當地一個

富翁招了女婿，又經過幾年的奮鬥，他自立了門戶，決定回鄉接父母和妹妹一起到僑居地奉養。吳大哥回來時，穿戴了全副西裝，紳士模樣，神氣十足。許多村民都到吳家門口擠著圍觀。地方鄉紳也都紛紛下帖子，邀請他到家裏作客。

昔日，阿蓮頭戴斗笠，身穿粗衣，彎腰在田裏勞作，誰也沒注意她的容貌。她哥哥一回來，就拿出大把錢給父母和妹妹做新衣。阿蓮穿上淑女裝，稍加修飾，竟變成了一個明媚的姑娘。人們傳說吳家有個養在深閨人未識的美女，富家子弟爭先恐後派遣媒婆前來說親。

吳大哥請求他父母和妹妹一同遷居南洋，並說已將妹妹許配了僑居地一位百萬富翁。吳貴夫婦欣然同意了兒子的建議。就藉此為由，謝絕了上門來的媒人，並到江家退回聘金。江忠父子不肯，當場吵得面紅耳赤，雙方不歡而散。

吳貴禁止女兒和進田來往。進田變得鬱鬱寡歡。江忠看不過去，有一天晚上，喝得大醉，跑到吳家門前叫罵：「吳貴，你是個忘恩負義的王八蛋。」

吳貴大怒，衝出家門和江忠毆鬥。雙方家人好不容易才拉開了他們。上次，江忠不肯收回聘金，硬塞回給吳貴。這次，吳貴下了決心，將聘金用布袋包了，扔進江家的窗戶。從此兩家成仇，見面不打招呼。

進田忘不了阿蓮，深夜裏，悄悄地溜進吳家的院子。到阿蓮的房外敲窗子。阿蓮醒了，打開窗，一對情侶隔窗互訴衷情。如此，持續了幾夜，被吳貴發現了。

吳貴拿起木棍一頓打，將進田趕回家去。還在江家門外大聲說：「江忠，看好你的兒子，別讓他到我家來作賊。」

江忠夫婦責罵兒子，不許他再去找阿蓮。

「我們家養不起阿蓮這個洋妞。你趁早死了這條心吧。」江忠說。

「我們就快有三畝田了，還怕娶不到媳婦嗎。別再去想那丫頭了。」江大媽也說。

因此，進田雖獲得了三畝田，卻毫無心情慶祝。失去了阿蓮，其餘的一切對他都毫無意義了。

吳大哥回僑居地之前，孟老爺為他餞行，請了吳貴全家人。

孟夫人見了阿蓮，十分喜愛，說：「我從來不知道鄰近有這麼個好姑娘。我希望阿蓮出國前，能常來和我作伴。我也可以教她刺繡。」

「不是我誇獎自己的夫人，她的手工可真是第一流的。」孟老爺說。

「夫人肯教阿蓮手工，真是阿蓮的造化。」吳媽歡喜地說。

「妹妹，好好學習呀。刺繡是小姐們的必修課哩。」吳大哥說。

「阿蓮，快給夫人磕頭拜師呀。」吳貴說。

阿蓮自己也滿心情願，立刻把握了這求之不得的機會，當場拜了師。

每天下午她到孟家來，一面學習刺繡，一面陪伴孟夫人聊天。

吳大哥走了。臨行前，為家人預定了船票，要他們在一個月內作做好出國的準備。阿蓮內心很矛盾，她捨不得進田，又捨不得和父母分離。於是，想請孟夫人幫她解決這個難題。

「我和進田早已訂婚，本來今年就要成親的，但我哥哥又將我許配了南洋一位富翁，我爸就不顧江家反對，單方面退了親。我覺得很對不起進田。夫人，妳說，我該怎麼辦呢？」她不敢吐露她和進田之間的愛情，只有拐彎抹角的說，希望孟夫人能猜透她的心意。

豈知，慧娘在愛情方面也曾受過不少挫折，到頭來她只相信緣份。她不知阿蓮想從她的回答中得到反叛父母的勇氣和支持，因此把倫理放在了前頭，說：「妳還年輕，總是跟著父母走好些。妳全家搬去南洋，父母捨不得單獨留下妳，退親也是不得已的。」

「我和阿田從小一塊長大。可是，從未見過南洋那個富翁。」

「妳到了那兒，不就知道了嗎？如果妳不喜歡，可以不嫁他。像妳這麼美貌的姑娘，無論到了哪裏，都會有許多男子追求的。」

「就算有追求者，我也無從知道他們為人好壞，但我知道阿田是個好人。」

「婚姻要靠緣份，好壞要看福分。老實說，當初我決定嫁給孟老爺時，也不知他是好人還是壞人。猶記得，出嫁前，我哭了好幾夜。如今回想起來，真是可笑。」孟夫人想起那幾乎已被她忘懷的陳年往事，不由得啞然失笑。

阿蓮完全失望了，她不再說什麼，繡好一朵小花，即收拾了針線，向孟夫人告辭。剛走到院子裏，遇見了騎著腳踏車放學回來的紹卿。

「阿蓮，妳要走了嗎？讓我送你回家好不好？」紹卿殷勤地說。

「好吧。」阿蓮明知阿田會在半途等著她，還是答應了。得不到孟夫人的支持，她知道自己和阿田的戀愛不會有結果了，不如讓他早日死心。

紹卿大喜，把單車和書包交給了秦叔，即和阿蓮並肩走出了家門。

「阿蓮，妳知道嗎，自從我第一次見了妳以後，就覺得每一朵蓮花裏都有妳的影子似的。」紹卿發覺自己在胡說八道，但是無法控制舌喉。

阿蓮滿懷心事，也沒理會他說些什麼，任由他喋喋不休地自說自話，她偶爾才漫應一句。但經過一排樹林時，她看見了進田，便故意和他攀談起來。

「孟二爺，你在城裏上學嗎？」

「對。我上高中一年級。阿蓮，妳叫我名字吧。我最討厭人家叫我二爺。鬍子都沒有長，爺什麼爺！」

阿蓮聽了，噗哧笑出聲來。初時，紹卿見她悶悶不樂，就和她說了兩個笑話，但都不奏效。這次終於惹她笑了，他高興得手舞足蹈。

驀地，進田高大魁梧的身軀出現在前頭，擋住了他們的去路。

「進田，好久不見你了。你好嗎？」紹卿友善地向他打招呼。

不料，進田不客氣地說：「小牛兒，你是學生，回家讀書去吧，別在這兒遊蕩。我送阿蓮回家。」

紹卿大怒，因為進田藐視他，不但叫他小名，還以長輩的語氣教訓他。而他最不能忍受的，是進田干涉他護送阿蓮。

「袋鼠，你神氣什麼？好狗不擋路，你快讓開。」他罵道。

進田愕然。自從他輟學後再沒人叫過他袋鼠，這時被紹卿一叫反到有點親切感。於是，他耐心地解釋說：「阿蓮是我的未婚妻。」

「我不是。我爸已經替我退了親，還了聘金。我和你一點關係都沒有了。」阿蓮說。

「妳說什麼？妳變了心？」進田驚問。

「阿田，我決定隨父母到南洋，你趁早忘了我吧。」

「妳……我……」進田氣得說不出話。揮舞雙臂，像要向阿蓮撲擊似地。

她嚇得掩面哭了。紹卿連忙上前以身掩護她。

進田身高六尺餘，臂腿粗壯，膚色棕黑，發起怒來像個大猩猩。

紹卿長得粉妝玉琢般，身材又矮小，豈是進田的對手，雖然他想充英雄，但忍不住心驚膽顫。

好在，進田張牙舞臂，暴跳了一會，忽然仰天發出一聲悲鳴，轉身奔走了。

紹卿鬆了口氣，回頭對阿蓮說：「幸而，妳爸替你退了親。進田這麼野蠻，妳若嫁給他，豈不要受他欺負。」

阿蓮不答，但心中不以為然。以往當進田和她在一起時，他溫柔得像隻小貓。

阿蓮想得到紹卿的幫助，故意拖延時間，每天都等他放學回來才向孟夫人告辭。

他天真爛漫，天天伴送她，自以為和她戀愛了，懷著極度的喜悅，飄飄欲仙。

有一天，他輕聲問她：「阿蓮，妳喜不喜歡我？」

「很喜歡。」阿蓮笑道。

「那，你肯讓我握握妳的手嗎？」。

阿蓮伸手讓他握了。兩人都覺得驚訝。

「你的手好柔軟噢。像麵團兒似的。」阿蓮讚道。

紹卿顯得尷尬，這原是他想說的。沒想到，阿蓮的手摸起來比他的粗糙，他只得臨時改口說：「我真羡慕妳有一雙勤勞的手。」

他在山坡上，採了些野花給她。她拿起一支插到頭髮上，花落地，他俯身撿起又替她插上了。

「謝謝你。你真好。」阿蓮說，低頭沉吟一會，又猶豫地說：「我有一件心事不知可不可以和你說？」

「妳快說吧，若妳有困難，我一定會幫助妳的。」

「我父兄強迫我去南洋嫁一個富翁。我猜想他已有妻子，只想娶小老婆，也可能是個老頭子。我真不願意，但沒辦法。」

「如果妳不想走，就留下吧。我也不願和妳分離。」

「可是，我父母不准許，也沒人敢收留我。」

「只要妳願意，我可以請求我爸媽收留妳。」

「他們不會答應的。」

「我相信能說服他們。如果不成，我會另想法子幫妳。」

「真的嗎？再過三天，我們就要上船了，你可要快點想法子呀。」

「你放心。我這就去和我媽說。明天見。」

「再見。」阿蓮暗喜，有了一線希望。

孟夫人聽了紹卿的懇求，暗思兒子癡心妄想，簡直不可理喻。好在阿蓮過幾天就要走了，到時他會醒悟的。因此，她懶得和他爭辯，只冷冷地說：「你別胡思亂想，等我明日問了阿蓮再說。」她不敢把這件事告訴丈夫，只暗生悶氣。

次日，她愈想愈氣，恨阿蓮在臨行前還要誘惑她的兒子，乾脆叫僕人拒阿蓮於門外。

「阿蓮，夫人身體不適，今日不能教你刺繡了，請你回去吧。她需要休息。明後天，你都不用來了。」女僕林嫂在院子裏等候著，見了阿蓮便說。

阿蓮明白孟夫人不願見她的緣故。本來就希望渺茫，只是她不死心，如今她的幻想破滅了，含淚說：

「過兩天，我就要離開了。請你轉告夫人，阿蓮就此向她拜別。謝謝她一個多月來的教導。」

「夫人知道你就要走了。特地送你一套刺繡樣本，囑咐你自個兒繼續練手工。」

阿蓮拒收，說：「我的手粗笨，學不好刺繡。老實說，也沒興趣，只不過來陪夫人解悶。今後不學了，夫人的禮物，我不敢收。這個針線盒，原也是夫人送的，一併還給她吧。」她負氣丟下手中的盒子，轉身跑走了。

林嫂拿了禮物和針線盒來見孟夫人，把阿蓮的話照說了。夫人大怒，罵道：「這丫頭不知悔過，還和我鬥氣，今後不許她進門。」

下午，紹卿回家，即到往常他母親接待阿蓮的房間來，卻見母親一人獨坐著。

「媽，阿蓮呢？你和她談了嗎？」他迫切地問。

「你回家來，不先向父母問安，只問一個毫不相干的丫頭，像話嗎？」

「阿蓮怎麼不相干呢。我。」

「住口，我不許你再提起她，更不許你見她。」孟夫人發怒了，打斷兒子的話，又說：「她不是個好姑娘。我當她是女兒一般疼愛，又教她手工，沒想到，她竟勾引我的兒子。」

「媽，你誤會了。阿蓮沒勾引我，是我自己喜歡她的。」

「你放肆。我一向以為你是個守規矩的孩子，沒想到你變得這麼任性，我不能再縱容你了。」

「難道你一點都不關心阿蓮的幸福嗎？」

「她有父母兄長，無須你我多管閑事。你立刻給我去房間裏閉門思過，專心讀書。否則，我一定要你老子痛責你。」

「不，你們不肯幫阿蓮，我還是要幫她。」紹卿轉身奔出去。

「你回來。不許去找阿蓮。」孟夫人叫道，追出來，卻無濟於事。

「聽你大呼小叫的，什麼事呀？」孟老爺從書房走出來問。

「你的兒子，迷上了阿蓮，書也不唸了，一味只要和她在一起。」夫人抱怨。

「嗄，有這種事。他在哪兒？叫他出來，我教訓他。」

「他不聽我勸，剛才又跑出去找阿蓮了。我管不住他，不知如何是好。」夫人泣道。

「你別難過。等他回來，我一定要懲罰他。」孟老爺說。

紹卿一路奔跑，經過江忠家門口，不防，撞到一個人身上。

那人像座牆，一動不動，他卻踉蹌地倒退了好幾步，定睛一看，不由得抱怨：「進田，你怎麼老是擋路呢。」

「這是我的地產，我有權不讓你過。」進田雙手抱在胸前，傲然地說。

「有什麼了不起，這塊地還不是我爸送給你的。」紹卿說，隨即知道上了當，是進田故意激他這麼說的。

果然，進田嗤之以鼻，不屑地說：「哼，我就知道你會說這話。你以為我希罕這塊地嗎？還給你，但你要有本領搬它回去才行。」

紹卿見他不講理，便想閃開他，從邊上過去。豈知，往右閃，他躍到右邊擋。往左，他也躍左。

紹卿惱了，罵道：「臭鼠，滾開。」

進田只把拳頭輕輕一揮，就將他打倒在地上。

「阿田，你這混蛋，怎麼敢打孟二爺呢。」江忠驚慌地從屋裏跑出來，罵道。

進田悶聲不響，掉頭跑走了。

江忠扶起紹卿，抱歉地說：「二爺，請你別生氣。等阿田回來，我一定狠狠地揍他一頓。你流血了，請到屋裏，我給你擦乾淨吧。」

紹卿用手抹了抹鼻血，嫌惡地說：「不用了。」便往吳家走去。

阿蓮連忙拿毛巾替紹卿拭血。

他半邊臉青腫，用舌尖在口腔內舔了舔，好在牙齒沒被打落。

「阿蓮，我有話和你說。妳能陪我走一程嗎？」紹卿說。

「還是讓我陪你回去吧，免得又碰到進田。」吳貴說。

「哼，你能打得過阿田嗎？他對紹卿手下留情。要是你撞上他，怕不一拳把你打死了。但他不會傷害我，所以還是我陪的好。」阿蓮說。

吳貴心裏也懼怕進田行凶。這幾天，他發覺進田時常在籬笆外徘徊，不斷朝他家張望，害得他連大門也不敢出。剛才不假思索地說了句話，被女兒一搶白就趁機打退堂鼓。「也好。阿蓮，還是你送二爺回家吧。只是路上莫逗留，早點回來，免得我和媽媽擔心。」

紹卿和阿蓮走了不久，果然又遇上進田擋路。紹卿連忙到路邊檢了一根粗的樹枝做武器自衛。不料，進田瞧也不瞧他一眼，只朝阿蓮說：「阿蓮，妳過來一下。」

「阿蓮，別理他，我們走。」紹卿說。

「不，你先走吧。我要和阿田說幾句話。」

「那麼，我在這兒等你。」

阿蓮跟著進田走到路旁的一顆大樹下站定了。

「阿田，你不該打紹卿，他是無辜的。」

「我只不過輕輕打了他一下。要是對付仇人，我可以一拳叫他斃命。」進田舉起右拳，晃了晃，他那拳頭真像個大鐵錘。

「你不會到我家尋仇吧。這兩天，我爸媽怕你半夜裏來行凶，都睡不穩。」

「我自己也害怕。我心中似乎充滿了殺機，恨不得把整個世界毀了。」

「阿田，求你饒了我們一家人吧。只剩兩天，我們就要走了。你忘了我，另娶個好媳婦，你會有幸福的一生，千萬不要害人害己。」阿蓮嚇得哭了。

「別哭。妳放心吧。我不會傷害你家人的。我剛才下了決心，今夜就離家出走，去當和尚。」

「嗄，當和尚。你是獨子，你父母怎捨得呢？他們會傷心死的。」

「我顧不得他們了。我若再不走，可能會成殺人犯。我快無法控制自己了。」

「阿田，你不必做和尚，你帶我逃走吧。我早有此心，只怕你捨不得離家，所以一直不敢向你提。」

「我何嘗沒想過和妳私奔，但你父母不會罷休，我們逃不掉的。到頭來，若不是被逼自殺，就得吃官司做牢。我還不想死，也不願做牢，寧可做和尚。」

「你若去做和尚，我就去做尼姑。」

「那也好。我們今生都修得了道，來生定能做夫妻。我要走了，再見。」

阿蓮傷心欲絕，掩面大哭。

紹卿以為進田欺負她，連忙跑過來，舉起樹幹向進田打去。進田用左臂一擋，樹枝打斷了，他卻像若無其事，也不還擊，只微微一笑，說：「小牛兒，剛才我打了你一拳，現在你還我一棍，我們扯平了。再見。」說完，掉頭走了。

「阿田。」阿蓮哭喊著，要去追，但被紹卿拉住了。

「阿蓮，不要理他。妳不願去南洋，我們還得趕快找個妳能藏身的地方。」

「不用找了。阿田要出家做和尚了。我也去廟裏當尼姑。」

「什麼？妳不是說，你們已解除婚約，互不相干了嗎？」

「那不是真的。我和阿田都發過誓，我非他不嫁，他非我不娶。」

「那妳為什麼還要和我在一起呢？」

「我只想得到你的幫助。」

「妳，妳欺騙了我，妳想利用我。」紹卿悲憤地喊道。

「紹卿，請你原諒我。我把你當成唯一的救星。你肯幫忙我和阿田嗎？我不願他做和尚。你能設法勸他嗎？」

「不，我不能幫助欺騙我的人。我不要管你們的閑事。」他哭著跑走了。

孟崇漢手持家法，坐在廳裏，等侯紹卿回來，想狠狠教訓他一頓。不料，見他半邊臉青腫，哭著跑進來，不免大吃一驚，問：「是誰打你了？」

紹卿不答，一逕跑進自己的房裏去了。

孟老爺和夫人跟著進去，見兒子伏在床上傷心地哭泣，他們都焦急起來，催問：「別哭，快告訴我們，發生了什麼事？」

紹卿坐起，說：「江進田無緣無故擋我的路，還打了我一拳。」

「嗄，是進田，我不是才送了他一塊地嗎，他為何恩將仇報？」孟老爺驚疑道。

「我猜一定是為了阿蓮，爭風吃醋。我們去找江忠理論，責他縱子行凶。」夫人氣憤地說。

「算了吧。你養出這般沒出息的兒子。書不讀，與人打架爭奪女友。挨人打了，活該。打輸了還哭哭啼啼逃回來，簡直丟盡了我的臉，沒把我氣死，還要我去找誰理論？休想。」崇漢大發雷霆，罵完了，就衝出房間，不理他母子了。

夫人把房門關了，回頭說：「你聽見了吧。子不肖，母受辱。我只生你一個，你也該為我爭點氣。男兒不能太窩囊，打輸了就哭，會讓人笑話。」

「你們都誤會了。我不是因打輸而哭的。」紹卿委屈地說。

「那麼，是為什麼？」

「因為阿蓮欺騙了我。」

「阿蓮？她騙你什麼，為什麼要騙你？」

「她愛進田，想利用我幫助她留下才和我做朋友的。」

「噢，原來如此，可憐的阿蓮。」孟夫人恍然大悟，嘆息道。

「為何妳不同情我，反而同情她呢？」紹卿抗議。

「你有所不知。她一早曾企圖向我求援，但我只一味勸她跟隨父母，令她氣餒。她一定是走投無路，才出此下策。」

紹卿原先怨恨阿蓮，聽了母親的話，轉而同情她。「聽說進田要出家做和尚，阿蓮傷心欲絕。我們一定要幫助她才好。」

「已經太遲了。我聽說，後天他們就要出發了。」

「不遲呀，只要在最後一分鐘，能令阿蓮留下，都算成功。」

「我們有啥法子幫她呢？」

「若你和爸爸肯收她作乾女兒。說不定她爸媽會准許她留下嫁給進田。」

「異想天開。別說吳貴夫婦一定不准，你爸爸也不會答應的。」

「無論成敗，總要試一試嘛。萬一，阿蓮殉情自殺，我們豈不是要悔恨終生？」

「啊，殉情自殺，會嗎？」夫人覺得事態嚴重了。

「說不定喔。事不容緩，讓我去和爸爸商量吧。」紹卿也急了，起身要走。

「站住。」夫人連忙拉住他，說：「你爸爸正在生你的氣呢。你去說，一定不成。不如等我伺機進言。」

「好吧。那就拜托你了。」

「可是，我有一個條件。你要專心讀書，今後一個月，除了上學，不得出門。」

「禁足一個月！太嚴重了吧。」

「不罰你重點，不能消你爸的氣。阿蓮的事也難獲得他的允許。」

「嗯，若一個月不出門，就能得到一個姐姐，倒也合算。好，我答應。」

當晚，臨睡前，慧娘婉轉地向丈夫提出收阿蓮為乾女兒的請求。

果然不出所料，崇漢不同意，還斥道：「荒唐，虧你想得出，也不怕人笑話。」

「收乾女兒有什麼可笑的？」

「你想，我們才送給江家三畝田，如今要收阿蓮作女兒，招江家的兒子為女婿。人家會怎麼說呢？」

「歷代，多少帝王為愛姬，動干戈，棄江山。進田雖只是一個村夫，也能為失戀而看破紅塵。你卻因怕閑言閑語，而不肯幫助一對情侶，難道竟不如一個村夫嗎？」

「不論你怎麼說，吳貴夫婦是不會答應的。我勸你還是別多管閑事，免得自討沒趣。」

「我怕阿蓮會殉情自殺，所以明知吳貴不會答應，仍願一試，以求心安。」

「既然你不碰碰釘子，你就自個去和吳貴說吧。」

「你答應收阿蓮為女兒了？」

「只能說，我不反對，你也不能強迫吳貴夫婦答應。」

「那當然。謝謝你啦。」慧娘喜道。

半夜三更，進田拿起一個包袱套在肩上，悄悄地打開家門，正想跨出去，不料，被人自後一把扯住。

「阿田，半夜裏，你想上哪裡去？」是江忠的聲音。最近，他怕兒子有不軌的行動，夜裏常起來巡視。他的喊聲驚醒了全家人。

江大媽點亮了油燈，一見兒子要出去，急忙幫丈夫一起將他拖回屋裏，勸說：「阿田，你忍耐點吧，不要去吳家鬧事。過兩天，他們都走了。你就能忘了阿蓮。」

「我不是去尋仇鬧事的。我不能和阿蓮成親，寧可去當和尚。」

「胡說，老子只有你一個兒子，怎能讓你當和尚。」江忠怒道。

「阿田，你千萬不要出家。等天亮，你媽就去給吳貴磕頭，求他答應讓阿蓮作我們家的媳婦吧。」江大媽哭道。

「磕什麼頭！阿蓮本該是我們家的媳婦。我不許他退婚。明兒，我就去給阿田搶婚。」江忠說。

「對。阿蓮也愛阿田。我們一起去替她撐腰，說不定她會自動過門的。」江家三姐妹同聲附議。

進田也放棄了作和尚的念頭，說：「我要再問阿蓮一次，她愛不愛我。若她不愛便罷，若愛，便由不得吳大叔和大媽。我一定要帶她走。」

於是，決定了。江家人各個鬥志高昂，坐待天明。

就在同一時刻，阿蓮也準備離家出走。她一打開房門，就聽得噹啷一聲大響，一根鐵鍬墜地。原來，她父親怕她夜裏私奔，早有防備。

吳貴聞聲出來，一腳踢開鐵鍬，一掌摑得她倒退回房。

「不要臉，想私奔？」他罵道。

「我不是和阿田私奔。阿田要去作和尚，我要出家作尼姑。」阿蓮哭道。

「妳別胡思亂想。船票都買了，還容妳改變主意嗎？妳再不聽話，我就打死你。」吳貴舉起拳頭威脅，說。

「唉，凶什麼。好好勸她嘛。」吳妻進來推開丈夫，轉勸女兒：「我們是為妳著想，怕妳孤零零一人留下嫁給了阿田，將來要受他家人欺負。」

「江大叔和大媽都看我從小長大的，他們愛護我並不下於你們，他家姐妹也和我情同手足，我不懼怕他們。」

「妳敢反抗父母，我就將你捆上船。」吳貴不耐煩地說。

「你想逼死我嗎？」阿蓮瞪眼，說。

折騰了一夜，哄勸打罵都無效，吳貴夫婦束手無策，不覺天亮了。

忽聽得大門被敲得砰砰響，有人在門外叫道：「老吳，開門。」

「是江忠的聲音，一大早，他來做什麼？」吳貴驚道。

「一定是阿田走了，他來找你算帳。」阿蓮說。

「我去看看，你們別出來。」吳貴說。

原以為只江忠一人，不料，門外站滿了他一家六口。吳貴不禁目瞪口呆，心想來者不善，便要關門，卻被江忠用臂擋住。江家男女個個身強體壯，魚貫進了屋裏。

吳貴無法阻擋，只急得大叫：「阿田沒出家做和尚，你們想幹什麼？」

「若非我守夜，阿田早就走了。吳貴，你忍心看我家斷了根嗎？」江忠說。

「吳大叔，請你叫阿蓮出來，我想當面再問她一聲，她願不願意嫁給我。」進田說。

「太遲了。還問什麼。阿蓮馬上就要跟我們去南洋了，你死了這條心吧。」吳貴說。

驀然，聽見阿蓮在房間內喊道：「阿田，是你嗎？你沒走嗎？」

「阿蓮，我改變主意，不做和尚了。你願不願意嫁給我？」進田大聲說。

「願意。」阿蓮在房內回答。

「好哇。」江家人都拍手歡呼。進田更是雀躍三尺，就要向房間奔去。

吳貴搶先一步，拿起地上的鐵鍬作武器，擋住了房門。

雙方正相持不下，忽聽得一個女人問道：「吳大叔，大媽，你們在家嗎？」

接著從門外進來兩人，前面是孟夫人，後面跟著秦叔。

「原來是孟夫人，秦叔，你們來得正好。」吳貴大喜，放下鐵鍬，上前說：「江忠一家人要搶我的女

兒，幸有你們替我解了圍。快請坐。」

江忠向家人作了個手勢，就要帶他們離去，卻被孟夫人叫住：「江忠，急什麼？既然來了，何不坐下，大家聊一會。」

「我們不用坐。夫人若有什麼吩咐，請儘管說吧，我們聽著。」江忠說。

「我想要問一問。進田，昨日你為什麼打紹卿呢？」孟夫人說。

「因為我嫉妒他和阿蓮在一起。」進田毫不諱言地說。

「孟夫人，妳瞧，他這麼凶蠻，我們怎能放心讓阿蓮嫁給他呢？」吳貴說。

這時，阿蓮端了茶來，孟夫人喝了口茶，緩緩地說：「阿蓮，我聽紹卿說，妳求他幫助，想要我們收容妳，可有此事？」

阿蓮嚇得面如土色，哭了。

吳貴大怒，跳起來，指著女兒罵道：「妳不要臉，看上孟二爺了，自己送上門？」

「我想留下，只為嫁給阿田。」阿蓮泣道。

「我打死妳。」吳貴一拳向她揮去。

眾人都吃一驚。幸而，進田敏捷，一躍上前，將阿蓮拉到了身後，自己的胸口吃了拳頭。他倒沒什麼，吳貴手疼得哇哇大叫。

「唉呀，你還說阿田凶，自己也這麼蠻橫，動不動就打人。」吳大媽抱怨。

「我是為阿蓮好。娘家人都走了，她嫁到江家，將來會有好日子過嗎？」

「吳大叔，請你放心，我會愛護阿蓮的。」進田說。

「老吳，你不用擔心。我們早以將阿蓮當了自家人，絕不會欺負的她。」江大媽說。

「不成。阿蓮不能沒有個娘家可歸。你們不要再說了，回去吧。」吳貴固執地說。

「阿蓮。」「阿田。」一對情人相擁而泣。

「看來這兩小無猜，難捨難分，倒也令人同情。我說，吳大叔，吳大媽，你們就成合了他們吧。」孟夫人說。

「孟夫人，妳，妳。阿蓮不是妳的女兒，你自說風涼話。」吳貴氣道。

「不瞞你說，我今日來你家，原是想和你們商量收阿蓮為乾女兒的事。」孟夫人出其不意地說了這話，令滿座皆驚。

阿蓮困惑地問：「孟夫人，妳不恨我嗎？」

「不。阿蓮，我請求妳的原諒。昨日，我和阿田一樣，起了妒意。我愛我的兒子，不願見他為妳神魂顛倒，荒廢學業，所以叫僕人對妳下了逐客令。直到紹卿說出了緣故，我才知道誤會了妳。我後悔沒能一早幫助妳。」

「可是紹卿恨我，他怪我想利用他。」

「他已經明白了妳的苦衷。原是他請求我和他爸收妳作乾女兒的。如今，就要看妳的父母同不同意了。」

阿蓮向她爸媽跪下，求道：「孟老爺和夫人已肯收養我了。求你們答應讓我留下吧。」

「唉，既然阿蓮如此愛阿田，我們答應了吧。有孟家作她的娘家，我們可以放心了。」吳大媽對丈夫說。

但吳貴緊閉了嘴不答應。

進田見孟夫人出面相助，心中暗喜，但又怕吳貴仍不答應，一時裏不知所措。冷不防，被他爸的大手

掌在後腦拍了一下。

「發什麼呆，還不跪下，幫阿蓮一起懇求。」江忠說。

進田連忙向吳貴跪下，雙臂抱住他的兩腿，說：「吳大叔，你早先已將阿蓮許配了我，又怕她遠離娘家。現在好了，孟夫人答應收她作養女，還是請你成合我們吧。」

他的雙臂像鐵扎似地。吳貴被他抱住，動彈不得，只能揮舞雙手，叫道：「快放開我。船票已經買了，阿蓮不上船，不行。」

「船票事小。若你答應讓我們收養阿蓮，這船票的損失就由我們來賠。」孟夫人說。

「吳貴，你還不答應，難道非要我江忠向你跪下不成？」

吳貴終於回心轉意，拋棄宿怨，向江忠說：「親家，別開玩笑，我怎敢要你跪呢。」

阿蓮和阿田大喜，轉向孟夫人拜謝。

孟夫人既興奮又緊張，回家告訴丈夫：「吳貴已經答應讓我們收阿蓮為乾女兒，而且同意和江家聯婚。他們希望明日就讓兒女完婚。你認為如何？」

「啊，這麼急，妳才收了乾女兒，馬上要嫁女。」孟老爺煩惱地說。

「俗語說，促成一對佳偶，勝造七級浮屠。你不覺得我做了件好事嗎？」

「好事！好管閑事。」崇漢罵道。

「你，你不是原先同意的嗎？」慧娘驚慌道。

「唉，我原先還以為妳見了吳貴會知難而退，所以沒攔阻妳。」

「如今，你想反悔已太遲了，就接受阿蓮為乾女兒吧。時間不多，我得進城購物，為阿蓮準備婚禮了。」慧娘說。

「我也得發電報通知紹鵬，事不容緩，我們這就走吧。」崇漢無可奈何地說。

紹鵬收到父親的電報，趕回孟家莊，問明了事情。對這樣倉促的決定，他心中很不以為然，但是木已成舟，他只得認阿蓮為乾妹妹。

由村長做證婚人，新娘和新郎拜了堂，婚禮順利完成。進田用一頂租來的花轎親自和他爸一起將阿蓮抬回家。

當晚，在孟家莊開喜宴，吳貴和江忠各自請了幾家左鄰右舍。孟老爺也請了一些鄰近的朋友，包括李勇和張大叔，村長自然是上賓。

受邀的都全家出動，扶老攜幼來赴宴。大人們毫無顧忌地高聲談笑，兒童們也隨地做遊戲。江忠和吳貴猜拳喝酒，喊得震天價響。李勇應眾人要求表演了一場武術，拿起把大刀舞得見影不見人。年輕的農夫和農家女對唱起情歌，進田和紹卿都加入了他們的行列。賓主盡歡。

酒席間，紹鵬邀請阿蓮和進田去上海遊玩。他們喜出望外，當下議定了，次日一同出發，先伴送吳貴夫婦上船，然後留在上海度蜜月。

【第七章】痛遭誹謗　闢謠雪恥

尤家大少爺，尤洪，好色荒淫。雖已娶了妻，仍是窯門常客。他曾到吳家偷窺傳說中的美女，一見傾心，便托媒說親，要娶阿蓮為妾。不料，吳大哥不允，親自來見尤老爺，退回媒人強迫他家人留下的聘金，並說他已將妹妹許配給南洋一個富翁。當時，吳大哥成了名人，尤金滿不想得罪他，便將兒子訓斥了一頓。尤洪只得作罷。

阿蓮嫁了進田的消息傳到尤洪耳中，他怒不可遏，即刻帶了幾個家丁，來找吳貴算帳，不料，吳家早已人去屋空。他就回頭闖進江家，要捉阿蓮和進田。沒尋到人，反被江忠持棍趕出來。

尤洪不甘心，便登報造謠，指控「孟紹卿強姦吳阿蓮，孟老爺為了掩飾兒子的罪行，逼迫吳貴夫婦，強收阿蓮為義女，即將她嫁出去」。又說「江進田因受了孟家贈地，所以戴綠帽做了王八都不敢出聲，和阿蓮成婚後，即因羞慚而躲起來了。」報導說得有聲有色，不由人不信。

正逢學期考試，紹卿在教室裏應考，埋首答題。忽然，訓導主任走到他身邊，嚴肅地說：「孟紹卿，你不用考了，立刻收拾書包跟我來。」

紹卿不知出了什麼事，只得遵命，放下考卷，跟隨他來到校長室。

校長遞給他一張報紙，他接過一看，頭版大標題上寫著「孟老爺收乾女兒的真相」。他心驚膽顫，看完報導，怒道：「這全是謠言，你們居然相信嗎？」

「你自己說吧，你和這個叫吳阿蓮的農家女，有過交往嗎？」訓導主任問。

「我和阿蓮只是朋友。我請求父母收養她是為了幫助她和江進田成婚呀。」

「本校嚴禁學生交女朋友。你犯了此過，就該被開除。若有強姦罪，那是要負刑責的。」訓導主任說。

「紹卿，我們都寧可相信這篇報導只是謠言。但是，為你的安全起見，我勸你還是趕快回家，和家長商量如何闢謠吧。」校長說。

強姦的罪名太可怕了，紹卿驚魂未定，又遭受被學校開除的打擊，他欲哭無淚，失魂落魄地走出了校門，才發覺忘了去取腳踏車。他沒有勇氣再返回校園，又覺得無顏見父母，便在街上流浪。

崇漢夫婦剛吃過早餐，見江忠面帶愁容地走進來說：「老爺，夫人，早安。我有一件事，想告訴你們。」

「親家，你有什麼事，請坐下說吧。」崇漢說。

「昨日，尤家大少爺率人闖進我家，要向阿蓮和進田尋仇，被我趕走了他們。我原不想驚擾你們，可是又擔心尤少爺不肯善罷甘休，所以來通報一聲。」

「奇怪，尤洪和阿蓮及進田會有什麼仇恨呢？」

「我聽吳貴說過，許多富家少爺曾派人來他家說媒，其中包括尤洪。只因吳大哥堅持要妹妹去南洋，所以尤洪無可奈何。如今，阿蓮嫁給了進田，他就來尋釁了。」

「這尤洪太可惡了。早已娶妻，又在外吃喝嫖賭，還想染指阿蓮。」孟老爺氣憤道。

正說著，忽見李勇未經通報，闖了進來。他手中握了一卷報紙，口中喊著：「豈有此理，豈有此理，竟有人如此造謠。」

「李大哥，出了什麼事？令你如此激憤。」孟老爺起身相迎，問。

「怎麼，你們還不知道嗎？謠言滿天下啦。你看。」李勇展開報紙給他看。

崇漢一看，大驚失色：「嘎，說紹卿強姦了阿蓮，我們企圖掩飾才收她為義女，逼她嫁給進田。好毒辣的謠言哪。」

「什麼！」慧娘一聽，幾乎暈倒。

崇漢連忙扶她坐下了，嘆道：「唉，我早警告過妳，此事會遭人非議，妳偏不聽勸。現在後悔莫及了吧。」

慧娘淚如雨下，想起自己年輕時便受人誹謗，那段痛苦的經驗在嫁到孟家後已逐漸淡忘。誰知道，如今輪到她的兒子受謠言攻擊，她覺得比自己身受更加痛心。

「不，我不後悔收阿蓮作義女，也不怕受誹謗。可是，紹卿是無辜的，他怎經受得起這麼嚴重的打擊呀。」

「可恨，一定是尤洪造謠，我去宰了這小子。」江忠握了雙拳，憤恨地說。

「我陪你去，把他抓來，叫他公開道歉。」李勇說。

「使不得，李勇，江忠，你們千萬不可冒然行事，免得增加人們的誤解。」崇漢連忙勸止他們。

「難道你竟忍得下這口氣嗎？」李勇問。

「不，這謠言太惡毒了，我要控告尤洪誹謗。但首先得發電報，要紹鵬帶阿蓮和進田回來，共商計策。」崇漢說。

「請你將電文寫好，我替你去發吧。」李勇說。

當下，崇漢簡單地寫了兩行字，將字條交給李勇，說：「有勞李大哥了。」

「不必客氣。告辭了。」李勇拱拱手，走了。

江忠難過地說：「都是為了阿田和阿蓮，害你們受辱，真對不起。」

「我們已經是親家了，禍福同當，你先回家去吧，一切等進田和阿蓮回來再說。」

「老爺，夫人請保重。」江忠擦著眼淚，離去了。

崇漢坐下，唉聲嘆氣。

驀然，聽慧娘說：「紹卿恐怕還不知道這件事。我們不能讓他受同學們的譏笑，還是趁早將他接回家吧。」

「對。我馬上去學校接他。」

「我也要去。」

他們來到城裏的中學，直接去見校長，請求將紹卿接回家。

「怎麼，紹卿還沒回到家嗎？他離開學校大約有兩個小時了。」校長說。

「他今天有考試，為何自行離去？莫非他已聽說了謠言。」孟夫人急道。

「不瞞你們說，今天一早就有人將一份報紙送到校長室。我們根據這報上的報導，為了維護校譽，已將孟紹卿開除。」校長說。

孟夫人心焦如焚，無心和校長爭辯，只想找回愛子，說：「他沒回家，會到那裏去呢？我們快去找他吧。」

「對，還是先找到他要緊。」崇漢同意，即扶了夫人，匆匆地走了。

秦叔駕馬車，從東到西，找遍了小城，不見紹卿的蹤影。回頭時，經過一個公園，孟夫人心中一動，急喊：「停車，也許他在公園內。」

紹卿沮喪地坐在一個蓮花池邊，眼前的美景似乎都成了虛假的佈景，他唯一的感受只是噁心的池沼氣味。忽聽得，有人大聲呼喚他，一回頭，見父母親朝著他疾步走來。

「爸爸，媽媽？」他困難地站起來，面對他們，疑惑是自己的幻覺。

孟夫人走得太急，幾乎傾跌，扶住了愛子，痛惜地問：「孩子，你沒事吧？」。

「我被學校開除了。」紹卿漠然地說。

「我們已經知道了。你沒做錯事，千萬不要因謠言而傷害自己，免得讓造謠者得逞。」孟老爺安慰道。

「可是人言可畏。不僅我的名譽受損，更令家門蒙羞。」

「孩子，你此時的心情我完全明白，因為我也受人毀謗過。」夫人不禁悲從中來，泣不成聲。

「唉，我叫你不要來，你非來不可。如此在大庭廣眾下哭哭啼啼，成何體統。」孟老爺埋怨道。

「都是我不好，害媽媽傷心。」紹卿流淚，說。

「其實，我們都用不著難過，因為我們沒做錯事。不是嗎？」夫人趕緊擦乾淚說。

「我想幫助阿蓮和進田，反而害他們也蒙冤，受人嘲笑。」

孟老爺扶住了兒子的肩膀，令他面向池塘，說：「你瞧，朵朵蓮花多麼聖潔美麗，它的高貴是在能擺脫污泥。你雖受謠言中傷，但只要能勇敢面對它，一定還會有出頭的日子。倘若，從此一蹶不振，那就只能永遠沉沒在污泥下了。」

「我明白了。我一定要用事實來證明我的清白。」紹卿說。

「好極了。我們回家吧。」

紹鵬收到電報即刻帶了阿蓮和進田從上海回鄉。

他一進門，見了父母，就說：「今天一大早，有位朋友從杭州打電話告訴我有關謠言的事，我簡直不敢相信。接著，收到了爸爸的電報，就立刻趕來了。這究是誰造的謠？」

「唉，真是好事不出門，惡事傳千里。」慧娘嘆道。

「聽江忠說，尤洪曾率眾闖入他家要找阿蓮，沒找著，隨後就出現了這則謠言。李勇已去報社打聽，文章確實是尤洪提供的。」崇漢說。

「都是我不好，我害了你們。」阿蓮泣道。

「不，阿蓮，不是你的錯。你不用理會謠言，我也不在乎。」紹卿安慰她，卻發現哥哥以嚴峻的目光向他掃射過來。那眼光中包含譴責和憤怒，他不由得打了個冷顫。

果然，紹鵬發怒了，罵道：「你難道不知恥嗎？有人誹謗你強姦，你竟能毫不在乎。」

「紹鵬，你不要這樣責備弟弟。他已被學校開除了，心中難過已極，只是裝得若無其事。」崇漢說。

「可惡的尤洪，我一定要扭斷他的脖子。」進田激憤地說。

「不，報仇不一定要靠暴力。我要聘請律師，向法院控告尤洪惡意誹謗，要求公開道歉並陪賞名譽損失。」紹鵬說。

「好，紹鵬，這官司，就由你出面打。」崇漢說。

孟紹鵬為弟弟和義妹伸冤，特地從上海聘來了名律師。他準備打官司的消息傳出，各地報紙記者紛紛趕到村裏來採訪。

尤洪害人害己，他的惡行被大量發掘出來。除了平日吃喝嫖賭，欺壓佃農，他還強姦過家中的丫鬟。更有一次，因追逼租金而將人打成重傷致死。受害人親屬告到縣裏的官府，都因縣長受賄，無法伸冤。

尤金滿看了報導，氣極敗壞，大罵兒子：「你這個敗家子，無事找事，去造孟家的謠。這下好了。你的罪行天下皆知了。且不說孟家要和我們打官司，只怕你這回法網難逃。」

尤洪也驚慌失措，一家報紙檢舉他，他還能設法擺平。許多家報紙一起登，他真嚇得沒了主張，哆嗦地哭道：「不是我造的謠，我是聽村裏的人說的，也不知會搞成這樣。」

還是他母親鎮定，說：「這些報紙一定是受孟家買通才攻擊我們的。我們也可以反告他們誹謗，告報社造謠。」

一語提醒了尤金滿父子。他們決定也請律師反控孟紹鵬誹謗。

過了兩日，管家來報，說：「縣長差人來請老爺和大少爺立刻去他府上見他。」

「好呀，官司不用打了。這事只要請縣長出面說句話就行了。」尤金滿大喜，即刻帶了兒子趕到縣長家。

不料，縣長一見他們便大發雷霆，頓足罵道：「你們都昏了頭嗎？和孟家打什麼誹謗官司。你造他謠，他可沒造你的謠。到時，證人們一個個把你們以前的罪行當庭揭發，要求重審那些被我以證據不足壓下的案子，把我受賄的事也揭發了，怎麼得了。你們死不足惜，可別把我也害了。」

嚇得尤金滿父子魂飛魄散。「這官司，我們不打了，我立刻帶尤洪到孟家道歉，請求私下和解。」

孟家莊裏，律師呂遇正和孟崇漢和江忠兩家人舉行會談。

「紹卿，阿蓮，有證人說曾看見你們手牽手，還說紹卿替阿蓮頭上插花，這些可是事實？」呂律師問。

「有過一次。」紹卿承認。

「如果，對方的律師在法庭上問你，你是否曾愛上阿蓮，你將怎麼回答？」

「我喜歡她，但是……」紹卿還沒說完，就被呂律師打斷了。

「你若承認喜歡阿蓮，還與她約會過，對方的律師會藉此大做文章，說謠言不是空穴來風，責怪你的行為不端，咎由自取。他不會讓你有解釋的機會。」

「這太不公正了。」紹卿抗議。

「我可以在法庭上作證，紹卿是完全無辜的，都是我不好。」阿蓮說。

「不，千萬不要隨便自責。這會授人口實，被歪曲成你誘惑紹卿犯罪。」

「難道法庭上也可以不講理嗎？」孟夫人驚駭地說。

「打官司，像上戰場，武器是舌劍唇槍。雙方律師各衛其主，辯方會強詞奪理，甚至歪曲事實來打倒對方，爭取勝利。」

「那麼，這場官司，我們究竟打不打得贏呢？」崇漢問。

「實不相瞞。這場官司的勝負難測。我最擔心的是阿蓮和紹卿太天真，中了對方精心設計的圈套，百口莫辯。」

「那就不要打官司了。反正我們捫心無愧，不要理會謠言就是了。」慧娘洩氣地說。

「不成，撤銷控訴，會被人誤解成認罪。」紹鵬說。

正說著，秦叔來報告：「尤金滿父子請見。」

「他們來作什麼？不見。」崇漢怒道。

「恐怕是來講和的吧，不如聽聽他們有什麼話說。」慧娘已被謠言折磨得身心憔悴，恨不得早日息事寧人。

「好吧。讓他們進來。」崇漢同意了。

尤金滿父子走進來，孟家人全端坐著，不迎接，只憤恨地瞪著他們。

呂律師站起來，說：「我是代表孟家的律師，你們若是為誹謗的案子來談判，最好也請你們的律師一起來。」

他原是好言忠告，不料，尤金滿非但不領情，還不客氣地說：「用不著律師了。我們兩家的恩怨，可私下解決。」

崇漢氣憤，罵道：「尤洪只造我的謠也罷了，竟如此惡毒地誹謗我的兒子和養女，我豈肯和你善罷甘休？」

金滿拱手作揖，低聲下氣地說：「孟老爺請息怒，都怪犬子誤信人言，傳播了謠言，我今日特帶他了向你們負荊請罪。你念在鄰居份上，打罵他一頓也就是了，請不要傷了兩家和氣。」隨即轉首喝令：「阿洪，還不跪下，磕頭道歉。」

尤洪跪倒，一面磕頭，一面說：「我錯了，下次再也不敢了，請饒了我吧。」

紹鵬不肯就此罷休，說：「不行。你就在庭上公開認錯吧。」

平日驕氣凌人的尤老爺，此時卻一再懇求：「請你們饒了洪兒一次吧。只要你們答應撤銷訴訟，我們願意登報道歉。」

崇漢本已想息事寧人，便不顧長子反對，擅自決定和解，說：「既然如此，我答應你就是了。」

尤洪登報道歉，孟家撤消官司，一場風波總算平息了。

闢謠成功，但孟家長幼都無法抹去受污辱的感覺。尤其是紹鵬，他不是直接受害者，卻感到切身之痛。學校取消了開除令，但紹卿不願再返本校，決定到上海去轉學，以考取名校來雪恥。

慧娘原本已心情低落，又因愛子即將遠離，更加憂鬱，終日躲在房裏暗自流淚。崇漢為了讓夫人安心，便建議讓秦叔也跟去上海，隨侍紹卿。

紹鵬聽了父親的要求，感到驚愕，說：「秦叔一塊去倒無妨。我只擔心弟弟有持無恐，不肯聽我教誨。」

崇漢見他反感，連忙說：「你弟弟是有點驕縱，我讓你把祖傳家法帶去，請你代我管教他。如果你覺得秦叔礙事，隨時叫他回來就是了。」

紹鵬這才同意了。

紹卿本來十分感激哥哥為他闢謠，但見哥哥手持家法，頓時覺得自己如同被押解的囚犯，不禁大為沮喪。

【第八章】

長兄若父　不負所望

上了火車，紹卿就靠窗假寐，避免和哥哥交談。他知道哥哥對他存有偏見，不僅是為了這次謠言的事，而是由來已久。記得小時侯，他曾有一次害哥哥跌入池塘，又有一次，為嫂嫂打抱不平，用彈弓打了哥哥。如今要寄居哥哥家，受管教，令他惴惴不安。

心灰意懶，加上車廂有如搖籃，轆轆的車輪聲像催眠曲，不久他便沉沉睡去。火車開到上海近郊，他方才醒來，迷迷糊糊地問：「到了哪裏了？」

「你睡飽了吧。馬上就到上海了。」紹鵬笑道。

自從發生誹謗事件後，這還是第一次見哥哥對他露出笑容，紹卿不由得高興起來，說：「真快，我不過打個瞌睡就到了。」

剛乘汽車來到家門口，玉蘭，玉祺和玉棠都一起跑出來迎接。

「小叔，你終於來了。」

「恭喜你，闢謠成功了，好幾家報紙都登了尤洪的道歉。」

「快進去吧，媽媽已等急了。」

紹卿被姪兒女們擁入屋裏，又受到嫂嫂的歡迎。「弟弟，路上餓了吧，我已給你準備了些點心，快去餐廳吃吧。」

他感覺像回到自己的家一樣，頓時把憂慮全拋到了九霄雲外。

紹鵬跟著走進來，坐下休息。

婉珍關懷地說：「這陣子你真辛苦了，幸而闢謠成功。」

「雖然造謠的人已公開道歉，但不足以消除家門恥辱。我希望紹卿能奮發向上，藉考上名校來雪恥。」

「你儘管放心吧，他是個有上進心的人。」

「唉，你聽，他笑得多麼開心，若無其事似地，反倒是我替他擔憂。」

「孩子們在一起就快活得什麼都忘了。他們在吃點心，你也去吃吧。」

「不，我吃不下，也沒時間吃。我還得替他去請家教呢。」紹鵬顯得焦燥不安，摸了摸他擱在椅邊的長盒。

「這是什麼？」婉珍問。

「爸爸給我的家法，用來約束弟弟的。」

「紹鵬，你不會用它吧。」婉珍驚道。

「那要看他爭不爭氣。」

紹鵬只喝了兩口茶，席不暇暖，便出門去探訪一位昔日的同窗好友馮淵，想請他當弟弟的家教。

馮淵在一家私立中學持教。他與紹鵬，平日各忙各的，已有好久沒見面。兩人暢聊了一會，紹鵬便提起家教的事。

不料，馮淵推辭：「真抱歉，我想乘暑假準備一些新的教材。你還是另請高明吧。」

「馮兄不會是因為聽信謠言，藉故推托吧？」

「不，請別誤會，我實在是分身乏術。」

「無論如何，請求你看在老友的份上，抽出些時間來教導舍弟吧。」紹鵬愛弟心切，一再懇求。

馮淵只得答應：「好吧。明天早上八點鐘，我上你家，先會一會令弟再說吧。」

歸途中，紹鵬令車夫繞道到文具店買了兩套文房四寶。

他疲倦地回到家，不料，一進屋，就聽見餐廳內傳出的熱烈談話聲。

他驚道：「怎麼，我出去了三個多小時，他們還在吃喝談笑嗎？」

「唉，都還是孩子嘛。尤其是紹卿和玉蘭難得在一起，一見面，就像有說不完的話似的。紹鵬，你也歇歇吧，別累壞了身子。」婉珍說。

「咦，他們在談論什麼？」紹鵬走近餐廳，豎耳傾聽，又驚道：「不好，他們談的是新文化運動，提到了魯迅、陳獨秀、新青年雜誌。這還得了。一旦涉及思想問題，紹卿還能專心準備考試嗎？」說著，衝進了廳內。

只見桌上擺滿了書籍雜誌。

「不許再聊了。玉蘭，玉祺，你們不得耽誤叔叔的時間，立刻把這些閑書搬走，否則我全沒收了。」紹鵬喝令。

玉蘭和玉祺不敢怠慢，急忙收拾了桌上所有刊物，捧著走了，但紹卿偷偷地將一本魯迅的小說藏入了

上衣內。

「紹卿，我已替你請了一位老師，明晨八時，開始上課。你只有一個月的時間準備考試，真是一刻值千金，分秒也不該浪費。」紹鵬又說。

「是。」紹卿答應著，挾帶了那本書回房間。

夜深人靜，紹卿溫習完了幾篇功課，才拿出小說來看。不料，只看了兩頁，忽聽得他哥哥的聲音：「弟弟，這麼晚了，你還沒睡啊。」

他嚇了一大跳，回頭見哥哥已站在他身後，便心虛地將用手臂將書蓋起來。

紹鵬先是驚異，隨即明白了，怒道：「原來你仍瞞著我，偷看課外書。」

「這本《阿Q正傳》，我想望已久。請你讓我看完它。我答應，考完試前，再不看其他的課外書了。」

「不行。我好不容易才為你請到一位家教，早晨要開課，豈容你熬夜看閑書。你快把書給我。」

「我看書快得很，這本薄薄的小說，頂多兩小時就看完了。你不讓看，我會一夜失眠。」

「這本書已被當局查禁。」

「那，我更非看不可。」紹卿還是不肯給，拿起書，向牆邊退避。

紹鵬氣惱，趕上來搶奪，不小心被椅子絆跌。砰地一聲，驚醒了全家人。

睡在隔壁房裏的玉蘭，跳下床，首先跑過來看究竟。

「爸爸，你跌倒了。小叔，你和爸爸打架了嗎？」她驚呼，就去扶父親。

「我們沒打架。他要搶我的書，自己被椅子絆倒了。」紹卿說。

「玉蘭，那本《阿Q正傳》是你給他的嗎？」紹鵬站起了，問。

「我，沒有。」

「不干玉蘭的事。是我自己偷藏的。」

「你這麼快就忘了家法嗎？」

「我不明白。看本小說，犯那條家法？」

「我對你的禁令，就是家法。」

紹鵬怒不可遏，回頭見婉珍，簡瑞和秦叔一同出現在門口，即令：「簡瑞，快去把家法給我拿來。」

「出了什麼事？剛才是誰跌倒了？都三更半夜了，拿家法作什麼？」婉珍緊張地提出了一連串的疑問。

「他不顧我三申五令，一定要看禁書，還害我摔了一跤。」紹鵬氣道。

婉珍走到紹卿面前，說：「弟弟，請你看在我的面上，不要跟哥哥嘔氣了。無論如何，他是為你好，請你將這本書交給我吧。」

紹卿很不情願地交出了書。

婉珍轉身勸紹鵬：「夜深了，請讓他休息吧。你也該睡了。」

「唉，沒事了，大家都睡吧。」紹鵬嘆口氣說。

等大家走出了房間，秦叔忍不住責備紹卿說：「你也太不省事了。你哥哥究竟是這兒的主人呀。你才來第一天，就和他爭執，還害他摔了一跤，往後日子怎麼過呢？」

紹卿不想聽他嘮叨，悶聲不響，跳上床，就用棉被蒙頭睡了。

早晨，吃完早餐，紹卿就去課堂等候老師。課堂設在內廳，放置了兩張書桌和椅子，原有的傢俱全被

移到牆邊。

他進入室內，首先看見的，卻是懸掛在牆上那根家法棒。哥哥一再用家法警惕他，實令他產生反感。他提筆沾墨，在一張白紙上寫下兩行字「良駒馳千里，何須棍鞭逼。」

上等的羊毫筆，寫來很順手，他注意到桌上一套全新的文房四寶，是他哥哥昨日趕著購置的。這又使他感激哥哥的一番苦心，也就不再計較。

不料，等了一個小時，仍不見老師來臨，他心中納悶。

忽聞腳步聲，他急忙站起來，準備迎接老師，進來的卻是秦叔。

「秦叔，老師來了嗎？是否要我去客廳迎接。」

「唉，那位先生早已來了，但他不願教你，一來就要辭職。」

「嗄，為什麼？莫非他聽信了謠言。」

「可不是嘛。聽他說，像你這樣的學生，公立學校是不肯受錄的，不如進私立的算了。但大爺不同意，還在和他理論。」

紹卿突覺一陣痙攣，像是被人當胸一擊，心上的創傷又綳裂了，倒坐椅子上，淚水奪眶而出。

秦叔發現自己失言，連忙改口，說：「你別難過。大爺一定能說動老師來教你的。」

「我不需要家教，你去請他走路吧。」紹卿怒道。

正在此時，紹鵬和老師一同走進了室內。

「紹卿，馮老師來了，你快過來參見。」紹鵬說。

豈知，紹卿不理不睬，坐著不動。

「這是怎麼回事？」紹鵬問。

秦叔連忙上前賠罪，說：「大爺，請你別生氣。多怪我說錯了話，惹他惱了。」

「這裏沒你的事。你下去吧。」紹鵬斥喝。

秦叔只得走了。

紹鵬回頭望馮淵，氣餒地說：「我教弟無方，請勿見笑。」

「或許令弟聽了家人的話，對我產生了誤會。」馮淵說。

紹鵬只得耐著性子，勸道：「紹卿，馮淵先生目前正忙於修訂一部教課書，只是看在與我同窗的情份上，才答應撥冗來教導你。你千萬不可任性，以免自誤。」

不料，紹卿抬起頭，悲憤地說：「他怕我的臭名玷污了他的清高，不肯收我這個學生。你又何必苦苦求他。我不要家教也罷。」

「你，放肆。看我用家法來教訓你。」紹鵬氣極，隨即去取了木棍，便要打。

「紹鵬，請息怒。還是讓我來勸他吧。」馮淵連忙上前攔阻。

「馮兄，請別攬我。我再不管教他，只怕他將成孟家的不肖子孫。」

「那也未必。我看令弟是有志氣的。你瞧他在這張紙上，寫的是什麼？」馮淵指著桌上一張紙說。

紹鵬低頭看了，說：「野性不改，千里駒也無用。」怒氣稍減，放下家法，又向馮淵抱歉地說：「我不知弟弟如此任性，剛才還替他說了不少好話來挽留你。現在你若不願收他作學生，我也不敢再勉強。」

「請放心，這回我應承了你，決不反悔。」

「那麼，我就將舍弟交託你了。請將朽木當良材雕吧。」

「我盡力而為就是了。你有業務纏身，請自便吧。」

紹鵬又望了弟弟一眼，囑咐他：「你好自為之。」這才怏怏地離去。

馮淵轉回來，說：「紹卿，今早我是準備來向令兄辭職的。原因有二，一是想集中精力準備新的教材，二來是我聽說市立一中校長已決定阻止你入學。」

「我沒作錯事，他怎能憑謠言拒絕我參加考試？」

「不，他並不禁止你報考。但已特別規定，你必須考到總平均達九十分以上，才能被錄取。他定下這個條件，只不過是要你知難而退。」

「不，我不畏難，無論成不成功，我都要報考。」

「你這口氣，可是和令兄一模一樣啊。」馮老師驚奇地說，立刻對他另眼看待。

「但是，我哥哥非要先生在百忙中抽空來教我，也未免太勉強你了。」

「令兄是愛弟心切呀。我和他是同窗好友，如今既受他之託，我會盡力幫助你補習的。我們不要再浪費時間了。我帶了兩份數學和國文的考卷來，想先測驗一下你的程度。你能答多少就多少吧。」

沒想到，老師一來就先給他一個下馬威，要考他，紹卿只得硬著頭皮應試了。

考完試，已經中午了。紹卿送老師出門後，坐到飯桌上，但一點胃口也沒有。

「小叔，你昨夜害爸爸摔了一跤不說，今早又把他氣得臉色鐵青的。我們都擔心，怕你會受罰呢。」玉蘭說。

「要不是馮老師阻攔，我早已挨了他一頓板子了。」

「可是我們替你遭了殃，爸爸要把姐姐，弟弟和我都放逐到鄉下去了。」玉祺說。

「有這回事嗎？」紹卿驚道。

「其實，就是爸爸不趕，我也會自動要求去陪爺爺奶奶的。」玉蘭滿不在乎地說。

「但是，我不想去。我要和我的同學玩。」玉棠說。

「我和姐姐都寧可下鄉。你不去，就留下做爸爸的出氣筒吧。」玉祺說。

「我，我還是和你們一起走吧。」玉棠改變主意說。

「你們都不要走。他一回家，我就和他理論。」紹卿說。

「紹卿，你要體諒哥哥對你的一片苦心，他想要讓你有個安靜讀書的環境。你千萬不要再和他為難了。」婉珍勸說。

「乾脆我也回鄉算了。老師一來就考我，大概是要我知難而退吧。」

「你走不了的。爸爸已吩咐簡瑞，看守門戶，不許你出去。」玉蘭說。

「豈有此理，他把我軟禁了不成？」

「弟弟忍耐些吧。等你考完試，嫂嫂請你去看電影，好不好？」婉珍說。

「不如我這就去看場電影，消消氣。」紹卿說著，飯也不吃了，站起來就要走。

「不行呀。你們快拉住他。」婉珍叫道。

「我非出去一次不可，否則，不服氣，回頭要和哥哥吵架。」

「媽媽，我看不如讓小叔出去看場電影，散散心。也好化解他和爸爸之間的緊張。」玉蘭幫著說情。

「瞎說。妳沒看見爸爸早上的臉色嗎？要是他知道你小叔出去了，不天翻地覆才怪，還能化解緊張嗎？」

「爸爸總要晚上七點才回家。小叔若能趕上三點那場電影，四點多就能回來了。要是我們都不說，爸爸怎會知道呢。」

「就算我答應，簡管家也決不肯同謀呀。」婉珍猶豫不決地說。

「請妳放心，我去和老簡說。」秦叔說。

婉珍驚憂不定。說：「紹卿一個人出去，我實在不放心。」

「玉祺，你陪小叔去吧。我怕媽媽掛心，必須留在她身邊。」玉蘭說。

「我……」玉祺面有難色，仍忘不了幼時挨父親打的慘痛經驗。

紹卿看出他的心事，說：「不須人陪。我來過上海幾次了，去戲院的路，我熟。」

「還是我陪你去吧。反正爸爸沒不讓我出去。」玉祺下了決心，說。

「好，我們走吧。」紹卿說。

院子裏，秦叔仍在企圖說服簡瑞：「老簡，我們同在孟家多年了，我向你求個人情都不行嗎？」

「不行，這件事上，我們各為其主。我可不能幫助你的，欺瞞我的。」

「說什麼你的，我的，明是一家人。反正大爺怪罪下來，我擔待就是了。」

「你是老太爺身邊的，他能對你怎樣？到頭來，還不是我倒楣。」

忽見紹卿和玉祺一起飛跑了出去，簡瑞大急，叫道：「回來，回來，二先生，你不能出去。」拔腿要追，卻被秦叔拉住了胳膊。

「算了，還追什麼。你就當沒看見就是了。」秦叔笑道。

電影院裏上演的是一場喜劇，紹卿看得樂而忘憂。玉祺卻如坐針氈，惶惶不安。

好不容易等到劇終，叔姪倆出場叫車。豈知，車夫們都爭向老爺太太們兜生意，睬也不睬兩個少年人。最後，終於上了車，拉車的偏偏是個老頭兒，車行不久，他們就後悔了。乘這部車，還不如自己跑步快。

「大叔，拜托你，拉快點，好不好。」玉祺忍不住說。

「你坐車，還要嫌慢。我老漢做牛做馬，向誰抱怨呢。」車夫沒好氣地說。

玉祺不敢再說。驀地，一輛黑色汽車駛過，在前面十字路口，遇上紅燈，停了下來。他定睛一看，驚道：「大叔，慢點，慢點。請你在路邊停一停。」

車夫到路邊停了車，生氣地說：「少爺，你是要我嗎？一下叫我快，一下叫我慢。」

玉祺顧不得回答他，只緊張地向紹卿說：「不好了，前頭是爸爸的車。他要比我們先回到家了。」

「真的嗎？你看見你爸在車裏？」紹卿不敢置信，站起來，伸長了脖子去看。

「小叔，快坐下，你怕爸爸瞧不見你嗎？」玉祺急忙拉他歸座。

「哈哈，我明白了。你們是瞞著家長偷偷溜出來看戲的，不是嗎？」

「大叔，你若能抄捷徑，先送我們到家，我願出雙倍的車錢。」紹卿說。

「你做夢了。我兩條腿哪能賽得過四個車輪，不過，我可以抄小路，儘快就是了。」

路燈轉綠，汽車開走了。人力車夫也拉起車，拔腿飛奔。

秦叔和簡瑞在大門口東張西望，焦急地等侯紹卿回來。不料，倏地，一輛車開到門前停了下來。令他倆都大吃一驚。

「你們在這裏做什麼，等人麼？」紹鵬打開車窗，問。

「不，沒等人。我和老簡在這兒乘涼聊天呢。大爺，你這麼早就回來了。」秦叔說。

「我不放心紹卿，特地回來看看他。」

「大爺，請你不必為他操心。他一向是個好學生，你就放心回商行去做生意吧。」

「什麼話，你想攬車，不讓我進家門嗎？」紹鵬怒道。

「不敢，不敢。」秦叔連忙退後幾步，讓開車路。

「簡瑞，下午你看見有人出去了嗎？」

「沒，沒有。有，有，我見大少爺出去了。」簡瑞慌張地說。

「開車。」紹鵬令司機。車子開進院子。

管家也倉皇進去了，只剩秦叔怔怔地站在門口，不知所措。

屋裏人見了紹鵬，也莫不驚慌失措。

「紹鵬，你這麼早回來。一定是勞累了吧。我扶你到房裏休息。」婉珍勉強鎮定說。拉住了他的胳膊，身子卻微微顫抖，倒是她才真需要人扶呢。

「妳在發抖，恐怕是病了。要不要請醫生？」

「不，不，我沒事。我們坐吧。」

「先生，請喝茶。」翠環說。

「爸爸，天氣好熱，我給你扇扇。」玉蘭說。拿來扇子在他身邊扇著。

「爸爸，你的煙斗，你要抽煙嗎？」玉棠說。奉上煙斗，即規規矩矩坐在一旁。

紹鵬默默無語，喝了兩口茶，又點燃了煙斗，一面抽煙，一面忖量。剛才在路上，他從車鏡裏看見了紹卿和玉祺，當時十分震怒，如今見一家人畏懼的樣子，又不忍心發作。沉默半晌，他才迂迴地問：「馮先生和紹卿上了課嗎？他幾點鐘走的？」

「馮先生給小叔考了數學和國文，他離去時已經中午了。媽媽留他吃午飯，但他謝絕了。」玉蘭搶先回答。

「紹卿也跟著出去了嗎？」紹鵬望著妻子，問。

玉蘭又代答：「沒出去啊，他和我們一起吃中飯的。」

「我問妳媽媽，你別老插嘴。」紹鵬斥道。又問：「他現在在那裏？」

婉珍垂下頭，說：「我不知道。」

「我也不知道。」玉棠不等問，先自動說。

「爸爸，你為什麼要問呢？小叔一定是在他房內讀書。」玉蘭說。

「小姐說得對，二先生正閉門讀書。吃晚飯時，他就會出現了。」翠環附和說。

紹鵬心想，全是同謀。不免暗生悶氣，故意刁難女兒，說：「玉蘭，妳去叫他下來見我。」

「有什麼要緊事嘛。等他自己下樓來再說吧。你看來好累，還是先回房歇歇。」

「你不去叫他，我親自去。」

「不，不，爸爸請別生氣。我這就去。」

玉蘭連忙上樓，進了紹卿的房間，自然是空無一人。她只想拖延時間，設法圓謊，悶悶地走到窗口，向下一望，卻見紹卿，玉祺和秦叔都在外面。她喜出望外，喊道：「小叔，我還以為你在房裏讀書，原來是在院子裏散步。爸爸找你，你快進屋去見他吧。」

原來，紹卿正想設法溜回他的房間哩，忽見玉蘭伸出頭來大喊，他不禁歡喜，說：「對啊，哥哥只不准我出大門，可沒不准我到院子裏散步呀。我這就大大方方的進去見他，有何不可？」

「小叔，你一人進去吧。我不會撒謊，怕爸爸問我話。」玉祺說。

「你和秦叔最好都別進去，還是讓我一個人來應付，容易些。」

「這回你可得小心，千萬別再頂撞他。」秦叔警告說。

「我曉得。」紹卿說，便大搖大擺地進了屋裏。

玉蘭飛奔下樓，勝利似地向她爸爸報告：「原來，小叔在後院裏散步，我從窗口瞧見他，已經叫他進來見你了。」

好丫頭！紹鵬暗地罵著，卻不拆穿她的謊。

只見紹卿進來，到他跟前躬身說：「哥哥，你叫我，有何教誨？」比起早上在課堂裏的態度，真是前倨後恭。他心裏覺得好笑，但不動聲色，淡淡地說：「沒什麼事，我只擔心你和馮老師不和睦，所以早點回來看看。」

「上午，是我錯了。你走後，我就向馮師賠禮。他不計我的過錯，仍願來教我。」

「只要你明白我的苦心就好。我準備讓秦叔帶你的姪兒女一起回鄉下去。你可有意見？」

「哥哥想讓我安靜地讀書，不惜和兒女分離，我實在感激。何況，有玉蘭他們陪伴爸媽，我也可以放心。秦叔在這裏沒什麼事，還是回去的好。」紹卿謹慎地回答。

紹鵬聽他這麼說，滿意了，「好，就讓他們明日起程。你回房裏讀書去吧。」

「謝謝哥哥。」紹卿轉身向玉蘭眨眨眼，便匆匆地上樓去了。

眾人都鬆了口氣。

次日，紹卿見老師進來便迎上去，一鞠躬，說：「馮老師，你早。」

「早。」馮老師回應，彷彿心事重重似地。

「老師，你好像不高興。是不是我昨天考試考得太差啊？」紹卿緊張地問。

「正好相反。你的成績太好了，出乎我意料之外。」

「那麼，老師為何發愁呢？」

「唉，我原以為你橫豎考不上，所以並不費心思。豈知，你竟是個高材生，也許有成功的希望，這下令我覺得責任重大，可不能鬆懈呀。」

「原來如此。請老師不必擔心。若我考不上市立一中，便轉入你持教的私立中學就讀，能繼續作你的學生，不也是因禍得福嗎。」

「哈哈，想不到你年紀輕輕，竟能如此通達。看來我得了一個高徒。好吧，只要你肯努力，我會竭力助你考上。」

「多謝老師。」

過了半個月，紹鵬約馮淵一席談，方知弟弟實在是個有上進心的好學生。於是摒除了以往的成見，並取消了所有的禁令。

「今後，你可以自由行動。功課做膩了，看些課外書。壓力太大了，出門散散心，我都不再禁止。」他對弟弟說。

紹卿雖然高興，但考期近了，他只恨準備的時間不夠，沒心情享受新獲得的自由，反而更加緊用功，幾乎廢寢忘食。

直到只剩三日就得考試了，他實在太緊張，晚上無法集中精神讀書，便想出門一趟，散散心。

出了門，卻沒心情逛街，他想起哥哥在市中心擁有一棟兩層的樓房，樓下開了個錦布莊，樓上作為辦公室。他認識錦布莊的劉掌櫃，便來到店裏找人聊天。

劉掌櫃年過半百，兩鬢已白了，見了他，驚喜說：「二先生，你怎麼來了？我聽說你到了上海，本想去探望你，但先生說你目前正準備考試，閉門謝客哪。」

「今天悶不過，我出來逛逛。我哥哥在嗎？」

「他和周經理一同去和顧客談交易。大概就要回來了。你請先坐一會兒吧。」劉掌櫃請他到裏邊坐了，轉向一個年輕小夥子說：「安德，快給二先生倒茶。」

「他是誰？我好像沒見過。」

「他是我的外甥，去年我剛才把他從鄉下帶出來。」

「二先生，請用茶。」

「安德，你看來大我兩，三歲，已經中學畢業了嗎？」

「不，我生在農家，沒讀過多少書。但我到這兒不久，先生就讓我到一間夜校去補習，每星期上兩次，今天恰巧沒課。」

「真的嗎？夜校有多少學生。你的老師是誰？」

「這個夜校有十個班，總共有三百多學生，大多數是工人。我們初級班的老師叫侯健民，也是紗廠工人，才十八歲，和我同年，他不僅會作文，還會寫詩呢。」

「真的嗎？我想認識他，和他作朋友，改天請你替我們介紹，好嗎？」

「好的。二先生，請坐一會，我要去看店了。」

紹卿又和劉掌櫃聊了一會，看看時間不早，正想離去，不料，安德忽然慌慌張張地帶了一個人進來，說：「二先生，這位就是侯健民，請你救救他吧。」

「什麼？」紹卿驚愕，心想那有這樣的介紹法。

「我代表紗廠的工人寫了一份請願書，要求改善待遇。沒想到，廠主竟向公安局誣告我是共產黨員。剛才警察到工廠來捉我，我才逃到這裏。」侯健民說。

劉掌櫃聽說，立刻拒絕：「我們的主人不在家，不能收留你，請你到別處去吧。」

「舅舅，警察就要追來了。求求你，就讓他躲一躲吧。」安德說。

「不成，這兒沒處可躲，你叫他快走吧。」

「我哥哥的辦公室，也許警察不會查，就讓他躲那兒吧。」紹卿說。

「沒辦法，先生出去時，把門鎖了。」劉掌櫃說。

「舅舅，你的口袋裏，不是另有一把鎖匙嗎？」安德說。

「劉掌櫃，我們不能見死不救呀。你快把鎖匙給我。」紹卿說。

「不可以，絕對不行。」

「那，我就不客氣了。」紹卿一手抱住劉掌櫃，一手伸入他的衣袋，拿出一串鎖匙。說：「健民，快跟我來。」兩人就往樓上跑。

「下來，下來。」劉掌櫃急著要追，卻被安德攬住了去路。他氣得大罵：「混帳，都是你這闖禍精。」

紹卿打開辦公室的門，讓健民進去了，又把鑰匙交給他，說：「你把它帶進去。他們搜不到鑰匙，就不能開門進來。」

「我真太感謝你了。」

「別客氣。你快藏好，我下去看看情況。」

忽然，幾個警員衝進來，抓住了安德。

「他是我的外甥，你們為何抓他呀？」劉掌櫃說。

「有身份證嗎？」

「有。」安德掏出身份證，給警隊長看了。

「放開他，上樓去搜。」

警隊長剛要率眾上樓，一眼瞧見躲在樓梯口的紹卿，不由分說即執住，搜他的身。發現他口袋裏沒有身份證，只有兩塊零錢，便將他雙手反銬了，要帶走。

「唉，你們又弄錯了，他叫孟紹卿，是我們店主的親弟弟，請快放了他。」劉掌櫃焦急地說。

「哼，看他這身衣裳，像個爺嗎？簡直就是鄉巴佬。」警隊長不信地說。

原來，紹卿喜歡穿粗布衣服，平日家居穿的一套衫褲，與鄉下人穿的一模一樣。出門時，也沒想到要換衣，只放了兩塊錢在口袋裏。

「唉，你看人可不能只憑衣裳呀。他是個學生，才十五歲。」劉掌櫃說。

警長仔細打量了紹卿，也覺得他不像個工人，便說：「若不是他，那麼逃犯一定還在樓上。」即令警員上樓去搜。

警員上去了，馬上又下來回報：「樓上的房間門鎖上了，打不開。」

「掌櫃的，你快把鑰匙交出來。」警長說。

「上面是孟先生的辦公室，他出去時帶走了鑰匙，我沒有。」

「你不打開樓上的門，我們就帶這小子走了。」

「不，請放了他，你們要捉人交差，就捉我去吧。」安德說。

紹卿只想引開警員，好讓侯健民逃走，便說：「劉掌櫃，安德，你不必多說了，就讓他們捉我去，反正我哥哥回來，一定會救我的。」

正在此時，紹鵬和周經理一起回來了。

紹鵬見紹卿被一群警察押著出來，真以為是在做惡夢，急忙三步作兩步走上前，問：「弟弟，你怎麼會在這裏？他們為什麼銬了你？」

「哥哥，你回來得正好。我剛才來到這裏，想找你聊天，不料，忽然來了一隊警察，這位警官不分青紅皂白就用手銬把我銬上了，要押走。」

「豈有此理，我弟弟犯了何罪？」紹鵬轉向警長發怒，道。

警長知道抓錯了人，連忙道歉：「孟先生，真對不起。我們追捕逃犯，聽街上人說他跑進這兒來了，不期誤捉了令弟，請你多多原諒。我馬上放了他。」說著，親自打開了紹卿的手銬。

「這錯誤也未免太離譜了吧。你們要捉的人犯的是什麼罪？他和孟先生的弟弟有那點相似？」周經理問。

「疑犯叫侯健民，是個年輕的紗廠工人，因鼓動工人罷工，有共產黨員的嫌疑。正巧，遇上這位少年沒帶身份證，又是一身工人打扮，就弄錯了。現在，我還得到別處去搜查，告辭了。」警隊長說完，就想帶隊離去。

不料，紹鵬怒氣未息，叫住他說：「且慢。請你留下姓名再走。」

警隊長想他問自己姓名，必定是要告狀，自己難免吃上司一頓排頭。於是，一不作二不休，轉回頭，說：「孟先生，分明是你的家人將逃犯匿藏在樓頂。我看在你的面子上，本想網開一面。若你非跟我過不去，那我就不客氣，一定要搜個徹底不可。」

「難道你剛才還不曾搜徹底嗎？」紹鵬說。

「樓上的門鎖了，還沒搜。」

「劉掌櫃你去打開門，儘管讓他搜，免得他誣賴我們匿藏逃犯。」

「不，我沒有鎖匙啊。先生，這只是一場誤會，請你不要再計較了吧。」劉掌櫃連忙搖手說。

紹鵬心知有異，又見安德和紹卿都露出惶恐的神色，他暗想莫非那個疑犯真的藏在樓上嗎？

周經理也看出苗頭，趕緊說：「劉掌櫃說得對，原是誤會，警隊長還要去追逃犯，我們就別耽誤他了。」

豈知，警隊長看出他們緊張，反倒肯定他們藏了逃犯，愈發不肯罷休，說：「我們只是奉命行事。難得孟先生同意合作，就搜了再說。」

「好吧。你跟我上樓去搜。」紹鵬無可奈何地說。

紹卿和安德都想跟著上樓，但紹鵬嚴肅地說：「你們都留在這裏，不准上來。」

警隊長也對他的部下說：「只我上去就行了，你們在此看守著。」

紹鵬掏出鑰匙開了門，徑自先走了進去。一眼瞧見辦公桌上放著一串鑰匙，正是劉掌櫃平日持有的，他踉蹌上前，用手按住了，隨即和他自己那一串一起收入了衣袋中。

幸而，警隊長沒起疑心，進了門，只顧四下查看。

這時，紹鵬突然感到胃劇疼起來。他扶著桌子，走到椅邊坐下了。

周經理進來了，不見警長，只見紹鵬面色蒼白，狀甚痛苦。他急忙走過去，問：「先生，你怎麼啦？警隊長呢，他在哪兒？」

紹鵬有氣無力地回答：「我胃疼，但你先不要管我。警隊長剛到裏邊的休息室去搜查了，你快設法替我打發他吧。」

「我知道了，請你放心。」周經理立即往休息室走去。

警隊長在內室裏搜查了一遍，不見有人，但發見一扇窗戶大開，便立即衝近窗邊，向外望，見有一人沿防火梯而下，跑入了後巷。他剛要拔槍吶喊，不料，一隻手被周經理自身後抓住了。周經理在他手掌中塞了一件東西，他憑直覺知道那是一疊鈔票。

「孟先生出門前，忘了關窗。今夜風大，讓我替他關上吧。」周經理平靜地說。

警隊長望了一眼手中的東西，見都是大鈔，且是厚厚的一疊，便心照不宣，即刻塞入了褲袋中，說：「這房內果然沒藏逃犯，但我剛發現有個可疑的人跑入了後巷，我這就去調查。」

「你快去吧。孟先生的胃疾復發了，我們不要打攪他，讓我送你下樓吧。」周經理說，即打開一個邊門，陪警長下樓。

「逃犯不在樓上，我們走吧。」警隊長對樓下的警員們說，即帶隊走了。

紹卿見並無拘捕著人，大大地鬆了口氣，問：「周經理，我可以上樓了嗎？」

「可以，我們一起上去吧。」

他們走進辦公室，見紹鵬趴倒在桌上。紹卿驚駭，上前問：「哥哥，你怎麼了？」

紹鵬勉強抬起頭，額上涔出了冷汗，痛苦地說：「我的胃疼得厲害。」

「哥哥，都是我不好，是我害了你。」紹卿難過得落下淚來。

「紹卿，別說了，快幫我扶他到內室躺下。」周經理說。

等紹鵬躺下後，周經理又說：「我去請醫生。你陪著他，不要多說話，讓他安靜地休息，你懂嗎？」

「我知道了。請你快去吧。」紹卿說。
紹鵬疼得在床上蜷曲了身子，紹卿感到萬分愧疚，跪在床前飲泣。
半晌，紹鵬緩緩轉過身來，說：「弟弟，別難過。我只是舊病復發了。」
「都怪我，一再害你擔驚受憂，才引發了舊疾。」
「你怎麼會來到這裏呢？你嫂嫂知道你出來嗎？」
「我想出來散散心，沒敢驚動嫂嫂，只告訴了翠環和簡管家。」
「剛才發生的事，你無須瞞我，那個被追捕的工人曾藏在我的房裏嗎？」
「是的。哥哥，你見到他了嗎？他怎麼沒被警隊長發現呢？」
「他可能越窗從防火梯逃了。是劉掌櫃開門讓他進來的嗎？」
「不，劉掌櫃不肯開門，是我從他的衣袋裏奪了鑰匙。」
「你冒然匿藏一個被追捕的疑犯，也未免太大膽了。怎知這人是無辜的呢？」
「我雖不認識他，但剛到店裏就聽安德說起他是一個有才華的年輕工人，還在夜校裏當老師。我聽了很佩服他。不料，他竟上門求救，我怎能不救他呢。」
「我明白了。你放心，這事我不再追究。你也別再提了，尤其是不可讓你嫂嫂知道，免得她受驚嚇。」
「我絕不和嫂嫂說，可是，侯健民還沒脫險，哥哥，你能幫助他伸冤嗎？」
「等有了他的下落再說吧。」紹鵬虛弱地說。
不久，醫生來看了，開了藥方，劉掌櫃即刻去買了藥。
紹鵬服了藥，又休息一陣，便說：「紹卿，我們回家吧，免得你嫂子著急。」

他兄弟倆一同回家，婉珍見了，不由得驚訝，問：「紹鵬，你怎麼啦？弟弟，你什麼時候出去的？」

「別大驚小怪。他沒出去，只在院子裏乘涼，我胃病發作了，所以喚他扶我進來。」紹鵬說，一面向管家做了個眼色。

管家會意，沒說穿他的謊言。

婉珍聽說他胃病復發，連忙扶他去房裏休息。

紹卿也回到自己的房間。他躺下，回想剛才發生的事，真像做了場夢。

次日上午，紹鵬在家休息，覺得胃不疼了，下午仍照常到辦公室去工作。

紹卿在房裏溫習功課，忽見管家走進來說：「錦布莊的安德來找你，說先生託他給你傳話。」

「安德？他在那兒？我馬上去見他。」紹卿連忙站起來，說。

安德在大門口，一見紹卿出來，便迫不及待地說：「今天早上，一位夜校的同學來告訴我，健民躲在他家裏。我剛在附近送完貨，想乘機去探望健民，先來告訴你一聲。」

「啊，不知你的同學家在那裏，我能去見健民嗎？」

「他家距此不遠，我騎車大約十五分鐘就到了。但是你最好不要冒險前去，讓我轉告你的話吧。」

「不，我們還是一起去吧。瞧，簡管家來了，你快載我走。」紹卿催促說。

安德跨上車，紹卿跳上後座，兩人騎著車離去。

簡瑞一見大急，叫道：「喂，你們上那兒去呀。安德，快停車。」叫不住，又追不上，他只得氣急敗壞地去通知婉珍。

「太太，不好了。安德將二先生拐走了。」

「你是說錦布莊劉掌櫃的外甥？怎麼會呢？」婉珍驚道。

「安德說，先生要他來給二先生傳話。我不疑有他，請出了二先生，但見他們在門口談了很久，我想過去看看。不料，他們一見我走近，就騎上車走了。」

「這，太奇怪了。不過，安德究竟是家裏人。你先別急，讓我撥個電話，去錦布莊問問到底是怎麼回事再說。」

紹鵬聽說安德把紹卿載走了，一時驚得說不出話，又怕嚇壞了妻子，便勉強鎮定下來，謊說：「你們別急，我看弟弟讀書太辛苦了，特派阿德帶他出去逛逛。他們也許一會兒就回來了。」

放下電話，他立即去找劉掌櫃。

安德載著紹卿來到一條又窄又髒的弄堂，在一家像竹棚樣的房子前停住了車。紹卿驚異地發現，繁華的上海，竟有如此破落的貧民窟。

健民見了他們，驚喜地說：「昨日多虧有你們相助。否則，我肯定被捉進監獄了。」

「我已事先從安德口中知道了你，想和你交朋友。聽說你會作詩，是嗎？」

「我嘗試用詩歌來鼓舞受壓迫的民眾，爭取平等。」

「你有這個志願，真令我欽佩。健民，你可不可以再等兩日。我考完試後，就能全力幫助你了。」

「不行。我不能再拖累強生了。我準備今天夜裏，偷偷溜上往北京的火車逃走。」

「那太冒險了吧。」

「我決定冒險一試，總比坐以待斃的好。」

「我身上沒帶錢，僅有這只懷錶，請你收下作紀念吧。」紹卿取出一只懷錶，塞入了健民的手中，說。

「這只錶，太昂貴了。我不敢接受。」健民看了一下，說。

「收著吧。必要時，還可以當賣幾個錢用。」

「那，我就恭敬不如從命了。謝謝你。」健民收下了錶，說。

「健民，我必須帶紹卿回去了，免得他家裏人著急。請你保重。」安德說。

「謝謝你，安德，我不會忘記你的。」

「再見。」「再見。」「後會有期。」

安德先送紹卿回家，才匆匆忙忙地趕回錦布莊。剛進門，就被他舅舅迎面摑了一掌。

「畜生，你好大的膽子，竟敢誘拐二先生。看先生怎麼處置你。」劉掌櫃罵道。

紹鵬努力平息怒氣，以免又觸發胃疾，但急迫地問：「快從實說，你把二先生帶到哪裡去了？他現在人在哪裏？」

「他已經平安回家了。先生，求你饒了我吧。我下次再也不敢了。」安德跪下，說。

「你還沒說，你們去了何處？」

「快回先生的話，否則我打死你。」劉掌櫃拿了一根長尺，用力打在安德背上，逼他說。但安德只是哭，不敢說。

「唉，別打了。其實，他不說，我也猜得到。他們一定是去見了侯健民。」紹鵬嘆口氣，說。

「先生，你怎麼猜到的？」安德驚駭地問。這一問，卻等於招認了。

「紹卿已經把一切都告訴我了。侯健民是夜校的老師，你很崇拜他。那天晚上，他來向你求救，你們將他藏在我的辦公室裏。」

「先生，原來你什麼都知道了。你無論怎麼責罰我都可以，只求你不要報警。」

「你放心。聽說侯健民是個有才華，有志氣的青年，我決定幫助他。」

「真的嗎？我還以為只有二先生同情健民。」

「這麼大的事，你本該來找我商量，不該去打擾紹卿。他只是一個中學生，又馬上要考試。剛才我聽說你將他帶出去時，你知道我有多麼生氣嗎？」

「我錯了。」

「現在，我已不怪你了。你起來吧。詳細告訴我健民的情況，你們和他見面談了些什麼？」

安德便不隱瞞，把健民預備乘北上夜車逃亡的計劃說了出來。

紹鵬聽說，即打開抽屜，找出一本火車時間表，翻開查看了一會，說：「他不必等到半夜，可以乘晚上六點的特快車走。」

「那不是太危險了嗎？」劉掌櫃和安德都不以為然。

「只要你們照我的計策去行，一定沒問題。」紹鵬說著，走進了內室，不一會，拿出一疊鈔票，交給劉掌櫃，又說：「你們舅甥倆先到服裝店，照健民的身材為他買一套全新的衣服。將他打扮成富家少爺的模樣。然後，護送他上火車。就不會有人懷疑他的。」

「好主意。但這大疊錢只買衣服，太多了吧。」劉掌櫃說。

「買衣服剩下的全給健民作盤纏吧。」

「先生，你太好了，我替健民謝謝先生。」安德說。

「不用謝了。時間不多。你們早去早回。我在此等你們的消息。」

劉掌櫃和安德照紹鵬的計策果然順利地送健民上了火車。他們興高彩烈地回來報告這個好消息。

「我們不負使命，平安地送健民上了火車，沒人認出他。」劉掌櫃說。

「先生，健民託我先轉告，你們兄弟的恩情他會永遠記住的。還有，他要我把這只錶還給二先生。」安德說。從衣袋裏掏出錶給紹鵬看。

「啊，這只錶是紹卿送他的嗎？」紹鵬接過錶，驚奇地問。

「是的。健民說你已送了他這麼多錢。他不該再拿二先生的錶了。」

「他真是個不平凡的人。」紹鵬讚道。將錶收入了懷裏。

當天晚上，紹鵬來到紹卿的房裏，問：「功課準備得如何了？有把握嗎？」

「沒十分把握，怕要辜負你的期望了。」

「不要緊張。我知道你已盡力了。若沒考上，進別的學校也行。」

「哥哥，夜深了。我還想做完這些習題，你先睡吧。」紹卿覺得此時分秒必爭，恨不得他哥哥早點走開。

但紹鵬就是坐著不走，故意說：「哦，幾點鐘了？去年你過生日，我送了你一只懷錶，你帶在身上嗎？」

紹卿一驚，紅著臉說謊：「那隻錶，我從家裏帶出來了，但是這兩天不知放在哪兒了。」

「會不會是前一晚，你出去時弄丟了呢？」

「是有可能的。」

「安德今日在店裏檢到一只錶，原以為是顧客遺失的。但我看了，好像就是我送你那只。你仔細瞧

瞧，果真是你的嗎？」紹鵬說著，取出懷錶遞給他。

紹卿一看，嚇了一大跳，連聲音也顫抖了，問：「這錶，你，你是怎麼得到的？」

「你居然把我送給你的生日禮物，輕易地轉送了別人。好在，那人決定物歸原主。請安德帶回來了。」紹鵬帶著輕微的譴責說。

沒料到，紹卿霍然跳起來，激動地衝著他大罵：「你卑鄙。你對安德逼供，迫他說出了健民的所在。為了奪回這只錶，你出賣了我的朋友。」

「胡說。你冷靜點。坐下聽我解釋。」

「我不要聽。你只顧名利，逼我閉門讀書，考狀元。對受欺壓的人們，見死不救，還當幫凶。我恨你。我不希罕這只錶。」紹卿失去了理智，怒喊著，把手中的錶用力一摔，錶落地而破碎。

「放肆。」紹鵬被激怒了，揚手摑了他一掌。

紹卿撫著被打痛的面頰，喊道：「我走。我不住你家了。」隨即轉身衝出了房間。

「回來。」紹鵬叫著，追出來。

婉珍和管家聽到吵架聲都走上樓來看。不料，正遇著紹卿衝下樓。把他們嚇一跳，險些都跌下樓。

「簡瑞，快追他回來。」紹鵬在樓上叫道。

簡管家急忙轉身，下樓去追。

婉珍扶住了樓梯欄杆，搖搖欲墜。幸而，紹鵬及時拉住了她。

「出了什麼事。弟弟為何跑了？」她驚魂未定，緊張地問。

「唉，一言難盡啊。」紹鵬搖頭，難過地說。轉回房間，拾起被打爛的錶。坐下長吁短嘆了一會，簡單地敘訴了事情的經過。

「原來你昨晚胃病復發，弟弟在場。怎麼他一出門就會發生這麼多事呢？」婉珍驚駭地說。

「唉，剛才我還他錶，原本想告訴他，健民已安全離開了。沒料到，他誤解，把我看成是一個卑鄙的小人。」

「弟弟年輕易衝動。你千萬別和他計較。萬一他負氣遠走，失蹤了，怎麼辦呢？」

「他不會失蹤的。我猜想他一定去找安德了，不久就會回來的。」

「難道你非要他回來請罪，才肯原諒他嗎？」

紹鵬聽了，倏然站起來說：「好吧。我去接他回來。」

安德住在他舅舅家，從睡夢中被驚醒，聽見急促的敲門聲，連忙穿上一條長褲，下樓去開門。一見來人，驚奇問：「二先生，你怎麼來了？」

紹卿跨進門，便問：「安德，是不是我哥哥逼你說出了健民的藏身處，報警捉了他？」

「不，健民已經坐上火車到北京去了。先生沒告訴你嗎？」

「我不信。他若沒被捕，我給他的錶怎麼會落到哥哥手上呢？」

「你誤會了。先生給了一疊鈔票叫我和舅舅替健民買衣服，把他打扮成一個富家少爺，然後送他上火車。還剩許多錢，也全送給他做旅費。所以，健民請我把你的錶還給你。我又轉交給先生帶給你。」

「這是真的嗎？難道我錯怪了哥哥？」

這時，劉掌櫃也走出來了，手中還拿著一張發票，說：「千真萬確，瞧，給健民買衣服的發票都還在我這裏呢。」

「天呀。我真該死。不但摔壞了錶，還傷了哥哥的感情。」紹卿悔恨得用拳頭打自己的頭。

「不要這樣。」劉掌櫃連忙拉住他的手臂。勸道：「你跑出來，你哥哥嫂嫂一定急煞了。還是快回去吧。」

「是。哥哥胃病未癒，我不能再讓他著急了。我必須馬上回去，向他負荊請罪。」

「我送你回去吧。」安德說。

紹卿和安德剛走出門外。驀地，一輛汽車開過來，在大街對面停住了。

「先生來了。」安德叫道。

果然是紹鵬。他下了車，走過街，來到紹卿面前，說：「弟弟，你現在應該明白了。跟我回家吧。免得你嫂子焦急。」

「哥哥，我對不起你。」紹卿流淚懺悔道。

「不，都怪我，沒一開始就和你說明白。」

「哥哥。」紹卿感動，抱住了哥哥，失聲痛哭。

「好了，好了。別哭了，別讓安德笑話。」紹鵬拍著他的背，安撫道。

次日下午，玉蘭，玉祺和玉棠居然都回來了。前一晚受了驚嚇的婉珍，這時可是意外地驚喜。「是爸爸叫你們回來的嗎？他竟瞞著我。」

「不。是爺爺要我們回來給小叔打氣的。爸爸都還不知道哩。」玉蘭說。

「你爺爺奶奶都好嗎？」紹卿問，他懷念父母。

「他們都好。爺爺說，等你考中了，他們會親自來看你的。」玉祺說。

「要是我考不上呢？」

「那只有你去見他們嘍。」玉蘭幸災樂禍地笑道。

「糟了，若考不上，無顏見江東父老。」紹卿叫苦。

幾個人好像多年不見似地，嘰嘰聒聒說個不停。婉珍急了，向孩子們說：「你們不餓，不累嗎？快去吃點東西，好好休息。別吵小叔讀書。他明天就要考試了。」

「媽媽，一個月不見。你的語氣變得像爸爸了。我們回來就是要和小叔鬧一鬧。讓他腦神經輕鬆一下。」玉蘭說。

「嘿，好像我還沒鬧夠似地。」紹卿輕聲一笑，自言自語。

「你說什麼？」玉蘭問。

「沒什麼。有件事以後再告訴妳。目前，我想請妳幫個忙，可不可以？」

「當然可以，還用問嗎？快說吧，你要我幫你什麼？」

「幫我作重點復習。」

「好呀。走。我先來考考你。」她拉了他的手，一起進書房去了。

晚上，紹鵬回家，見了孩子們，也是十分驚喜。究竟親情勝於一切，他改變了昔日嚴父的姿態，摟摟這個，親親那個，向他們問長敘短。

接連兩日，考完五科。紹卿大大地舒了口氣。

「考得如何？」玉蘭問他。

「真該感謝你。你幫我復習的題目，居然出來好幾條。」紹卿高興地說。

「那麼說，有成功的希望了。」

「還是難說。不用瞎猜，等放榜吧。」紹卿決定不去想成敗。整日不是看他喜歡看的書刊雜誌就是和姪兒女們玩牌，下棋。

忽忽過了一個星期。

這天早晨，紹鵬打開報紙，看見弟弟榜上有名。歡喜地大叫：「紹卿，你考上了。總平均考了九十二分。創了記錄呀。」

「小叔，太棒了。」「弟弟，真了不起。」「二先生，恭喜你，金榜題名。」全家上下歡樂一團，人人都興奮得不得了。

崇漢夫婦聞訊，果然迫不及待地趕來慶祝。

「紹卿，你總算爭了口氣，洗刷了謠言帶來的恥辱。」慧娘一見愛子，百感交集，擦著淚說。

「不要再提謠言的事了，紹卿本來就是清白無辜的。現在他考上名校，你應該高興才是。」崇漢說。

「爸爸，媽媽，你們旅途勞累了，快請坐吧。」紹卿說。

一家人團圓，熱熱鬧鬧圍著坐下了。

「紹卿，你這次成功，可不能忘記哥哥嫂嫂對你的恩惠呀。」慧娘說。

不料，紹卿說：「嫂嫂照顧我，真是無微不至。哥哥嘛，凶了點。」

大家聽了，都感到愕然。

崇漢急問：「他如何凶你？打罵你了嗎？」

「我剛來時，他就用家法威嚇我。考試前兩日，還摑了我一掌呢。」

崇漢聽了他的片面之詞，便怒氣沖沖地責問長子：「紹鵬，真有此事嗎？」

紹鵬垂眼望著地下，一言不發。

婉珍困惑地望著紹卿，內心為丈夫叫屈。玉蘭，玉祺和玉棠都氣憤不平。

紹卿不禁得意洋洋，直朝著他哥哥笑。

慧娘看見他頑皮的笑容就知他惡作劇，罵道：「紹卿，你為何忘恩負義，作弄哥哥？究竟你幹了什麼壞事，才惹得哥哥動怒打你，快從實招來。」接著又說：「玉蘭，玉祺，玉棠，你們都給我打他，看他招不招。」

三個孩子聽到召喚，求之不得，立刻一擁而上，圍住紹卿搥打。

紹卿連忙一面招架，一面求饒：「別打了。我招，我招就是了。」

「快說。」三人一同喝道，暫停了搥打。

紹卿站起來，說：「其實，哥哥對我真是仁至義盡。但我不時惹他生氣，給他找麻煩，害得他胃病復發。考試前兩日，我無緣無故向他大發脾氣，還摔壞了他送給我的懷錶。他忍無可忍，才摑了我一掌。」

「原來你這麼刁蠻，我差點又上了你的當。」崇漢恍然大悟，又說：「紹鵬，你去把家法拿來。讓我打他一頓，替你出氣。」

「不用急。反正他還要在我這裏住上兩年，等我慢慢收拾他就是了。」紹鵬說。

「哎啊，糟了。」紹卿以手覆額，叫苦：「我興沖沖過頭，竟忘了還要住在哥哥家。這下可要樂極生悲了。」即刻走到紹鵬跟前，深深作了一揖，說：「哥哥，方才小弟不過是和你開玩笑。你可千萬別記在心上。」

紹鵬忍住笑，故意狠狠地說：「你現在後悔可太遲了。」立刻引起哄堂大笑。

紹卿又愁眉苦臉地走到婉珍身邊，屈膝跪下，推著她的手臂，求道：「好嫂嫂，請你替我向哥哥說個

情吧。」

婉珍被他逗得笑出了眼淚，連忙掏出手帕擦淚，一句話也說不出。

慧娘笑說：「別看他長得白白嫩嫩的，他的臉皮簡直有一寸厚。」

「我看不止吧，至少有二寸。」崇漢一本正經地說。

這一來，連紹鵬也忍不住哈哈大笑。

玉蘭笑得前伏後仰，左手捧腹，右手伸出三個指頭，從齒縫裏叫道：「三寸。」

「四寸。」玉祺也來湊趣，喊道。

玉棠更加不甘落後，拍出一隻手掌，叫道：「五寸。」

這下可把崇漢笑壞了。不小心，嗆著了，猛咳起來。

慧娘連忙一面為他搥背，一面勸大家：「快別笑了。免得樂極生悲。」

笑聲漸息，婉珍見紹卿仍跪在身邊，便說：「你快起來吧。哥哥也是和你開玩笑。你考得這麼好的成績，他疼你還來不及呢，怎會惱你呢。」

「今晚我請客，大家到餐館好好吃一頓慶祝。」崇漢說。

「我已訂了狀元樓。還邀請了馮淵夫婦。」紹鵬說。

【第九章】

愛國知青　救國之道

孟紹卿考上名校，揚眉吐氣，洗刷了被謠言毀謗的恥辱。父母寵愛有加，哥嫂送他一只新手錶，三個姪兒女湊足了零用錢送了他一部嶄新的腳踏車。

開學第一日，他騎車去上學。一來新車比他的舊車高了點，他還沒習慣，二來大城市來往車輛多，他騎在馬路上，不免心驚膽顫。好不容易離了大街，就快到校門口了，他剛鬆了口氣，卻瞥見一人騎車從右邊的小巷向他衝來。他一驚，猛地剎車，摔倒了。

那衝出來的車也被緊急剎住。騎車的青年，也是個學生，跳下車，一面去扶他，一面問：「你受傷了嗎？」

紹卿站起來，身上摔疼了，好在沒大礙。看了車子，也沒損壞，但究竟是部新車，摔了一下，令他心痛，便生氣地責備來人：「都是你，騎快車，不守交通規則。」

「奇怪，我又沒撞到你。明明是你自己騎車技術不好，卻來怪我？」這人說話帶著柔軟的蘇州口音，即使吵架，聲音也頗動聽。相貌也斯文，橢圓臉，眉目清秀，戴眼鏡，有書卷氣，身材修長。

紹卿瞧了他一眼，便不想和他爭吵。忍著氣，跨上車，騎走了。

「你是新生吧？我以前沒見過你。」肇事者跟上來，和他併騎著，問。

紹卿只是悶聲不響，不理睬他。進了校門，將車放入了車棚內。問一個看棚子的校工：「請問高二忠班的教室在那個校舍？」

「哈，你和我同班。跟我來吧。」又是蘇州口音的，在他身後說。

「啊，請問尊姓大名？」原來是同班同學，紹卿不好再和他鬧憋扭。

「我叫蘇文康。我已猜出了你是誰。你是新考進來的插班生，孟紹卿。對不對？」

「不錯。你一定聽說了不少關於我的謠言。」

「我什麼謠言都不信。你以破記錄的高分考入了一中，令我佩服得五體投地。我原已計劃，一到學校就尋你交個朋友。沒想到，在校門外就撞上了你。我願向你道歉，剛才，我騎車是快了一點。」

「不，不是你的錯，是我的騎車技術不好。剛才，我還怨於你，請原諒。」

「看來我們是不撞不相識，哈哈。」兩人都笑起來。

不久，紹卿便為他的新朋友傾倒。

蘇文康，多才多藝，喜愛文學和音樂。不僅文章寫得好，而且天生一付好歌喉，是校園合唱團的男高音，還會彈小提琴。雖然有些同學批評他是「唯美主義者」，他只一笑置之。

紹卿和文康不僅意氣相投，而且兩人的個性都樂觀開朗，很快成了莫逆之交。同學兩載，他們幾乎形影不離。

轉眼即將高中畢業了，他們都想到北京上大學，紹卿的志願是物理系，文康想進文學系。

這天，他們一同將申請表填好寄出後，紹卿說：「文康，我爸媽來了。今晚我們全家到敘香園吃飯。請你也來，好嗎？」

「啊，真不巧。我爸媽早已預約了我姨媽一家人，今晚一起出去吃飯。」

這天原是紹卿十七歲的生日，文康不能來參加他的生日宴，令他感到失望。不料，晚上孟、蘇兩家人竟在同一家餐館門前不期而遇了。

「咦，文康，你不是說，你不能來嗎？」

「我回家才知道家人也訂了這個餐館。今天是我的生日，所以我必須陪家人，無法脫身赴你家的宴會。」

「真巧，今天也是我的生日。原來我們是同年同月同日生的。」

他們兩家所訂的廂房相連。經雙方要求，服務員將紙牆移開，兩房合一。文康和紹卿各自介紹了家人。蘇家有錦山夫婦，文傑、文康兩兄弟，還有姨父母一家四口，共來了八個人。孟家也是八人。大家商議，大人和孩子們分坐兩桌，各得其樂。

文傑比文康大四歲，也戴眼鏡。兄弟倆面貌有幾分相似，且都溫文儒雅。他們的表姐妹，任碧漪，十九歲，柳眉鳳眼，櫻桃小口，長得十足像個古典美人，只是身體顯得瘦弱些。她的弟弟大偉，十六歲，也是個討人喜歡的少年人。

碧漪和玉蘭一見如故。攜手並坐在一起，親切地交談。

談到她們共同喜愛的小說，《紅樓夢》，玉蘭忍不住說：「碧漪，我覺得你真像林黛玉。」忽想起林黛玉是悲劇的角色，連忙住口。

碧漪笑道：「許多人和你有同感。但我比黛玉幸福多了。她是孤兒，我不但父母雙全，還有個弟弟。」

「還有，表姐的寶玉，已和她訂了婚。明年就要成婚了。」文康說。

「真的？碧漪，你的寶玉是誰？能告訴我們嗎？」玉蘭好奇地問。

「我來替她說吧。」文傑插嘴，說：「就是坐在她左邊的那位男士。」

「原來就是你！」玉蘭拍手笑喊道。

「不錯，就是大表哥。但是，請你們不要再提黛玉和寶玉。因為姐姐從小體弱多病，我爸媽是有忌諱的。」大偉說。

於是大家轉移了話題。文傑說：「下星期六晚上，我們大學生組織的科學社和新民社，要聯合舉辦一次座談會。討論的題目是：救國之道。我已邀請了碧漪和文康來旁聽。紹卿，玉蘭，如果你們有興趣的話，也可以來參加。」

「哥哥是科學社的社長。請你們一起去捧場吧。」文康說。

「好的。我一定去。」紹卿說。他對討論的題目有興趣。

「既然碧漪去，我也去。」玉蘭說。

「好極了，謝謝你。我雖答應了文傑，但一直擔心沒女伴呢。」碧漪高興地說。

開座談會的教室裏，人聲沸沸。玉蘭一進門，沒瞧見碧漪，只見一大群男生。她讀的一直是女校，當幾十對大學男生的眼睛都同時轉望她時，她不免暗下驚慌。好在，不久文傑和文康一起走過來招呼。

「玉蘭，紹卿，謝謝你們來參加。」文傑說。不知為何，他滿面倦容，風采和一個星期前大不相同。

「文傑，碧漪還沒來嗎？」玉蘭著急地問。

「真對不起。碧漪病了。她來不成，特請我向你道歉。」

「哦。」玉蘭覺得進退兩難。

「請你不用緊張。你瞧，新民社那邊也來了兩位女生。」文傑安慰她。

玉蘭朝文傑所指的方向望去，果然發現兩位女大學生，都穿了藍布旗袍，一個短髮齊耳，另一個紮了兩條長辮子。她們也正用目光打量著她。玉蘭欣喜地向她們拋出一個友善的笑容，想走過去打招呼。不料，她們卻回報她以輕蔑的眼光和冷笑。她怔住了，不知自己什麼地方得罪了她們。這天，她未曾刻意打扮，只是天生麗質，柔美的長髮自然地垂在肩上。身上穿的是校服，白襯衫和深藍色的裙子，或許這是她的疏忽，因為她上的是學費昂貴的私立中學，讓人一眼瞧出了她是富家小姐。無端受到歧視，她放棄了和對方交朋友的念頭。

「文傑兄，這裏好像分了兩個陣營，左邊坐滿了人，還有站的。右邊卻只有六，七人，好多空位。你們科學社是那一邊啊？」紹卿詫異地問。

「我們在右邊。都怪我沒作最後連絡。也許有些社員忘了日期。」文傑氣餒地說。

「我聽一位社員說。本來他們一大群人一起來的。半途中，有人抱怨說：和新民社開座談會就像吵架，不如去看電影。結果大家都走掉了。只他和兩個同伴來了。」文康說。

忽然，一個身高六尺餘，穿長袍，氣宇不凡的人走過來，說：「蘇社長，開會的時間到了。你們的社員還沒到齊嗎？」

「程社長，我們的社員連我在內，今天只來了八位。另外這三位是高中生，受我邀請來旁聽的。我們開始吧，不必等了。」文傑說。

「好吧。你們都請坐。」程社長說，瞄了玉蘭一眼，即回到講台上。

面對聽眾，他又說：「同學們，我們就要開始了。今天科學社的人到的不多，但有三位高中生來捧

場。他們這邊空位還很多，請我們新民社向隅的同學隨意坐吧。」

「救國哪有看戲有趣。」新民社的社員們發出一片譏笑聲，紛紛將科學社這邊的空椅子移到他們那邊。

等大家坐定了。程社長又說：「我先自我介紹一下，我叫程友義，是新民社的社長。這台上右邊坐的是科學社的社長，蘇文傑。中間是哲學系的李先覺教授。我們今天要談的題目是救國之道。現在我們請李教授為我們主持這個座談會。」說完，他退坐到左邊一張椅子上。

李教授站起來，說：「民國成立以來，內憂外患不斷，國家岌岌可危。救國，人人有責，尤其是知識青年。今天，兩位社長邀請我來主持座談會，我很樂意聽聽同學們的想法。大家可以暢所欲言。不願報姓名的，可以不報。現在，我先請兩位社長發言，然後，請社員們舉手輪流發表意見。」說完，回頭問：「蘇社長，程社長，你們兩位誰願先發言？」

「請程社長先發表高見吧。」文傑謙讓。

友義便站起來，說：「當前最大的問題是國民仍沿襲著封建制度下養成的奴性，以致革命成果全被軍閥和野心政客分割，而大眾不敢反抗。所以，我認為，救國之道首在喚醒民眾，爭取民主。這是我們知識份子的要務。」他說完，搏得了全場熱烈的掌聲。

文傑接著說：「我認為，促進全民團結，才是建國的首要任務。目前，有些人鼓動階級鬥爭，這只會增加分裂和割據的局面。」

科學社的成員都鼓掌贊助，但新民社那邊卻掌聲寥寥。

新民社中，一人舉手，起立說：「蘇社長忽視了社會上貧富不均的問題。不談階級矛盾，只一味要求受剝削的農工和富豪合作，就像強迫羊與狼共存。」

此人叫林志明，個子矮小，但聲音宏亮，帶著廣東口音。他是程友義的同學。

「以虎驅狼，未必有好結果。」科學社一人反駁。

「所以要有一個強壯的馴獸師，監督虎與狼。」

「座談會快成馬戲班了。談談實際的吧。我主張科學救國。必須改良技術，促進生產，才能使人民脫離窮困。」

「社會問題不解決，增產的利益必全被資本家奪去。」那位紮著長辮的女生說。

「對，只有打倒地主和資本家，窮人才能翻身。」短髮的女生也附合說。

新民社人多，不久就壟斷了發言權。但他們的社員中，也有不同的意見。有些人言詞激烈，彼此展開人身攻擊，爭吵起來。

李教授企圖維持秩序，勸大家冷靜，並建議說：「今天在場的有三位中學生，我們不妨聽聽他們的意見。」又回頭問紹卿等：「你們願意發言嗎？」

「願意。」紹卿和文康互望一眼，也不徵求玉蘭的同意，就答應了。

他倆相繼站起來說了一些自己的意見。

也許是看在他們年輕的份上，兩邊的社員們不但沒有反駁或批評他們，還給了不少鼓勵的掌聲。

玉蘭暗自著急。她不想發言，但又不願在眾人面前示弱。

聽見李教授又問：「還有這位女同學，妳願意說出妳的意見嗎？」她心慌面紅，半晌答不出話來。

「我看她沒有準備，不要勉強她吧。」程友義說。他原是好意為她解圍，卻起了激將作用。

玉蘭不顧一切，霍然站起來，轉身面對大眾說：「我不敢在眾位學長面前亂發表議論。但我想弄清楚勞資對立的問題。剛才有位學姐說，必須打倒資本家，才能使窮人翻身。我不懂，可否請這位學姐解釋一

番。」

對方那位女生誤以為玉蘭故意向她挑戰，發怒道：「妳當然不懂，因為妳就是資產階級，養尊處優，豈肯放棄既得的權益。」

玉蘭因這突如其來的人身攻擊感到錯愕，但她保持平靜，毫不畏懼地說：「我父親是位企業家，他辦工廠，對社會也有貢獻，你沒有理由憎恨他。我認為要達到均富，必須提倡博愛，而不是仇恨。」

「說得好。」蘇文傑鼓掌讚道。台下也有些人鼓掌支持。

不料，新民社的一位男社員嗤之以鼻：「妳太天真了。妳今日回家去，不妨向令尊提倡博愛。看他肯不肯和工人們平分利潤。」

「任何一種改革都會受到阻力。不可能一下子成功。無論如何，宣揚博愛比製造仇恨更能產生正面效果。」玉蘭毫不退讓。

「陳腔爛調。溫，良。恭，儉，讓，已被宣揚了幾千年。只培養出一代代的順民和奴隸。妳不懂，就快閉嘴吧。」那位男社員更不客氣了，罵道。

玉蘭氣得全身發抖。

紹卿低聲勸她：「算了，別和他爭吵。快坐下吧。」

豈知，玉蘭就是有一股倔強的脾氣。她最恨不講理的人，也不肯屈服，便轉向台上新民社的社長抱怨：「程社長，請你評評理。我不過提出一個問題，說了些自己的看法。就該受如此侮辱嗎？」

程友義起初以為她只不過是文傑請來作陪襯的的女友，沒有什麼見解。及見她侃侃而談，英姿蓬發，頗有巾幗的氣概，不免刮目相看，甚至著了迷，沒留神聽她和社員說些什麼。正當他默默地欣賞她時，突被她點名一問，不免感到窘迫。他慌忙地站起來，不回答她的問題，先想知道她的姓名，便不假思索地反問：「請問小姐，貴姓芳名？」

此語一出，全場肅靜。接著，新民社的社員們爆發哄堂大笑。

玉蘭又羞又氣，指責他：「方才李教授明明說過，發言者可以不報名。你為何不守規矩，問我姓名？何況，道不同，不相為謀。你問了也沒用。」

友義還來不及回答，新民社就有人譏笑，說：「哈，問一問她的名字，就道程社長有謀了。她以為社長是想和她約會哩。」

玉蘭忍無可忍，轉身跑出了會堂。紹卿連忙追出去。

文傑氣憤地說：「開始，我為我們社員出席的人少而感到抱歉。但是，現在我覺得他們是有理由不來的。」隨即要和他的社員們一起離去。

友義急忙上前，說：「蘇社長，請息怒，聽我解釋。我佩服那位女同學的勇氣，問她姓名是尊重而沒有侮辱的意思。我這就去向她道歉，請她回來。」說完，即跑出去了。

紹卿追上了玉蘭，看見她流淚。

小時候，她常譏笑他愛哭，這時有了報復的機會，他豈肯錯過，便笑道：「花木蘭初次上陣，怎麼就哭了。」

「那個程友義真可惡，我再也不要見到他了。」她擦乾淚，恨恨地說。

「我們回家吧。」紹卿說。

兩人走到校門口，叫了部車。正要上車，忽聽得友義叫喊：「請你們等一等。」

玉蘭回頭見他跑來，便催促車夫：「別理他，我們快走。」

友義跑到校門口，車已開走。他只得沮喪地轉身走回校園。

紹卿和玉蘭回到家後不久，文康來訪，說：「你們走後，程友義道歉了，他還去追你們，但沒追到，所以託我和哥哥向你們表示歉意。李教授建議下個月再開一次辯論會。以「社會改革和科技發展哪個為當前要務」為題。大家都同意了。程友義特地邀請我們三個去參加呢。」

「我不去。」玉蘭一口拒絕。

紹卿向文康眨眨眼，拉他到一邊，悄悄地說：「正在氣頭上哩。現在說什麼也沒用的。等過幾天，我再和她說吧。相信她會去的。」

果然，過了幾天。玉蘭回心轉意，同意參加辯論會了。

不料，半個月後，發生了一連串的禍事，這個會竟沒開成。

李先覺教授突然被捕了，罪名是共產黨人。消息傳出，大學生立即發動罷課。接著，連中學生也響應了。

紹卿，玉蘭和玉祺一起上街，參加示威遊行。隊伍來到一個廣場，已有不少人聚集在那裏，聽一位站在台上的人演說。

「咦，那台上的人，不是程友義嗎？」玉蘭說。

「正是他。我們快過去看看。」紹卿說。三人向前擠。來到台下。

程友義慷慨激昂地演講完畢，即舉臂高呼：「要求言論自由，停止迫害愛國人士，釋放李教授。」大眾跟著一起吶喊。

驀地，出現了一隊揮舞著木棒的武裝警察，打散人群，直衝到台上，逮捕了友義。

混亂中，玉蘭被推倒，險些遭奔走的人群踐踏。幸而，紹卿和玉祺及時扶起她，一起逃出了廣場。

「玉蘭，你沒事嗎？」紹卿驚魂未定。喘著氣，問。

「我沒事。但程友義被抓走了，怎麼辦？」玉蘭著急地說。她對他已前嫌盡棄。

「我們先回家再說吧。爸媽一定在為我們擔心了。」玉祺說。

在當局的鎮壓下，學生領袖被捕，學生被迫返校，學潮很快平息了。

罷課期間，紹卿一直未見到文康。返校後兩日，終於見到了。

「文康，這陣子你躲到那裏去了？我到處找不著你。到你家，也是吃閉門羹。」紹卿一見他就抱怨。

「我表姐，碧漪死了。我們一家人陪姨父母送她的靈柩回鄉埋葬。」文康泣道。

「什麼！」紹卿大驚，問：「一個月前，她和我們一起吃飯，不是好好的嗎。怎麼會死呢？」

「表姐一向多病。那天，吃過飯後，她回到家就覺得不舒服。原以為是老毛病，只要吃藥休養就會好了。不料，她的病一下子變得沉重了。送到醫院，查出是癌症。不到兩個星期就完了。」

「天哪。文傑一定很傷心。今晚，我可以去慰問他嗎？」紹卿落淚，說。

「可以。他真的需要安慰。表姐的棺木入土時，我看他的靈魂也跟著下去了。」

當晚，紹卿和玉蘭一同來到了蘇家。文康帶領他們進了文傑的房間，室內昏暗，書桌中央放著碧漪的遺像，兩旁各放了一盞小燈。文傑呆坐在書桌前，見他們進來，起身相迎，相對都哽咽說不出話。紹卿和玉蘭向遺像行了三鞠躬禮。

文傑請他們坐了，悲傷地說：「我原以為，我和碧漪的姻緣是前生定的。誰知道，竟沒有福份享

受。」

「文傑，請節哀自重。碧漪若泉下有知，一定不願見到你傷心的。」玉蘭說。

「是的。碧漪說她已享盡了人間的愛。勸我們不要為她悲傷。她還說，她最欣慰的，是認識了你。直到臨終時，她仍為失約的事，對你感到歉疚，一再要我向你道歉。」文傑說。

玉蘭聽了，忍不住失聲痛哭。紹卿和文康也哭了。文傑只得反過來安慰他們。

四人靜坐了一會兒，文傑說：「你們大概已知道李先覺教授和程友義都被捕了。原定要舉行的辯論會只得取消。」

「文傑兄，原來你也知道他們被捕的事。你有辦法救他們嗎？」紹卿問。

「今天下午，友義的同學林志明來看我，我才知道他被捕的消息。我無法救李教授，但或許可以替友義說情，讓他早日獲釋。」

「哥哥，你有什麼辦法呢？」文康問。

「你忘了我們的鄭伯伯了嗎？我想去向他求個人情。」

「是呀。公安局長鄭達是我父親的世交，因他沒兒女，所以把哥哥當成自己的兒子看待。哥哥去求他，或許他會放人。」

「文傑，你準備什麼時候去呢？」玉蘭問。

「我決定明天去。」

「哥哥，我們不如現在就去。我聽鄭伯伯說過，他通常八點才下班。現在才七點半，我們或許還能趕得上見他。」

「我和玉蘭也跟你們一起去。人多氣壯，不是嗎？」紹卿說。

文傑勉強地站起來，說：「好吧。我帶你們一同去。」

鄭局長，五十來歲，中等身材，頭髮半禿，面目嚴肅。聽說文傑兄弟帶了兩個朋友來見，他答應接見。

「文傑，我剛聞知你的未婚妻去世的消息，真為你難過。我本想明日就去你家慰問的，不料，你竟先來了。你千萬要節哀自重呀。」鄭達離座親切地招呼文傑，扶著他的雙肩，說。

「謝謝鄭伯伯。」文傑不禁又悲從中來，變得咽哽難言。

「鄭伯伯，哥哥帶我們來見你，是有件緊急的事想求你。」文康說。

「有什麼事，你們坐下說吧。這兩位是誰？」

「他是我的同學，孟紹卿。這是他的姪女，孟玉蘭。」文康作了介紹。

「哦，原來是孟紹鵬的弟弟和千金。歡迎，歡迎，快請坐。」

紹卿暗中佩服鄭局長一下就猜到他的身分。

大家一起坐下了。文傑開門見山地說：「鄭伯伯，我的一位校友，程友義，因抗議李教授被捕，自身也被捕了。學生們都很憤慨，我想請你釋放他，以免又引發學潮。」

「啊，這程友義，為他說情的人可真不少呢。今天早上，他的伯父來要求保釋他，他的老師和同學也來了不少，還有一個會說中文的美國修女也為他說情。可是，這裏不是我私人開的店鋪，我不能作主，隨便釋放犯人呀。」

「程友義沒有犯罪。」紹卿說。

「紹卿，你可不要亂說話。上回，你匿藏了一名共產黨嫌疑份子，助他逃走。我看在令兄面上，壓下了這個案子。要是你再犯，那後果不堪設想呀。」這一番話，頗有威脅性，令紹卿敢怒不敢言。

「究竟你們要定程友義什麼罪？要關他多久呢？」玉蘭問。

「他領導動亂。我們必需調查他。不過，請你們放心，只要他不是共產黨。很快就會被釋放的。」

「調查時期，你們會虐待他嗎？」文康天真地問。

「不會，絕對不會。既然他是你們的朋友，我會派人特別照顧他的。對不起，我還有些公事要辦，不奉陪了。」鄭達站起來。無疑是下逐客令了。

文傑一群人失望地走出公安局。

「唉，方才忘了請求鄭局長，讓我們去探望程友義。」玉蘭突然站住，說。

「請放心，我已和林志明約好，過兩天去探監。」文傑說，他顯得很疲憊。

玉蘭後悔多言。文傑剛從葬禮回來，就來為友義說情，已經是夠難為的了，實不該再急著催他去探監。她不明白自己為什麼要那麼關心一個曾經得罪過她的人。

不久，學生們畢業的畢業，其餘的都放暑假了，各自分散。雖然大家尚未忘記李教授和程友義被捕的事，但這已不是他們日程表上最重要的事項。

高中畢業了，玉蘭決定進上海的一間女子師範學院。紹卿和文康都被北京大學錄取。

文傑從大學電機系畢業了，本已有一份很好的工作等著他，只因碧漪去世，他決定放棄那個職位，和弟弟一起到北大去選修哲學系的課。

【第十章】赤子之心　莫逆之交

在北京，紹卿，文傑和文康合租一棟房子，正中一個大廳，右邊有三間臥房，左邊有餐廳，廚房，浴室，和一個僕人房。秦叔跟來住下了，為三個大學生打理伙食和家務，他的食宿不計，工資則全由孟家給。四個人融融相處，如同一家人。

莊嚴古老的學府內，良師和莘莘學子聚集一堂。那個年代，大學女生已不必像祝英台一樣喬裝改扮，但是，她們在校園裏仍是令人矚目的稀有人物。

物理系，只有一位女生，名叫高琇瑩，美麗大方，立刻成為男生追求的對象。她第一天上課，坐過第一排的位子，從此被同學們保留作她專用的桌椅。而其左右鄰近的位子就成了爭奪的目標。

紹卿每天準時到教室，前幾排位子都已被佔據了。他人矮，坐在後排，抄筆記十分困難。有一天，教授發現了他的難處，便對坐在琇瑩右邊的一個男生說：「張同學，你個子高，和孟同學換個位子吧。以後，就讓孟同學坐第一排。」就這樣，他得以日日和琇瑩相鄰並坐。他倆很談得來，琇瑩常聽他提到蘇家兩兄弟。

文傑一面研習哲學，一面受聘為數學系的助教。有許多大一的新生上他的課，琇瑩和紹卿也都成了他的學生。他教課時，目不斜視，就連琇瑩也得不到他的另眼看待。

同學相處三個月後，紹卿開始想和琇瑩約會。

一天，他鼓起勇氣，說：「明天是星期日，我想請你一起去遊北海公園，好嗎？」

「好啊。我也正想找伴去北海散步哩。」琇瑩爽快地一口答應了。

當晚，紹卿忍不住向文康吐露心中的喜悅。「我們系裏唯一的女生，高琇瑩，追求她的人不計其數，她都不理睬，但她居然答應了我的約會。明天，我們將一同去北海公園散步。」

「你真行。聽說你們的系花，已被公認為校花。我久慕其名，尚未見過，請你帶我一起去公園，為我和她介紹，好嗎？」文康說。

「不行，我第一次約會，怎能讓你去煞風景？」紹卿一口拒絕。

「為何不行，難道你已愛上她了嗎？」

「不管愛不愛，我就是不許你參加我和她的約會。」

「你怕什麼？怕我奪了她？其實，情場上，人人都有公平競爭的權利。」

「你簡直無可理喻。我不和你說了，總之，我警告你，不許破壞我的約會。」紹卿氣憤地說，這還是他第一次和文康吵架。

文康也不服氣。他不過是好奇，想看看校花。紹卿如此排拒他，使他覺得不夠朋友，於是，心生一計。

次日，風和日麗，秋高氣爽，園景如畫，紹卿和琇瑩一邊散步，一邊說說笑笑，十分歡暢。他們走累了，到一個亭子裏，坐下休息。

忽然，耳邊傳來一陣悅耳的絃樂聲，他們都不約而同地轉向聲音來處望去。

「瞧，有人在那棵樹後拉小提琴。」琇瑩指著說。

紹卿已猜到是誰，心中暗罵了一聲，說：「這裏不安靜，我們走吧。」

「不，我們過去看看是誰在拉琴。」琇瑩好奇。

這時，樹後的人卻停止演奏，現身走過來，笑嘻嘻地說：「對不起，打攪你們了。」

「別假惺惺了。」紹卿瞪他一眼，氣道。逼不得已，向琇瑩介紹：「他就是蘇文康，我向你提起過的。」

琇瑩大方地向文康伸出手，自我介紹：「我叫高琇瑩，是紹卿的同學。」

文康握著她的手說：「久仰大名，十分傾慕。因我在文學院，平日無緣一睹風采。昨日，聽紹卿說，你們要來遊園，所以我冒昧地跟來了，希望沒掃你們的興。」

「沒有關係。公園是大眾的，誰都可以來。你剛才拉的琴很好聽，請你再奏一曲，可以嗎？」琇瑩說。

「難得有知音者，樂意為你演奏。」文康說。重新調了調弦，開始演奏。

琇瑩全神貫注，沉迷在優美的旋律中。

公園裏的遊客，都被音樂吸引來了，涼亭四周都擠滿了人。紹卿站在邊上，竟被擠出亭外。

一曲終了，他好不容易才擠回琇瑩的身邊，請求說：「琇瑩，我們走吧。」

「不。要走，你先走吧。我還要聽文康演奏。」她頭也不回地說。

文康演奏了一曲又一曲，紹卿等得不耐煩，獨自悄悄地走了。賭氣地回到家，又覺得如此棄下琇瑩，未免太過分了，畢竟他們之間只是同學關係，他無權反對她和文康交朋友，因此心中後悔。

文康回來了，一進門就大喊：「紹卿，你回來了嗎？你躲在那裏？」

紹卿躺在床上，故意不應他。直到他推開房門進來，才沒好氣地說：「你找我作什麼。今天你還沒出

盡風頭嗎？」

「真對不起。本來，我只想看一眼高琇瑩就走的。沒想到，拉起琴來，欲罷不能，倒把你給氣走了。」文康坐下，說。

紹卿坐起來，垂頭喪氣，說：「我也不知怎的。見琇瑩不理我，就負氣走了。以後她一定不和我作朋友了。」

「你放心。我替你道歉了，送她回宿舍。她沒生你的氣。我還替你約了她，下星期六晚上，請她上館子吃飯。」

「真的？她答應了嗎？」

「她答應了。我自願作陪客。」

「哈！原來你替我約她，卻把自己也請了。」

「我也要向你們道歉，所以吃完飯，我請看戲。這樣公平吧。」

「這倒像是你和她的約會。」紹卿懷疑地說。

「反正琇瑩已經同意了。你不願意參加也無所謂。我單獨請她就是了。」

紹卿不願輕易地向文康認輸，又氣他破壞自己的約會，心想非要報復一下不可。「好吧。下星期六，我和你一起請她去吃飯看戲。」

距約會時間還有兩個多鐘頭，文康便換上一套西裝，準備得妥妥當當。

紹卿也不甘示弱，穿上一件嶄新的深藍色絲棉長袍，又配了一條淺灰色的長圍巾，照鏡瞧了瞧，自覺英俊瀟灑，便從房裏走出來，到大廳裏，故意在文康面前晃來晃去。

不料，文康譏諷道：「你穿了這身棉袍，胖嘟嘟的，像個矮冬瓜。若是戴個瓜皮帽，簡直可以假亂真了。」

「你以為你帥嗎？四眼田雞。」紹卿反唇相譏。

「哥哥，你聽，他連你也罵上了。」文康走近正在看書的文傑身邊，說。

豈知，文傑突然發起脾氣，把手中的書往桌上一摔，站起來，罵道：「你們兩個，真討厭。自己不讀書也罷，吵得別人也看不下書。走，走，全給我出去。」

文康從沒見過他哥哥發這麼大的脾氣。紹卿更是惶恐，急忙拉了他逃出了門外。

這天，寒流來襲，天氣變得很冷。匆忙中，文康的帽子，手套和圍巾都沒帶出來，他冷得發抖，兩隻手不知放那兒好。紹卿把雙手往袖管裏一插，幸災樂禍地笑道：「你的西裝中看不中用，還不如我的棉袍暖和。」

「還不都是你，才被趕出來。」文康生氣地說。

「怎能怪我呢，誰叫你去惹你哥哥的。」

「現在距約會時間還有兩個鐘頭，難道我們就站在門外吃西北風不成？」

「不如回屋裏去向文傑道歉。你也可拿了手套和圍巾。」

「算了，不回去了。我們去逛書店吧。」

「贊成。」

兩人走到一條胡同，街道兩邊書店林立，還有不少擺地攤，賣舊書的。他們瀏覽群書，如魚得水，時間消逝得很快。

「紹卿，時間不早了。我們該去接琇瑩了。」文康說。

「好，我們走吧。」紹卿說，將一本書放回地攤上。

不料，旁邊有一個蹲著看書的人，抬頭望了他一眼，即驚喜地叫道：「咦，你不是孟紹卿嗎？」

「你是？」紹卿瞧見一個面黃肌瘦的青年，似曾相識，卻一時記不起在哪見過。

那人像受了輕侮似地，「哼」了一聲，掉頭便走。

驀地，紹卿想起來了，立即喊道：「侯健民，等一下，請別走。」

健民停步，轉回頭，說：「我以為你已忘了我。」

「沒忘。可是我一時裏沒認出是你，真抱歉。」紹卿說。

「其實不能怪你。我們只見過兩次面，每次都是在驚慌中，匆匆忙忙的。何況，已分別兩年多了。」

「能遇見你，我真太高興了。不過，我今晚有約會，請你留個地址，改天我再去拜訪你，好嗎？」

「我是朝不保夕的人，沒有固定地址。你跟你的朋友去吧，不必管我了。」健民不悅，又要走了。

紹卿見他這樣，深怕一分手，就再也見不著了，於是當機立斷，對文康說：「我還想和健民聊聊，不如你先請琇瑩去吃飯，等會我請客看戲。」

「也好。等會在戲院門前見。」文康求之不得，一口答應。

健民態度頓時變得緩和了，抱歉地說：「真對不起，破壞了你的約會。」

「沒關係。我們先找個館子，邊吃邊聊吧，我請客。」

「這附近有家牛肉麵館。我們去那裏吧。」

「好。」

進了餐館，兩人各叫了一碗牛肉麵，吃得津津有味。

「這家的牛肉麵，真太好吃了。」紹卿讚道。

「這是我最大的享受，有錢就來吃一碗，沒錢就站在外邊聞香味。」健民說。

「你走後，音訊全無，不知這兩年過得如何？」

「那年，你哥哥送了我一套西裝和一筆錢。我乘機逛遍了北京城，還到大學去旁聽過。但是文學系的課太深奧了，我很快放棄了上大學的念頭，只憑著自己的靈感寫文章作詩。我投的稿有不少被報社登出來了，同時結識了一批年輕的新派作家。可是，稿費菲薄而且不固定，我身上的錢很快就用光了，只能靠打工賺錢度日。最近，我和幾個朋友，想創辦一份提倡革命文學的刊物，我沒心思去打工，所以快到山窮水盡的地步了。」健民滔滔不絕地訴說自己的經驗。

紹卿聽了，既佩服又同情他，想到健民的處境，覺得自己養尊處優實在有點慚愧，連去赴約聽京戲的興緻也減少不小。

「健民，我很想看你的作品。明天，我可以去你家拜訪嗎？」

「抱歉，明天我必須去打工，否則付不出房租，要被房東趕出門了。其實，我就住在這附近，若你有興趣看我的詩文，我這就帶你回家，不用耽誤太久的。」

紹卿看了一下手錶，說：「好吧，反正還有一個小時京戲才開演，戲院也在附近，我就先去你家看看吧。」

在一棟老房子裏，健民租了一個房間，簡陋而狹小，到處堆滿書報雜誌。他撿出兩本刊物和一疊報紙來，遞給紹卿，說：「你看，這裏面有幾篇我的文章。」

紹卿看了些他的著作，讚道：「你的詩文，反映民間疾苦，表達了大眾的心聲。」

「謝謝你。我這兒還有幾篇尚未發表的，請你指教。」健民又興奮地拿出一疊稿紙給他看。

紹卿看著稿子，又和健民聊著，幾乎忘了還有約會。等他警覺，看了手錶，這才發現早已過了京戲開場的時間。

驀然，一個老漢闖進來，一把揪住健民說：「好啊，老是找不到你，這下可給我逮著了。你已欠了兩個月的房租，今天若不交出來，就立刻給我搬出去。」

「急什麼。我說過，一收到稿費就還你。」

「哼，你說來說去，就這句話。我可等不及了。」

「他總共欠你多少房租？」紹卿問。

「共十塊錢。」

紹卿心想文康一定已請琇瑩看戲了，不用自己請客，便把口袋裏的錢全拿出來，交給房東，說：「這裏大約有五塊錢，你先拿去吧。不足的，明天我再來替他還。」

「你是他的什麼人？」

「一個朋友。」

「不行。我怎知你明天還來不來，除非你把身上這件棉袍當在我處。」

「胡說，你怎敢要我朋友的衣服。搬就搬吧，反正街頭我也睡得。」健民氣憤地說，開始收拾東西。

十二月中，天氣寒冷，紹卿不忍心看他露宿街頭，便說：「我想，就把我的棉袍當給他也無妨。你借件舊衣給我穿回去就行了。」

「這。又要受你的恩惠，我真難受。」

「請別這麼說，反正我這件棉袍平日穿不著，不如給你換房錢。」

「謝謝你。那我就接受了。我有一件舊棉袍，就讓你穿去吧。」

「好。」紹卿即刻脫下了新棉袍給房東。房東順手牽羊，連他的圍巾也一起拿走了。

他沒看清楚舊棉袍就穿上了。殊不知，這件棉袍其實是人家丟棄，健民撿來的。

「好像稍長了一點，也太破舊了，不如換我身上這件。」健民有點不安地說。

「不用換了。反正天黑了，沒人看見。我走了，再見。」

紹卿心想，儘管遲到，不能失約，還是得去戲院前轉一轉，所以匆匆地走了。

文康和琇瑩來到戲院門口時，票房已掛了「客滿」的牌子，觀眾也開始入場了，但是不見紹卿人影。

「咦，莫非紹卿等得不耐煩，已獨自入場去了嗎？」琇瑩猜疑。

「不會的。他說好等，一定會等我們的。依我看，他還沒到呢。反正這場戲看不成了，我們不如到那邊的亭子去等他吧。」文康說。

琇瑩同意。一起到戲院外的涼亭內坐下等。等了一刻鐘，戲已開場，四周冷清清，只剩他們兩人。

文康覺得冷了，便說：「天氣真冷，琇瑩，我們跳舞取暖，好嗎？」

「好啊，我會跳華爾茲舞。可是，沒有音樂。」

「我可以哼曲。」文康說。

戲院內，鑼鼓喧天，正演著穆桂英陣上招親。戲院外，文康口哼著舞曲，與琇瑩翩翩起舞。直到他們跳累了，方才停下。

「琇瑩，你舞得真好。」

「你也是，還把整個舞曲背下來了，真了不起。」

「已遲了大半個鐘頭了，紹卿大概不會來了。我請你去吃宵夜吧。」

「好，我們走吧。」

不料，他倆剛走出亭子，正好踫見紹卿來到戲院門前。

「好哇。你現在才來。」文康上前一把拉住了。

「你，你們，還沒進去看戲嗎？」紹卿大驚，想躲已來不及，想逃也逃不掉了，只得站住，尷尬地問。

「原以為你先買了票，等我們。豈知，不見你，只見客滿的牌子。」琇瑩抱怨。等看到他的衣服，又驚奇地問：「你的衣服怎麼會破成這樣？」她覺得他穿這樣的衣服來赴約，簡直不可思議。

紹卿低頭一看。這才發現身上的長袍不但髒而且千瘡百孔，棉絮從破口露出來，在昏黃的街燈下看，就像膿槳似的，令人噁心。

「我，我和人交換了長袍。」他吶吶地，不知從何說起。

文康頑皮地伸出兩個手指到他的袖子上夾出一小塊棉絮，放在嘴前一吹，棉絮向上揚了一揚，即飄落地上。又嘲弄地說：「我看，你一定是賭輸了錢，把一件新棉袍給當了。」

「你胡說。」紹卿本已覺得無地自容，見他作弄，惱羞成怒，想要打架。

「算了，算了。你們別吵了。反正我們都不是看衣服交朋友的人。」琇瑩連忙勸阻。又說：「紹卿，你吃了飯沒？我和文康正要去吃宵夜。你一起來吧。」

「我身上已經一點錢也沒了。」紹卿以為要他請客，窘得恨不得鑽入地下。

「沒問題。還是我請客。」文康大方地說。

「恕不奉陪。」紹卿說了，轉身就跑。不小心，被長袍絆了一跤。

「你跌傷了嗎？」文康和琇瑩都連忙去扶他。

「沒事。」他站起來，用手撩起袍子，又開始跑了。

「慢慢走，別又跌倒。」文康叫道。

紹卿不理會，一路跑走了。

他回到家，秦叔一看他的模樣，立刻大叫起來：「天呀，你遇上強盜了嗎？」

文傑聞聲走過來，也驚駭，問：「文康呢，你們一起出去的，他沒事吧？」

「沒事，你們別緊張。文康和琇瑩在一起，他們吃宵夜去了。」紹卿累得坐下了，才把遇見健民的事說了。

文傑聽了，大大地鬆了口氣。

秦叔卻頓足生氣，罵道：「你就好管閑事。明明說了去和女朋友約會，卻又去交上了什麼不三不四的朋友。穿了新衣服出去，弄得像個叫化子樣的回來。你為什麼不學文康，變聰明一點呢。」

「好了，你別說了。我要去洗澡。身上癢死了。」紹卿不耐煩了。

「恐怕有虱子。快到澡堂把身上衣服全脫下來。」秦叔急道。

洗完澡，紹卿穿了睡衣，回到廳堂裏，見文傑正用小刀削梨，轉著削，梨皮拖得長長的，未斷。

「文傑，你削梨的技術可真行。」紹卿坐下了，說。

文傑將削好的雪梨，放到他面前，說：「這是專為你削的，你吃吧。」

「謝謝。」紹卿拿了塊梨，一邊吃，一邊讚道：「真好吃。你也吃一塊吧。」

「我已經吃過了。這個全是你的。」

「你對我真好。」

「不要這麼說。其實，我有一個不情之請，想求你幫忙。」

「你要我做什麼？儘管說吧。」

「你知道，自從碧漪去世，我對戀愛和婚姻完全失去了興趣。我們蘇家傳宗接代的任務也只好靠文康去負擔了。所以，在情場上起步時，我請求你讓他一著。」

「文傑，你這麼說，分明是想安慰我。其實，不用我讓，文康已奪得琇瑩的芳心了。我和琇瑩只是同學，我為文康高興，一點也不難過。」

「你比我弟弟理智多了。他有你這樣坦誠無私的朋友真是幸運。」

「文康是幸運的。我常羨慕他有個年齡相近的哥哥。我也有個好哥哥，但他看待我如同他的孩子。」

「若你不嫌棄，就將我當成親兄弟吧。」

「啊，你待我，本來就如手足似地，我為何還要羨慕文康呢。」

紹卿和文傑聊天，直到深夜，忽聽得門外傳來歌聲。

「是文康回來了。唉，深夜如此高歌，不怕驚動四鄰嗎。」文傑說。剛站起來，想出去開門，卻見秦叔從房裏衝出來，說：「還是我去開吧。」

秦叔開了門，讓文康進來，又重新閂好門。回頭，卻見他仍在院子裏，背靠著樹幹，仰頭望月。

「這麼冷，你還想在樹下乘涼啊。怎麼不進屋去呢？」

「冷？不，我一點也不覺得。我全身發熱呢。」文康說。又指著月亮說：「你看，今夜的月色多美。

月裏好像有個嫦娥在向我招手哩。」

「說傻話。你喝醉了吧。」

「我一滴酒也沒喝。不信，你聞聞我的臉，有沒有酒氣。」文康把臉湊近秦叔。

「好了。沒喝就沒喝。我相信你。走，睡覺去吧。」秦叔又好氣又好笑，推開他說。

「這麼美好的夜，就閉上眼，讓他溜走嗎？你別走，聽我高歌一曲吧。」

忽見文傑站在門口，斥道：「文康，三更半夜了。你還吵鬧，纏住秦叔作什麼？還不快進屋裏來。」

文康進了屋子，見哥哥面帶慍色，便說：「你別聽紹卿告狀。他今晚失約，又將新衣換了破袍子，全都和我無關。」

「他沒說你什麼。你這麼晚回來，還吵吵鬧鬧的，未免太不體諒別人了。」

文康低頭沉默了。

「我先睡了。晚安。」紹卿說。不料，他才走了兩步，即停住，轉身指著文康，警告說：「今晚不許你再唱歌。」

文康被他這突如其來的動作弄得啼笑皆非，聳聳肩，不答話。

紹卿旋即又轉身走進他的房間去了。

「時間不早了。我們也睡吧。」文傑說。

「我現在睡不著。哥哥，你先睡吧。」

廳裏只剩文康一個人。他熄燈，讓月光顯影，細細地回想約會的情景，相信他和琇瑩彼此一見鐘情，戀愛了。懷著無限的情意，他真想以高歌來宣洩心中的亢奮，看來，紹卿的警告不是沒由來的。他想到知己，不免有點歉意，心情也漸漸平靜下來，終於有了睡意。

因健民的介紹，紹卿結識了一批有才華而窮困的文人，經常慷慨解囊，資助他們辦刊物。文康和琇瑩談戀愛，請客，送禮物，錢也用得如流水。文傑喜歡逛文物店，收集字畫，也難免有超支的時候。

寒假前一個月，他們三人居然錢袋全空了。

「文傑，明日將有人來收房租了。還有買米，買菜的錢，你都還沒給我呢。」秦叔說。以往都是文傑一早把錢收齊了，交給他的。這日，眼看就寢的時間到了，次日的費用仍無著落，他不得不開口討了。

「啊，這麼快又一個月了。」文傑放下書，去衣袋掏錢，卻只剩些銅板。他轉向弟弟說：「文康，前天我買了一幅唐寅的字畫把錢用光了。你先替我墊了，下星期我領了薪水，就還給你。」

「我早就山窮水盡了。正想向你借呢。」文康說。於是，他兄弟倆四隻眼睛全盯住了紹卿，射出求援的信號。

「我，我的錢也全用光了。」紹卿尷尬地說。

三人面面相覷，一時不知如何是好。最後，文傑嘆氣說：「沒法子。明天一早，我就去把唐寅的畫退了吧。」

「不，哥哥，畫你留著，讓我去把西裝當了吧。」文康說。

「當你的西裝，恐怕還不夠我們一個月的住食費用，不如當我的手錶吧。」紹卿說。

「咳，你們三個大學生，沒一個會理財。」秦叔搖頭嘆息，又說：「紹卿，你的手錶用處大，絕對不能當掉。反正，我平日有些積蓄，我先替你們墊了吧。」

紹卿倒是沒有異議，但文傑和文康都覺得有點過意不去。

「秦叔，謝謝你的好意。我們還是自己想辦法吧。」文傑說。

「怎麼，難道我的錢是臭的嗎？文傑，如果你去退字畫。文康，你去當西裝。從今以後，我就再也不理你們了。」秦叔發怒，說。

「請別生氣。我們只是感到慚愧，絕沒有瞧不起你的意思。既然你堅持，我們就恭敬不如從命吧。」文傑連忙解釋，說。

「不用客氣。就說定了，這個月的房租和飯菜錢都由我先出，你們不用擔心。」秦叔轉怒為喜，說。

「秦叔，想不到你是個大富翁呢。」文康想討好。不料，卻自討了個沒趣。

「你可別灌我米湯，想向我借零用錢。除了食住，我是一分錢都不借的。」秦叔說。

文康羞紅了臉，委屈地說：「我又沒這個意思。」

從此，文傑不再逛街買物，領了他的助教薪水，只存著，以備急需。文康開始抽空寫作，準備投稿賺點稿費。

紹卿也想打工賺點錢零用。一天中午，下了課，他走到校園裏一個專登招聘廣告的佈告欄前，看來看去，沒適合他的工作，他失望地嘆了口氣，卻聽見身後有一人說：「孟紹卿同學，你為何嘆氣？」

他回頭一看，原來是他本系的教授，林繼聖。

「沒什麼，林教授，我想找份家教，但沒有這類的聘人廣告。」

「怎麼，缺錢用嗎？」

「是的。我把家裏帶出來的錢都用光了。」

「哦，生活有問題嗎？」

「基本上沒問題。但距寒假還有一個月，身上一點零用錢也沒了。」

「嗯。」林教授只知紹卿是個成績優異的高才生，不清楚他的家庭背景，誤會他家境清寒，不免起了同情心。沉吟一會，說：「我有一個女兒，剛上初中一年級。你就到我家來做她的家教吧。」

「這，我怎敢到老師家當家教呢？」

「沒關係。你今晚六點鐘就來吧，順便就在我家吃晚飯。內人烹飪的手藝不錯，你來嚐嚐道地的北方菜吧。」

「謝謝你。我今晚一定來。」紹卿大喜過望，於是拿了林教授的地址，準備赴約。

黃昏時，紹卿如約而來，林繼聖夫婦親切地歡迎他，他們身邊有個伶俐的小女孩。

「這是小女曉鵑。」林教授介紹。

「林小妹，妳好。」

「孟老師，你好。」曉鵑回答，即害羞地躲到母親身後去了。

「我們先吃了飯再說吧。」林夫人說。

紹卿享受了一頓豐富美味的晚餐。飯後，便開始幫曉鵑溫習功課。

「妳學校裏，教到哪一課了？」紹卿翻著她的課本，問。

「這一課。」「你有問題嗎？」「沒有。」

他既無教學經驗，也無做家教的準備。學生沒問題，他真不知從何教起。

聰明的曉鵑大概發現了他的窘態，知道再不發問，他的家教就做不成了，於是故意想了些問題來問。他作了詳細的解釋，但不久就看出了他的學生是懂裝不懂。

下課後，他進了林教授的書房，就想辭職。「曉鵑很聰明，她不需要家教。我也沒經驗，不懂得教學。所以。」

「不要緊。」林教授打斷他的話，說：「你只要陪她復習功課，不讓她來纏我就行了。凡事總要有個開頭，你在我這兒培養經驗，以後就能去別處應徵家教了。」

「那麼，我不收學費。可以嗎？」

「我請你教女兒，自然要給薪水的。你每星期來一次，先在我這裏吃頓晚飯，再上一小時的課，一個月兩塊錢。我知道你目前缺錢用，所以預付你一個月的教學費。這兒有兩塊錢，你拿去吧。」林教授指著放在桌邊的錢，說。

「這，我不能收。受之有愧。」

「你不收，我要生氣的。」

紹卿心想卻之不恭，只得道謝，收了錢。

回家後，他立刻向文傑請教。

文傑建議他找些課外補充教材和習題，使學生能融會貫通。

紹卿第二次去林家時，已有了充分的準備。

一個月後，林教授滿意地說：「你教得很好。曉鵑自動要求，請你下學期仍當她的家教。」

除夕，紹卿回家過年，他哥哥一家人也來了，孟崇漢全家大團圓，好不歡樂。

年初三，文傑和文康來拜訪。在院子裏遇見了秦叔，彼此打拱作揖，說：「恭喜，恭喜。」文傑交給秦叔一個厚厚的錢袋。秦叔打開一看，說：「太多了。怎麼還有個紅包？」

「這是我們欠你的錢，過了年，加了點利息。紅包則是家父母托帶給你的，說是謝謝你照顧我們，還

為我們墊錢救急。」文傑說。

「不成。我沒見過你家老爺夫人，怎能收他們的紅包呢。請你們再帶回去吧，就說我心領了。」秦叔說，要將紅包塞回給他們。

「既帶來了，哪有帶回去的道理。若要退還，你親自到我家去退吧。」文康笑道。躲避他。

紹卿和玉蘭聞聲走出來。

「咦，文傑，文康，你們來了。是在和秦叔捉迷藏嗎？我可不可以參加？」紹卿說。

「他們帶了他家老爺的紅包來給我。我怎麼好意思收呢？」秦叔說。

「原來如此。你還是收著吧。也許我們還有向你借貸的一日呢。」紹卿打趣說。

「說的是。收了吧。」文康說。

秦叔說不過他們，只得收了紅包，隨即進屋去準備待客的茶果了。

文傑旋即向玉蘭和紹卿宣佈：「我帶來一個好消息。程友義已經出獄了。」

【第十一章】

落魄書生　蓄志待發

坐了六個月的牢後，程友義被他伯父保釋了。他還未獲得完全的自由，公安局規定他必須受伯父的監督，不得離城。

他出生在湖南一個礦工之家，從小飽經憂患。八歲那年，父親在礦場意外喪生，母親在萬般無奈的情況下，將他幼小的妹妹友蘭送給了人家當童養媳。禍不單行，兩年後，母親又病亡，他成了孤兒。

他的伯父程長榮，在上海當木匠，到中年，積了些錢買一小塊空地，自己蓋了棟房子，又在屋後加蓋了一個棚屋作為工場，做起製造傢俱的生意。長榮聞知弟媳的噩耗，回鄉收養了唯一的姪兒，但不肯贖回姪女。

在家鄉，雖貧苦，友義並未失學，父親送他進了一間免費的小學堂讀書。到了上海，伯父要他作木匠的學徒，經他苦苦哀求，才允許他讀完小學。不料，友義小學畢業便偷偷地去報考中學，而且考了第一名。開學日，校長得知狀元生被伯父關在家中，不許上學，即親自來找程長榮交涉。

長榮理直氣壯，說他沒有虧待姪兒。他自己的三個兒子，老大和老二連小學都沒畢業，老三等讀完小學也準備作木匠學徒了。但他終究說不過校長，只得勉強答應讓姪兒半工半讀。友義一下課就得作工，直到歇工後才能做功課，儘管如此，他的學業成績還是名列前矛。

初中畢業，伯父給他兩個選擇，留在家中做木匠或離家。友義選擇了後者，十四歲便開始自立。憑著他的智慧和毅力，他上了大學。豈料，眼看就要大學畢業，卻遭受牢獄之災。

他萬萬沒想到，八年後，還得回頭依靠伯父生活。

這八年內，程長榮變得富有了。三個兒子都娶了媳婦，他們的大家庭遷入了一座四合院。舊屋和工作房合併改建成一個像樣的工廠。長榮將事業變得多元化，除了製造廠外，還開了一間傢俱店，又兼做室內裝璜的業務。

長榮保釋了友義，一回到家裏，即當著全家人的面，狠狠地訓斥了他一頓：「你是大學生，了不起啊。怎麼一下子栽到監獄裏去了呢？你看看我這座大房子，再看看你的堂兄弟都已成家立業。友賢如今已當了工廠的經理，友德管著一家傢俱行。連你的堂弟也成為一流的室內裝璜專家。而你呢，一事無成，兩袖清風，還闖禍坐牢。唉，再說，你離家出走後，就從未回來探望過，我早已當作沒你這個姪兒了。要不是怕你爹這一脈絕了種，我是不會保釋你的。」

長榮說了半天，口水也乾了，見友義低著頭一聲不吭，不覺心中冒火，罵道：「怎麼，變成啞巴了？你說話呀。」

「多謝伯父保釋我出獄。」友義忍著淚，說。

「就只這句話嗎？你對前程有何打算？」

「我想找份工作，請求伯父暫容我一席棲身之地。」

「你是我唯一的姪兒，我可以暫時收留你，但是我們家沒吃閑飯的人，你先到友賢的工廠去幫忙吧。」

「堂弟有學問，是斯文人，還是當店員比較合適。」友賢有意推拒，說。

「沒問題，友義，你來幫忙我管店吧。」友德倒表示歡迎。

「謝謝二堂哥，但我還是寧可到工廠去作工。」友義說。

「嗯，我贊成他去工廠。剛出獄，還是不要拋頭露面的好。」長榮說。

友義並非不敢拋頭露面，只是沒心情去奉承顧客。伯父的話雖不中聽，但有助他的選擇。

次日，友賢帶他去工廠，先警告說：「我和弟弟們都是從基層做起的。你這次回來，也得重新學起。」

「我明白。你做你的經理，我做我的工人。我唯一的要求，是你給我一個安靜的角落，讓我自個學著做。」友義說。

「放心吧。你是大學生，我那敢管你呢。對了，李師傅還在，以前他曾想收你做學徒，你逃避了。他一直耿耿於懷。你小心點，莫要再得罪他。」

「哦，知道了。」友義還記得，李師傅手藝精巧，但脾氣暴躁，時常打罵學徒。當年，他很懼怕李師傅。

友義來到舊地，幾乎不認得了。以前他住過的小屋已變成大廠房的一部分，廠裏堆滿著木料和半完成的產品，有十幾個工人在操作。

「大少爺早。」李師傅招呼友賢。看見友義，又驚呼道：「咦，姪少爺，你回來了。」

「姪少爺。」「姪少爺。」兩個工人也一起圍上來熱烈地招呼。

「李師傅，阿平，阿盛，你們都好。」友義招呼老木匠和早期的的學徒們，他覺得和故人重逢，頗有一份親切感。

「從今日起，友義在這裏工作。你們教教他。」友賢說。

「怎麼，當了大學生，又回頭做學徒了。唉，當年，如果你聽我的話，跟我學藝，如今恐怕也和大少爺一樣了。不致於這麼潦倒呀。」李師傅說。

「也許我命中注定要向你學藝，逃也逃不掉吧。」友義苦笑說。

「姪少爺，聽說你為了救老師，發動了學生罷課，結果被抓去坐牢了。有這回事嗎？」長得瘦瘦高高的阿平問。

友義尚未回答，友賢先大聲喝道：「閉嘴，這件事以後誰也不許再提。你們別浪費時間，快做工去。」就在他這一喝之間，友義的興緻完全消失了。

友義懷著一腔悲憤，沉默寡言。他選了一個牆角作工地，孤僻獨處。結果，連原先想和他親近的工人也逐漸對他敬而遠之了。

友賢守著諾言，任其自由操作，不去打攪他。

李師傅對沒有正式拜過師的人，沒興趣教導。何況，他看出友義只將工場作避難所，不會久留的，所以故意不理睬他。

開始，他不能集中精神，常把木棍削斷了。過了幾天，他想起必須向友賢交差，於是，專心學做起桌椅來。花了一個月的工夫，他終於製作成一套像樣的茶几和椅子。

「不錯呀。無師自通。」李師傅說。

「我是偷學你的。」友義說。

「這可是你第一次奉承我。」李師傅苦笑說。

不知怎地，李師傅和友義之間似乎格格不入，有點緊張的氣氛。

又過了幾天，一個少年學徒不小心，鋸木板時，鋸歪了。李師傅一看大怒。

「該打二十板。」他一聲令下，阿平立即搬來一張長板凳，阿盛將小學徒按在凳上，拉下他的褲子。李師傅拿起一條木板子開始打他的臀部。

阿平在一旁數著板數。小學徒不敢高聲哭喊，只咬牙呻吟。

友義怔住了。他原以為這種體罰早已被取消了，更令他驚駭的是以前受虐打的學徒，如今竟成了幫凶。

「大堂哥，快阻止他們。」他向袖手旁觀的友賢說。

「大驚小怪。那個學徒不挨打，連我都被爸爸打過不少。」友賢若無其事地說。

「難道八年來，學徒的待遇一點都沒改善嗎？」

「為什麼要改？嚴師出高徒。師傅打徒弟，天經地義。」

聽阿平數到第十板，友義忍不住了，說：「李師傅，請你手下留情。饒了他吧。」

豈料，李師傅充耳不聞，打得更用力了。小學徒的屁股浮現疊疊的板痕，紅得像要出血似的。

驀然，友義伸手抓住了他的手臂，大聲喝道：「不許再打了。」

李師傅震驚，呆了半晌，鬆手丟了板子，衝到友賢面前，說：「老子不幹了。你們另請師傅吧。」

「李師傅請息怒。他是書呆子，請你不要和他計較。」友賢連忙拉住他，安撫道。

「這兒，有他就沒有我，有我就沒有他。」老木匠繼續吼著，

「友義，你走吧。這兒缺不了李師傅，也容不下你。」友賢說。

友義很快發現他處於孤立的地位，工人們非但不感激他為他們聲張人權，反而用仇視的眼光瞪著他，認為他侮辱了他們的師傅。他知道把事情弄僵了，無法在工廠立足，便悶聲不響往外走。

友賢又說：「李師傅，你別生氣了。坐下歇會吧。你說打二十板，現已打了十五板。還有五板，我替你打完它。」

隨即傳來一聲板子擊肉的聲音和小學徒的哀號。

友義心頭一凜，但他忍著，沒回頭也沒停步，再一聲響起時，他奔出了廠房。

回到伯父家，他收拾了幾件衣服，打個包袱就往外走，剛要出大門，正巧碰見伯父和友理一起回來。

「咦，你沒在工廠？要到那裏去？」長榮驚訝地問。

「我被大堂哥趕出工廠了。」

「為什麼？」

「李師傅還是像以前一樣打學徒。我阻止他。他惱了。大堂哥幫他趕我。」

「唉，芝麻小事，你就想出走了？算啦，友賢早說過，你是斯文人。明日你還是去管店吧。我和友理剛接了一筆大生意。進去，讓他說給你聽聽。」伯父這天心情特別好，非但沒責罵友義，反而挽留了他。

「是呀，大企業家孟紹鵬要在他的工廠內設立一間產品陳列室。登廣告招標。在十幾家應徵的承包商中選中了我們。他說他喜歡我的設計圖樣。堂哥，快回屋裏去，我給你看我的設計圖。」友理一手提了公事包，一手拉了友義就往屋裏走。

友理是全家人中唯一同情友義的。當年，他父親原本要他小學畢業就輟學，後來覺得既然供姪兒上中學，總不能虧待自己的兒子，就讓他也讀完中學，所以他一直都對友義抱著一份敬愛。

在友理的勸說下，友義終於放棄了出走的念頭。

第二天，友義跟他二堂兄到傢俱店上班。他心中仍然為工廠的事不高興。

「友義，你這樣板著面孔，豈不把顧客都嚇跑了。你裝個笑容行不行呀？」友德說。

「哦。」友義勉強笑了笑。

「這就對了。」友德繼續說：「還有，我要提醒你。平日你有點傲氣，在這兒可要謙卑，稱呼客人要叫老爺太太。」

「得了，得了，這些我知道。你可真囉唆。」友義揮揮手，不耐煩地說。

「好，好。我不說了。本來你是大學生嘛，應該懂得人情世故。」友德說。自個坐到了帳台上。

友義巡視四周的傢俱，核對價錢，記住了，站在門邊等候客人上門。

不久，一對男女手挽著手進了店，看似老夫少妻。

「老爺太太，早安。」友義上前，禮貌地招呼。

不料，兩鬢泛白的男客人道貌岸然地說：「她是我的女兒。」

「對不起，是我弄錯了。老爺，小姐，你們想買那類傢俱？請裏邊看。」

「你是新來的吧。我以前沒見過你。」男客人不看商品，只盯著他，說。

「是的，今天第一天上班。我能幫你選擇傢俱嗎？」

「你叫什麼名字？」

「程友義。」

「哦，姓程，你大概是程老板的親戚吧？」

友義開始不耐煩了，懶得回答，只說：「你們請慢慢看吧。有需要時，再叫我。」就想轉身走開。

「別走，你這年輕人，怎麼這樣沒耐性，也不懂規矩。哪次我來，程老板不是先請我坐，奉茶敬煙，

陪我聊上半天的。」

「對不起，老板今日不在。你若想聊天，請改日再來。」

「放肆。」男客人發怒了。

友德見狀，急忙從帳台下來，上前賠罪，說：「對不起賀老板，賀小姐。我堂弟剛開始學做生意，今天是他第一天上班。若招待不周，請多多包涵。你們請坐。」又回頭吩咐：「友義，快去裏邊沖茶，拿煙。」

「你是二少爺吧。你爸怎麼好久不見了？」賀老板和他女兒一起坐下了，問。

「他最近忙著和我弟弟一起承接室內裝璜的生意。」友德恭敬地站著回答，認識來客是一家當舖的老板，但以前從沒見過他的女兒。

友義托著茶盤，端了茶和煙出來，放在賀家父女身邊的茶几上，說：「請喝茶。」

「你給我點煙。」賀小姐說。友義遵從了。

「賀老板也請抽煙。」友德說，給男客人點了煙。

「那套餐桌椅要多少錢？」賀小姐指著右邊牆角的一套紅木桌椅，問。

「一張桌子和四張椅子共二百元。」友義回答。

「打六折。我們買了。」賀老板說。

「不二價。」友義嫌出價太低，一口拒絕，說。

「可以打八折。」友德趕緊糾正，又說：「這是爸爸一向給賀老板的特別優惠。」

「以往我和你爸爸談價，八折可以成交。可是，今日你們這個新店員太不客氣了，除非六折，我不買。」賀老板說。

「可是打六折，我們要賠錢。請你再加二十元，七折買了它吧。」

「不行，我只出一百二十元，一分錢也不加。你不賣，我以後就再也不上門了。失去我這個老顧客，你擔待得起嗎？」

友德把友義拉到帳台邊低聲商議。

「都是你，把好好一樁生意弄糟了。現在要是不六折賣給他，他一定會向爸爸告狀，不但你做不成店員，恐怕連我也要挨罵。」

「賠錢賣了，一樣要挨罵。倒不如不賣。」

「若打七折，還夠本。只要討好他，相信他一定會買的。堂弟，就請你委屈一下，多賠幾個不是。做成這筆生意，回去也好交待。」

「好吧。無論如何，我替你做成這宗買賣就是了。不過，我想先拖他一陣再說。」友義勉強地說。

友德知道這是他最大的讓步了，也就不催他。他們故意背向賀家父女，裝作仍在商議似地。

那年輕女的，走到桌椅旁仔細看了一番，回到賀老板身邊，說：「老爺，我看。。」

「噓，別叫我老爺，叫我乾爹。」賀老板低聲警告她。

「哦，對不起，我又忘了。」女人連忙坐下，接下被打斷的話：「我看，那套桌椅木料和手工都精緻，你就加二十塊錢買了它吧。」

「急什麼。若是遇上程老板，我磨不過他。但這兩個初出茅廬的小伙子，只要威嚇他們一下，相信六折就成了。」

「要是六折不成。你到底還買不買呀？」

「我就是買，也非要那個叫程友義的低聲下氣向我賠幾個不是才行。」

「那個新店員，蠻神氣的，怕不肯低頭哪。」

「哼，他神氣，我們就到別家去買。」

「昨天已經看過兩家了，沒這麼物美價廉的。」

「咦。莫非妳是想幫那小白臉做成生意，你看上他了吧？」

「你想哪兒去了。你剛替我贖了身，是我的恩人，我怎麼會背叛你呢。只是，你替我租的房間，除了一張床，一個梳妝台，什麼傢俱也沒有。飯桌和椅子都是必需品呀。」

「嗳，當初沒想到，除了贖身金，還有這麼多花費。早知就不贖妳了。」

「還說呢。當初，我還以為你是銀樓老板，誰知你只是開當舖的。我也有點後悔了。」

「嗄，婊子，你回窯子裏去吧。」賀老板大怒，起身就走。

「賀老爺，不，乾爹，你別生氣。我和你說笑話呀。」女的急忙追出去了。

友德和友義面面相覷，哭笑不得。雖然下午又有幾個顧客上門，但都只是看看，沒購買的誠意。

一整日，沒做成一筆交易，堂兄弟倆垂頭喪氣地回家。

剛進門，友理就警告他們：「爸爸正在大發雷霆，叫你們一回來，就去見他。你們要小心回話才好。」

果然，長榮見面就罵：「你們怎麼攪的，把我一個老主顧，開當舖的賀老板，給得罪了。剛才，他打電話來抱怨說，他帶了乾女兒來買餐桌椅，你們態度傲慢，不肯賣給他。這是什麼道理？」

「一套上等的桌椅，定價二百元，他非要打六折，否則不買。」友德說。

「這就奇怪了。賀老板知道我一向給他八折。他為何要為難你們呢？」

「這要怪友義。他得罪了賀老板。」友德推卸責任了。

長榮轉首望友義，沉著臉說：「我就猜到是你。你自己說，怎麼得罪了賀老板？」

「我沒做錯什麼。他帶了一位年輕的女人進來，我開始稱呼他們老爺太太，他就不高興，說那是他女兒。接著，我為他們倒茶，敬煙，已盡我所能。他出價六折，我說了不二價。友德願意以七折賣給他，他還是不肯買。」

「這麼好的價錢。若是你向他說幾句好話，他一定會買的。」長榮說。

「我本已打算和他賠話。豈知，他先和女兒吵起來，氣走了。臨行還罵那個女的，婊子。也不知他們究竟是什麼關係。」

「你用不著管顧客們的私事。總之，你把一宗好生意，推出了門外。」

「那一套桌椅，物美價廉。除非他不想買了，否則還會回頭來買也說不定。」

「住口，你總有話說。從不認錯。」長榮拍案大罵。

友義忍無可忍，也發脾氣了，說：「我不適合做店員，明起不幹了。」

友理連忙替他解圍，說：「堂哥，你還是跟我去孟紹鵬的廠裏，幫忙作室內裝璜吧。」

不料，立刻被他爸否決。「不要他去。像他這種人，成事不足，敗事有餘。」

「可不是嗎？他在工廠呆了一個月，差點把李師傅氣走了。到店裏只不過一天，就把一位老主顧得罪了。誰還敢用他呢？」友義的伯母說。

「我自己找事。找到了，立刻搬出去。」友義說。轉身就走了。

「瞧他，多神氣呀。昨天，他要出走，你們為何不讓他走呢？」伯母說。

「咳，誰叫他是我的姪兒呢，又是長興唯一的遺孤。」長榮嘆氣，說。

友義待在伯父家裏，常受到奚落，心裏很不好受。無奈，他寄出的求職信，全被回絕了。無路可走，只有忍耐，他決定學韓信。

友賢有一個六歲的兒子叫大寶，兩個女兒菲菲和小娃分別是四歲和兩歲。友德也有個兒子叫二寶，五歲。伯母時常要媳婦們陪她打麻將，友義就成了四個孩子的保姆。

過農曆年了，程長榮全家大小聚集一堂，好不熱鬧。友義只將自己關在房裏寫作。忽然，大寶和菲菲跑進他的房間。

「堂叔，二寶和我們捉迷藏。你把我們藏起來，好嗎？」大寶說。

「你們躲到桌下去吧。」友義說。

於是，大寶和菲菲都從他膝下鑽到書桌底下。友義坐著，繼續寫文章。

不久，二寶果然找來了。他爬到床上，又翻到床下都找不著，就問：「堂叔，你看見大寶和菲菲了嗎？」

友義沒答他，但二寶發現菲菲的腳露出桌外了。「找到了，找到了，你們藏在桌底下。快出來。」他拍手叫道。

「不算，是堂叔告訴你的。」大寶鑽出來，不服氣地說。

「他沒說，是我自己找到的。」二寶說。

「是他自己找到的。這裏沒地方好躲，你們到別處去玩吧。」友義說。

「你偏心。你不幫我們，幫二寶。」大寶開始吵鬧。

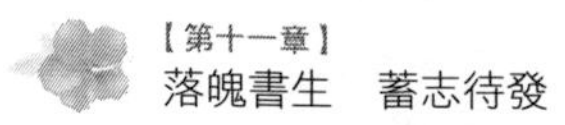

「別吵了，出去，出去。我要寫作，不許再進我的房間。」

友義趕走了孩子們，關上了房門，回到書桌旁，發現有個紅包掉在地上。他檢起來就放在桌角，準備晚點再拿去還給失主。

孩子們跑到大廳裏向家長們告狀：「堂叔不許我們進他的房間，趕我們出來。」

「豈有此理。寄人籬下，居然敢欺負小主人。」友義的伯母氣憤地說。

「從未見他給孩子們買糖果和禮物，只會教訓他們。」友賢的妻子抱怨，說。

「別說給孩子們，我撫養他好幾年，他何嘗孝敬過我。」長榮嘆道。

「堂哥離家後，自力更生，生活窮困，眼下更不得意。但我相信他終會有出頭的一日，請你們不要批評他吧。」友理說。

「大寶，菲菲，你們聽見小叔的話了嗎？堂叔是了不起的人，以後不許你們到他房裏去。」友賢說，語中帶著譏諷。

「知道了。」大寶說。摸了摸口袋，又叫道：「我的紅包掉了。一定是掉在堂叔的房裏了。我去找。」忘了一分鐘前的承諾，他轉身就想跑，但被他母親一把拉住。

「爸爸才說了，不要你去他的房間。等他拿出來吧，他總不至於吞掉姪兒的紅包。」

然而，一個下午不見友義出來還紅包。直到吃晚飯時，才見他姍姍地走出來。

「堂叔，我的紅包是不是掉在你的房裏了？」大寶迫不及待地問。

「啊。原來是你掉的。我撿著了，但忘了拿出來，等會再還你吧。」友義說。

「大寶吵了一下午。你怎麼不早點拿出來呢？」友賢抱怨說。

「對不起，我真的忘了。我這就去拿。」友義說。

「吃飯你倒沒忘記。」伯母尖刻地說。

「這是他唯一不忘的。」友德開玩笑。

「吃飯他沒忘，可是常常遲到。讀書人不懂禮貌，書都白讀了。」伯父說。

友義羞憤難當，不回房間去取紅包，卻轉身朝大門外走去。

友理上前攬住他，說：「堂哥，請你別生氣。大家不過說笑罷了。快坐下吃飯吧。」

「老三，別攬他。他不高興，就讓他走。」長榮怒道。

友義一言不發，推開友理，悲憤地走了。

他一路奔走到海邊，以狂嘯發散累積在心中的鬱悶，獨自徘徊到深夜，又餓又冷。隱約瞧見碼頭附近有一排建築物，他蹣跚地走過去，發現有鐵籬笆圍住，裏面空地上堆著許多裝滿貨的麻袋，他便翻越籬笆，搬了幾個麻袋來擋風，躺下睡了。

早晨，他迷迷糊糊被人踢醒，抬頭見一群工人圍著他。

一個身體壯健的中年人，問：「喂，你是誰？怎麼偷溜進來的？」

「呀，對不起，我無家可歸，昨夜流浪到此，海風凜烈，不得已，只好越過籬笆，借用了幾個麻袋擋風，睡了一覺。」友義困難地站起來，說。

「我看你不像是流浪漢。大概是賭博輸光了錢，才會淪落到這個地步吧？」

友義不想分辯，順水推舟地說：「如今，我身上一分錢也沒了，只想找份工作，混口飯吃。不知你們需要臨時工人嗎？」

「在這兒只能做苦力。你吃得了苦嗎？」

「可以。我不怕吃苦。」

「好。你就試試看吧。我是工頭，工人們稱呼我六爺。這碼頭由我們幫會的首領杜龍和杜虎兩兄弟共同掌管，我這就帶你去見他們。對了，你叫什麼名字？」

「謝謝六爺。我叫林海。」友義臨時捏造了一個假名。

杜龍和杜虎兩兄弟，人如其名，都是彪形大漢。杜龍兩鬢已白，杜虎年齡在四十上下。他們問了友義的背景，聽他說是外地來的，在上海無親無故，便答應讓他做苦力。

「工資一個月二十元。扣除食宿八元，每月淨得十二元。」杜龍說。

「你必須至少做滿一個月。若在月內你要辭工，我們不發工資。」坐在一旁的杜虎補充說。

友義猶豫了一下，忽然覺得一個月變得很長，他怕自己撐不到那麼久，就等於做了沒有報酬的奴工。

「如果你同意的話，就在這合同上簽名，否則馬上離開此地。」杜龍說。

「我簽。」友義下了決心，同意至少做一個月的苦力。

「好，老六，你帶他下去，給他找張床鋪。他若需要日用品，香煙，先給他記帳，月底再算。等他安頓好了，就叫他開工。」杜龍說。

老六帶他到工人宿舍裏的一個大房間內，指定了其中一張床，說：「你就睡裏邊那張空床。」接著又帶他到邊上一個儲藏室，給了他一個臉盆和一些盥洗用品，又問：「要煙嗎？」

「我不抽煙。」友義說。但忽有了抽煙的慾望，即改口說：「請給我一包煙吧。」

老六在物品單上做了記號。又從一堆舊物裏揀出一件短布衫，說：「你穿長袍，不好作工。這件舊衫，送給你吧。」

友義謝過了他，脫了長袍，換上布衫，發現小了。他借了把剪刀，把袖子管剪去，打開扣子，披在上

身，胸脯正中仍袒露了一塊，但比完全赤裸好些。

碼頭開工了，友義和其他的苦力們將貨物抬上商船。從清晨做到天黑，一整日下來，他疲乏得幾乎不能動了。

晚飯後，飯廳改成工人們的休閒室，許多人都聚集在一起打牌賭錢。有人邀友義一起去，他拒絕了，寧可獨自留在房間裏發悶。起初大家見他累，也就不勉強，過了半個月後，有一個晚上，他們硬拉了他一起去。

大廳裏，香煙的霧氣彌漫，工人們圍著幾張桌子，有的玩擲骰子，有的玩牌局。三個工頭各自在一張賭桌上作莊。杜龍兄弟也在場，但沒和工人們一起賭，他們另坐在一張方桌上，由兩個濃妝艷抹的女人陪著打麻將。

「咦，睡仙今天起來了。來，來，到我這桌來玩。」老六坐在右邊一張桌上，瞧見他，立刻起身走過來拉他。

「你們在賭搏？」

「這有什麼呢。隨便玩玩嘛。」老六說。

「林海，你過來。」杜虎轉頭，向他招手說：「我先墊你十元工資。你放心玩吧。開門大吉，包你贏。」

「我不賭。辛苦賺得一點血汗錢，豈能隨便擲掉。」友義憤然說，掉頭就走出去。

大廳裏，人人目瞪口呆。

「啊，這小子真不識抬舉呀。」杜龍說。

「他的來歷不明。老六，你不是說他原本是個賭徒嗎？」杜虎說。

「是呀，我也不明白。或許他因賭搏，傾家蕩產，所以不敢再賭了吧。」老六說。

「以後，你還得好好監視他。」杜虎說。

次日，天氣轉暖，友義和兩個工人，張揚和邱貴，一起在食堂領了午餐帶到屋外去，邊吃邊聊天。

「林海，你真有種，昨晚敢拒賭，還敢對抗杜二爺。不過，我真替你捏了一把汗，怕你會挨揍。」邱貴說。

「怎麼，難道他們還逼工人賭博不成？」

「你有所不知，他們就是利用賭來騙取工人的工資。我已作了十年苦力，不但沒存下一分錢，還欠了一大筆賭債。現在除了吃住，工資全被扣光了。這一輩子只能做他們的奴隸。許多其他的工人情況也一樣。」邱貴說。

「有這種事！你們為何不反抗呢。」友義驚駭，說。

「有人抗議過，不是挨打，就是被告欠債不還，關進監牢了。想逃也不行，被捉回就慘了。半年前，就有一人賭輸了一筆錢，想溜走，結果被杜虎謀殺了。」張揚說。

「嗄。謀殺？受害者叫什麼名字？」友義吃了一驚，問。

「噓，小聲點。他叫賴昌，你身上穿的這件短衣，就是他留下的。」邱貴說。

友義聽說自己穿著被害人的衣服，不禁覺得全身發毛，追問：「你們快說，他是怎麼被謀殺的？沒人報案嗎？」

「聽說他本來就是個賭徒，賭光了家產，只好來做苦力。起先，每次賭都贏，後來有一回，杜虎親自和他賭個通宵。他輸了一千元，說杜虎作弊，不認帳，還企圖逃跑。不幸，被杜虎和老六抓回來，打個半死，拋到海裏去了。起初，他們只說他逃走了，後來屍體飄回海邊被人發現了，就改說他是跳海自殺。他

一個人，無親無故，也沒人收屍，警察局派人來看過後，就叫運到萬人塚去了。」張揚說。

友義一向嫉惡如仇，便說：「要是我去報案，你們願作證嗎？」

「你瘋了嗎？噯，早知你要生事，我就不和你說了。」張揚害怕，說。

「可是我穿了死者的衣服，不能不替他申冤。」友義不肯罷休。

「唉呀，你這個人，以後我們不敢和你在一起了。」張揚和邱貴都不願再和他交談，一起走了。

友義放下碗，點了支煙抽著，心中思量，眼下無憑無據，報案也沒用，反而將遭受迫害。不如先收集情資，等離開後再寫文章揭發龍虎幫的惡行不遲。

他開始找機會和工人們談天，乘說笑之際探聽龍虎幫的內情。不久，他找到幾個目擊賴昌被害的證人，而且聽說在碼頭上發生過的殺傷案不只這一宗。龍虎兄弟及其手下一幫人欺壓苦力的手段高明，他們和警方也有勾結，受害者都不敢申訴。除了碼頭，龍虎幫還擁有數間賭場和妓院。他將這些惡行條條記在一張紙上，以便日後擬稿。

老六開始懷疑他，暗中偷聽他和工人的談話，又發現他躲在房裏寫東西，將稿紙藏在長袍的口袋裏。一日，乘友義上碼頭作工時，他悄悄地搜出了紙條。

「林海這小子，原來是密探。他已查知賴昌的事，還列了我們許多的罪狀，準備告狀。」老六說，拿了紙條給杜龍和杜虎看。

「他媽的，老子這就去宰了他。」杜虎氣得暴跳如雷，握拳揮舞著，說。

「且慢。」杜龍伸手阻止說：「我們不能在這碼頭上再鬧人命案子了。反正，過兩天他就做滿一個月了，不如等他離開這裏後，再結果他。」杜龍說。

兩日後，友義穿上長袍，準備辭工離開碼頭，發覺字條不見了。他愕然回頭，見老六對他露出獰笑，他心中頓時泛起一陣寒意。

「林海，你終於熬滿了一個月，杜老爺已知道你決定辭工了，正等著你，要給你發工錢呢，你快跟我一起去見他吧。」老六若無其事地說。

友義被他帶到前廳，見坐著杜龍和杜虎，還站著幾個保鏢，以為凶多吉少。

不料，杜龍親切地招呼他說：「林海，恭喜你，做滿一個月了。我已聽說你不想幹了。月薪扣掉食宿和你預支的費用，正好剩下十元。哪，你拿去吧。」就將一個十元的錢幣遞給他。

「謝謝你。那我告辭了。」友義勉強鎮定，接過錢幣，放入口袋中，轉身就走。

他料想龍虎兄弟不會輕易地放過他，所以一離開碼頭，就往熱鬧的大街走去。果然，不久就發覺杜虎和老六率了一夥人追上來了。他拔腿就跑。追者來勢凶凶，行人不敢擋他們的路，紛紛走避。不一會，他們就追上，將他圍住了，拳打腳踢，直打得他滿臉鮮血，渾身是傷，倒地不起。圍觀的人群，無一個敢挺身救護。

「老六，割斷他的喉嚨。看他是否還敢饒舌。」杜虎下令。

老六猶疑了一下，在大庭廣眾下行凶，恐怕難逃法網，但他不敢違抗杜虎，便從腰間抽出一把利刃，緩緩走近友義。

不料，友義忽然躍起，鑽入圍觀的人群中，逃跑了。

友義才跑了不遠，身後追兵又趕上來了，他感到絕望，忽聽得教堂鐘聲，猛想起附近有座天主教堂。於是，轉朝那方向跑去。教堂在一斜坡上，他受了傷，跑得很吃力，但不敢稍停。就在將被杜虎抓到時，

他推開教堂門進去，隨即將門內鎖了。用盡了力氣，他不支倒地。

教堂內，有一位神父跪在聖壇前禱告。聽見聲響，回頭見一人跌倒，他連忙走近去，蹲下看，只見一個滿臉是血的人，不禁大吃一驚，扶起傷者的頭，問：「發生了什麼事？」

「雷神父，我是程友義，有人要追殺我。請救我。」友義虛弱地說，隨即暈倒在神父懷裏。

「程友義！我的上帝呀。」雷神父驚呼。顧不得門外的敲打和叫罵聲，即將友義架起，半抱半拖地帶進了後堂。

雷神父是美國人，在中國傳教二十多年，能說標準的國語。他們初次見面時，友義還是個少年人，是由史修女介紹的。

當時，史修女剛到中國不久，在中學教英文。眾多學生中，她最賞識友義，於是建立了師生之誼。後來，友義因伯父反對他升學，毅然離家出走，史修女同情他，帶他來向雷神父求助。

雷神父見這少年長得氣宇不凡，願意幫助他，建議說：「你可以進我們的教會學校。不但免學費，供食宿，還有獎學金。」

不料，友義一口拒絕，說：「不，我不想進教會學校。我只請求你給我一份工作。」

「那你就先做一名做校工吧。孩子，你有空時，我教你讀聖經，信仰上帝的人，日後可以進天堂的。」

「不，我不入教。我認為天堂地獄人自造，彼岸來世全是虛。」

「這孩子是無神論者。」雷神父驚駭，對史修女道。

「至少，他沒指控我們是帝國主義的先鋒。」史修女苦笑，說。

「如果我不信教，神父就不雇用我，那就算了。」友義說。

「不，我不強迫你入教，你還是留下吧。你可以住在工友宿舍裏，我付你工錢。」雷神父說。

友義一面在教會學校做打掃清潔工作，一面進了自己選擇的高中。他工作認真，又勤奮好學，時常秉燭夜讀，搏得雷神父的讚揚。後來，他申請到本校的助學金和宿舍，便辭別了雷神父。

一別八年，雷神父只偶而從史修女口中得知他的消息，包括他的被捕。如今重逢，友義已是成年人，況且，他鼻青眼腫，面目難辨，若非自己報名，雷神父是認不出他了。

雷神父將友義放置在床上，洗淨了他臉上的血跡。又除去他沾了血的衣服，查看他的傷勢，替他換上了一件乾淨的睡袍。友義醒轉，發出了呻吟。

「友義，你醒了。你渾身是傷，好在沒骨折。」雷神父喜道。

「謝謝你救了我。」友義流淚說。除了對雷神父的感激，還為自己的遭遇感到悲憤。

「究竟是誰下的毒手？」

「他們是碼頭上的惡霸。」

「你先放心睡吧。如果那群人再來，我會報警。」雷神父熄了燈，走了。

次日，友義醒來，睜眼見史修女坐在床邊。

「你醒了，早安。」史修女說。

友義想下床，但一動就覺全身疼痛，他不禁發出呻吟，「噯」。

「快躺著別動。雷神父說你全身是傷。」史修女趕緊說。

友義還是忍痛撐起半身，靠著床頭坐了。

史修女繼續說：「前兩日，我去過你的伯父家找你。聽你伯父說你失蹤了，他正急著到處找你。我回來向神禱告，請求祂指引你來見我。真靈，你果然出現在教堂裏，真感激我主。但不知你怎會受傷？」

友義愕然，他絕不相信他昨晚逃到教堂是上帝的旨意。只是沒心情和史修女辯論，便避重就輕，問：「你到我伯父家找我，有什麼事嗎？」

「我母親病了，我必須回美國去探親。我目前在女子師範學院教英文，一時找不到代課的人。於是，想到了你。」

「史修女，你太高抬我了。我去年坐了牢，大學畢業文憑也沒拿到。師範學院怎會請我代你的課呢？」

「他們臨時找不到代課老師，校長很著急。只要我去向他推薦你，或許有希望的。」

「不，校長若知道我被捕的事，絕不會答應的。請你不必為我去碰釘子。」

「我自信能說服他。友義，就算你幫我的忙吧。我已把一學期的講義都準備好了，你照著教就是了。」

「好吧。如果校長願意請我，我就接受。」

「好極了。我要去教課了。你靜心休養吧。我們晚上再見。」史修女說。

晚上，她再來時，友義已經能下床走動了，還穿上了雷神父替他洗乾淨的長袍。

「真對不起，關於讓你代課的事，我沒能說服校長。他說，他們是女校，原則上不聘請年輕又單身的男老師。我覺得荒謬極了，但抗議無效。」史修女說。

「這早已在我預料中了。請不必煩惱。」友義一笑置之。

「我走後，你要保重自己。」史修女憐惜地說。

友義不禁傷感起來，戚然說：「謝謝你，多年來一直不斷地鼓勵和幫助我。如今令堂病了，你在回國前夕，仍為我操心，實令我感到慚愧不安。」

「請不要這麼說。你是個有為的青年。我相信總有一日，你會完成你的志願，令你的國家富強，人民康樂。」

「我以前愛幻想，說大話。現在才知道自己實在渺小無能。自身難保，還談什麼救國救民。」友義忍不住流下淚來。

「友義，你不是常說人定勝天嗎。怎麼只受了點挫折就灰心了。若你肯信仰上帝，祂會引導你克服一切困難的。」

看來，史修女不但學會了說中文，還學會了激將法。

果然，友義即刻收拾起眼淚，露出羞慚的笑容，說：「人，總有脆弱的時候。我目前很灰心，但是我可以給你一個許諾，我這一生決不會放棄志願。」

「願神保佑你。」

「明日我不能為你送行，實在抱歉。我願在此祝你一路平安，也祝令堂早日康復。」

「謝謝你。雷神父說你傷重，還要多休養幾日。你就在此靜心養傷吧。」

「不，我已能走了，不願再打擾雷神父。而且，聽你說，我伯父急著找我。我決定馬上回去，免得他擔心。」

友義由史修女陪伴著去向雷神父辭行。

「你這麼急就要走？剛才，我發現有三個可疑的人，坐在教堂外，恐怕是想傷害你的，我已打電話請警察將他們趕走了。你若出外，還得小心。」雷神父說。

「雷神父，謝謝你的關懷和救助。再見。」友義道謝，走了。

「友義，請等一下。」史修女叫道。

「史修女，你還有吩咐嗎？」友義站住了，回頭問。

「我把教課書和講義都留下，暫請神父保管。若校長改變主意，願意請你代課。你可以來這裏取。」

「知道了。謝謝。」友義說。雖然，他對此毫不抱希望。

程長榮替姪兒做了保。公安人員來查詢時，發現友義不見了，限他三日內將人尋回，否則要抓他去坐牢，害他急得團團轉。

忽聽說友義回來了，他又是喜又是氣。

「你，你這逆子。咦？你受傷了，遭人打了？」長榮原想大罵一頓出氣，見友義不但變得又黑又瘦，而且鼻青眼腫，頓時心軟，罵不下去了。

「伯父，姪兒不孝，害你擔心。早上，聽史修女說，你急著找我，我就回來了。」

「唉，是啊。公安人員聽說你失蹤了，要抓我這保人。以後你出門，一定得給我留個地址，知道嗎？」

「知道了。對不起，害伯父受驚了。」

「算了，你回來就好。先進去休息吧。」

友義休養了一個月，傷痕已消退，但情緒仍然低落，終日將自己關在房內。

一天，他照樣懶洋洋地躺著，友理進來說：「堂哥，剛有一位校工給你送來一封信。你快看看，他等著回音呢。」

他坐起來，接過信，拆開來看。原來是女子師範學院的校長約他次日面談。他急忙走出來告訴校工：「請轉告方校長，明天早上，我一定準時赴約。」

方校長年過半百，留著長鬚，會見友義時，開門見山地說：「史修女走了，我們一時裏找不到合適的英文老師，所以才決定接受她的推薦，請你代課。但有約法三章：一不許和女學生私下來往。二不能在課堂上評論政治。三，若學生不滿意你的教學，你就得走。你必須接受這些條件，我們才能下聘書。」

「我完全接受。」友義毫不猶豫地答應了。

「好。那麼，請你準備下星期一，上午九點開始執教。」

「我有一個請求。請校方分配我一間宿舍。可以嗎？」

「史老師一向不住宿舍，我們沒有空位。你目前住的地方，不方便嗎？」方校長面有難色，說。

「我寄住在伯父家，希望能獨立，不再寄人籬下。」

方校長聽說，起了同情心，說：「校舍裏有兩間儲藏室。若你願意，我們可以清理出一間給你住。有些前任教職員留下的床和桌椅也可以借給你用。」

「好極了，我只要有一席之地，可以安身就行了。」友義說。

於是，校長叫一個校工帶友義去看房間。

友義和校工一起整理了兩間儲藏室裏的雜物，空出一間有窗的做住房，擺了張床，湊了些傢俱，他覺得十分滿意。當天下午，就搬過來了。

【第十二章】

彩虹乍現　一波三折

友義上了講台，初次面對三十多個大學女生，有點緊張，決定先點名。於是，拿起桌上的學生名簿，開始逐個叫名字。

破例來了個年輕英俊的男教師，難免令正在青春期的女生們心兒飄動。在應「到」時，有的嗲聲嗲氣地回答，有的聲音頻律比平日高出數倍。更有一個調皮的學生，站起來搔首弄姿，故意用英文說：「耶斯，我親愛的老師。」立刻引起一陣哄笑。學生們開始交頭接耳，竊竊私語，課堂上次序大亂。

驀然，友義皺起眉頭，大喝一聲：「肅靜。」學生們都被嚇了一跳，頓時安靜下來。

他繼續點名，叫：「孟玉蘭。」

「到。」一個極輕微的答應聲。

友義用眼掃視了一周，才發現右邊靠近窗戶的一位女生，低著頭，右手舉起，還企圖用左手遮臉。他以為這是另一種作弄他的姿態，不由得心頭冒火，厲聲喝道：「抬起頭來。」

玉蘭驚慄地抬起頭，她的心狂跳，尷尬得想哭。

友義一怔，差點要說：「是妳。」但話到唇邊，他及時嚥下了，改口說：「對不起，我嚇了妳。」

他又繼續點名，語氣變得溫和多了。

點完名，他露出微笑，說：「我們開始上課。我聽史修女說，妳們正在閱讀莎士比亞的劇本，漢姆萊特。現在，我先唸其中一段，我們再一起討論。」

他已作了充分的準備，發音準確，聲調抑揚頓挫，十分動聽。學生們都入了神，聽他朗頌完畢，即拍手叫好。他彬彬有禮地彎腰鞠躬，說：「謝謝。」接著，叫了幾位學生朗誦了另兩段，討論了一會，下課鈴聲響了，他交待了作業，即大步走出教室。

玉蘭敏感地覺得他臨走前，特意望了她一眼。不知為何，她羞得臉紅了。自從一年前，在座談會上見了一面後，她始終忘不了他。當他跨進教室時，她幾乎驚呼，因意外的重逢，也因他變得形容消瘦。

轉眼過了一個月，友義和玉蘭彼此似乎有個默契，既不相認，也從未私下交談。但是，只要他在課堂上讚她一句，就能令她興奮好幾天。同樣的，每次她回報他一個微笑，他的眉宇也開朗不少。偶爾，他們在校園裏相遇，他停住了，欲言又止，又轉身走了，令她惆悵半天。她聽說校長對他有約法三章，也不敢主動和他聊天。

一天，下了課，她留在圖書館看書。下雨了，她望著窗外交織的雨絲，竟陷入了幻想。直到發覺時間不早，才趕緊收拾書包走出圖書館。豈知雨下得很大，淋雨和賞雨是兩回事，她沒勇氣去嘗試冒大雨行走。正著急，忽見友義撐把傘，經過圖書館前。

他走過了，乍然回頭，瞧見她，又折回來，說：「孟玉蘭同學，妳還沒回家嗎，真用功。」

「我沒帶傘，被雨困住了。」

「哦，我送妳到校門口去叫車吧。」他將傘遮了她，說。

「謝謝。」她和他並肩走著，見他身上淋濕了，便說：「你把傘挪過點吧，免得自己淋濕了。」

「不要緊，這場春雨下得好，使萬物復蘇。我的心靈也渴望甘霖，真想痛快地淋一場。只是，帶了傘不得不撐，否則會被人看成瘋子。」

「這麼說，你得感謝我，讓你有了淋雨的機會。」

「哈哈，謝謝妳。」他大笑。

她側臉瞧他，覺得那笑容是世上最珍貴的。

通常校門外有許多人力車等著載客，但此時卻一輛也不見。

「雨太大，連你的衣服也打濕了。我們還是找個躲雨的地方吧。」他說。

學校對面有個公園。她建議：「公園裏有亭子，我們去那兒躲吧。」

「好。」他同意。

兩人走進了一個涼亭。她見他頭髮濕了，額上淌著雨水，便遞給他一塊手帕，說：「你擦擦雨水吧。」

「不必了。」他用自己的手揮去水珠，說。

她因自己的好意遭到拒絕而掃了興，默默地坐下了。

他靠著亭柱站著，兩人都裝著賞雨，不說話。過了半晌，他偷瞧著她，露出了神秘的笑容。正好，她回頭望見，便問：「你笑什麼？」

「沒什麼。我只是猜想，妳或許有位姐姐。」

「奇怪。你怎麼會猜想我有姐姐呢？」

「因為，我曾在座談會中見過一個和妳長得很像的女生。但妳們的性情不同，妳溫柔，像屬兔的，她

卻脾氣很大，像屬虎的。」他笑道。

「你罵我是母老虎！」她嗔道。

「果然是妳。對不起，我只是開玩笑。」他連忙道歉。又說：「妳知道嗎？上回在座談會上，我因欽佩妳的勇氣，所以想請教妳的大名，沒想到得罪了妳。我當眾認錯，還去追妳，但沒追上，我看見妳和妳的男朋友一起乘車走了。」

「他不是我的男朋友，是我的親叔叔，叫孟紹卿。我們本來還要參加你們的辯論會的。不料，李教授被捕了。我和小叔都參加了罷課游行，親眼看見你被捕。那一刻，我對你的怨氣全消了。後來，我們和蘇文傑、文康兩兄弟一起去找公安局長為你說情，但沒有結果。」玉蘭盡情地傾訴。

友義深深地感動了。沒想到只憑一面之緣，她會設法拯救他。他凝視著她，彷彿找到了一位知己。

雨停了。天上出現一條彩虹。

玉蘭抬頭望見，不禁歡呼：「瞧，好美的彩虹噢。」

不料，他說：「彩虹是老天愚人的玩意。先來一陣暴風雨，逞威肆虐。再掛一條彩虹橋，掩非飾過。達到目的，便即刻收起，好像什麼都沒發生過似地。」

她反駁說：「彩虹是無時無地不在的。平日，七彩融合，化成一道白光，普照大地。它象徵真善美。人們只想追尋天上的彩虹，殊不知它就在身邊。我愛彩虹，請你不要瀆孽它。」

「好口才。你辯贏了。我甘拜下風。」他向她一鞠躬。

「不敢當。」她臉紅了，在夕陽下，顯得份外嬌媚。

他望著她，不由得心蕩神往，情不自禁地說：「玉蘭，我想和妳交個朋友，能請妳在這個周末同吃頓晚飯嗎？」

「好的。」她回答得爽快，連自己也暗地吃驚。連忙又說：「但我聽說校長對你有約法三章，不許你和女學生私會。難道，你不怕因此被解職嗎？」

「能和妳約會，就是被解雇，我也心甘情願。」他像著了魔似的，感情壓倒了理智。

這句話令她心花怒放，她熱切地說：「我星期六晚上有空。我們去那家館子呢？」

「飯館由你挑選吧。」

她發現天色轉陰了，怕又下雨，便說：「啊，我必須回家了。明天再設法告訴你，我選定的餐館，好嗎？」

「好。我陪你走出公園。」

他們並肩走到公園門口，剛有一輛黑色汽車駛過，司機忽然緊急剎車，將車倒退到街邊停住了。

司機下了車，對玉蘭說：「小姐，先生讓我來接妳回家。我已在校園內外轉了好幾圈了，總找不著妳，沒想到妳和男朋友在逛公園呢。」

「別瞎說。這位是我的英文老師。我們剛才在公園亭子裏避雨。雨停了，才出來。」

「原來是位老師，失敬，失敬。」司機向友義鞠躬，轉身打開車門，又說：「小姐，請快上車吧。先生和太太在家都等急了。」

玉蘭上了車，向友義揮手，說：「程老師再見。」

但友義忽然變得呆若木雞，眼睜睜看著車開走，腦中一片混亂。半晌，才回過神，痛苦地喃喃自語：「我受彩虹迷惑，飄上了雲端，幾乎跌得粉身碎骨了。」

當晚，玉蘭想好了一個餐館，寫在字條上，準備夾在作業簿裏傳給友義。

那一夜，她興奮得無法入眠，好不容易挨到天明。

次晨，她比平常早半小時來到了學校，信步走到教師的辦公大樓前。正巧，踫見友義迎面走過來，她不禁歡喜，想上前將紙條遞給他。不料，他的表情冷漠而嚴肅，對她視而不見似地，招呼也不打一個，即掉頭走進了辦公室。

她頓時被一陣羞辱感襲擊，呆站著不知所措。忽聽得背後有人說：「孟玉蘭同學，你想找那位老師嗎？」她回頭一看，竟是校長，大吃一驚，慌忙回答：「方校長早安。不，我不找老師，我只是經過這裏。」說完，轉身就逃。

跑進教室裏，她的一顆心仍怦怦地跳著，暗想友義一定是見到校長才故意裝得冷淡的。她不但能體諒他，而且因自己的魯莽而感到羞慚。

友義走進教室，一言不發，即面對黑板，開始用粉筆抄寫講義。直到下課，他不曾望她一眼。他仍在生自己的氣嗎？難道他竟如此鄙視她的熱情嗎？莫非昨日在公園裏的情景只是自己的幻想？她感到惶恐不安，真希望這是場惡夢。

逐漸地，她由羞愧轉為憤怒。無論如何，他不應該翻臉無情，在一夜間，變了心。

下課的鐘聲響了，他大步走出教室，沒有收作業簿，也沒給她傳字條的機會。

她不甘心，便跟蹤他，往宿舍的方向走。走到了靜僻的地方，見左右無人，她叫住了他：「程友義，請你等一下。」

「是妳？孟玉蘭同學，妳不是還有課嗎？」他吃驚地回頭，說。

「你忘了約我明天晚上吃飯的事嗎？我已想好了一個餐館，特來告訴你。」

「對不起。我改變了主意，決定取消約會了。」他低下頭說。

她感到自尊心被他刺傷，忍不住反擊：「為什麼？是為了你的飯碗嗎？」

他原想抗議，但轉而一想，接受了這項侮辱，咬著牙說：「是的。方校長對我有約法三章，我不能和女學生約會，請妳見諒。」

「我不信。不信你是這樣懦弱的人，你一定有其他的理由。」她搖頭，哭著說。

他也不願被視為懦弱，因此，沉吟了一會，說：「好吧，我告訴你真正的理由，因為我想起了你曾在座談會上說過的一句話：道不同，不相為謀。」

「啊。」她發出一聲痛苦的呻吟，轉身飛跑而去。

他望著她的背影，嘆了口氣，悵然轉回宿舍。

玉蘭跑得筋疲力盡，背靠著一顆大樹幹坐下，閉目喘息，淚水不斷，心也像在淌血。她痛恨上了當，不僅糟蹋了最聖潔的初戀而且被他羞辱了。她痛不欲生，開始覺得暈旋，身子傾倒在樹下，模模糊糊地也不知過了多久，才被人發覺。

「玉蘭，你怎麼會睡在這兒呢？我見你沒上數學課，所以下了課就到處找你。」

她睜開眼，見是她的一位好友周蕙英，不禁又悲從中來。

「別哭，別哭，快告訴我，是誰欺負你了？」

玉蘭哽咽難言。半晌才說：「我頭暈。我要回家。」

「你病了？好吧。我馬上送你回去。」

蕙英扶起玉蘭，帶她到校門口，叫了部人力車，護送她回家。

一整夜，玉蘭打開了窗戶，任憑晚風吹拂，恨不得能將心頭的羞辱感吹散。

次日，她發高燒，醫生說是患了重感冒。家人都十分焦急，讓她請假，在家休養。

接連兩個星期，玉蘭沒來上課。起初，友義還以為她是個任性的富家女，故意以缺席來和他賭氣。後來，聽說她真的病重，才知事態嚴重，他不能坐視不顧了。

因玉蘭的病情都是由周蕙英向同學們報告的，所以他就約請蕙英傳達一封慰問信。

下午離校前，蕙英如約先來到友義的辦公室。不料，他交給她一個厚厚的大紙袋。

「嗄，你不是寫信，是寫書嗎？」她驚奇，問。

「不是書。這紙袋裏，除了一封信外，還裝了些講義。」

「什麼？她病得連說話的力氣都沒了，你還要她做功課呀？」蕙英覺得他太不近人情了，抗議說。

「請別誤會。這份講義可以說是禮物。我知道她是個用功的學生，雖然病了，一定仍掛心學業。我希望能藉此促使她早日康復，返校上課。」友義解釋，說。

蕙英內心仍不以為然，但還是同意傳送了。說：「好吧。我替你轉交給她就是了。」

「謝謝你。」

蕙英來到孟家，先見了玉蘭的母親。問：「伯母，玉蘭的病好一點了嗎？」

「吃了藥，咳嗽好點了，但胃口還是不好，不肯吃東西。這樣下去，可怎麼辦呢？」婉珍憂傷地說。

「伯母請放心。我相信玉蘭不久就能康復的。」

「謝謝你，蕙英，多虧你常來看她。」

「請別客氣。我和玉蘭情同姐妹。」蕙英說。

她自幼喪父，家境清寒。只憑聰明和勤學，成績優秀，竟成了與玉蘭角逐第一名的對手。兩人彼此敬愛，終於成為知己。

蕙英上樓，敲了敲玉蘭的房門，便推開門走進去。

只見玉蘭神色沮喪，身子像癱瘓似地斜靠在床頭，蕙英想逗她笑，說：「玉蘭，你說好笑不好笑，別人慰問病人，不是送花就是送糕餅糖果。誰知道，程友義竟要我轉送一包講義給你作禮物。你瞧瞧。」說著，將大紙袋放置在床上。

豈知，玉蘭霍然大怒，用手一掃，將信袋打落床下。

蕙英見狀，以為自己失言，急忙改口說：「請別生氣。其實程老師是好意，他頂關心妳的，紙袋裏還有一封他寫給妳的的慰問信哩。」

「我不要看他的信，再也不要見他，請你不要提他的名字。」玉蘭邊流淚，邊用嘶啞的聲音說。

蕙英驚訝，猜想其中定有蹊蹺，莫非玉蘭的病與友義有關。她俯身撿起紙袋，拆開了，抽出一封信，信封上寫著「孟玉蘭同學親啟」。她把講義放在桌上，拿了信給玉蘭，勸說：「我不知程老師如何得罪了妳。但是，若妳患有心病，這封信內必有解方。妳看了，或許病會好得快些。」

玉蘭默然無語，流淚不止。

蕙英接著又說：「妳的家人和同學們都為妳的病難過。尤其是令堂，我看她近來也消瘦了許多，請不要再自暴自棄了。這封信妳留著慢慢看吧。我走了，明天再來看妳。」她說完，將信放在床上，便轉身走出了房間。

玉蘭呆望著那封信良久，終於伸手取過來，拆開了。只見信上寫道：

「敬愛的玉蘭同學：

妳請病假，至今已有十日。我每天走進教室，瞧見妳的空位子，心上就像挨了一鞭。我猜想，妳生病

是我害的，因此必須向妳作一番解釋。

我親身體驗過貧民的悲哀，立志要使國家富強，為人民尋找一條生路。然而，壯志未酬，先遭牢獄之災。出獄後，寄人籬下，又遇上惡霸，險些喪命。深感身單力薄，鬱鬱不得志，日夜徬徨。因史修女的介紹，我得以到貴校執教，但是仍無法排除心中的積鬱，全身每一條神經都像繃緊的弦。

然而，一見了妳，我頓覺心寬神逸，無比欣慰。這並非奇蹟，自從在那次座談會上見了妳後，我夢寐以求的，便是能再見妳一面。可是，我選擇的前途，道路崎嶇，我只能視愛情為奢侈品，除了內心傾慕，從不敢對妳有非分之想。不料，那日黃昏，我竟被彩虹迷惑，忘了對自己的警告，與妳定下約會。直到一輛轎車將妳接走，我才清醒過來。惟恐感情愈陷愈深，我決定及時回頭。

原以為，忍痛斬斷初發的愛苗是上策。豈知，妳卻因我的悔約而氣憤成疾，我後悔沒向妳說明，我絕無侮辱妳的意圖。

我乞求妳的原諒，並衷心希望妳早日痊愈。　　程友義」

玉蘭含淚讀信，來回看了好幾遍，內心的激動漸漸平息，心情好多了，病也霍然而癒。她下床，把信收藏了，脫下睡衣，換上平日穿的衣裳。坐下，翻看講義。

驀然，房門被打開了。婉珍走進來，她身後跟著捧了雞湯的女僕。

「怎麼，妳能下床了？妳在做什麼？」婉珍驚喜地望著女兒，說。

「我覺得好多了。我在看蕙英給我帶來的英文課的講義。」

「唉，妳還這麼衰弱，別擔心功課，先保養身體要緊。來，快喝點雞湯吧。」

「嗯，好香的雞湯，我要喝。最好再下點麵，我好餓。」

「妳知道餓，想吃了。那可好了。翠環，快，快去廚房煮麵。」

「好。小姐，你請先喝湯，我馬上去替妳下麵。」翠環放下湯碗，轉身便走。

「多煮一碗，給媽媽吃。她也瘦了。」玉蘭叫道。

晚上，紹鵬回家，見女兒的病有了起色，自然高興，又囑咐她多休息幾天，等完全好了，再返校。

次日，蕙英又來探視。婉珍一見她，就歡喜地招呼。

「蕙英，妳來得正好。我想知道，昨日，妳和玉蘭說了些什麼。妳走後，她的病就好多了。不但胃口恢復了，還有精神做功課呢。」

「真的嗎？其實，我也沒說什麼。只不過傳達了老師和同學們對她的問候和思念。」蕙英驚喜地說，但心中已有數。

她迫不及待地上樓，闖進玉蘭的房間，反手關上房門，便嚷道：「好哇。我還以為你得了什麼怪病，原來是相思病。快快從實招來，否則，我要嚷出去了。」

「別嚷，別嚷。快來坐下。我招認就是了。」玉蘭慌忙從書桌邊站起來，說。

於是，她把與友義初次見面，別後重逢，他與她約會又反悔，自己以為受他愚弄而致病的經過，毫不隱瞞地全盤托出了。

「原來如此。那麼，他昨日在信上說了些什麼？令妳一看病除，簡直比吃藥還靈。」

「妳自己看吧。」玉蘭大方地將友義的信遞給她看。

蕙英看了，也十分感動。說：「同學們都說程友義是冷血動物。沒想到，他是感情豐富的。」

「妳說我該怎麼辦？他承認對我有情，但不願追求這分愛。而我的初戀，就這樣沒開場，就被取消了嗎。」玉蘭心有未甘地說。

「我的天。還沒開場，妳已被折磨得半死。若等你們愛得火熱時，他又變了心，妳還活得成嗎？依我看，程老師說得對，及時忍痛斬斷愛苗，才是上策。」

「可是他錯了。為理想奮鬥是可以和愛人分擔的，不必捨此取彼。」

「妳說得有道理。這也顯示他有點剛愎自用。總之，妳還是死了這條心吧。」

「也罷。愛情是不能強求的。」玉蘭終於接受了蕙英的勸告。

玉蘭返校的第一天，友義當眾表示慰問和歡迎，說：「很高興見到妳回來上課。請不要心急，功課可以慢慢補上，還是保重身體要緊。」

「謝謝。」她含淚回答。雖然她極力控制自己，仍除不去內心的創傷和酸苦。

下課後，她隨他到辦公室，討論補課的事。

相對而坐，他忍不住抱歉地說：「妳變得如此消瘦，都是我之過。」

「不，不關你事，是我自己不小心，患上重傷風。謝謝你的慰問信。今後，我會謹守師生之誼的。」她一語雙關，表示既往不究，又已同意拋開感情的事。

談論完了功課，她起身鞠躬告辭，走出了辦公室。

友義原本擔心她不會善罷甘休的，沒想到她竟如此輕易地原諒了他，因而對她更加敬愛。望著她的身影消失，他點起一支香煙，抽著，內心有無限的惆悵，彷彿失落了一件世上最珍貴的東西。

玉蘭痛下決心，想把那段不成熟的初戀棄諸腦後，然而，愛的精靈卻不肯放過她。

一天，放學回家後，她在發回的英文作業簿中，發現了一封友義的信。她驚訝，以為是情書，心想再也不上當了，拿起來就要撕毀，但究竟敵不過好奇心，還是打開看了。

友義稱呼她「玉蘭弟」，信中說他晚上兼了兩個家教，又在重寫大學畢業論文，整日忙得不亦樂乎，

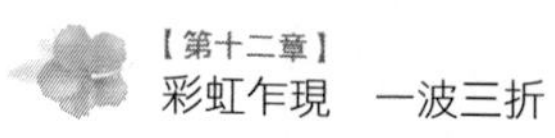

但內心感到孤寂。他希望能將她當作一位知己，做為傾談的對象。

她考慮了一個晚上，回信應允了。從此，書信往來幾乎成了課業的一部份。

春去夏來，溫暖的友情似乎也開始熾熱起來。

友義提議補請玉蘭吃一頓晚飯。這一回，他沒反悔，也沒失約，請成了。

飯後，他倆走到園林中散步。在一個景色優美又安靜的地方，他停住了，從衣袋裏取出一個小盒子給她，說：「送給妳。」

「這是什麼？」她驚喜地問。

「妳猜猜看。」他故作玄虛，笑著要她猜。玉蘭望著那只有手掌大小的長方形紙盒子，裏面的東西卻有些重量，便開玩笑地說：「我猜是塊石頭。」

「猜對了。妳真聰明。」友義驚奇，道。

「真是石頭嗎？」玉蘭好奇地打開盒子來看，只見是一塊大理石。

石上有照友義的字跡雕刻的章句：

志之所驅，無遠不居。窮山距海，不能限也。

志之所向，無堅不入。銳甲精兵，不能禦也。

謹錄古訓一則，敬贈

孟玉蘭弟

程友義一九三〇年

玉蘭深深感動，說：「友義，我沒禮物回贈，但我願陪伴你走你選擇的道路。那怕前途艱難，道路崎嶇不平，我絕不會離開你的。」

那一晚，友義與玉蘭分手後，懷著暢快的心情回到宿舍，意外地在門口發現了老同學，他驚喜叫道：「林志明，是你？」連忙請入屋內坐了，又問：「你不是在廣州教書嗎？怎麼有空上來，幾時到的？」

「我是昨夜乘火車趕來的。先去探訪了李師母，在她家吃了晚飯才到你這裏。你不在家，我在門口等了約有一小時。」

「真對不起，讓你久候。你為何不事先通知我呢？李師母，她還好嗎？」

「自從李教授入獄後，她獨自帶著兩個孩子，日子不好過。」

「我沒想到去探望她，這是我的過失。」

「不。李師母不怪你。她一直因為你受連累坐牢而難過。」

「你究竟因何事趕來呢？」

「為救李教授的性命。我聽說，李教授已被判死刑。」

「什麼！」友義大驚，搖頭不信，說：「這不是真的。我一直注意報上的消息，沒見到報導。」

「當局怕再度引發學潮，所以秘密判決。連李師母都被蒙在鼓裏，還盼望丈夫早日獲釋。但我的消息來源是絕對可靠的，我連夜趕來，想找你商量對策。」

「我們只要將消息傳出去，必能激發輿論，這是最有效的辦法。」

「對，我已想到向各報社投發匿名信。事不宜遲。我們這就開始起稿吧。」

「好。」

兩人商議好了，連夜擬稿，寫了十來封信。天剛亮，便一同出去投寄了。

「我不能久留，得回廣州。李師母只好請你照顧了。」志明說。

「你放心去吧。我會去探望她的。」友義說。

送走志明後，他心情沉重，戀愛的熱忱彷彿又像彩虹一般消失了。

一連數日，友義鬱鬱寡歡，玉蘭不由得心驚，怕他又有變掛。

「不是要我做你的知已嗎，你有心事，為何還瞞我？」她問。

友義便將林志明來訪，帶來李教授被判死刑的消息，自己寫了匿名信投訴的事，向她說了。又沮喪地說：「信已發出去五天了，但是不見報上登載。恐怕是被當局查獲了。不但救不了李教授，我也隨時會被捕的。」

「別灰心。也許是因匿名信的緣故，報社尚須時間證實這件事。我相信一定會有人肯出面伸張正義的。」她安慰他。

果然不出她所料，不久就有兩家大報社登出了新聞，很快引起社會各界的抗議。不僅學生醞釀罷課，連商界也準備罷市示威。當局為了避免風波再起，只得同意重新審判。

成功解救了李教授當前的危機，友義帶了玉蘭一同去探訪李師母。

李先覺的夫人四十歲中旬，為人和靄可親。家庭遭變故，她獨自撫養著一對兒女。女兒十歲，叫李芳。男孩八歲，叫李新。

「友義，多虧你和志明設法救了李教授。我聽說，他的上訴已被接受了。」李師母感激地說。

從此，玉蘭時常獨自一人帶了禮物去李家探訪。友義一來忙碌，二來怕有特務跟蹤，反而較少去。一日晚上，他買了些臘味，準備和李家人共餐。不料，一進李家門，卻見玉蘭已坐在飯桌上。

「哈，你的鼻子可真靈。今天我們吃烤鴨，你就尋來了。」玉蘭望著他，笑道。

「咦，妳怎麼會在這裏呢？」他詫異，問。

「孟阿姨不但常來看我們，每次還帶來好吃的東西和禮物。」李芳說。

「可不是嗎。她還不讓我們告訴你。這回可好了，你自己撞見了。真是謝天謝地。否則我們守著這個秘密，心裏憋得怪難受的。」李師母說。

當晚，離開了李家後，友義和玉蘭又去到他們經常約會的園林中散步談心。

「玉蘭，妳知道嗎，李先覺教授對我，不只是一位恩師，而且像慈父一般，所以，當我聽說他被判死刑時，心中充滿了恐懼。幸而，有妳在身邊安慰我。」

「但願重審能判李教授無罪釋放，你們師生能重聚一堂。」

「到了那一天，我一定會帶妳去見李教授的。」

「不怕你不帶我去，因為李師母已經請了我了。」她開心地說。

「哈，原來妳已經在等李師母請客了。」

「討厭，你就愛取笑人家。」

他仰頭大笑，接著，轉身凝視了她良久，說：「玉蘭，我愛妳。」

她激動得含淚，充滿柔情，說：「友義，我等你這句話，已經很久了。」

他擁抱了她，情不自禁地吻她。

她覺得這一吻，彷彿天長地久。

從那日起，他重新打開了情鎖，再無顧忌，開始給她寫熱烈的情書，信末署名「癡癡」。

一天早晨，翠環整理玉蘭的床鋪，發現枕頭下壓著一大包文件，她以為是學校裏的東西，連忙拿起，一面跑下樓，一面叫道：「小姐，你忘了帶筆記了。」

紹鵬坐在客廳裏看報，聽見了，抬頭說：「小姐剛出門上學去了。她忘了帶什麼？拿來給我看看。如果是重要的，我讓司機給她送去。」

翠環不疑有他，當場將那包文件交給了紹鵬。

不料，紹鵬抽出一疊信紙，才看了一眼，就驚呼：「全是情書！」

翠環一聽，知闖了大禍，連忙說：「原來是小姐私人的東西。還是讓我放回去吧。」伸手企圖奪回信件。

紹鵬在盛怒中，揮手斥道：「下去，這兒沒妳的事了。」

「怎麼會呢？從沒聽玉蘭說起她有男朋友呀。」婉珍在一旁，驚慌失措地說。

「你自己拿去看吧。」紹鵬遞了幾張信紙給她，說。

婉珍一看，信頭稱呼是「親愛的玉蘭」，信尾署名是「癡癡」，她驚駭得幾乎暈倒。

翠環連忙扶住她，說：「太太，妳坐下看信吧。」乘機服侍，不肯走開。

婉珍心中惶惶，沒法集中精神看信。她仍懷著舊時代的觀念，認為閨女瞞著父母私交男友是丟臉的事，沒管教好女兒，她內心自責。

忽聽得翠環悄悄地在她耳邊說：「太太，妳瞧，先生好像轉怒為喜了。」

她抬頭看，果然見紹鵬面露笑容，一邊看信，一邊頻頻點頭，方才的怒氣似乎已煙消雲散。

「紹鵬，你覺得這個人，還行嗎？」婉珍壯著膽，小心冀冀地問。

「不錯。妳看，他的字跡剛勁工整，文章優美，而且談戀愛仍不忘憂國憂民，可見是個有志氣和抱負的人。」

「本來嘛，小姐的眼光是不錯的。她交的朋友一定是好的。先生，太太，你們儘管放心好了。」翠環說。

「哈，哈。妳是想當紅娘吧。」紹鵬高興得大笑。

「這麼說，你不反對玉蘭交這個男朋友了。」婉珍鬆了口氣，問。

「人都未見過一面，怎能說贊成還是反對呢？這樣吧，等玉蘭回來，先問清楚了這人的來歷，再邀他來相見，然後再說。」

下午，玉蘭回來，一進門便衝上樓。在床上，桌子和櫥櫃裏亂找了一通，仍不見她要找的東西，不由得心中大急，又轉身下樓，大聲喊道：「翠環，妳在那兒，妳把我的東西藏在哪裡了？」

「幹什麼？慌慌張張的，進門也不向父母問安一聲，多沒禮貌。」紹鵬說。

玉蘭這才發現父母都坐在廳裏。她詫異，問：「爸，你今天這麼早就回家了？」

「妳不也比平日早回來嗎？妳剛才在找什麼東西呀？」

「沒什麼。只是我的一袋重要的筆記，不見了。」

「你確定是筆記，不是這疊情書嗎？」紹鵬緩緩從身後取出了信袋，笑眯眯地說。

「呀。」玉蘭嚇得渾身顫慄，花容失色，氣憤地說：「翠環出賣了我。」

「不要怪翠環，她也以為是筆記才交給了你爸。」婉珍說。

翠環這才從躲藏的角落走出來，笑道：「小姐，請別生氣。我不是故意洩漏你的秘密的。如今，先生和太太都已知道了，妳也無須隱瞞了。若成了好事，妳還得謝我呢。」

玉蘭含羞，偷偷望了她爸一眼，見了他慈祥的表情，放心不少。

「別怕。快過來，坐在我的身邊。」紹鵬親切地招呼女兒。

玉蘭聽從，走到她父親身邊坐下了。

「玉蘭。你的男朋友究竟叫什麼名字？怎麼署名儘是「癡癡」呢？」婉珍問。

正說著，忽聽得門口傳來玉棠的聲音說：「媽媽，姐姐，妳們在吃什麼？給我也吃點，我餓極了。」

大家回頭看，原來玉祺和玉棠同時回來了。

「你這饞鬼。你媽說的是癡呆的癡，不是吃東西的吃。」紹鵬笑罵道。

「是誰癡呆呀？」玉祺好奇地問。

「你姐姐的男朋友，在情書上署名癡癡。」翠環搶著說。

「啊，姐姐有男朋友了？」玉祺驚訝地說。

玉棠卻調皮地笑道：「哈。姐姐一向自作聰明，卻愛上了個癡呆。」

「哼，有玉棠在場，我什麼也不說。」玉蘭生氣了，說。

「玉棠，你餓了，快去廚房吃東西去吧。」婉珍急了，立刻下了逐客令。

「不，求你們別趕我走吧。我不敢亂說了。我也想知道未來的姐夫誰呀。」玉棠說。

「玉蘭，別拖拖拉拉了。快說吧，這人倒底是誰？」紹鵬有點不耐煩了。

玉蘭只得說了：「他姓程，名友義。是我們學校的英文老師。」

「師生戀！」眾人異口同聲驚呼。

「玉蘭，你不是說過，你們學校的男老師不是老頭兒，就是有家室的中年人嗎？」婉珍急問，深怕女兒愛上一個有婦之夫。

「他是新來的。史修女回國了，請他代課。他單身，只大我四歲。」

婉珍和紹鵬都鬆了口氣。

「你該帶他來和家人見見面。就這個星期六晚上，邀請他來吃晚飯吧。」紹鵬建議。

「好的。」玉蘭欣然同意。次日，就和友義約定了。

星期六晚上，友義如約來訪。他穿了一件淺灰色的長袍，神情飄逸。一進門，就博得了玉蘭全家人的好感。

「姐姐的男朋友好英俊噢。」玉棠和玉祺交頭接耳，讚賞著。

婉珍和紹鵬更表示了熱烈的歡迎。「程先生，歡迎，歡迎，請坐。」

友義和玉蘭一家人圍坐，交談甚歡。他談到了他的身世：「我是個孤兒，但有個伯父，他在城南開了家木工廠和傢俱店。」

「哦。莫非你的伯父名叫程長榮。」紹鵬說。

「正是。孟先生是怎麼知道的？」友義驚異，問。

「上回我裝修廠房，就是他承包的。你還有個專做室內設計的堂兄弟，是嗎？」

「對。我的堂弟，名叫程友理。」

「不錯，正是他。你們堂兄弟倆長得有點像哩。」紹鵬說。

「真太巧了。原來兩家人早已見過面。」婉珍歡喜地說，她似乎已認友義為準女婿了。

晚餐時，紹鵬親自為客人斟酒，說：「友義，你不必客氣，請盡情喝吧。我有胃疾，只能陪你小酌。」

「謝謝孟先生，我先敬你。」友義舉杯說。

友義從未享受過如此溫馨的家庭氣氛，他太高興了，未免多喝了兩杯酒，變得言無忌憚起來，開始批評時政。

「當前政治腐敗，民不聊生，愛國之士遭受迫害。我立志要改變這一切。」

「你想從政嗎？」紹鵬問。

「是的。可是為當局不容，去年我被捕入獄，坐了半年的牢。」

「什麼，你坐過牢？」婉珍大吃一驚。

「他是為救李先覺教授，領導學生罷課才被捕的。最近，李教授又被秘密判死刑。幸而，消息傳出，各界群起抗議，才得重審。爸爸，你的商會不也公開發表了請願書嗎？」玉蘭連忙解釋說。

「為救老師而入獄，情有可原。」紹鵬勉強說。雖然，他對這位容易闖禍的女婿候選人開始有了戒心。顯然，友義坐過牢的新聞太令人震驚了，原本輕鬆的氣氛突然僵硬起來。這時，應該馬上轉移話題才是上策。

偏偏友義不知察言觀色，繼續發表他的高論：「軍閥、官僚、地主和資本家，都是社會改革的障礙。李教授主張貧民大革命，挽救中國，是有道理的。」

「資本家對社會經濟的貢獻，常被世人忽視，這倒也罷了，若將他們也列入改革的障礙，未免太不公平了吧。」紹鵬皺眉，不同意地說。

「資本家的財富是靠剝削勞工而來的。何況，商人重利，只求苟安，反對改革。」友義居然忘了紹鵬也是資本家，他也不理會玉蘭頻頻用眼色和手勢向他發出的警告。

「令伯父辦廠開店，也可算是一個資本家。據我所知，他是白手起家的，靠一家人辛勤努力，才有今日。」紹鵬耐著性子反駁。

「可是，他如今富有了，但他工廠裏的工人待遇並無改善。他正是資本家的典型，自私自利，只知累積私人財富，絲毫不肯與工人分享。」

「你怎敢如此批評你的長輩？」

「孟先生，莫非你也和我伯父一樣，視錢如命，不顧公益。」友義口不擇言，說。

紹鵬聞言大怒，霍然站起來，說：「看來，我這自私自利的資本家不配與你這位大革命家同桌共席。」旋即離桌走了。在餐廳門口，轉首又說：「玉蘭，送客。」

婉珍也惶恐地跟著出去。

玉蘭埋怨友義：「原來好好的聚會，被你搞得一塌糊塗了。」

友義的頭腦此時才清醒過來，後悔說：「對不起。我大概喝醉了，失言得罪了令尊，讓我去向他道歉吧。」

「爸爸已下了逐客令。我看，你還是先回去，等我爸氣消了再來道歉吧。」

次日，玉蘭向父親求情：「友義發覺酒後失言，十分後悔，他想來向你道歉。」

「叫他不用來了。此人驕狂無理，我不許妳再和他來往。」紹鵬餘怒未息，說。

「其實你還不了解他，請再給他一次機會吧。」玉蘭懇求道。

「玉蘭，選擇終身伴侶，一定要謹慎。還是聽爸爸的話，冷靜點，先要弄清楚他的為人才好。」婉珍說。

「我們已經彼此相愛了。你們反對也沒用的。」玉蘭固執地說。

「你忘了校規嗎？你們若繼續談戀愛，我就向校方告發，可以叫程友義立刻走路，也可以令你停學。」紹鵬威脅，說。

玉蘭鬥不過這一招，黯然回到自己的房間，決定寫信向紹卿求援。

同一時間，紹鵬也在給弟弟寫信。

【第十三章】
好事多磨　聚散如雲

北京的一個住宅裏，秦叔拿了信進來，說：「紹卿，你有兩封家信。」

紹卿接過看了，一封是他哥哥寫來的，另一封是姪女的。

他先拆開姪女的信來看，隨即驚叫道：「嗄，玉蘭愛上了程友義，我哥嫂反對。」

「什麼？」文傑和文康都好奇地走到他身邊。

「玉蘭向我求助，你們看吧。讓我再看看哥哥的信上怎麼說。」紹卿將玉蘭的信交給他的摯友，忙又拆開紹鵬的信來看。

看完了，覺得自己對程友義這人毫不了解，難以判斷孰是孰非，便問文傑：「我哥哥信中說，友義性格狂傲，又頑固。文傑，你認識友義較久，知道他的為人嗎？」

「他才高志大，難免有點孤傲。」文傑說。

「如此說，我哥哥小題大做了。我該勸他，不要破壞玉蘭的幸福。」紹卿說。

「對，你一定要支持玉蘭，捍衛自由戀愛。」文康說。

文傑不同意，說：「不過，我覺得他們認識的時間太短了，可能彼此還不夠瞭解。友義有不平凡的抱負，玉蘭能迎合他的志趣嗎？紹卿，為了你姪女的終生幸福，你該勸她冷靜思考，不要盲目地談戀愛。」

「哥哥，你真是杞人憂天。想當年，你和碧漪青梅竹馬，情投意合，誰不說是天生一對呢，結果還不是一場空。你怎知玉蘭和友義不能成為佳偶呢？」文康說。

不料，觸發了文傑的傷感。只見他勃然變色，一言不發，轉身便走出去。

紹卿責備文康：「你不該提起碧漪，惹起文傑傷心。」

文康惱羞成怒，說：「還不都是你，優柔寡斷，回一封信還要別人替你拿主意，害我失言。」說完，夾著書本也出門去了。

紹卿獨自左思右想，最後還是採取了中立，勸他哥哥和姪女都冷靜地處理僵局。兩封信一起寄出後，他又覺得這樣的回覆肯定會令玉蘭失望，因此心中很不安寧。

當晚，他又寫了一封信給父母，希望他們去調停。這封信，他用快遞寄出。

紹鵬接到回信，十分欣慰，得意洋洋地對女兒說：「你瞧，連紹卿都不贊成你和程友義談戀愛。你還是趁早和他絕交吧。」

「小叔沒贊成，但也沒反對。」玉蘭反駁，心中怨恨紹卿。

「你們一向沆瀣一氣的。他不支持你，就表示反對。」

「就算他反對，也不能阻止我和友義相愛。」

「你還想要這個家嗎？」

「我相信，爺爺奶奶一定會支持我的。」玉蘭說。

紹鵬大發雷霆，說：「你敢利用爺爺奶奶來對抗我，想造反嗎？」

不料，忽然瞧見他的父母走進來。真應了「說曹操，曹操到」的俚語。

「紹鵬，你在罵誰呀。是罵我嗎？」崇漢一面走過來，一面說。

「爸，媽，你們怎麼突然來了，沒事先通知我一聲。」紹鵬驚訝地說。

「我們來這裏，還得你批准嗎？你不歡迎，我們馬上走。」崇漢沒好氣地說。

「爺爺，奶奶。你們別走，請為我主持公道。」玉蘭上前拉住爺爺的手臂，說。

「有人欺負你啦？那我是不走了。」崇漢說。

「爸，媽，請坐。喝了茶再說吧。」婉珍說。

慧娘牽著孫女的手，一同坐下了，說：「玉蘭，妳有什麼委屈，儘管說吧。」

「爸爸不喜歡我的男朋友，非要我和他絕交不可。」玉蘭泣道。

「這是她片面之辭。此人狂言無狀，不是個安分守已的人。我為女兒終身著想，不得不反對。」紹鵬說。

「他還因領導學生罷課，坐過牢。連紹卿都反對玉蘭冒然和他談戀愛。」婉珍說。

「我們就是因為收到紹卿的快信，才決定前來的。紹卿解釋了程友義入獄的經過，那是件不幸的事，但不能怪友義。」崇漢說。

「你們只見過友義一面，因一言不和就否決了他，未免太武斷了吧。」慧娘也說。

「爸，媽，你們孫女的終身大事，就讓兒子作主吧。」紹鵬說。

不料，玉蘭套了他的話，說：「爸爸，你女兒的終身大事，請讓女兒自己作主吧。」令他哭笑不得。

「好了，你們父女倆不必大眼瞪小眼，還是讓我們見過程友義再說吧。」慧娘笑道。

「不錯。無論如何，玉蘭的男朋友，我是一定要見上一面的。」崇漢說。

紹鵬無奈，只得應允，再次邀請友義上門。

這回，友義表現得十分謙卑，一來就先道歉：「孟先生，上回我酒後失言，請你多多原諒。」

他和崇漢夫婦談話時，更加謹慎，應對有禮，不但搏得了他們的好感，連紹鵬夫婦也開始回心轉意了。

「友義，你有志向，不妨出國深造。你有這意願嗎？」紹鵬說。

「讀大學時，我曾經想過到歐洲去留學。後來，出了事，就沒再想。」

「我可以資助你。你願意接受嗎？」紹鵬說。

友義還沒回答，玉蘭就搶先說：「爸爸，你不會是想用調虎離山計，拆散我們吧？」

紹鵬苦笑說：「只要你們經得起時間的考驗，又怕什麼呢？」

「如果，我要求在出國前和令嬡訂婚，你會允許嗎？」友義試探地問。

「不，婚姻的事，言之過早，還是等你學成回國後再說。」紹鵬一口拒絕。

「其實，我和友義已經有了海誓山盟，訂不訂婚都一樣。」玉蘭說。

「依我看，還是讓他們訂了婚吧，如此我們也可安心。」崇漢說。

「也罷，友義有個伯父，我已和他相識，就請他來說親吧。」紹鵬勉強答應。

程長榮聽說姪兒與孟紹鵬的千金戀愛，且將由孟家資助出國留學，十分驚訝，說：「俗語說『書中自有黃金屋，書中自有顏如玉』，真是言不虛傳。姪兒呀，你十年寒窗，今日可出頭了。」

友義的伯母，堂兄弟和他們的妻子也都圍住了他，紛紛賀喜。這是第一次，他在伯父家中感到揚眉吐氣。

「有勞伯父親自到孟家走一趟，為姪兒說親。」

「好。我明日就去。」長榮欣然答應，仍不免有點疑惑。心想要是到孟家踫了釘子，他是絕不會饒恕友義的。

出乎意料之外，一切都比他想像的還順利。孟紹鵬唯一的要求是暫時不對外公開訂婚的事。程長榮相信他一諾千金，於是，兩家私下說定了親事。

學期結束了，友義仍留住在學校的宿舍，一面趕寫論文，一面準備出國。然而，平靜的日子並不長久。

一日，林志明又從廣州來探訪他。

「我已找到了革命的方向，決定到江西的共區去。」志明說。

「什麼，你想加入共產黨？」友義大驚。

「是的。我想通了。單憑我們個人的力量，要改造社會，是不可能的。我們必須入黨，集合志同道合者，共同為理想奮鬥。友義，我希望你能和我同行。」

「不。我正準備到英國留學。」友義將他與玉蘭戀愛，訂親，以及她父親自願資助他出國的事詳細說了。

志明睜大了眼，驚奇地聽他說完，似乎難以置信地搖著頭說：「我不信，這不是程友義的故事。我的至友決不會甘心做一個富翁的女婿。」

「你這是什麼意思？我相信，我學成歸國後更能為國家服務。」友義覺得受了侮辱，憤然說。

「不，」志明失望地搖頭說：「你一旦做了大資本家的女婿，平步青雲，再不會有拯救貧苦大眾的熱忱。」

「你胡說。我絕不會變志的。」

「也罷。你去享受榮華富貴，我幹我的革命。我們從此分道揚鑣。」志明說完，奪門而去。
「志明。別走。」友義追出去，叫道。但林志明頭也不回地走了。
友義猶如失神落魄，心中充滿矛盾。

當晚，見到情人時，他猶豫地說：「玉蘭，我想放棄出國的念頭。」
「為什麼？」
「因為我不想讓令尊白費許多金錢。妳知道，我有自己的志向，不願受任何人的支配和操縱。」
「原來如此，你想得太多了。我父親資助你出國，是完全無條件的。你學成歸國後，想做什麼，仍可自由選擇。」
「可是，我怕留學兩年後，志氣會被消磨。」
「不會的。我讀過一篇文章，內有一句話：『心靈的自由度與知識學問成正比。』我相信，你的眼界開闊了，更能發揮你的才能，為大眾服務。」
「心靈的自由度與知識學問成正比。」友義重覆著這句話，心胸霍然開朗，說：「可不是嗎？妳真有高見。我不再疑惑，還是照原定計劃進行。」
他決定不再去想志明提過的事，只想在出國前多與玉蘭相處，因此天天往孟家跑。

偏偏好事多磨，不久，命運之神又開始向他挑戰。
深夜，他忽被一陣急促的敲門聲吵醒，睡眼模糊地去開門，見是林志明。
「是你？」他有一種不祥的預感。

「友義，快讓我進去。不要開燈，恐怕有人跟蹤我。」志明閃進門內，緊張地說。

兩人屏息靜氣，躲在窗口向外望了好一會。慘淡的月光下，並無任何人影出現。

「半夜三更，你在搞什麼鬼？」友義捻開了燈，惱怒道。

「他們殺害了李教授，又驅逐了他的夫人。我是剛從李家逃出來的。」

「你不是作夢吧。要不，就是故意危言聳聽。我不會上當的。」

「是真的。這幾天，我寄居在李家。今個午夜，忽然有人敲門，李師母剛開了門，就有幾個特務闖進來。其中一個拿了個骨灰盒，說李教授在獄中得病暴斃，已火化。令李師母即刻回鄉埋葬。李師母驚呼。他們堵了她的嘴，威脅她和兩個孩子的性命，又強迫他們三人上了一輛車，帶走了。幸而，我及時躲到床底下，沒被發現。等他們都走了，才逃出來向你報訊。」志明激動地說。

「太不可思議了。這恐怕是你編的故事，來誘我和你一起入黨吧。」友義懷疑。

不料，志明揮掌摑了他一個耳光，罵道：「你已變得麻木不仁了嗎？我豈會編造李教授暴斃的故事。」

友義終於相信李教授已遇害。他坐下，將頭埋入雙手中，失聲痛哭。

志明又說：「友義，我們就要分手了，我祝你前程順利，但請不要忘記李教授遺留給我們的任務。」

友義抬起淚眼，說：「志明，你能不能遲一日出發？我決定和你同行，但是我必須見玉蘭最後一面，向她告別。」

放暑假了，紹卿遣秦叔先回鄉，自個來到哥哥家，準備小住幾日。

不料，玉蘭聞聲出來，含怒擋住了門口。

「怎麼，不歡迎我來嗎？」他驚訝地問。

「不歡迎，也不拒絕。」玉蘭故意昂著頭說。

紹卿知道她想報復他先前「不贊成，也不反對」的立場，大笑說：「原來還在生我的氣呀？我不是寫了封快信給妳爺爺奶奶，幫妳說成了親嗎？」

玉蘭也笑了，說：「我是和你鬧著玩的。」隨即挽了他進屋。

「真沒想到，妳會愛上程友義，而且火速和他訂婚。」

「要不是爸爸反對我們交往，又慫恿友義出國留學，我們也不會想要訂婚。」

「我真想早日見見這位幸運者。」

「我已約了他今晚來吃晚飯。你很快就會見到他了。」

晚上七點，菜飯都已準備好了，但友義仍未出現。

玉蘭望著廳裏的大時鐘，萬分焦急。說：「友義大概忘了時間了，這麼晚了還沒到。小叔一定餓了，不如大家先吃，不要等他了吧。」

「沒關係，再等一回吧。我已吃了點心，不餓。對了，我讓你們看一張我和七仙女合照的相片。」紹卿說，即去行李袋中取出一張相片。

玉蘭和兩個弟弟搶著看，一起叫道：「哇，小叔真艷福不淺，被七個女生圍著哩。」

學期結束前，紹卿和文康各邀了他們的同學一起去郊遊。途中遇上一位攝影師，兜攬生意。文康和琇瑩合照。紹卿羨慕不已，琇瑩便邀另外六位女生一起和他合照了一張。

「原來北大除了有學名，還有美女哩。」玉祺羨慕地說。

紹鵬要了照片來看，笑罵道：「紹卿，這就是你在大學一年的成績嗎？當心回家挨扳子。」

紹卿聳聳肩，不在乎，說：「家法中又沒有不准和女生照相一條。」

婉珍看了，問：「這麼多女孩，你喜歡那一個？」

「個個我都喜歡，只可惜沒一個喜歡我的。」紹卿說，又惹起一陣大笑。

忽聽管家報告：「程先生來了。」大家抬頭看，果然見友義走進來。

「友義，快來，我為你介紹。他是我的叔叔，孟紹卿。」玉蘭說。

「你好。我們原先在座談會上見過一面的。」紹卿站起來，熱情地伸出手，說。

「你好。」友義僅禮貌地與他握了一下手。

玉蘭沒有察覺他的神色黯然，猶興沖沖地拿了相片給他看，說：「你瞧，小叔在北京玩得多開心呀。」

豈知，友義這時正是滿懷悲愴，只瞧了那張照片一眼，便毫不客氣地訓道：「大學生竟如此輕浮。難道你們都只知尋歡作樂，不知民間疾苦嗎？」

真是，語驚四座，紹卿和玉蘭都怔住了。

紹鵬冷嘲道：「好一個道貌岸然的人，好像只有他懂得民間疾苦似地。」

婉珍心慌道：「友義，你的臉色不好，是否病了？」

玉祺抗議說：「程哥哥，你錯怪我叔叔了，他是個有上進心的人，而且是愛國者。」

玉棠揮舞拳頭，說：「你敢侮辱我叔叔。我不要你做我的姐夫。」

玉蘭落淚，羞憤地說：「友義，你為什麼這麼武斷呢？你不但侮辱了紹卿，也侮辱了我。」

友義面對眾怒，但不肯認錯。他為了完成亡師的遺願，尋求解放被壓迫者的途徑，已決定犧牲一切，

包括愛情，前程，甚至生命。在這種悲壯的情緒下，他不能容忍任何只知尋歡作樂的人。然而，見玉蘭落淚，他心痛如割。今晚，他原是來向她道別的，他辜負了她的愛，實不忍再加重她的憂傷。望著她，他覺得有滿腹苦衷口難言。

無端受了批評，紹卿驚訝甚於氣憤，他首先關心的是玉蘭的難堪。見哥哥一家人紛紛替他向友義提出抗議，他覺得已無須自辯或反擊，只想化解眼前的僵局，免得雙方不歡而散。於是，自嘲，笑道：「其實，我當初照這張相時，已經料到回家一定要挨罵的。但沒想到，剛逃過了哥哥一關，卻讓姪女的男友教訓了一頓。」

友義見他不但不惱怒，反而用一番輕鬆的話來為自己解圍，不免感到慚愧，說：「你年輕卻有修養，真不愧是玉蘭的叔叔。我知錯了。剛才一時衝動，口不擇言，冒犯了你。請你原諒。」

「不要緊，反正是一家人，言無忌諱。我喜歡你的直爽。」紹卿真誠地說。

「多謝叔叔寬宏大量，友義感激不盡。」

「不敢當。我和玉蘭雖是叔姪，但情同手足。你比我大幾歲，不用計較輩份，以後還請你多指教。」

「豈敢，請你多指教。」友義也變得更謙遜。

兩人竟前嫌盡棄，彼此客氣起來。玉蘭和她的家人都笑了。

「好了，好了。你們吃完飯再談吧。」紹鵬站起來說。

「對，是該開飯了。」婉珍附議。

「小叔，快吃飯去吧。」玉祺和玉棠擁著紹卿走了。

客廳裏只剩下玉蘭和友義，她溫柔地催促他：「友義，走，我們去吃飯。」

不料，他裹足不前，說：「不，我不留下吃飯了。玉蘭，我要走了。」

「為什麼？小叔已原諒你了，你就別想剛才的事了。」

「對不起。我必須走。」

「那麼，請你明天再來，好嗎？小叔只在這裏停留兩天，我希望你們能有機會在一起聊聊，彼此增加了解。」玉蘭說。

「妳有個好叔叔。」他不置可否地回答。忽然，變得激動起來，握住了她的雙手，又說：「玉蘭，我即將遠離妳而去，幸而妳有個好家庭。我走後，妳要多珍重自己。」

她還以為他說的遠離是指出國留學，所以輕鬆地回答：「你儘管放心。」但她突然發現他眼中含淚，驚問：「友義，你怎麼啦？」

他什麼也沒說，驀然，將她摟入懷裏，緊緊地抱住了。然而，她還沒能回過神來，他已放開她，掉頭跑出了門外。

「友義。」她追出去，喊道。

他停步，回頭向她揮了揮手，說：「你別管我了，快回去吧，妳家裏人等著妳吃飯呢。再見。」說完，又轉身走了。

次日，友義沒來，玉蘭悶悶不樂。

又過了一日，紹卿向哥嫂和姪兒女們告別，準備回家。

正在這時，管家拿了一封信進來說：「小姐，妳有一封信。」

玉蘭接過一看，驚奇說：「噯，是友義寄來的。」

「快拆開，看看他寫些什麼？」紹卿停步說。友義的行徑實在令人費解，他急想知道究竟發生了什

麼事。

玉蘭拆開信看了，立刻花容失色，六神無主地說：「他走了！」

「什麼？」全家人都大驚，急忙擁上來，一起看信。

只見信上寫著：

玉蘭，當你收到這封信時，我已走遠了。你一定會問為什麼？但我無法向你解釋，只能借用一首徐志摩的詩來向你道別。

我是天空裏的一片雲，偶而投影在你的波心。
你不必訝異，更無須歡欣，在轉瞬間，消失了蹤影。
你我相逢在黑暗的晚上，你有你的，我有我的，方向。
你記得也好，最好你忘掉，這交會時互放的光芒。
我愛你至深，可惜沒有福份保有這分愛情，因此寧願你和我都忘掉它。
請你珍重。再見。

友義

「這是怎麼回事呢？已經訂了親，他怎會突然拋下你，一走了之呢？。」婉珍急道。

「我也不明白。」玉蘭茫然地說。她早有一種不祥的預感，沒想到竟成了事實。

「我早就警告過妳，程友義這人不可靠，不要妳和他來往，妳偏不聽。如今自食其果，應該覺悟了吧。」紹鵬深痛惡絕地說。

「不，友義一定有他的苦衷。我相信他會回來的。我等他。」玉蘭說。

「妳還執迷不悟。我不許他再進這家門。他出走，自願取消婚約，不能怪我。」紹鵬發怒道。

玉蘭掩面哭著，跑進她的房間去了。

「哥哥，請你別生氣。玉蘭正傷心，親事取不取消可以慢慢再談。」紹卿說。

「你不必管我家的閑事。上車吧。我讓司機送你去火車站。」

「不，我不走了。我想多留兩天，陪玉蘭。」

「也好，請你幫忙安慰她吧。」紹鵬息了怒，嘆氣說。

紹卿心想，或許蘇文傑能猜到友義為何出走，於是便往蘇家去。

剛來到蘇家門口，卻見文康和文傑正要出門。

「咦，紹卿，你來了，是來為我送行嗎？」文康說。

「送行，啊，你也要走，去哪兒？」紹卿吃驚道。

「我去湖南探訪琇瑩。你為何大驚小怪？」

「啊，我一時糊塗了。剛才玉蘭收到程友義一封信，他出走了，什麼理由也沒說，只引用了徐志摩的一首新詩『偶然』。這件事，不僅對玉蘭是一個極大的打擊，而且令我哥嫂都感到震驚。」紹卿難過地說。

「這程友義，真是太過分了。玉蘭該和他絕交。」文康憤然說。

文傑站在一旁，沉默不語。

「文傑，你知道友義出走的原因嗎？我是特地來向你請教的。」紹卿問。

「我不知道，只猜想必有緣故。」文傑回答。又說：「文康該出發了。我們先送他去車站，我再和你一同去慰問玉蘭吧。」

在火車站，文傑和紹卿為文康送別。

「文康，祝你一路順風。見了琇瑩，請替我問好，還有別忘了給我寫信。」紹卿說。

「謝謝你，紹卿，也請替我問候玉蘭，勸她別太難過。」文康說。

送走文康後，文傑跟隨紹卿來找玉蘭。

「玉蘭，我聽說友義走了，我知道妳一定很難過，請不要灰心，友義或許只是一時衝動，不久就會回來的。」

「文傑，聽你這麼說，一定是知道他出走的原因了，請快告訴我吧。」

「其實，我並不知他究竟為何出走，只是時間上與一件事有些巧合。」

「什麼事？」玉蘭和紹卿異口同聲問。

「那是有關李先覺教授的。友義與李教授之間的感情不僅為師生而且如同父子。」

「這我是知道的。我還和他一起去看過李師母。」玉蘭說。

「很不幸，李教授已被秘密處決了。這件事我是從鄭局長那裏聽來的，他一再叮囑我要保密，連文康也不讓曉得，但不知消息是否已經洩漏，友義因而憤然出走。」

「嗄。他們為何如此殘忍，非殺李教授不可呢。可憐的李師母和兩個無辜的孩子。」玉蘭悲痛，泣道。

「這簡直是謀殺，太令人憤慨了。可是玉蘭是無辜的，友義為何要離開她呢？他又去了那兒呢？」紹卿還是有滿腹疑問。

「這，我就不知道了。」文傑說。

「我猜，友義一定是從李師母那裏獲知李教授被害的。我這就去慰問李師母，順便打聽友義的下落。」玉蘭說。

「好。我們陪你去。」

紹卿和文傑陪玉蘭來到李家，卻見大門被封鎖了。聽鄰居說，李師母已搬走了，那房子原是教職員宿舍，學校已派人來接收。他們只得沮喪地離開。

「原來，那天晚上，友義是來向我告別的。我看出他有點反常，但絲毫沒料到他會出走。」玉蘭後悔不已。

「不知李師母搬到那裏去了，否則我們可以去找她探問友義的行蹤。」紹卿說。

「不用找了。我猜想，友義大概是伴送李師母和她的孩子回家鄉。等他們安定了，他一定會回來的。」玉蘭說。

「我也這麼想，所以請妳不要悲傷，要保重自己的身體。」文傑說。

「謝謝你，文傑。我想和紹卿一起去我爺爺家住一陣子再說。」玉蘭說。

【第十四章】將門千金　試探情郎

蘇文康乘火車到達長沙。照約定，高琇瑩會來接他的。下車後，他東張西望見不著她，心想她一定遲到了，便在車站外一張長凳上坐下，拿出一本書邊看邊耐心地等待。

忽聽得幾下喇叭聲，他抬起頭看，對面街邊停了一輛汽車，一個穿便裝的年輕司機，坐在車內，打開車窗，向他招手。文康覺得此人按喇叭太沒禮貌，又以為他要問路，自己是外地來的，也不識路，便置之不理，繼續看書。

不料，那個司機走過來，不客氣地說：「喂，你叫蘇文康嗎？」

文康驚訝地站起來，說：「是的。請問你是誰，怎麼知道我的名字？」

「我是從這張照片上猜到的。」司機舉著一張照片，說。

文康一看，更加驚奇說：「這照片是我和我的女朋友一起照的，怎麼會在你手上？」

「你這書呆子，我是高琇瑩的哥哥，替她來接你的，一早就到了，豈知你只顧看書，竟不理會我向你頻頻招手。」

「啊，原來你是雲飛哥哥，真對不起。剛才我還以為你是問路的，我也不識路，所以沒理會。」文康連忙道歉說。

「哼，你真是後知後覺，別耽誤時間了，快上車吧。」

文康覺得他太傲慢，但是看在琇瑩的份上，忍氣吞聲，自個提了行李，上了車。

車子在公路上急駛，雲飛含慍不語，文康也懶得理他。

過了半小時，車子轉進了一條田間小路，雲飛打破沉默，說：「聽說你是學文的。大學畢業後，你想作什麼？」

「我想當名新聞記者。」

「記者？好大的志向！靠賣文維生，能養家糊口嗎？」

「這是我的志願，與你何干？」文康生氣了。

「當然與我有關。琇瑩是我唯一的親妹妹，我關心她婚後的幸福。」

「我們相愛就能幸福。」

「你是個書呆子，毫無大志，只會貧嘴。」

「我原以為你是空軍英雄，其實，你只是個勢利的小人。」

雲飛倏地剎車，發怒道：「你敢罵我。你不用到我家去了，請下車吧。」

「我若早知你是這種人，也不會乘坐你的車。但你不能阻止我去找琇瑩，我就是走上三天三夜，也定會尋上門的。」文康說著，跳下車，從後座取了行李，便拎著往前走。

回頭一看，卻見雲飛仍把車停在原處，他不理會，繼續往前走。

「算了，上車吧。看在我妹妹份上，我還是載你回家吧。」雲飛緩緩把車開動，向他笑道。

「免了。我寧可走路。」

「悉聽尊便，回頭見。」雲飛說，踏足了油門，揚長而去。

好在，前頭不遠有個村鎮，可是文康提著一箱行李走不快，足足花了一個小時才來到村口。他又累又渴，見路邊有一家茶館便走進去坐了，剛向侍者要了茶水，便聽見身後傳來一個女人的哭叫聲：「放開我，放開我。」

他轉首去看，只見一張桌上坐了四個穿著長袍馬褂的少爺，其中一個拉住了一個年輕女子的手臂不放，女子拼命掙扎叫喊。

「嚷什麼，別假正經，妳在這兒游游蕩蕩，賣弄風情，惹得本少爺動了情。過來，給我親一個。」

「不，你誤會了。我不是那兜迎嫖客賣笑的，我只是在此等人。」

「不論妳是什麼人，能給韓少爺看中，是妳的造化。」另一個濃眉大眼的少爺笑道。

「此處不便。不如一起到我家中去作樂吧。」拉著女子的韓少爺站起來，說。

「好呀。」他的同伴們歡呼贊同，一起擁了女子就要出門。

「救命，救命。」女子呼叫。

「不許叫。否則，妳自討苦吃。」韓少爺用手堵了她的嘴，警告。

文康見狀，義憤填膺，即刻站起來，喝道：「放手。你們竟敢在光天化日下調戲女子，簡直無法無天。」

四個少爺都吃驚地轉身，用眼上下打量他。

韓少爺惱怒，說：「你是何人，敢管我的閑事？」

「我只是過路人，打抱不平。」文康說。這時，他才看清對方四個人，個個長得身材魁梧。

「打抱不平，要有本領。像你這般文弱書生，還是少管閑事為妙。」韓少爺譏笑道。

「你們也像是讀過書的人，難道不覺得這種行為可恥嗎？」

「廢話。你想救人，單靠兩張嘴皮不成，真不自量力。」

「我請你放了這位女子。你不放，我只有搶救。」文康說著便向韓少爺撲去。

韓少爺像舞蹈似地，帶著女子一轉身，閃到一邊。

文康撲了個空，跌倒在地上。

韓少爺仰天大笑，冷不防，女子在他手上猛咬了一口，他呼痛鬆手，女子便乘機逃跑了。

文康站起來也想跑，但立刻就被包圍了。

「你放走了我的人，就想跟著逃跑，天下沒這麼便宜的事。」韓少爺捲起袖子，握了拳頭，惡狠狠的說。

他的三個伙伴也都磨拳擦掌，喊著：「揍他，揍他。」聲勢驚人。

文康心知免不了挨一頓毒打，因已救了女子，所以無悔。

他抱著悲壯的心情，昂然說：「君子動口不動手。你們四人打我一個，不算好漢。若將我打死或打傷了，也逃不了刑責。」說完，站穩了，將雙手放在背後，閉目，等著挨打。

不料，等了半晌，仍無動靜。他奇怪地睜開眼看，只見那四個少爺一個個對著他指手劃腳，無聲地笑。

「你們笑什麼？為何還不動手？」他問。

韓少爺走上前，舉起右掌，輕輕地拍了兩下他的面頰，笑道：「你太可愛了。我們捨不得打你。」

「這表示你們良心未泯，仍有惻隱之心。」文康鬆了口氣，說。

「又來了。你這張嘴除了會訓人外，還能做什麼？」韓少爺說。

「我還會唱歌。」文康天真地說。

「那好。罰你唱首歌。若唱得好，就饒了你。」

文康大喜，立刻同意了，說：「我口渴。讓我喝杯水，我就唱。」他拿起桌上的茶杯，喝盡了，又說：「我唱一首歌，曲名是團結。請你們跟我一起唱，好嗎？」

「好呀，這首歌我們也都會唱。你先帶頭吧。」

「團結，團結就是力量。團結，團結就是力量……。」文康開始展開歌喉高唱，四位壯漢跟著附合他，成了合唱團。

他們愈唱愈起勁，唱了一遍又一遍，雄壯的歌聲，響徹雲霄。附近的居民都被吸引，跑過來聽，頓時茶館裏裏外外擠滿了人。

一曲解冤仇，文康和韓少爺那夥人一唱完，就互相握手擁抱起來。

圍觀的村民們紛紛要求：「再唱一個，再唱一個。」

文康轉向韓少爺等說：「這回輪到你們唱了。」

「好，我們合唱一曲，平日最愛唱的歌。」韓遜說，於是，和他的友伴們作了個手勢，大家會意，便由他指揮合唱起來。

「凌雲御風去，報國把志伸……美麗的錦繡河山，輝映著無敵機群……。」

文康聽著，不禁目瞪口呆。心想，這不是空軍軍歌嗎？一等他們唱完，便問：「你們唱的不是空軍軍歌嗎？難道你們都是空軍軍人？」

「這首歌是本村的英雄，高雲飛，教我們唱的。」

文康本來要說高雲飛不是英雄，但回頭一想，眼前這幾個少爺也不是正經人，便忍住了不說，改口

道：「我正要去高家。你們能為我指點路線嗎？」

「原來，你是雲飛大哥的朋友，失敬，失敬。」

「不，我不是他的朋友。我是去找他妹妹的。」

「高家離此不遠。你只要向前直走，約一刻鐘，見一小橋，過了橋，向右轉，到路盡頭，看到一家有高牆圍著的大宅就是了。」

文康道謝了，即提起行李，照著指示走了一陣，果然來到一座宏門大院前。他已疲憊不堪，心情也不好，敲了門，見一位老家人開門，他即沒好氣地說：「這裏是高家嗎？我找高琇瑩。請你馬上通知她，蘇文康應她之邀來訪，她若不見，我立刻就走。」

「原來是蘇公子。我家小姐已等你多時了。快請進。」老家人立刻客氣地替他提了行李箱，請他入內。裏面庭院深深，屋宇壯麗，但文康沒心情欣賞。他甚至忽略了在門前站崗的士兵，一心只想著要向琇瑩抱怨她哥哥的蠻橫無理。

進入了一個大廳，老家人說：「請你坐一會。我馬上去請小姐來見你。」又向屋內喊道：「葵香，蘇公子來了，快來奉茶侍候。」

「來啦。」老家人剛走，就從內房走出一個手捧茶盤的女子。

文康一見她，就驚奇地站起來，說：「怎麼會是妳？」

「呀。原來剛才是蘇公子救了我。」女子也表現驚喜。

「妳是高家的什麼人？怎麼會在村口被他們調戲呢？」

「我是侍候琇瑩小姐的丫鬟。小姐聽說你在中途下了車，步行走來，因為久等你不到，怕你迷了路，所以，派我去村口探望。我在茶館打聽有無一個外地來的青年經過，沒想到，就被一群惡少爺拉住了不放。幸虧你救了我。你是我的大恩人，我給你磕頭道謝。」葵香說完，就要跪下去。

文康連忙扶住她，說：「不用道謝。妳是因為去尋我才遭受欺侮的。」

「你真勇敢。一對四，沒被他們打傷嗎？」葵香站穩了，說。

「邪不勝正。我只訓導了他們一頓，他們就不敢動手打我了。」文康得意洋洋地說。

「你真了不起呀。」葵香讚道。

忽聽得一片笑語聲。雲飛和琇瑩兄妹倆並肩走進廳來。

「文康，你終於到了。剛才，可真把我急壞了。」琇瑩半喜半嗔地，上前招呼。

她穿了一身傳統的淑女裝，衣裙飄動，顯得嬝嬝多姿，與她在學校時的逞強形相，迥若兩人。

但文康一見高雲飛就有氣，抱怨說：「還不都該怪你哥哥。他來接我，卻擺架子。見我等候，不來招呼，只坐在車上猛按喇叭，我嫌他無禮，不睬他，後來才知道他是你哥哥。我立刻向他道歉了，他還罵我是書呆子，中途又發脾氣，將我趕下了車。」

「瞧，我先前替他說了那麼多好話，他卻進門就詆毀我。」雲飛望著妹妹，笑道。

文康更加氣憤，又罵道：「你是偽君子。」

「文康，你錯怪我哥哥了。剛才他想測驗你的人格，故意作弄了你，結果他對你的評價很高。你與他和解了吧。」琇瑩說。

「測驗我的人格？我不信。」

雲飛舉起雙手，拍了兩下。忽然，從門外躍進了四個空軍軍人，他們一排立正，各自報名：「秦隆」，「趙明」，「衛雄」，「韓遜」。

接著，韓遜喊道：「報到，敬禮。」四人一致對著文康行了個軍禮。

文康驚奇道：「怎麼，你們全都是空軍軍人？」又見葵香笑彎了腰，這才恍然大悟，「原來，你們都連合起來戲弄我。這一定又是雲飛的傑作吧？」

「不。這是我編的劇作。請坐下，聽我慢慢說吧。」琇瑩笑道。

等大家都坐了，她接著說：「最初，哥哥聽說我有男朋友了，第一句話就問你有沒有骨氣，所以我請他去接你，親自考驗你。結果，哥哥獨自回來，說你合格了，就要帶我一起回頭去接你。剛要出門，卻碰見他的軍校同學來訪，我想乘機利用他們再考驗你一番，於是，當場編劇定了計，請四位兄長脫下軍裝，換上哥哥的便衣，和葵香一起去村口等你。事後，他們抄小路，比你早五分鐘回來，說你為人憨直，有正義感，讓你過關了。」

「原來如此。」文康高興地站起來，說：「多謝各位兄長對我的評分。剛才我出言不遜，有得罪你們的地方，請原諒。」

「不知者不罪。只要你不怪我們就好了。」雲飛親切地和他握手，說。

韓遜上前，拍拍他的肩膀，笑道：「好在你遇上我們，若是真的碰上一群惡少，恐怕已被揍成肉漿了。」

「可不是嗎？太天真不行。我勸你學幾招自衛的工夫。如此，就是打不過人家，也可衝出重圍，逃跑呀。」趙明說。

文康還未來得及回答他們，卻聽見老家人宣報：「老爺來了。」

他回頭，見一個穿便服但頗具威儀的中年人，大步走進來。

秦隆，趙明，衛雄和韓遜一見來者，立刻立正敬禮，喊道：「高將軍，你好。」

「你們好。在我家裏，不用拘禮。」來者說。

文康駭然，問琇瑩：「你爸爸是將軍？你不是說他只是個軍人嗎？」

「他本來就是軍人嘛。」琇瑩不當一回事似地，說。

「哈，哈。沒錯，我是陸軍軍人，只不過多了個官銜。」高將軍轉身望著他說。

「爸爸，我來介紹，他是我的校友，蘇文康，文學系的。」琇瑩說。

「學文的，難怪樣子斯斯文文。」高將軍說。

文康緊張萬分，才叫了聲：「高伯伯」，又連忙改口，說：「高將軍，你好。」

高將軍以教訓的語氣說：「文康，你叫我什麼都行，但我還得訓誨你，年輕人最重要的是守時。聽說你遲到了兩個小時，有這回事嗎？」

「爸爸，這不能怪他。是我和妹妹設計考驗他，延誤了他的行程。」雲飛解釋說。

「原來是你們兄妹倆惡作劇。」高將軍罵了兒女，又回頭說：「文康，下回要是他們再作弄你，你就來告訴我，我一定替你懲罰他們。」

「請你放心。他們都對我很寬厚。」文康說。

「那就好了。你準備在這裏停留多久呀？」

「我和琇瑩已事先商量好了，先在你府上住一個星期，然後就帶她去我家。她說有個姑媽也住在上海。」

「才一個星期，你就要帶她走？不行，她好不容易才回家一趟。等暑假結束了，你們再走吧。」高將軍說。

「可是，我已答應了我爸爸媽媽，最遲一個星期就回家。」

「你要回去，我不阻止。可是你絕不能帶琇瑩走。」高將軍說，似乎沒商量的餘地了。

文康目瞪口呆，這才明白為何琇瑩不想家。

雲飛打破僵局，說：「文康，你不妨在此多住幾天，我們陪你遊山玩水也可幫助你鍛鍊身體，如何？」

「你們別逼他。等他自己決定吧。」琇瑩說。

文康由琇瑩，雲飛和一群空軍朋友陪伴，遊山玩水，還參加各種運動和舞會。每天節目豐富，他真樂不思蜀了。好在，高將軍家有電報機，他就發電報通知父母，將歸期一延再延。

【第十五章】
痴情兒女　惺惺相惜

玉蘭在孟家莊度暑假，心中惦記友義，終日愁眉不展，落落寡歡。連紹卿也不知如何安慰她才好，只有陪著嘆氣。

一日，蘇文傑來訪，立刻成了最受歡迎的客人。

秦叔首先歡天喜地地跑進來，大聲說：「你們看，是誰來了。」

「文傑。」紹卿和玉蘭都喜出望外，叫道。

「原來是蘇大少爺，歡迎。歡迎。」崇漢夫婦也起身相迎。

「老伯，伯母，你們好。我沒事先通知，冒昧來打攪了。」文傑說。

「別客氣，快請坐。紹卿回來後，時常懷念你和文康。」慧娘說。

大家都坐下了，秦叔忙著倒茶，又擺上水果和零食。

「文康去探訪琇瑩，快一個月了，應該回來了吧。」紹卿說。

「不，他在高家受到熱情招待，所以將歸期一延再延，恐怕要到暑假結束前才回來了。」文傑說。

「真的嗎？看來他是樂不思蜀了，難怪連一封信也沒寫給我。」紹卿說。

「我前陣子忙著找事，所以也沒和你聯絡，真抱歉。」文傑說。

「文傑，你找到合適的工作了嗎？」玉蘭問。

「我剛在電信局獲得一個職位。」文傑說。

秦叔滿腔熱情，忍不住插嘴：「文傑，你留下吃晚飯，住上幾天才走吧。」

「唉，秦叔，我正要邀請他，你怎麼倒搶先說了。」崇漢說。

「對不起，老爺，在北京時，他們把我慣壞了，我常忘了自己是僕人。」秦叔說。

「謝謝你們的盛情。我只能留宿一夜，因為後天我就得上班了。」文傑說。

「能住一夜也好。我馬上去整理客房。」秦叔又不等主人吩咐，興沖沖地走了。

「爸，媽，請你們不必見怪。住在北京時，秦叔最喜歡文傑，嫌我和文康淘氣。」紹卿笑道。

「不，其實，秦叔最愛護的還是你。只是我待在家裏的時間較多，常和他一起下棋，聊天，我們成了忘年之交。」文傑說。

「難怪，秦叔整天向我提起你，好像在我耳邊唱歌似地。」玉蘭說。

「玉蘭，我特地給你帶了兩本有關哲學的書來，剛才只顧聊天，差點忘了。」

「啊，太好了，我正想看些哲學方面的書。」玉蘭興趣盎然地說。

文傑從一個手提袋中拿出一包書遞給她，又取出一盒高級餅乾給崇漢夫婦說：「這點小禮物，不成敬意，還請笑納。」

「謝謝你。文傑，你太客氣了。」慧娘接過禮物，高興地說。

當晚，吃了一頓豐盛的晚餐，席上賓主皆歡。

飯後，崇漢夫婦入內休息，紹卿和玉蘭繼續陪著文傑在客廳裏聊天。

忽見秦叔進來說：「紹卿，阿蓮來找你，說有重要的事，她在院子裏等著你。」

「哦，是嗎？玉蘭你陪文傑聊吧，我去見阿蓮。」紹卿說，站起來，跟秦叔一起來到院子裏，卻不見人影兒，他覺得奇怪，問：「怎麼不見阿蓮？」

「是我騙你出來的。好讓那兩位單獨聊聊。」秦叔神秘地笑道。

「啊，我明白了。你想做月下老人。」

「嘻，嘻，我看玉蘭和文傑可是天生的一對。」

「唔。他倆都是痴情人，又同病相憐，也許能湊成一對，但不知文傑是否願意做我的姪女婿呢。」紹卿舉手托著腮，歪著頭，玩味這個念頭。

「甭想太多了。你和姪女同齡，天生佔了便宜。」

「就依你的。但我去那兒躲藏呢？」

「我們去你的房間下棋吧。我和文傑下，棋藝進步很多，雖然還贏不了他，但可能贏你。」

「好，我們來兩盤，你不見得能贏我。」紹卿和秦叔一起走了。

玉蘭向文傑請教哲學，聊得起勁，不知不覺過了一個多鐘頭，兩人都談累了，這才記起紹卿。

「奇怪，紹卿去了這麼久，怎麼還沒回來？」文傑說。

「也許他被阿蓮纏住了。我們出去找他吧。」玉蘭站起來，說。

「紹卿向我提起過阿蓮，但我還無緣與她見面。」

「正好，讓我替你介紹吧。」

玉蘭和文傑一面說著，一面走到了院子裏。天色已暗，月光明亮。

「外面真涼爽，月色真美。」文傑說。因坐久了，他乘機伸張手臂，活動一下筋骨。

「小叔不知到那兒去了。我陪你在院子裏散散步吧。」

「好。」

他倆併肩繞著屋子散步。忽然，玉蘭指著前頭說：「瞧，那是小叔的房間。燈亮著，一定是他仍在和阿蓮聊天。我們過去看看。」

不料，他們才走到房門口，卻聽見紹卿在裏面說：「秦叔，你又輸了。時間也不早了，我們收了棋吧。」

「好，不玩了。不知玉蘭和文傑倆談得如何了。」秦叔說。

玉蘭和文傑站住了，面面相覷。

驀地，玉蘭氣沖沖地衝進了房裏，喊道：「好哇。你們撇下客人不理，卻躲起來下棋。是何道理？」

紹卿和秦叔都嚇了一跳。

文傑跟著進來，故意裝作生氣似地，搖著頭，抱怨說：「你們這樣的待客之道，真叫人心寒。我不如趁早走了吧。」

「這是秦叔的主意，他想讓你們有機會單獨聊天。」紹卿尷尬地說。

玉蘭罵道：「哼。秦叔，你就知道倚老賣老，愛管閑事。我要去向爺爺奶奶告狀。」

秦叔慌忙道歉，說：「小姐，請饒了我吧。我下次再也不敢了。」

「秦叔原是一片好意，你就息事寧人吧。」紹卿說。

文傑也幫著說情：「算了，請原諒他們吧。剛才我們不是聊得很愉快嗎？」

豈知，玉蘭仍怒道：「我最恨受人愚弄，恕不奉陪了。」說完，憤然轉身就走了。

「唉，真是弄巧成拙，讓文傑瞧見玉蘭發脾氣。」紹卿懊惱地說。

「不，我欣賞玉蘭的個性。只是，她的感情受傷未癒，我也還不能忘記碧漪，所以你和秦叔真是白費心機了。」文傑說。

「對不起。我們太冒失了。」紹卿喪氣地說。

次日早上，文傑告辭，卻見玉蘭也提了一件行李出來，說：「我也想回家了，文傑，我可以跟你一起走嗎？」

「好極了，我們路上可以有伴。」文傑喜道。

「友義已經離去一個月了，音訊全無，但是我相信他不久就會回來的。」

「是的。你還是回上海等他較好。」

玉蘭和文傑一起走了。

秦叔向紹卿擠眉弄眼，但紹卿搖搖頭，表示並不樂觀。

玉蘭回到家，聽說父親已到程家退了親，不免暗自傷感。她想藉哲學來排除心中的煩惱，將文傑借給她的兩本書全都看完了。

一個周末，她打電話約文傑見面，準備把書還給他。文傑應邀到她家，他們聊了許久，她覺得他是唯一能了解她的心事又同情她的人。

從此，文傑一有空閑便來陪她聊天。每次他來，紹鵬夫婦總是熱情地邀請他留下一同吃晚飯，於是他很快成了孟家的常客。

暑假就快結束了，紹卿在返校前又順道來到哥哥家住幾天。

當晚，文傑來訪，並送上一張請帖給紹鵬，說：「自從家父母和孟伯伯，伯母，去年在敘香園相識後，一直想找機會重聚。如今，特讓我帶來一張請帖，請你們闔家這星期六晚上到我家作客，順便為紹卿，文康和琇瑩重返北大餞行。」

紹鵬打開請帖看了，欣然應允：「好，屆時我們一定全家赴宴。請你先代我向令尊道謝。」

星期六晚上，蘇錦山夫婦準備了豐盛的酒菜款待客人，晚餐後，他們邀紹鵬夫婦到客廳裏聊天，孩子們則圍坐在一張圓桌上玩牌作遊戲。

他們玩的牌戲叫「拱豬」，先抽出一張牌暗藏了，然後將牌分發至盡，各人將成對的擺出在桌上，手中剩餘的牌由鄰座的人輪流抽取，那持有最後一張牌的就成了「豬」。這原是一個簡單的遊戲，只因作豬的人要受罰，所以變得緊張刺激。

第一個成豬的是琇瑩，大家罰她唱歌。

她便站起來唱了一曲〈踏雪尋梅〉。剛唱完，文康說：「好聽極了。我陪你再合唱一遍吧。」於是兩人合唱了一回，大家都拍手叫好。

遊戲又開始了。大夥緊張地傳牌，最後一張牌落到了玉蘭的手中。

「哈，又是一頭母豬。」玉棠樂得仰天大笑。

「唱歌，唱歌。」眾人催促，吶喊。

玉蘭只得站起來，說：「我唱首〈聞笛〉吧。」

「請等一下，我吹笛為你伴奏。」文傑立刻說，即去房裏取出一根銀笛，試了試音，向玉蘭點點頭，兩人便開始表演，一吹一唱。

先前，紹鵬夫婦聽見文康和琇瑩的歌聲都讚不絕口。

紹鵬說：「蘇先生和夫人真是好福氣，即將有個好媳婦。將來小倆口夫唱婦隨，一定家庭和樂。」

「只可惜，文傑沒福份。真沒想到，他的未婚妻會驟然去逝。」蘇夫人難過地說。

「真是好事多磨，禍福難料呀。」婉珍嘆道。她也為女兒愛情上的波折而黯然神傷。

忽然，傳來笛聲和歌聲。

蘇夫人驚奇道：「啊，有人在吹笛，會是文傑嗎？記得他曾想將銀笛作為碧漪的陪葬品，經姨父母勸阻，才決定收藏起來的。」

「咦，好像是玉蘭的歌聲。」婉珍也好奇地說。

兩對夫婦都不約而同地站起來，到廳口探望。果然，見玉蘭站著唱，文傑坐在她身邊吹笛。蘇夫人歡喜得掉下眼淚，怕客人看見，連忙用手擦去。紹鵬夫婦也感到異常欣慰，彼此發出了會心的微笑。

歌聲一停，他們就一起走進內廳，拍手稱讚。

「玉蘭，你的歌聲真美妙。」

「文傑，你的笛子吹得真好。」

「謝謝你們的誇獎。」文傑謙遜地說。

玉棠玩興正濃，不滿意家長們來干擾他們的遊戲，便要孩子脾氣，說：「你們大人不要來嘛。我們還要玩哩。」

「放肆，一點規矩都沒有。」紹鵬斥道。

錦山急忙拉了他，說：「走，走，讓孩子們繼續玩，我們別掃興。」

於是，家長們一起退出了，可是已破壞了年輕人的玩興。

「我不想玩了。」玉蘭首先說。

「我也不玩了。玉蘭，我們到後院去散步吧。」琇瑩說。

她們一走，男生們也都沒興趣玩了。

「玉棠，玉祺，你們喜歡集郵嗎？我帶你們到我房裏看我收集的郵票，好嗎？」文傑建議說。

「好，我們都喜歡集郵。」

等他們都走了，文康低聲地向紹卿說：「你看出來了嗎？文傑愛上玉蘭了。」

「別胡說，那是不可能的事。」

「為什麼不可能？」

「不瞞你說，我和秦叔曾想為他們作媒，結果自討沒趣。」紹卿說。接著，將上回他們兩人的反應說了。

「彼一時也，此一時也。我相信，當時文傑已被愛神之箭射中，但箭上的愛汁卻過了許久才生效。最近，他常去找玉蘭。」

「你誤會了。我哥哥一家人都喜歡他。據說，他不僅來探訪玉蘭，還常和我哥嫂聊天，或和玉祺下棋。」

「你有所不知。自從碧漪去世後，他就將他的笛子封藏了。剛才居然取出來為玉蘭伴奏，這不但表示在他心中的創傷已平復了，而且已對玉蘭有意。」文康說。

「但是，玉蘭至今仍戀著程友義。豈不要令文傑失望？」紹卿擔心地說。

「你勸勸她嘛。我則鼓勵哥哥。有我們倆暗助，必能成合他們的好事。」

「你選了個容易的。要我去說玉蘭，不知要碰多少釘子呢。」

「倘若文傑成了你的姪女婿，還不是你佔便宜嗎？連我都自貶了一輩，你還抱怨什麼？」

「好吧。」紹卿勉強答應了。

玉蘭和琇瑩一起走到後院一棵榕樹下談心。

「玉蘭，不知為何，剛才我看見文傑為妳伴奏，真感動得想哭。」琇瑩說。

「妳千萬別胡思亂想。文傑在我心目中將永遠是一位令我敬愛的兄長。」玉蘭說。

「莫非妳已有心上人了嗎？」琇瑩好奇地問。

玉蘭原本不願和剛相識不久的人談私事，但她對琇瑩卻有一見如故的感覺，便坦承不諱，說：「是的，我愛上了一個人，他的名字叫程友義。我們曾經許下海誓山盟。」

「我不明白。妳戀愛了，為何面帶憂愁，是不是愛情上有了挫折？」

「友義留書出走了。雖然他沒有說明緣故，但我相信他並沒有忘記我們之間的愛情，只是去追求更重要的目標了。」

「還有什麼比愛情更重要的呢？」

「他有救國救民的志向，視愛情為奢侈品。」

「聽妳這麼說，令我相信程友義是個不平凡的人。當初，妳獲知他出走，為何不立刻去追尋他呢？」

「去追尋他？我也曾想過，但我選擇了等待，我相信他會回來的。」

「那妳就先等一陣子吧，不要放棄希望。但願妳和友義有重逢的一日。」

「琇瑩，妳真令我有相見恨晚的感覺。」

「我也有這種感覺。謝謝妳坦誠地告訴我妳心中的秘密。」

「真可惜，我們不能有多點時間相聚。」

「我們可以通信保持聯絡呀，我到北京後就馬上給妳寫信。」

「太好了。我多了一位知己。」玉蘭喜道。

兩日後，琇瑩，文康和紹卿一起出發到北京返校。

臨行前，紹卿悄悄地向玉蘭說：「文康認為文傑已愛上妳了。妳不必有所顧慮，如果你們成了好事，我就叫妳蘇嫂子。妳不要再叫我小叔，改叫我名字吧。」

說得她啼笑皆非。

一個星期天下午，周惠英應玉蘭之邀在到孟家來訪。不料，卻見一位男士比她早到了一步，正在按門鈴。

她看他背影，穿著西裝，身材修長，左手捧著一大束鮮紅的玫瑰花。孟家只有一個女兒，蕙英猜想這位男士定是來找玉蘭的，她不由得踟躕不前。

門開了，管家一見男客人，立刻表示歡迎，說：「原來是蘇大少爺，快請進來。」等見了蕙英，卻蹙眉，說：「啊，周小姐，妳也來了。」

「是玉蘭約我來的。既然她又約了別人，我就不進去了，請你向她說一聲，我來過了。」蕙英說，想自動離去。

文傑剛跨進了大門，聽見她的話，轉身望著她，尷尬地說：「我只是不速之客，不知玉蘭已有約會。不如，妳進去，我下次再來吧。」

「不，不要緊，我和玉蘭是同學，常在一起，還是你留下，我走了。」蕙英連忙說。

卻見玉蘭走出來相迎。「咦，文傑，蕙英，你們一起來了。本來就認識的嗎？」

「不，不認識。」他們異口同聲否認。

「那麼，讓我來介紹吧。這位是蘇文傑。這位是我的同學，周蕙英。」

「你好。」「你好。」

「玉蘭，開學了，我特地買了束花來祝賀妳。請妳笑納。」文傑說。他好不容易才鼓起勇氣，決定向她透露感情，卻不巧，遇上了蕙英，實在覺得掃興。

「好美的花。謝謝你。」玉蘭接過花，讚賞著說。

「妳有約會，我不打攪你們，告辭了。」文傑說。

「請別見外。蕙英是我最要好的朋友。請一起進屋，聊一會吧。」玉蘭說。

「不，我還是下次再來吧。再見。」文傑說。

玉蘭也不再挽留，由他去了。

進了客廳，她將花交給女僕去插，挽著蕙英坐下聊天。

「真對不起。都怪我剎風景，害你的男朋友掃興地走了。」蕙英抱歉地說。

「是我約妳來的，怎能怪妳呢。再說，文傑不是我的男朋友，我們彼此以兄妹相待。」玉蘭說。

「兄妹？一打玫瑰，朵朵含情，妳是自欺欺人吧。」

「我也覺得奇怪。他說是為了慶賀我開學，妳也聽見的。」

「妳在裝傻。莫非哥有意，妹無情。那我可要為蘇文傑叫屈了，看他一表人才，文質彬彬，妳還瞧不上嗎？」

「既然妳喜歡他，我可以替妳做媒。」玉蘭開玩笑說。

「你別笑話我了。醜小鴨怎能配天鵝。我有自知之明。」蕙英說。她家境貧寒，又相貌平凡，難免有點自卑感。

「愛情靠緣份，沒有配不配的。文傑原已和他的表妹碧漪訂了親，人人都說他倆很相配。不料，去年碧漪驟然病逝，他至今仍悲痛不已。」

「啊，好可憐。」蕙英不由得起了同情心。

「我見過他的表妹一面，真是世上無雙。我能深切體會文傑的悲哀。我想，即使他以後再愛上別人，有了家庭，他仍不會忘懷碧漪的。」

「也許妳可以幫助他平復感情的創傷。」

「我只能給他友情，但不能愛他，所以必須設法讓他死了這條心。否則，他可能再次受傷。」

「妳不願愛他，是因為怕他忘不了已故的情人嗎？那未免太小氣了吧。」

「咦。妳為什麼這麼關心他，莫非妳對他一見鐘情？」

「別瞎說。我只是同情他。」

玉蘭望著蕙英，笑道：「我想，文傑若能娶妳為妻，將是他的幸福。」這一次，她不是開玩笑，而是認真的。

「說不定，此刻他正在惱恨我，破壞了他向妳談情說愛的機會呢。」

「準是愛神無能，把愛之箭射錯了。」

「難道愛神該妳來做？」

「啊，我做愛神，一定能勝任。只要我取得愛之箭，首先就射向妳和文傑，成合你們的好姻緣。」玉蘭笑著，擺個手勢，對準蕙英做射箭狀。

蕙英推開她的手，笑罵道：「得了吧。等妳封神，我也成仙了，哪個要妳來成合。」

兩人相視，咯咯大笑。

自從那天送花後，文傑對玉蘭的態度顯然變了。他不再像昔日一樣暢所欲言，變得吞吞吐吐，有時只含情脈脈地望著她傻笑。

玉蘭並不感到驚奇，因為紹卿臨行前已給過她暗示。她原想斷然拒絕，令文傑知難而退，但又怕傷了他的自尊心，只得與他周旋。她還想設法拉攏蕙英和文傑。

「蕙英，文傑邀請妳和我一起去看電影。這星期六晚上，你有空嗎？」

「文傑怎麼會邀請我呢？一定是妳強迫他的。我不去。」

「妳不去，那我也不去了，約會只好取消。」

「不行。妳那麼做，會傷文傑的心的。」

「妳怕他傷感情，就一起去吧。」

「妳真壞。好吧，我答應妳一次，但下不為例噢。」

蕙英本來不願夾在玉蘭和文傑中間作第三者，然而，她每見文傑一次，就增加一分對他的好感，暗想助他追求玉蘭成功。

起初，文傑只勉強同意邀請蕙英參加約會。不久，他發現蕙英不但不剎風景，而且還暗中幫他，她沉默寡言，還時常找藉口迴避，讓他有機會和玉蘭單獨交談。於是，他不再介意三人行，反而主動地邀請她一起出遊。

一天晚上，他們事先約好一起看電影。文傑來到電影院門口時，見蕙英已經先到了。

「對不起，我遲到了。玉蘭還沒到吧。」文傑低頭一面看錶，一面說。

「不，妳很準時，是我早到了。因為玉蘭臨時告訴我，她頭疼不能來，所以我趕來通知妳，不用買電影票了。」

「哦，她病了嗎？」文傑關心地問。

「我不大清楚，上午她還好好的。總之，我們今天就取消看電影了吧。」

文傑猶豫了一下，說：「既然你來了，我們還是看吧。請等一會，我去買票。」

雖然蕙英對文傑已不陌生，但第一次和他單獨在一起仍不免緊張，一顆心怦怦跳。

這天，她穿了件短袖旗袍，一進戲院就覺得冷，只咬牙忍著，不出聲。電影看到一半，她凍得全身發抖，忍不住打了幾個噴嚏。

文傑轉首，在她耳邊輕聲說：「你冷吧。」隨即脫下西裝外套，披在她身上。一股暖流涔入她的體膚，她沈醉在幸福中，已顧不得銀幕上的喜怒哀樂。

劇終散場。她將外套還給他，說：「謝謝你。要不是你的外套，我差點凍僵了。」

「不客氣。這家戲院的冷氣的確比別處冷。」文傑微笑著接過外套，穿上了，又問：「你覺得電影好看嗎？」

「好看，很好看。」她慌張地回答，深怕他問起劇情，她答不出。

隨人群走出了戲院，他們就分手了。文傑掛念著玉蘭，決定去探望她。

孟家的廳堂裏，玉蘭正看著她爸爸和玉祺下棋，忽聽得管家來報：「蘇家大少爺來了。」她吃了一驚，抬頭看，文傑已走進來了。

「孟伯伯，伯母，真對不起，這麼晚了，我還來府上打攪。」文傑先向紹鵬夫婦打招呼，說。

「不晚。我們還在下棋呢。請坐吧。」紹鵬說。

「我是特來探望玉蘭的，剛才我聽蕙英說她身體不適。」

「下午從學校圖書館出來時，我有點頭暈，回家休息後就沒事了。文傑，你和蕙英一起看了電影嗎？」

「看了。劇情和演員都很不錯，只可惜妳不能來。」

文傑只坐了一會兒，就告辭了。

等他走了，紹鵬責備女兒：「妳分明是裝病。為何欺騙文傑？」

「蕙英對文傑頗有好感，所以我想讓他們有機會單獨在一起。」玉蘭說。

「妳真糊塗，難道還看不出文傑對妳有意嗎？妳卻要把他推給蕙英，豈不是笑話。」婉珍說。

「姐姐，我常聽你說，愛情是不能勉強的。既然如此，妳為什麼要勉強蘇大哥去和周小姐約會呢？」玉祺說。

玉棠更加直率，說：「文傑哥哥比姓程的好一萬倍，我寧願他做姐夫。」

「當局者迷，旁觀者清。玉蘭，你真的要和全家人作對嗎？」紹鵬說。

面對家人的責難，玉蘭崩潰了，哭道：「對不起，我錯了。」

玉蘭一夜無眠，悔不該設計文傑和蕙英的約會。她明白了撮合成功的機會實在渺茫，倘若蕙英愛上了文傑，難免會遭受單相思的痛苦，她豈不是害了好友。

次日，她在校園內見了蕙英，真有滿懷的歉意，但不知如何啟口。

不料，蕙英先開口，說：「玉蘭，從今以後，我再也不參加妳和文傑的約會了。」

「為什麼？昨晚，文傑得罪妳了嗎？」

「不，他是位君子。雖然妳失約了，但他不願讓我失望，還是請我看了電影。可是，我回家後想了很久，覺得自己實在很愚蠢，我不願再被你們利用了。」

「利用？」

「是的。妳利用我做擋箭牌，阻止文傑的追求。文傑利用我，想獲得和妳約會的機會。其實，我一早就知道了，但甘願被你們利用，想暗助文傑一臂之力，但是，現在我已厭倦，不想管你們的事了。」

「妳說的是，我們應該結束這場遊戲了。若再拖下去，遲早會有人受傷害的。」

「玉蘭，我還是不明白。文傑究竟有什麼缺點，為什麼妳不能接受他的愛？」

「我敬愛他，但不能作他的終身伴侶。」

「可是，他已迷戀上了妳。昨晚，妳沒來，他眼神中失望的表情，讓我看了都替他難過。他的感情曾受過重傷，妳忍心讓他再受一次失戀的痛苦嗎？」蕙英十分激動地說。

玉蘭驚異地望著她，心想，自己最大的憂慮竟成了事實。顯然，蕙英對文傑的感情已昇華到盲目的程度，可以不顧一切為他爭取他想得到的東西。

「我實有難言之衷。」玉蘭難過地說。

「妳能不能嘗試去愛他呢？雖然他曾有過未婚妻，但妳何必忌妒亡故的人呢。」蕙英近乎哀求了。

玉蘭知道蕙英誤會了，但不願意解釋。向她施壓力的不只一人，她已無力抗拒，終於應承：「蕙英，請妳放心。我會照妳的話，嘗試去愛文傑。」

「謝謝妳。」蕙英鬆了口氣說，心想，總算沒白費心機。她衷心為文傑的幸福著想，連她自己也攪不清楚，這算不算愛情。

玉蘭來到初次與友義一起躲雨的亭子裏，依靠著亭柱，仰望天上的浮雲，悲哀地喃喃自語：「友義，你真像浮雲一樣飄走了嗎？你還會回來嗎？」

如果白雲能夠傳影，她就會看到她的情人此時正站在遙遠的山崗上，也在仰天呼喊她的名字。

【第十六章】
井崗山上　臥虎藏龍

程友義站在高崗上，望著晚霞，不斷呼喊玉蘭的名字，心中充滿思念和悔恨。

兩個月前，他和林志明長途跋涉，歷經驚險，好不容易才到達井崗山上的共軍基地。軍中司令，言得軍，看了介紹信即刻傳令接見志明，友義被擋在門外等候。

言司令，正值壯年，留了滿腮鬍子，英姿蓬發，威風凜凜。他禮賢下士，對志明十分尊重。兩人談了足有一個多鐘頭，十分投機。

「志明，我們很需要你這樣的人才。請你留下做我的秘書，你願意嗎？」

「謝謝你，我願意效勞。另外我還帶了一位朋友來，他的才智比我高，希望你也能重用他。」

「哦，他叫什麼名字？人在那裏？」

「他叫程友義，就在門外等候。」

「好。你去請他進來吧。」

志明走出來，卻見友義蹲在牆角睡著了。

「友義，快醒醒。」志明推著他說。

「嗯。」友義疲憊地張開眼，由志明扶著站起來，覺得全身酸痛，滿腹牢騷地說：「你怎麼去了這麼

久？若是他們怠慢，我們就走吧。」

「不。剛才雖沒見到我想尋訪的人，但見了一位司令官名叫言得軍。我們談得很投機。他已決定任用我作他的秘書。我答應了，並舉薦了你。言司令要我來請你去見他。」

友義聽說，便跟隨志明走進了大門。豈知，他們來到辦公廳前，卻被衛兵擋住了。

「請你們等一會。剛才有兩位同志進去和司令討論事情。」衛兵說。

「我們晚了一步，讓別人捷足先登了。沒法子，只好等。」志明說。

不料，等了很久，裏面的人還不出來。友義心想，一定是因我沒介紹信，對方故意輕慢。於是，忍不住火氣上升，說：「算了。不見也罷，我們走。」

「既來之，則安之，請再等一會吧。」志明勸道。

「你留下吧。我走了。」友義大聲說，轉身就走。

言司令聽見吵聲，轉首問站在門口的衛士：「是誰在門外？林志明和他的同伴來了嗎？」

「報告司令，正是他們。他們已在門外等了大約一個小時了。」

「你怎麼不讓他們進來呢？快有請。」

「言司令有請，快進去吧。」志明說。友義勉強跟著他走進室內。

言司令一見他們進來，即高興地從座椅上站起來，說：「林志明，你過來。我給你介紹兩位同志。這位是孫寬，這位是李耀，他倆分別擔任政治和軍事教官。我們目前正在培訓一批預備黨員，我想讓你也分出一部分時間，加入培訓的工作。」他急著要為志明介紹同志，無意中，把友義冷落在一邊。

「孫教官，李教官，請你們多多指教。」志明說。

孫，李兩人都熱情地和他握手，說：「林同志，歡迎你。」

「志明，你也給我們介紹一下你的朋友吧。」言司令說。

「好，我來介紹，這位是我的大學同學程友義。他也是來申請入黨的。」

不料，言司令一眼瞧見友義含慍的臉色就怔住了，心想這人若不是來討債的，就是來尋仇的。孫寬和李耀也都覺得反感，笑容從他們的臉上消失，取而代之的是猜疑和警戒。

友義見對方只盯著他，不招呼。他也不主動開口，傲然地站著，頓時成了僵局。

言司令暗生悶氣，自個先坐下了，冷冷地說：「大家都坐下，再說吧。」

孫，李兩人挪了椅子，讓志明和友義坐在辦公桌前，他們則在一旁坐下了。

言司令不屑理會友義，向部下使了個眼色。

於是，李耀先開口說：「程友義，請先把你的籍貫，年齡，家庭背景，報告一番。」

「祖籍湖南，現年二十三歲。出身貧寒，父親是礦工，十歲成了孤兒，隨伯父到上海。十四歲開始自立，半工半讀上了大學。你們不是標榜無產階級嘛，我申請入黨應該合格吧。」

李耀聽他語氣傲慢，不由得怒氣沖頂，脹紅了臉，嘟起嘴，懶得再問。

孫寬接下去說：「再詳細說說你的學識和工作經驗。」

「我和志明同是法政系的，因李先覺教授被捕，我領導學生罷課，也被捕入獄，坐了半年的牢。出獄後，做些臨時工，尚無值得可談的工作經驗。」

豈知，孫寬非但不敬佩他領導學潮，反而起了疑心，提出一連串問題，說：「你才坐了半年牢，就出獄了？是否接受了思想改造？在獄中可曾接觸過國民黨特工？」

友義倏地站起來，說：「既然你們懷疑我是特務，我走就是了。」

「放肆。」李耀指著他，罵道：「你以為這是什麼地方？能任你來去自由嗎？」

站在門口的兩個衛士也都提高了戒備，以防他逃走。

志明慌忙說：「請你們不要懷疑。友義原本有未婚妻，還有出國留學的機會。但是，為了繼承先師的遺志，他把兩者都拋棄了。」

言司令不為所動，說：「這算得了什麼？為革命而不惜拋棄妻兒，財產，甚至生命的同志，所在多有。像他這樣，提不起，放不下的，不算大丈夫。」

友義明白了自己的處境，不敢再任性，也不想連累志明，只得道歉，說：「對不起。我很疲乏，而且又饑又渴，若有失禮的地方，請原諒。」

「啊，對不起。你們遠道而來，我該讓你們先洗塵。凡事明日再說吧。」言司令說。即令身邊的衛士：「姜苗，你先帶這兩位同志去食堂。吩咐廚子為他們準備一頓豐富的飯菜，好好招待他們。」

「是。」衛士應道：「同志，請跟我來。」

等他們走了，李耀說：「司令，我看姓程的，來歷不明，不能讓他留在你的身邊。」

「李同志說得對，我懷疑他是特務。我們要防範他逃走才是。」孫寬也說。

「嗯。我看他一表人才，但太驕傲了，該先殺殺他的傲氣。」

「乾脆就令他到培訓班插隊，和學員們一同受訓，飲食起居皆一樣待遇。」孫寬說。

言司令接納了他的建議。

預備黨員陪訓班有三百多個學員，全都是從部隊裏選拔出來的。年齡不齊，學歷懸殊，大多數學員是農民出身，沒讀過書。程友義插入後，有如鶴立雞群。

學員們都住在一個大營區內。每間營房住三十人，每人一張帆布床，私人空間就這麼大，衣物只得放置床下。

李耀將友義帶進了營房，說：「丁山，丁水，把你們的床分開往兩邊挪一挪，空出一個位置，放張帆布床，給這位新來的同志睡。」

丁山和丁水都剃了光頭，臂腿粗壯，年齡約莫二十五歲。他們本是好伙伴，故意選了相連的床位，如今見一個外人插入中間，很不高興，但不敢違令。

「今後，你就和這班人一同受訓，行動作息都得一致。」李耀吩咐友義，不替他向其他的學員介紹即離去了。

同房的學員們都好奇地圍住了友義，上下打量他。

「你叫什麼名字？犯了什麼過錯？」丁山問。

「我叫程友義。你問得奇怪，我才來，能犯什麼錯？」

「我看你就像犯了錯，被下放的幹部。」丁山說。

「我不是幹部，都還沒入黨呢。」友義沒好氣地回答，懶得解釋自己怎會進了培訓班，事實上，他也不知從何說起。

連日來露宿野地，見一張帆布床，他便躺下睡了，閉目不再理會旁人。

「哼，看來他是知識份子，了不起呀。」有人嘲諷，眾人附合，議論紛紛。

友義只當沒聽見，不想分辯。他被迫受訓，如同囚犯，心情鬱悶，不願和室友們打交道。眾人誤以為他高傲不群，因而厭惡他。

政治教官孫寬在課堂上不講理論，只講教條和階級鬥爭。友義常在課上打瞌睡。孫寬視他如眼中釘，只因礙著志明的面子，容忍著。

軍訓教官李耀，更是對友義看不順眼，時常故意整他。或在翻山越嶺的行軍訓練中令他背負重擔，或藉抗令為由而施以處分。好在，言司令有令在先，友義雖受屈辱，但還不至於受體罰。

志明受言司令之托，為學員們開辦了一節國文課。友義不用上此課，但也不得空閑。這段時間，他不是被迫寫思想檢討，就是被罰勞役。

一個月下來，友義已覺得無法忍受。他越來越思念孟玉蘭，時常獨自跑到山崗上，仰首呼喊她的名字，並且開始計劃逃亡。

「程友義準是密探無疑。他在偷偷調查我們的營地，還藉行軍時勘察地形，我主張將他關起來審問。」李耀向言司令報告說。

「若他真是特務，那麼，林志明可能也有問題。我想，還是先派人去上海調查他的背景，你們暫時不要聲張。」言司令說。即刻派遣了一個姓吳的參謀下山去調查。

一天，上政治課時，孫寬將學員們帶到操場上，要大家演習鬥爭大會的場面。

「你們建議誰演地主？」

「他。」幾乎人人都指向程友義。

「好。全體同意。就是他，你們開始鬥吧。」孫寬嘲笑地說。

於是，幾個壯漢，不由分說，將友義從人群中揪出來，推推拉拉地上了一個平台。

一霎時，友義發現自己站在台中央，台下站滿了憤怒的人群，好像個個都和他有深仇大恨似的。

揪他的壯漢中有丁山和丁水，他們平日就忌恨他，正好乘機洩憤。

丁山站到他面前，喝道：「跪下。」

友義還來不及反應，就被人從身後猛踢了一腳。右後腿一陣劇痛，他不由自主地跪倒，回頭見踢他的人是丁水，他抗議：「你為何假戲真做。」

「可惡的地主，你敢把階級鬥爭當演戲。我叫你知道厲害。」丁山罵道，一手扯住他的頭髮，另一手連摑了他兩個耳光。

友義被人反扭了雙手，完全無招架之力。瞧見孫寬站在台下袖手旁觀，不由他內心憤怒，但聽得四周喊聲震天，充滿敵意，又令他惶恐顫慄。

「打倒地主」「要他磕頭認罪」台下的人們揮舞著拳頭，吶喊口號。

丁山和丁水，一起將他的頭按在地上碰磕。友義羞憤得只想當場碰死。

驀然，一人急急忙忙地奔過來，喊道：「住手，住手。」

孫寬回頭看，是林志明，這才說：「丁山，丁水，快住手，不可傷害程同志。」

丁山和丁水即刻收手，跳下了平台。

志明見友義仆倒在台上一動不動，急忙上台，扶抱他坐起，只見他滿臉青腫，額頭和嘴角都淌著血。

「孫寬，你為何縱容學員們把他打成這樣？」志明憤怒地責問。

「我們演習鬥爭地主的場面。不料，有些人假戲真做了。我正要制止，你就來了。」孫寬說。又回頭向學員們喝令：「解散。全都給我回營房去做檢討。」

大夥一下子散了。

孫寬走上台來幫志明扶友義，說：「對不起，程同志，我沒料到你同房間的人會傷害你。丁山和丁水與你有仇恨嗎？」

友義憤然摔開他的手，一言不發，衝下台，往山頭跑去。志明追了去。

「友義，小心，前面是懸崖，別跑了。」志明叫道。

友義淚眼模糊，幾乎衝下山崖。幸而，聽見志明叫喊，剎然止步，穩住了身子。但他並不感激，回頭大聲說：「你滾開，不用管我的死活。」

「你為何說這種話？不當我是朋友了嗎？」志明驚愕，在距友義兩丈之地停住了。

「還談什麼朋友。你是座上客，我是階下囚。」友義恨道。

志明也生氣了，說：「好吧。你跳崖算了，死有餘辜，別指望我替你收屍。」說完掉頭就走。

友義大怒，追上去，抓住他的肩膀，一把將他的身子扳轉過來，迎面一拳將他打倒。又指著他罵道：「你才死有餘辜。」

志明痛苦地抬起頭，說：「不錯，我該死，因為我害了你。」

「哼。」友義餘怒未息，問：「我為什麼死有餘辜？」

友義推著他追問：「你說訝。」

志明坐在地上，低頭不語。

「還用問嗎？你變成了一個逃避現實，企圖自殺的懦夫，如何對得起孟玉蘭呢？」志明沒好氣地說。

「我不會自殺，但我決定逃出此地。」

「軍中有令，對叛逃者，格殺勿論。何況，你的一舉一動早已有人監視，逃走只有死路一條，與自殺無異。」

友義一屁股坐到地上，垂頭喪氣地說：「我悔不當初。真不該跟你上山。」

「言司令說的不錯，你是個提不起，放不下的人。早知如此，我絕不會邀你前來。」

「住口。我受了你的欺騙。當初，你說共黨內有大批精英。而我見到的卻是一群目不識丁的莽夫。」

「據言司令說，因他們探知國民黨軍隊有發動攻擊的計劃，所以領導們都已先撤走了。至於革命，不能只靠少數精英。像丁山丁水那群人，代表的是廣大的民眾，你怎能輕視他們的潛力呢？」

「我離開了最心愛的人，沒想到，換來的卻是輕視和侮辱。」

「難道你想用孟玉蘭換取人家的尊重嗎？難怪言司令說你的臉色像是來討債的。」

「連你都羞辱我。我成了什麼人了？」

「一個失魂落魄的人。在你身上，我已看不出一絲你昔日具有的風采。友義，你是不是把志氣，才能，風度，全都留在上海，忘記帶出來了？」

友義睜大了眼，望著志明，豁然開竅。他沉默良久，終於露出苦笑，說：「過去一個多月，我真像失了魂似地，剛才你那幾句話總算把我的魂給招回來了。」

「好極了。我終於尋回了我熟悉的老友。」

於是，兩人一同站起來，拍打身上的灰塵。

「志明，真對不起，剛才我打了你一拳。」

「不怪你。你也受了傷，臉上有些血跡。讓我替你抹去吧。」志明取出手帕，替友義擦乾淨了臉。又說：「孫寬犯了過。你跟我去見言司令，要求懲戒他。」

「不忙。我寧可等他自動來向我認錯道歉。」友義說。

「好。我們回去吧。」

走近營房，友義心頭餘悸和羞辱感未除，不免腳下踟躕。

志明看出他的心事，問：「要不要我陪你進去？」

「不必了。志明，謝謝你。再見。」

營房裏，學員們三五成群都在談論程友義，乍見他走進來，都住了口，頓時變得鴉雀無聲。

友義見幾十雙眼睛盯著他，一時不知如何是好，就在門口站住了。

丁山打破沉默，笑了一聲，說：「哈，程友義，你回來了。大家剛才還在擔心，怕你受了點委屈，想不開，去跳崖自殺了。」

「哼，異想天開。我還沒跟你和丁水算帳，豈肯死啊？」友義罵道，別有一種威儀。

丁山驚奇得怪叫：「你們瞧，被我敲了兩下子，他像變了一個人似地。」

丁水也說：「好像突然變高了，我平日沒看出他是高個子。」

友義不理他們，逕走到室中央，向四周的人們，說：「同志們，方才我做了一番自我檢討，發覺我過去一個月表現太差，引起大家對我的誤解。我決定改過。希望從此能和大家一同努力學習。」

「程同志，剛才鬥爭會生的事，你不怨恨我們嗎？」一個叫丁慶的青年問。他讀過小學，是從文宣隊裏選拔出來的。

「不。你們都表演得很好。只可惜，我一上台，就被鎮壓了，沒發揮演技的機會。」

聽他這麼一說，大家都鬆了口氣，而且對他產生好感。

年紀最小的方亮，走近他說：「程大哥，我可以這麼叫你嗎？」

「當然可以。我是孤兒，最喜歡結交兄弟。」

「真的嗎？我也是孤兒。洪水淹沒了村莊，我爸媽和兩個弟妹都淹死了，只有我被救出來。我隨鄉親們一同逃難，東奔西走，無家可歸，後來，有些人參加了紅軍，就把我也一起帶進去了。我從十四歲起當小兵，至今已兩年了。」方亮說。

「呀，你已入伍兩年了。長官，我向你致敬。」友義立正，向方亮行了個軍禮。

大夥都笑起來，紛紛趨向他，有的伸手與他握，有的親熱地拍他的肩和背，只有丁山和丁水冷眼旁觀。

「你們別讓他給迷惑了。他恐怕是間諜。」丁山說。

「對。大家要小心防著他。」丁水附合，說。

「你們才該小心點。既然懷疑床邊有個間諜，卻夜夜睡得鼾聲如雷。」友義回頭嘲笑。惹起哄堂大笑。

友義以他的幽默和機智，很快就獲得了培訓班大部份學員的愛戴。

不久，培訓班裏要選大隊長，舉行文武各項比賽。因學員的知識水平不等，文科不考筆試，只比賽演講，而且只佔二十分。軍事項目共佔了八十分。

丁山身強力壯，又當過四年兵，打過仗，原以為大隊長之位非他莫屬。他上台演講，連草稿也沒打，只重複了些孫寬平日說過的教條，又喊了些口號，居然得了十五分。而友義的演講精彩出色，也只不過得了十八分。丁山自信總分定能勝過友義。

不料，友義力氣雖沒丁山大，但行動比他敏捷又準確，更以智謀取勝。尤其是在射擊和衝破障礙兩項競賽中，他的成績遠遠超過丁山，結果以最高總分奪得第一，當選為大隊長。

言司令主持頒講典禮。當他將一面錦旗交給友義時，帶著幾分譏諷的口吻，說：「原來你是臥虎藏龍哪。」

「不敢當，但願能順利從培訓班畢業。」友義說，不無反譏對方不識人材之意。他接受了錦旗，敬個禮，轉身走下台。

言司令宣佈散會。友義被同學們擁著回營房慶祝，但有一部分人不服氣，特別是丁山。

兩日後，友義以大隊長的身份帶隊行軍，走了一整天才回來。隊員們都又累又餓，卸下軍備，就去食

堂吃飯。

友義先去了洗手間，等他來到食堂裏時，一排排的長桌椅幾乎都已坐滿了人，只剩十來個人還站著排隊領飯。他走去排隊，卻聽見丁山在左邊一排喊他：「程隊長，請過來坐。我們已經替你領了飯菜。」

「啊，好。」友義高興地走過去。心想，丁山視他如仇，已有兩天不和他說話了，正好乘此連絡感情。他坐進了在丁山和丁水中間特為他保留的空位置，才發現這張長桌兩邊全是和丁山要好的一夥人，他並不在意，因口渴，拿起湯碗就喝，卻立刻噴出來。

「呸，這湯怎麼這麼鹹？」

「我們也都覺得太鹹了。一定是廚子失手，多放了一把鹽。」丁水說。

廚子偶爾把菜或湯做鹹了點，也是有的。友義不疑有他，開始吃飯，發現有沙，皺眉說：「飯菜裏有沙。」

「菜沒洗淨，何必大驚小怪。想當年，我們家鄉逢旱災，人們啃樹皮，挖樹根當飯吃，沙呀，土呀，合著一塊吞。程隊長，你哪嚐過那種苦呢。」丁山說。

友義不好意思再抱怨，又扒了一口飯，不料，咬到一塊硬物，喀嗒一聲，幾乎咬斷了他的牙齒，連忙吐出一看，竟是小碎石。又瞧見丁山那批人彼此擠眉弄眼，竊笑。他心知被作弄了，便將飯碗倒翻，下層竟然全是沙石，不禁怒火中升，轉身一拳向丁山揮去。

丁水從他背後抱住了他，三人扭打起來。

隊員們見隊長有難，紛紛前來救護，與丁山的同黨大打出手。

言司令和幾個幕僚，包括志明在內，同坐在一張大圓桌上吃飯。忽見眾人打架，都大吃一驚。

李耀站起來，喝令：「住手。不許動。你們都想造反嗎？」看看無效，他拔槍，向空處開了一槍，這才嚇住了眾人。全體肅立，安靜下來。

言司令由衛士護駕，走入人群中訊問：「怎麼回事？是誰最先動手的？」

「是程隊長，他無緣無故先動手打我。」丁山說。

言司令驚怒，責問友義：「是你？你身為隊長，領先挑釁，該當何罪？」

「丁山在我的飯菜裏暗放了沙石。」友義辯道。

「真是好心沒好報。我和丁水好意替他領了飯菜和湯。他卻嫌湯太鹹，菜裏有些沙，遷怒我們。」丁山說。

桌椅翻倒，飯菜落了一地，遭人踐踏，友義無法證明丁山作弄他。

於是，言司令下令：「把程友義押下去，關起來。」

立即有幾個士兵上前，持住友義，帶走了。

言司令含怒走出了食堂，來到了他的辦公室，回頭見志明跟進來，便冷冷地說：「今日你休想為程友義說情。我非用軍法處治他不可。」

「言司令，請你三思。友義剛當上隊長，怎會無端滋事呢？」

「我正要問你。他來到營中後，一直萎靡不振，孤僻不群。卻在選隊長之前，突然變得活躍起來，爭取到隊長的頭銜。其中是否有詐？」

「不。友義剛來時，因不能忘懷他深愛的未婚妻，悶悶不樂。由於不合群，在一次孫寬導演的鬥爭會中受了同學們的欺侮。他氣憤，幾乎想自殺。是我費了一番口舌，說得他明白了，令他恢復了原來的風格。言司令，友義的未婚妻才貌雙全，他實在作出了極大的犧牲，情有可原啊。」

「他的未婚妻是誰？你認得嗎？」

「我只見過她一面。她是上海企業鉅子，孟紹鵬的千金。名叫孟玉蘭。」

「孟紹鵬的女兒，孟玉蘭？」言司令一怔，頓時陷入回憶中。

原來，他不是別人，正是秦叔的外甥，謝德輝。當年，曾受孟崇漢和紹鵬父子資助，才得報考軍校。後來，他為逃避國軍追捕，遂改名換姓。

於是，他的腦海裏，浮現了一個伶俐的小姑娘。記得，他出發去報考軍校前，玉蘭還送了他一個自編的花圈。

「本來，孟紹鵬已答應資助友義出國深造，而且接受他為東床快婿。可是，友義立志要建立新中國，放棄了平步青雲的大好機會，反而選擇了艱苦的革命途徑。」志明又說。

「我明白了。志明，你放心吧。明日，我會公平審判這次事件的。」

「謝謝你，言司令。我告退了。」

志明走後，化名為言得軍的謝德輝露出了笑容。他對程友義的感想已有了一百八十度的轉變。

次日早晨，培訓班的學員和食堂裏的伙夫們全都奉命到操場集合，言司令親自坐在台上審案。友義帶著手銬，被從牢裏押解到台下，神情沮喪。

「大家聽著。領導作亂是重大的罪名，我們必須徹底調查真相。昨晚發生的事，若有證人，請上前作證。若有說謊或隱瞞的，一旦查出，都將受處罰。」言司令嚴肅地說。

「我作證，昨晚在食堂裏，丁水來向我要了一碟鹽。不知他是否全倒到程隊長的湯碗裏了，反誣我湯做得鹹。」一個廚子首先站出來，說。

「我瞧見丁山放了一把東西在飯碗裏。」方亮說。

言司令便令丁山和丁水上前，對他們說：「你們還是自己招認吧。坦白從寬，抗拒從嚴。」

丁山心想瞞不過，只得承認：「我招。我不服程同志奪了隊長的位，所以想作弄他。把一碟鹽放進湯裏，又把沙石藏在飯菜底下了。我們只想和他開個玩笑，並沒害他的意圖。」

「住口，在長官飲食中放穢物，是可當玩笑開的嗎？謀害領導，就該槍斃。」言司令拍案罵道。

丁山和丁水都嚇得發抖，求饒：「我們都後悔了。請饒恕我們一次吧，下次再也不敢了。」

友義幫著求情，說：「我和他們床鋪相連，每晚都睡在一處，若他們真想謀害我，輕而易舉。我相信，他們只是想和我開玩笑。請從寬處置。」

「依你說，該如何處罰他們呢？」

「該各記大過一次。我先動手打了丁山，引起騷動，也自請記過。」

「這可太便宜他們了。至於你，已坐了一夜牢，又是受害者，就不必記過了。」言司令說。當下，令人除去友義的手銬。宣佈：「丁山和丁水犯了嚴重的錯誤，但因受害者程友義為他們求情，故從輕發落，各記大過一次，並罰勞役一個月，以示警戒。」

接著，又問：「丁山，丁水，你們服不服？」

「服，服。謝謝言司令，謝謝程隊長。」丁山和丁水大喜，立即與友義化敵為友。

正巧，當天下午，去上海作調查的吳參謀回來了，向言司令報告：「據我們地下組織的同志說，程友義是已故黨員李先覺教授推薦過的人。因李教授被捕，程友義曾領導學生罷課，也入獄坐牢，後由他的伯父程長榮保釋。於是，我便去程家探訪，聽說友義原本已經和上海富翁孟紹鵬的千金孟玉蘭訂了婚，而且準備出國留學，卻不知為何，突然留書出走，不知去向。」

「好極了。你的報告證實了程友義是一個不平凡的人。我們有眼不識泰山，幾乎喪失了一個難得的人

才。」

等吳參謀走了，言司令立即派他的衛士去請友義來見。

不久，友義來到，言司令親熱地招呼他相對坐下了，說：「昨日，我錯怪你了，讓你在牢中委屈了一夜，我該向你道歉。」

「不，請不要這麼說。你沒記我過。我已很感激了。」

「我有兩件事要和你說，一件是好的，另一件是壞消息。不知該先說那件？」

「請先說壞的吧。」

「有人認為這次選隊長不公平，因為你和其他學員的學歷懸殊，在有些項目上，尤其是演講比賽，佔了便宜。再說，這班人在紅軍部隊裏至少已入伍兩年，而你才剛到此地不久，完全沒有真實的戰鬥經驗。」

「我明白。其實，我已在考慮辭退隊長之位。」

「好。我贊同你辭退，本來應由第二名丁山接任，但他犯了大過，所以將由第三名丁慶作隊長。你認為如何？」

友義驚愕，他還沒正式提出辭呈，但對方已在考慮下任的隊長人選了，這不是分明逼他下台嗎。他不悅地說：「既然如此，我即刻就呈上辭書。至於，改選誰接任隊長，請你自行裁決吧。」

「就這麼決定了，讓丁慶做隊長。你辭退的同時，也可以脫離培訓班了。」

「脫離培訓班？」

「是的。當初，你一來就想走，是我們強迫你留下的。如今，你自由了。我聽志明說，你有一個心愛的女子，你可以回到她的身邊了。這是好消息。不是嗎？」

然而，友義卻沒有喜色，猶豫地問：「要是我不願意走呢？」

「為什麼？難道你不愛孟玉蘭了嗎？」

聽見情人的名字，友義心頭震蕩，淒惶地說：「我和玉蘭的愛情猶如驚濤駭浪中的小舟，我就是帶她重回那條舟上，也不得平靜，恐怕只會害她和我一同沉沒。目前，我寧願繼續在預備黨員培訓班學習，當不當隊長都沒關係。」

言司令暗喜，友義不走，正中他下懷。

「嗳，你不必回培訓班了。你若肯入黨，由我保薦你，絕無問題。你就和志明一起，暫時在我的辦公室裏工作。你願意嗎？」

友義大喜，說：「謝謝你。我求之不得。」

當下，友義辭去大隊長的位置，同時退出了培訓班，並且搬入一間單人房住。

根據情報，敵方已聚集大軍包圍了山城。

言司令不是出巡佈防，就是和他的參謀們開會，志明已成了他的貼身秘書，跟隨左右。友義剛到辦公室，不但幫不上忙，還讓人嫌礙手礙腳，甚至，仍然有人懷疑他是特務，處處防著他。

「程友義，這兒沒你的事，你還是回你的房間去，等候傳喚吧。記住，營中已戒嚴，你不可隨處走動。」孫寬不客氣地說。

友義只得拿了些書籍回到自己房間裏去看，以靜待變。

即將面臨一場的激烈的戰鬥，生死未卜，他心中沉悶，不免又思念起玉蘭。一旦起了相思，就像發病似地，日也思，夜也思，他變得神情恍惚。

一天下午，他取出信紙，開始給情人寫信。一氣呵成，寫了十幾張，仍覺意猶未盡。

驀然，從他身後伸出了一隻手，拿走了他剛寫好的一疊信紙。他急忙轉頭看，原來是志明。

志明一看信，勃然大怒，罵道：「前線緊急，人人都在備戰。你卻獨自躲在房裏寫情書，像什麼話！」

友義慚愧得無地自容。忽然，他拿起桌邊一根藤條，交給志明，說：「我該受罰，請你在我背上狠狠地抽打十鞭。」說著，便將上身衣服脫光了，走到牆邊，雙手扶牆，準備受刑。

「算了。你知過能改就好。」志明說。

「不行。玉蘭的影子就像毒細胞，已擴散到我腦中。我必須以毒攻毒，才能驅除它。」

「好吧。我替你醫病。」志明說，不再猶豫，高舉鞭子開始抽打。

一鞭一條血痕。友義咬著牙，不吭聲。

驀然，有兩人闖進來，一個是言司令，一個是他的衛士姜苗。

言司令一見情況，既驚且怒，喝道：「林志明，你在幹什麼？」

志明嚇得手足無措。

「請你不要責怪他。是我叫他打的。」友義說。

「你難道有自虐狂嗎？」言司令驚愕，問。

友義垂首不答。

言司令不耐煩地轉向志明，喝問：「究竟怎麼回事？你說。」

志明拿起信紙，說：「友義的相思病又犯了，躲在房裏寫情書，被我撞見，他要求我幫他自責。」

言司令瞄了那疊信紙一眼，含怒說：「真該打一百大板，可是沒時間，就姑且饒你一次吧。敵軍已開始進攻，我們寡不敵眾，準備突圍撤退。你們兩個立刻收拾行裝，到總部集合，記得，突圍時要緊跟著我。明白嗎？」

「明白了。」友義和志明同聲應道。

言司令帶著他的衛士走了。志明也自行離去。

友義趕緊穿好衣服，將一隻手槍帶在身上，又取了些重要的隨身物件放入行軍袋中。臨出門前，將信紙撕碎，丟棄了。

炮聲隆隆，火花四濺。槍林彈雨，戰鬥慘烈。

共方傷亡慘重，丁水戰死，丁山和丁慶率眾奮力突圍，且戰且退。友義隨著言司令在主力軍的護衛下衝出包圍，僥倖脫離了險境，輾轉來到南方的共軍基地。

在言得軍的引薦下，友義和志明會見了共產黨的高階層領導人，並結識了大批黨內傑出人士，都是與他們志同道合的人。友義真是如魚得水，不再三心兩意。不久，他和志明的入黨申請皆被批准了，他們一同宣誓入黨，等候分派任務。

一日，志明興沖沖地來找友義，說：「我的任務已派下了，我將去香港教書，同時辦一份報紙。」

「真好。我也喜歡教書，辦報。」友義羨慕地說。

「聽說，你的任務也有了。言司令請你立刻去見他。」

「好。我馬上就去。請你在這裏等著，聽我的好消息。」

他急切地想知道他的任務，卻不料，言得軍握著他的手，笑道：「友義，恭喜你。不久，你就能和孟玉蘭重逢了。」

「你是說，黨已決定派我去上海工作？」

「是的。不過，那是暫時的。你真正的任務是在浙江建立一個地下組織。首先，你得設法挽回孟玉蘭的愛情，和她結婚。然後，你們搬到孟家莊去住，因為玉蘭的祖父是浙江的一個大地主，你住在他那兒絕對安全。」

「請不要說了。我不答應。」友義打斷言司令的話，一口拒絕。

「為什麼？你不是深愛孟小姐嗎？這樣的安排，一來可成全你的心願，二來，可藉以掩護你的身份，實在是兩全其美的辦法呀。」

「我幹我的革命，不想牽連玉蘭和她的家人。」

「我們保證絕不傷害她家的人。你的任務是長期性的，只要你不暴露身份，婚後可以和妻子享受幾年幸福的生活。即使失敗了，只要你逃脫就行。孟家有財有名望，他們不知情，當局是不會太為難他們的。」

「無論如何，這個任務我絕不能接受，請你們另派一個任務給我吧。」

「不忙。你先回去考慮一天，明日再給我答覆吧。」

友義氣憤地回到宿舍，一進門，就向志明抱怨：「司令居然打上了孟家的主意，要逼我和玉蘭成婚。真豈有此理。」

「咦，和孟玉蘭成婚，不是你夢寐以求的嗎？」

「不。我早已死了這條心了。自從離開了井崗山後，我就沒再想過她。」

「但你離開前一日，還在給她寫情書，又因忘不了她而自虐。這是言司令親眼所見。我猜想，他念你對玉蘭的一片深情，因此設計成合你們。你若拒絕，豈不枉費了他的苦心？」

「住口。當初，勸我離開玉蘭的，是你。如今，你卻想說服我娶她。這不是將我玩弄於股掌之上嗎？」

「請息怒。彼一時，此一時也。當初，你下決心入黨，不惜犧牲一切。如今，黨讓你和愛人成親，你怎麼反倒猶豫了呢？」

「我明白了，原來你是言司令派來的說客，不是嗎？」

「我只是聽說有一位風度翩翩的男士正在積極地追求孟玉蘭。」

「這人是誰？」友義突然起了妒意。

「是你我都認識的，蘇文傑。」

「啊，蘇文傑！他是位君子。我不在意他追求玉蘭。」友義洩氣了。

「你有所不知，文傑已經加入了國民黨。換言之，我們與他勢不兩立。」

「愛情與政治應該分開。文傑各方面的條件都比我強，我相信他更能帶給玉蘭終生幸福。」

「唉，你真是長他人志氣，滅自己威風，居然要將未婚妻拱手讓給情敵，實在太懦弱了。」志明譏諷道。

友義指著門，下了逐客令：「去，出去，別再煩我。我要安靜地想想。」

「好，我走。但我還有一句話要說，你和文傑兩人之中，不論哪個和孟玉蘭結婚，我都會去吃喜酒。」志明說完，即走出門外。

關上門，他不禁莞爾，自信已達成了言司令交給他的第一項任務：說服程友義娶孟玉蘭並接受既定任務。

【第十七章】橫刀奪愛　設下情謀

程友義失蹤了將近一年，忽然又出現在上海。他走出火車站，叫了部人力車，首先去他伯父家拜訪。

「老爺，夫人，姪少爺回來了。」老僕人匆忙地來報告。

「友義？他有膽子回來，給我打出去，不許他進門。」程長榮怒道。

「可是姪少爺和以前不同了呀。他西裝筆挺，還帶了兩大袋禮品來孝敬你哪。」

「這會是友義嗎？」長榮回頭問他老婆。

果然，友義西裝革履，一副紳士派頭。「伯父，伯母，你們好。去年我不辭而別，害你們擔心。我特地帶了禮物來向你們賠不是。」

伯父見他這般模樣，怒氣一下子散了，和氣地問：「你到哪裡去了？發財了？」

伯母也親切地招呼：「友義，你坐下說吧。」又吩咐僕人：「快給姪少爺沖茶。」

友義坐了，說：「我到了香港，在一家進出口貿易公司任職，如今，被派到上海來開分行，當經理。」

「怎麼，你搖身一變，就成了公司的經理。」友德驚奇道。

「堂哥，當初你為何出走？你不是和孟小姐訂了婚，又準備出國留學嗎？」友理問。

「這恐怕是友蘭在冥冥中啟示我吧。」友義故意提起亡妹，企圖分散伯父母的注意力。果然不出所料，他們聞言都吃了一驚。

「友蘭不是十年前就死了嗎？」長榮說。回憶當年，友義曾苦苦哀求他去贖回友蘭，他拒絕了。後來，有一位鄉親來訪，說友蘭染上霍亂，病死了。友義很傷心，一直不肯相信，如今又提起亡妹，不免令他心驚。

「是這樣的，我回鄉去祭告父母即將出國留學的事，之後就想去探訪友蘭的養父，查明妹妹死亡的真相。沒想到，這家人已搬到香港去了。當時，我心情變得十分低落，又覺得孟紹鵬沒有誠意把女兒嫁給我。他資助我出國，只是想分離我和玉蘭。我不如去香港闖出一番事業來，好讓孟家看得起我，所以就留書出走了。」

「噯，說孟紹鵬沒誠意，一點沒錯。你一走，他就來退親了。」長榮點頭同意。

「幸運的是，我到香港不久就被貿易公司的老板聘用當了助理。老板很信任我，正巧，他想在上海開家分行，就升我為分行經理。我盼望和玉蘭團圓，就一口答應了。」

「堂哥，你真能幹。只可惜，孟玉蘭已移情別戀。有一次，我親眼看見她和一位男伴在一起看戲。」友德說。

「這事以後再談吧。目前，我想在市區租間辦公室，開始掛招牌，做生意。樓房租下後，需要作室內裝璜，添傢俱，一概請堂兄弟們包辦了。所有費用，我一定照付。」

「好，你訂製的傢俱，我們一定算你特別便宜。」友賢高興地說。

長榮一家人都為友義的成就為傲，又因他帶給他們的生意而興奮，無人想要追究他出走的真正動機。

孟玉蘭似乎已養成了一個習慣。每天放學後，總要到公園涼亭裏默坐一會兒。

這天下午，她剛走到涼亭外，瞥見裏面已坐著一個穿了西裝的男人，她沒看清他的面貌，轉身就想離去。

不料，那人從亭內走出來，叫道：「玉蘭，我回來了。」

她驚訝地回頭，怔怔地望著他，還以為是自己的幻覺。眼前出現了她日思夜夢的人，但她沒有一絲喜悅。

他見她毫無反應，便伸出雙手抱住了她的胳膊，激動地傾訴：「玉蘭，我對不起妳。自從離開妳後，我才知道愛你有多深。我痛苦，也體會到我帶給妳的痛苦，覺得萬分愧咎，所以回來乞求妳的原諒。」

她的腦海裏一片混亂，完全沒聽見他說什麼。只想著，她為他，身心憔悴，而他卻容光煥發。她為他，懶得妝扮，而他卻梳理得油頭粉面。他與她的舊時的情人，恍若兩人，一股怒氣，不由得從她心中升起。

「放開我。」她用力掙扎，甩脫了他的手。

他驚慌，說：「我是程友義呀。難道妳不認識我了嗎？」

「程友義已經像浮雲一樣飄走了。你是何方鬼魅，敢來冒充他？」

「鬼魅？」他啼笑皆非。「我知道妳恨我無故出走。當時，我實有難言之衷，只要妳肯聽我解釋，相信一定會原諒我的。」

「我不要聽，不願再受欺騙，也永遠不想再見到你。」她憤恨地說，轉身跑走了。

次日早晨，紹鵬一面喝茶，一面看報。忽然看見一大幅廣告，嚇了一跳，差點把茶杯打翻了。

「呀。你燙著了嗎？」婉珍連忙走過來，關心地問。

紹鵬完全顧不得燙痛的手，指著廣告，說：「妳看，他居然回來了，還變成了貿易行的經理。」

婉珍低頭看，見廣告中登著一幅程友義的相片，也不免驚駭，說：「我們快把報紙藏起來，免得讓玉蘭看見。」

紹鵬夫婦急忙回頭看，見玉蘭拿著書袋，正要出門。

不料，卻聽得玉蘭說：「不用藏了。我昨天下午已見過他了。」

「妳見了他，為何不告訴我們？」紹鵬責問。

「請你們放心。我一見他就生氣，掉頭走了。所以沒什麼好說的了。」

「真是這樣嗎？那我們就放心了。」婉珍喜道。

「我擔心程友義仍要來糾纏你，我們不能不提防。玉蘭，從今起，我讓黃司機接送你上學。妳同意嗎？」

「好的。」

程友義的初步任務是設法與孟玉蘭重修舊好，開貿易行只是為掩護他的身分。豈知，廣告一登，生意源源而來，令他應接不暇。他有個秘書，也是他的同黨，名叫徐良，此人有機謀，但是對貿易卻一竅不通。好在，友義的確曾在總行實習過幾個月，公司的老板同意和他合作，若上海的分行開成了，將來就由總行接管，若倒閉了，費用和損失將全由友義單方面承擔，所以他認真地做起生意來。

因業務忙碌，分身乏術，他沒再去找玉蘭，只抽空給她寫信。雖然發出的信猶如石沉大海，他還是每天照寫不誤。直到一大疊信被原封不動地退回了，他才開始著急。

他決定登門探訪，然而，去了幾次都吃了閉門羹，令他一籌莫展，只得向徐良問計。

「別著急。我們已在蘇文傑的辦公室買通了一位工友，若能打聽到文傑和孟小姐下次在哪裡約會，你就可前去會見他們。」徐良說。

過了兩日，徐良接到一個電話，即對友義說：「你的機會來了。文傑要到南京去出差一個星期，明天就出發。還有，他剛在電話中約了孟玉蘭，請她今晚六點鐘到藍星餐廳吃晚飯。」

「藍星？我前幾天剛和一位顧客去過。它是個高級的西式餐廳，內有舞池。也許我能乘機請玉蘭跳支舞。」友義高興地說。

餐廳裏，玉蘭和文傑相對而坐，各點了一客西餐和酒，邊吃邊聊。

「玉蘭，我明日要去南京出差，雖然只是一個星期，因要離開妳，讓我覺得時間好長，真不想去，但沒辦法。」

「你放心去吧，不必為我擔心。」

「程友義仍想追求妳。妳真的不愛他了嗎？」

「不愛了。說實話，直到他重新出現的前一刻，我還想念著他。可是，當我見到他站在我面前時，心中突然充滿了厭惡。我也不明白這是什麼原故。」

「這是人之常情。」文傑微笑，說：「一般人，對得不到的東西總覺得珍貴。得到了，反覺得很平常了。」

「你說得對極了。我現在才發現程友義只不過是個平常人，不值得我為他苦戀。」

「聽妳這麼說，我真的放心了。」

「自從他走後，多虧你幫助我度過了一段艱難的日子。」

「不必客氣。我，」文傑欲言又止。忽然，他鼓起勇氣，握住了她的一隻手，說：「我愛妳，我想向妳求婚。」

「文傑，我一直當你是兄長。」玉蘭不知所措。

「我知道，目前妳仍忘不了友義，但是我可以向妳保證，我不會是個善妒的丈夫。婚後，我會用永遠不變的愛情來爭取妳的心，相信總有一天它會整個屬於我的。」

文傑的真摯，令她感動。她相信他能給她一個溫暖的家庭，她甚至覺得她了解他比了解友義更多。只是，她對這兩個男人的感情，一個是淡如水，一個是熱如火。

見她疑遲不決，文傑感到失望，放開了她的手，羞愧地低下頭，說：「對不起。我如此冒昧地向妳求婚，令妳為難了。可是，我害怕友義會設法把妳奪回去，所以急著向妳表明我的心跡。」

玉蘭知道文傑的恐懼不是沒由來的，她的內心很矛盾，雖然憎恨友義，仍忘不了他。她暗思：也罷，答應了文傑的求婚，從此不再痴心妄想。

「文傑。我答應你。」她下了決心，說。

「啊。我沒聽錯吧，不是做夢吧？」文傑喜出望外。

「沒錯。是真的，我願意和妳共度一生。」

他真想走過去吻她，奈何他性格保守，在大庭廣眾下，有點顧忌，便舉起酒杯，說：「太好了。來，我們乾杯慶祝。」

「乾杯。」玉蘭也高舉酒杯，正要喝，卻瞧見友義走進餐廳。她怔住了。

「你怎麼啦？」文傑隨著她的目光，回頭望去，見友義正向他們走過來。

「玉蘭，文傑，真巧，在這裏碰見你們。」友義上前招呼。

「哼。那有這麼巧。恐怕是你跟蹤我們來的吧。」玉蘭不客氣地搶白他。

友義朝她笑笑，不否認。

文傑禮貌地起身與他握手，說：「友義，好久不見了。請坐。」又問：「你吃了飯嗎？」

友義坐下了，說：「還沒吃。我雖來遲了一步，但這頓飯還是該我請你們。一來，我要向玉蘭道歉。二來，我要感謝你，我不在時，多虧你照顧她。」

「不，該我請才對。不瞞你說，我和玉蘭剛才訂了婚。你碰巧趕上來吃我們的訂婚酒。」文傑說。

「你們訂了婚？」友義吃驚地問。

「不錯。我們正舉杯慶祝。不料，被你來破壞了情調。」玉蘭說。

「玉蘭，妳曾和我有過海誓山盟，想不到這麼快就移情別戀了。」

「是誰先辜負誰？你不過是一片雲，偶而投入了我的波心。這不是你的告別信上寫的嗎？你還勸我最好忘掉。」

「妳不了解我的苦衷，請聽我解釋。」

「我不要聽。你有你的，我有我的，方向。你最好走得遠遠的，再也不要回來。」

「噓，請小聲點。這裏不是吵架的地方。」文傑提醒她。

「我們走，不要理他。」玉蘭霍然站起來說。

「玉蘭，別生氣嘛。君子絕交，不出惡聲。」文傑勸道。

「文傑說得對。玉蘭，無論如何，我們還是朋友。我請妳跳支舞，讓妳消消氣，好嗎？」

「不，我寧可和文傑跳。」玉蘭仍是不客氣地說。

「友義，對不起，失陪一會。」文傑說，即挽著玉蘭走入了舞池。

玉蘭存心要氣友義，故意將面頰貼近文傑。她一面迴舞，一面偷瞧，見他點起一支煙，緊皺眉頭，噴煙吐霧發洩愁悶，她覺得達到了報復的目的。

一曲終了，回到座位，才發現友義不知何時已經離去。

「咦，他已走了。」文傑說。

「我累了。我們也走吧。」玉蘭頓覺意興闌珊。

「好。我送你回家。」

徐良見友義進門，驚奇地問道：「咦，這麼早就回來了。你沒見到孟玉蘭嗎？」

「見到了。她不但仇視我，而且已和蘇文傑訂婚。我們的計劃失敗了。」他垂頭喪氣地說。

「唉呀，她怎麼這樣糊塗呢？看來，我們只能用最後一計。」

「不。」友義拒絕，說：「我不想再去騷擾她，不願破壞她的終身幸福。」

「咳。你錯了。孟姑娘愛的是你，她答應文傑的求婚只不過是意氣用事，以後一定會後悔的。」

「何以見得？」

「有一次，我親自跟蹤孟玉蘭和蘇文傑，偷聽到他倆的談話。孟姑娘承認她忘不了你，所以她很可能只是為了向你報復才答應蘇文傑的求婚。」

「你說得不錯。我看她沒有一點訂婚的喜氣，只有對我的一肚子怨氣。」友義恍然大悟。

「既然如此，我們得趕快籌劃，必須在文傑從南京回來前採取行動。」

「好，我將依你之計而行。」友義決心奪回情人，即使不擇手段。

早晨，蕙英離家去學校，在途中遇見了程友義。

「周蕙英同學，妳好。真高興遇見妳。」友義上前打招呼。

「啊，原來是程老師。你穿了這身西裝，又換了髮型，我幾乎認不出你了。」蕙英驚喜地說。她無心的一句話，卻提醒了友義。他想，下次見到玉蘭時必須換個裝束。

「是嗎？我現在行商了，不得不換個頭面。其實，我還是比較喜歡教書，我也很想念你們這班同學。」

「我們也都懷念你。待會見了同學們，我一定告訴她們，遇見了你。」

「那倒不必了，因為我馬上就要離開上海，就讓大家忘了我吧。不過，我特別想念孟玉蘭，希望能再見她最後一面，我想託你給她傳個口信，請她今天下午放學後，到我們以前常去的飯店會面，可以嗎？」

「你們常去的飯館？」蕙英訝異地問。

「不瞞你說，我和玉蘭以前常在那兒約會，她一定知道的。」

「哦，原來你們一直偷偷約會呀。」

「不，那是過去的事了，我們已經有一年沒見面。我即將去遙遠的地方，恐怕日後再也見不到她了，我還保存著她寫給我的書信，不忍心銷毀，想當面還給她。另外，我們之間有點誤會，我想和她解釋。」

「好吧，我答應替你傳話就是了。」蕙英說，看了下手錶，又著急地說：「糟了，我要遲到了，程老師，再見。」

「蕙英，請替我懇求她前來一見。請告訴她，下午三點，我會到飯店等著她，一直等到她來為止。」

「知道了，請你放心。」蕙英匆匆地走了。

這天，學校舉行結業典禮，師生們都在禮堂裏集會，蕙英差點遲到，沒機會和玉蘭交談。大會一直開到中午才結束。接著，畢業班的學生們舉行同樂會，一起到會堂吃午餐，還有餘興節目。蕙英興沖沖地忙著找老師和同學們在她的紀念冊上簽名，幾乎忘了友義請她傳話的事，直到玉蘭準備回家了，來向她道別，她才想起來。

「天呀，我差點忘了一件大事。我和妳一起去外面說。」蕙英連忙拿起書包和玉蘭一同走出了會堂，到校園裏，即神秘地說：「妳猜，我今天早上遇見誰了？」

「是誰呀？這麼神秘，莫非是妳的男朋友？」

「瞎猜。告訴你吧，是程友義。」

「是他！」玉蘭驚道，心想這絕不是巧遇。

「他說，他就要離開上海了，很想見妳最後一面，託我給妳傳口信，請你今天下午三點鐘到你們以前常約會的一家飯店裏去見面話別，他會在那裏等妳。真對不起，我忘了一早和妳提，現在已經快三點了，妳去不去呢？」

「不，我不去，我已經和他絕交了。」玉蘭懷疑友義耍花樣，一口拒絕。

「可是，他說還保存著妳寫給他的信，想當面還給妳。」

「哼，他想用那些信敲詐我，卑鄙！」

「玉蘭，我不明白，妳好像對他有深仇大恨似地？啊，是了，他還說你們之間有些誤會，他想向妳解釋。」

「我和他一點關係都沒有了，他也沒必要解釋，因為我已和蘇文傑訂了婚。」

「真的嗎！啊，太好了，我真為妳和文傑高興。」蕙英驚喜說，慶賀中帶著羨慕。接著又說：「既然如此，妳為何還怕和友義見面呢？他要我懇求妳前去一見，他會一直等著妳。」

玉蘭猶豫了片刻，終於改變了主意，說：「也罷，我就去見他一面，好教他死心。蕙英，妳能不能幫我一個忙，支開我家的司機？」

「沒問題。」

她倆一起走出了校門，玉蘭果然看見私家車在等著接她。她走過去對司機說：「黃司機，我要到周蕙英同學的家去，晚點我會自己雇車回家的。」

「好。讓我先送你們去周小姐家吧。」

「不用送了。我家就在附近，我每天都是走路上學的。」蕙英說。

「好。小姐，那我先回去了。」黃司機說。將車開走了。

玉蘭和蕙英分手，正想雇車，卻馬上就有一輛人力車，來到她的跟前。

「小姐，你要乘車嗎？」一個戴著瓜皮帽的車夫問，他是徐良裝扮的。

玉蘭不疑有他，上了車，給了飯店的地址。

車夫暗喜，拔腿就跑。

小飯店座落在一條偏僻的街道上。當初，友義和玉蘭為避人耳目才選中了它。

徐良將車子拉到飯店前時，已經是三點半了。他跑得滿頭大汗，把車停了，即拿出一條汗巾來擦汗。

「多少車錢？」玉蘭問。

徐良差點要說不用錢，臨時改口說：「請妳隨便給吧。」

玉蘭給了他一塊錢，說：「請你在這裏等我，待會，我還要乘你的車回去。」

「好，好，我一定會在這兒等妳。」徐良說。

玉蘭走進飯店，見裏面冷冷清清，只有友義一個客人。

他一見她進來，立刻起身相迎，說：「玉蘭，妳終於來了。我以為再也見不到妳了。」

這回，他穿了件舊長袍，頭髮蓬鬆，一付失意的樣子。

玉蘭一看他這光景，芳心已碎，但故意冷漠地說：「我來，只為取回一些書信。」

「都在這裏面。」友義拿起桌上一個厚厚的大紙袋，大方地交給她。

「謝謝你。再見。」她收下了，轉身便走，惟恐忍不住落淚。

他攔阻她，說：「玉蘭，難道妳真的變得如此無情無義，連和我說幾句話都不願意嗎？」

「我和你已經無話可說，你知道，我和蘇文傑訂了婚。」

「那麼，請坐下和我共乾一杯酒再分手，總可以吧？」

「好。我喝完就走。」她不忍心再拒絕，坐下了。

桌上已放了一壺酒，兩個酒杯。友義在杯中注滿了酒，高舉酒杯，說：「我祝你幸福。」

「謝謝你，請你自己保重。」玉蘭拿起酒杯，仰首就喝，酒入咽喉，卻瞥見友義不曾喝。他望著她，緩緩將酒杯放回桌上。她心知有異，驚慌失措，想站起來，卻覺得頭暈目旋，全身無力。頃刻間，她傾倒在桌上，失去知覺。

傍晚，紹鵬回到家，似乎心情很好，含笑問：「玉蘭回來了嗎？」

「還沒有。聽黃司機說，她到周蕙英家去了。周家沒裝電話，也不知她回不回來吃晚飯，真讓人著急。」婉珍說。

「不用著急。她難得到同學家去。我們先吃吧，不用等了，給她留點菜就行了。」紹鵬並不以為意。

飯後，他們一家人坐在廳裏聊天。

「今天中午，蘇錦山約我吃午飯，一同商議為文傑和玉蘭辦訂婚酒的事。他還希望早點讓他們結婚，我也贊同，只是要等文傑從南京回來後，才能選定日子。」紹鵬說。

「真好，我總算了了樁心事。」婉珍說。

「有文傑做姐夫真好，以後我可以常和他下棋了。」玉祺說。

「我也喜歡他。」玉棠說。

「哈哈，得此佳婿，我可以高枕無憂了。」紹鵬說。

他們正談得高興，忽然，電話響了。

「一定是姐姐打來的。」玉祺搶著去接電話。

「喂，我是周蕙英，請問玉蘭在家嗎？」她從舅舅的店裏打來電話。

「周姐姐，我是玉祺，我姐姐不是在你家嗎？她是什麼時候離開的？」

「嗄，糟了。玉祺，你姐姐今天根本沒上我家。出了校門，她就去赴一個約會。」

「她去赴誰的約會呀？」

「是我們以前的代課英文老師。」

「不好了。姐姐去見程友義了。」玉祺驚呼。

「什麼？」紹鵬從座椅上跳起來，一把搶過電話筒，說：「周小姐，請妳說清楚。玉蘭已經決定和程友義絕交了，為什麼會去和他約會？」

「孟伯伯，對不起，都是我不好。今天早上，我去學校時，在路上踫到了程老師，他託我傳口信。我不疑有他，就把他的話全和玉蘭說了。」

「他叫你說些什麼？」

「他說不久要離開上海了，他想見玉蘭最後一面。」

「這分明是詭計，玉蘭被他誘拐了。周小姐，事情嚴重，玉蘭可能有生命危險，請你告訴我，他們約會的時間和地點。」

「我只知約會是在一家飯店裏，但不知名稱和地點。玉蘭知道，因為她以前曾和程老師去過。大約三點鐘，我們打發了你家的司機後，她就乘上一部人力車去了。孟伯伯，請你放心，我相信玉蘭很快就會回家了，程老師是不會傷害她的。」

「但願如此。謝謝你，周小姐。再見。」

紹鵬放下電話，即大發牢騷：「玉蘭簡直太不像話了。既已答應和文傑訂婚，怎麼還去赴友義的約會呢。」

「可不是嗎。等她回來，我一定要好好訓導她。」婉珍也生氣地說。

但是，等到午夜點，玉蘭仍未回家，他們的憤怒化成了焦慮。

玉蘭迷迷糊糊地醒來，不知身在何處。忽聽得有人說：「睡美人，妳終於醒了。」她轉頭看，見友義站在床邊，笑嘻嘻地望著她。

她又驚又怒，就想要跳下床逃走，卻被他伸手攔阻。

「小心，別跌了。」他說。

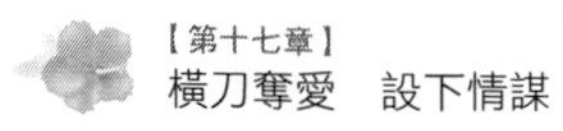

她退縮到床角，罵道：「你這惡魔。」

「玉蘭，請別生氣。只因妳視我如仇，不肯和我說話。我又有些話不得不和妳說，才出此下策。」他坐到床邊，守著她，說。

「你出爾反爾，無情地留書出走，還有什麼話可說？」

「妳有所不知。我出走的前一天晚上，去探望李師母，突然有一群特務闖進來，我及時跳窗而出，躲在窗外目睹了一切。原來他們謀殺了李教授，又到李家驅逐他的遺孀和子女。我被特務發現了，只得逃離現場，因害怕會再度被拘捕入獄，所以決定逃亡，隨後往香港，在那兒找到了工作，便居留下來了。」

他說得逼真，又有些和玉蘭的猜測相符合，不由她不信。

「原來你是為了逃亡。」她對他的怨恨消解了一半，說：「那天晚上，你到我家來時，為何不告訴我真相呢？」

「我原本要告訴妳的。只因心情不好，得罪了妳的叔叔，我見妳難過，不願妳為我更增加憂傷，所以沒說。我離開了妳家後，想到妳有幸福的家庭，而我前途多艱，為了不連累妳，我借用了徐志摩的詩向妳道別。」

「我猜到你的出走與李教授被害有關，開始並不怪你，只盼望你早日回來，或托人帶個口信，讓我知道你在何方，可是你一去音信渺茫。」她哀怨地說。

「我到了香港後，一來因工作忙碌，二來不願讓當局查到我的蹤跡，所以沒給妳寫信，但我無時無刻不想念妳。當公司決定在上海開分行時，我立刻自告奮勇來打先鋒，為的是和妳重逢。我估計，以貿易公司經理的身份歸來，當局就不會再懷疑和為難我。我一心盼望與妳重修舊好，但絕沒想到，還不到一年，妳就已移情別戀。」

「對你而言，不過是短暫的時間。對我，卻是度日如年。家人的壓力我尚可以抵禦，但他們的關懷卻令我有處於如熔爐之感。」

「我知道妳為我所受的痛苦。那日，在涼亭外，我見到妳蒼白消瘦，我難過極了。後來接連寫了好幾封信，乞求妳原諒，但全都被原封不動地退回來了。」

「我為你，身心憔悴，而你卻油頭粉面，像個花花公子，絲毫沒有因分離而憂傷的痕跡。我覺得被你欺騙了。怎能不怨恨呢？」

「可笑，我原想給你一個驚喜。那日出門前，刻意梳洗，穿戴整齊。照鏡子，還自以為英俊瀟灑。真沒想到，反而令妳產生厭惡。」友義笑道。

玉蘭也不禁失笑。她偷偷瞧他，感覺他的一言一笑，他的軀體，都像有磁力在吸引她，令她難以抗拒。然而，想到他將自己昏迷綁架，又生氣，說：「無論如何，因我不再愛你，你就使出卑鄙的手段來綁架我，可見你不是好人。」

「我承認有罪，只怪我暫時失去了理智。那一日，在『藍星』，得知妳和文傑訂婚，又見你們親熱地共舞，我痛苦得幾乎瘋狂，覺得世界上的一切對我已沒有意義，我決定遠走他鄉，孤獨地過一生。回到寓所，我即刻給公司的總經理寫信辭職，請他另派人來接替我的職務。」

「事後你後悔了，遷怒於我，所以設計綁架？」

「不。我不後悔辭職。我懷疑妳答應蘇文傑的求婚只不過是為了報復我，果真如此，妳會害了你自己和文傑的一生。我希望和妳作一次長談，惟恐妳不肯聽我解釋，才想出了這個下策。」

「要是現在我告訴你，我真心愛文傑，你會怎樣？」

「我會祝福你們，因為文傑是個正人君子，我敬佩他。只要妳能消除對我的愛與恨，用整個心去愛他，我相信你們會有幸福的一生。而我，即使孤獨一生，也無怨無悔。」

「你非走不可嗎？」

「失去了妳，此處已無可留戀。我也不得不走，因為只有這樣，才能確保妳和文傑的婚姻。」

「難道你費盡心機，把我昏迷，綁架，就只為和我說這些話嗎？」

「是的。只要妳不再恨我，我就達到目的了。」

「我已明白了你出走的苦衷，不恨你了。」

「好極了。我言盡於此，馬上送妳回家。來，我扶妳下床。」他向她伸手，說。

然而，玉蘭靜止不動。她捲著身子，雙臂環抱著小腿，把頭擱在膝蓋上，垂眼望著腳趾頭，心中千頭萬緒，拿不定主意。忽然，一個疑念閃過，她驚恐地問：「友義，你老實說，在我昏迷時，你可曾欺負我？」

他笑道：「請放心。除了一個小小的冒犯，我沒有作非禮的舉動。」

「小小的冒犯？你究竟作了什麼？」她驚怒。

「我忍不住，在妳的面頰上親吻了兩下。」

「你壞。」她向他撲去，舉起雙拳捶打。

他乘機將她摟入懷裏。她依貼在他結實的胸膛上，頓時消失了鬥志。

「玉蘭。我愛你，我愛你。」他在她耳邊，輕聲說。

「我也愛你。」她也情不自禁地說。

他開始吻她。他們相互吻著，吻著，躺倒在床上……

等到凌晨一點了，婉珍忍不住失聲痛哭，

「我看，非報警不可了。」紹鵬黯然拿起電話，開始撥號碼。

忽然，見玉蘭和友義一起回來了。

婉珍，喜出望外，叫道：「玉蘭，妳沒事嗎？可把我們都急壞了。」

「我沒事。對不起，讓你們擔憂了。」玉蘭說。

紹鵬放下電話筒，怒氣沖沖地指著友義罵道：「你好大膽，敢誘拐我的女兒，我絕不饒你。」

「爸，媽，我能和你們私下談談嗎？」玉蘭請求說。

「好。我們到裏面去談。」紹鵬夫婦立即同意，擁著女兒一起走入內房。

到房裏，玉蘭跪在父母跟前泣訴：「我發現自己真正愛的還是友義，我和文傑訂婚是錯誤的。」

「玉蘭，妳不要三心兩意，愛情是可以在婚後培養的。」婉珍勸說。

「可是，我不能欺騙文傑，寧可現在對不起他，總比婚後背叛他好。」

「妳休要任性。文傑的父親今天剛和我商議過辦訂婚酒的事。這門親事是絕對退不得的。」紹鵬說。

「我不能嫁文傑，因為我已經是友義的妻子了。」

「嗄。」紹鵬夫婦都大吃一驚，知道這句話的涵義。

婉珍蒙面痛哭：「天呀，我的女兒怎會做出這種醜事，叫我今後怎麼見人呢。」

「請恕女兒不孝。要是你們不能接受友義，我只有跟他離去。」

生米已煮成熟飯，紹鵬只好妥協，嘆氣說：「唉，事到如今，還有什麼法子呢？只有認命吧。」

「爸爸。這麼說，你答應友義做你女婿了？」玉蘭抬起頭，喜道。

「你們先斬後奏，不由我不答應。玉蘭，真的是妳情願的嗎？若是友義強迫妳，有爸爸替妳作主。你別怕，坦白說。」

「是我情願的，我絕不後悔。」

「他無故出走，失蹤了將近一年。妳就不懷疑他的動機嗎？」婉珍問。

「他出走，是為了避禍。當初，他也沒想到一年內就能回來。因不願連累我，所以才寫了那封絕交信。」玉蘭將友義告訴她的理由，原原本本地轉訴給父母聽。

紹鵬夫婦也寧可信其真，不願節外生枝。

友義望著他們走出來，從玉蘭的臉色中，已猜到大功告成，卻假裝惶恐地趨前，說：「孟先生，夫人，友義該死，剛才和令嬡一起，情不自禁，犯了大錯。請求你們看在我倆深深相愛的份上，原諒我們，答應讓我們結婚。」

「哼，你出爾反爾，失蹤了一年，我信不過你，將會派人調查你的行徑。如你有欺詐的行為，休想娶我的女兒。」紹鵬餘怒未息地說。

「孟先生愛護女兒，有所顧慮是可以理解的。我這兒有一張本公司總經理的名片，電話和地址都在上面，可方便調查，請你收下吧。」友義大方地取出一張名片遞給紹鵬。一切偽證都已事先安排妥當，他有恃無恐。

紹鵬看了一下名片，顏色稍為緩和了，說：「我剛才曾打電話去你伯父家訊問你們的下落，恐怕驚擾了他，請你替我向他致歉吧。」

「請你放心。明日一早，我就去向伯父解釋。深夜了，友義告辭。晚安。」

友義恭敬地鞠了一躬，方才轉身走了。玉蘭送他出門。

婉珍驚奇地說：「他變得彬彬有禮，真像文傑一樣討人喜歡了。」

紹鵬笑罵道：「你是丈母娘看女婿，愈看愈有趣。倒霉的是我，嗨，我快成退親專家了。」想到要去蘇家退親的事，他不免唉聲嘆氣。

【第十八章】

痛失所愛　此恨綿綿

文傑剛從南京乘火車回到上海，就直接去孟家拜訪。

一見面，他就熱情地說：「玉蘭，過去一個星期，我好想念妳。瞧，我已給妳買了一個訂婚鑽戒。」說著，便從衣袋裏取出一個戒指盒遞給她。

不料，她不打開看，卻將它塞回了他的衣袋裏。

「不，文傑，對不起，我不能接受你的戒指，因為我辜負了你，不值得你愛。」

「妳說什麼？我不懂。」

「我已經跟友義和好了，我父親也同意讓我們結婚，昨天，他已代我上你家退親，你還不知道嗎？」

「不，我還沒回家，一下火車，就來看妳了。天呀，但願這只是一個惡夢。」

「但願只是一個短暫的惡夢。文傑，我原不該答應你的求婚，現在毀約，總比害你一輩子痛苦的好。」

「妳不應該趁我不在時背叛我。妳不讓我有和程友義決鬥的機會，就投向了他，叫我如何甘心？」

「你不必和他決鬥，他並不比你強，我的選擇完全是感情用事，在別人看來是愚蠢的。」

「你敢望著我說，妳愛他勝過我嗎？他沒有逼迫你嗎？」

「我對你的愛和對他的愛完全不同，也無法比高低。我敬愛你如兄，而我愛他情不自禁，並非出於逼迫。」

「啊。」文傑崩潰了，倒坐在椅子上，拉掉了眼鏡，掩面失聲痛哭。

玉蘭見他傷心，不禁內疚更深，在他身邊跪下，泣求：「文傑，請你原諒我吧。」

半晌，文傑含恨接受了無可挽回的事實，取出手帕，擦乾了涕淚，戴回眼鏡，站起來說：「我告辭了。」

「文傑兄，你還願和我做朋友嗎？」玉蘭懇求，說。

文傑含淚望著她，欲言又止，驀然，掉頭匆匆地往門外走去。

文傑請病假，有一個星期沒上班了，正如碧漪剛去逝時一樣，他將自己關在房裏，足不出戶。他的父母勸說無效，一籌莫展。

晚上，錦山夫婦同坐在廳裏唉聲嘆氣。

「可憐的文傑。兩年前，碧漪去世，他像大病了一場，剛才好起來，怎經得起再一次的打擊。」蘇夫人不由得落淚飲泣。

「唉。真是好事多磨呀。」錦山嘆道。

忽聽女僕報說：「有位周蕙英小姐來訪，想見大少爺。」

「周小姐？從沒聽文傑提起過呀。」蘇太太說。

「快請她進來再說。」錦山說。

不一會，女僕帶進一位年輕的姑娘，相貌平平，衣裳樸素，樣子有點羞怯。

「妳是周小姐嗎？我們是文傑的父母。」蘇太太招呼，說。

「我叫周蕙英，蘇伯伯，伯母，你們好。」蕙英事先沒想到要過文傑的父母一關，心中十分緊張，鞠了一躬，說。

「周小姐，請坐。」錦山和靄地說，又吩咐女僕：「張媽，先給周小姐倒茶，再去請大少爺。」

蕙英和他們相對坐下了。

蘇太太問：「妳和文傑認識多久了？你們是同事嗎？」

「不，不是同事，我是在同學孟玉蘭家裏認識他的，還不到一年。」蕙英回答。

不料，蘇太太一聽見「孟玉蘭」這個名字，立刻變了臉色，含慍問：「是孟小姐叫你來的吧？」

「是的。」蕙英說。因怕對方下逐客令，又急忙補充：「不過，有一半是我自願的。當初，玉蘭和文傑約會時，常邀我做陪。我發覺文傑真是個好人，所以常鼓勵玉蘭接受他的追求。沒想到玉蘭心中早已有情人，令文傑失望了，我很同情他，才會答應玉蘭的請求來探望他。」她無暇修辭，把心中的話全兜出來了。

錦山夫婦見她如此坦誠，轉怒為喜。卻聽得張媽來說：「大少爺說他身體不適，不能見客。」

「豈有此理。他有什麼病？我不許他如此怠慢客人。你再去請，就說我令他即刻出來見客。」錦山怒道。

張媽急忙又走了。

蕙英尷尬萬分，說：「蘇伯伯，請別生氣。文傑身體不適，我告辭了。」

「不，不，請妳別走。我保證他一會兒就出來了。」錦山說。

果然，文傑走出來了。他不曾修飾，鬍鬚滿面，形容憔悴，雙目無光，表情冷淡，見了蕙英連招呼也

不打一聲，只呆站著。

「啊，被我猜著了，你沒刮鬍子，所以羞於見客。」錦山向兒子打哈哈。

「文傑，難得周小姐好心來看你，你和她談談天吧，我和爸爸失陪了。」蘇太太說。

他們夫婦倆一起離開了客廳。

蕙英站起來，說：「文傑，對不起。我很冒昧地來打攪你，如果你身體不適，我還是改天再來吧。」

「我沒事。妳既然來了，請坐一會。」

他們相對坐了，但他既不望她，也不和她說話。

蕙英雖有一肚子的話，卻不敢說。坐著無聊，見桌上擺了一盤瓜子，便抓了幾顆來吃。她還是第一次吃到這種上等的奶油瓜子，一吃就上了癮，不知不覺，把一盤瓜子都吃完了。

猛抬頭，她發覺文傑正好奇地瞪著她，再一看，茶桌上堆滿了瓜子殼。她想到自己的饞相，不由得臉紅，吶吶地說：「糟，我把你家的瓜子都吃光了。」

「不要緊。我母親也喜歡吃瓜子，家裏儲藏了很多。」文傑說。回頭吩咐女僕：「張媽，再拿盤瓜子來。」

「好。馬上來。」張媽拿來一個大鐵罐，又倒了滿滿一盤。她一面清理桌上的瓜殼，一面笑道：「周小姐，我家大少爺喜歡看你吃瓜子，請妳多吃點吧。」

「不，我吃不下了。文傑，這奶油瓜子又香又脆，你吃吧。」

「我不會吃瓜子，一咬就斷。」文傑說。

「我來教你。」蕙英拿了一顆示範，「輕輕咬開，再用舌尖一舔，就吃到了。」

文傑試了幾粒，終於吃到了一粒完整的瓜子。

「好呀，你成功了。」蕙英拍手，笑道。

「真的又香又脆。」文傑也笑了。

「文傑，我今天來是要向你說對不起。」蕙英乘機說。

「與妳何干？」

「是我替程友義傳口信的，而且我還替他懇求玉蘭去赴約。」

「哦，是嗎，但不能怪妳，要發生的事，遲早都會發生的。」他黯然搖頭，說。

「文傑，請你原諒玉蘭吧，她不是故意傷害你的。她說，當她答應你的求婚時，是誠心的，她以為可以藉此忘掉友義，但是她失敗了。」

文傑落淚了，蕙英也陪著傷心。

又默坐了一會，她起身告辭，說：「時間不早，我該回家了，免得我媽焦急。」

「我陪你回去吧。」

「不必了。你身體不適，請早點休息。」

「我已有好幾天沒出門，再不出去透透氣，恐怕真的要病了。如果你不嫌我這付潦倒相，就讓我送吧。」

「那好，我們一起走吧。」

每想起剛進蘇家時的尷尬場面，蕙英就覺得心有餘悸，她不敢再去探訪文傑。

一個周末的下午，她和母親一起在院子裏洗了兩條床單，正要掛到竹竿上晾晒，忽聽見有人敲門。

「大概是我的同學吧，我去開門。」蕙英說，將洗好的床單放回桶裏，就跑去打開門，出乎意料，門

外站著的是蘇文傑。

「文傑，是你？」蕙英既驚喜又尷尬，首先想到的是，自己蓬頭垢面又滿身水漬，她真不願意他此時出現。

「蕙英，我冒昧地來拜訪。妳不介意吧？」

「不。歡迎你，請進來吧。」她竭力克制自卑感，請他進了小院子。

她母親背對著他們，一面掛床單，一面大聲問：「蕙英，是誰來了呀？」

「是一個朋友。」蕙英回答，暗嫌母親的嗓子太大。

周母轉過身，見一個陌生男子，立刻驚訝地問女兒：「妳幾時有男朋友了?怎麼從沒聽妳說過？」

「唉，媽，妳別亂說嘛。他是蘇文傑，我和妳提過的。」蕙英焦急地說，一面向她媽使了個眼色。

「哦。原來是蘇少爺，孟玉蘭的朋友。」周母恍然大悟，仍舊毫無忌諱地說。

「周伯母，妳好。」文傑說，他頗有進退兩難之感。

「院子裏一地都是水。蕙英，妳快請蘇少爺裏邊坐吧。這兒有我來清理，妳不用管了。」

「好。文傑，我們進屋裏去。」

「你們忙。我改天再來吧。」他猶豫地說。

「我不忙，床單已洗好了，除非你嫌我家裏髒亂，那我就不留你了。」

「不。請別誤會。妳若有空，我就坐一會。」

周家的客廳狹小，陳設簡陋，無法與蘇家的相比。文傑四周瞄了一眼，指著牆上掛的照片，問：「這是令尊的遺像吧？」

「是的。我才兩歲，爸爸就過世了。我只能從照片上認識他。」

「你母親獨自扶養妳長大，還供妳讀書，可真不容易呀。」

「媽媽真辛苦，好在爸爸留下這棟房子和一些積蓄。另外，靠我舅舅幫助，我才能完成學業。」

「聽說妳是位名列前矛的高材生。妳能奮發圖強，真令人欽佩。」

「不敢當。你請坐。我去沖茶，」

蕙英泡好茶出來，見文傑坐在一張藤椅上看報，便抱歉地說：「真不好意思，我家沒訂報，這些都是從舅舅家拿回來的舊報紙。」

「沒關係。正好，這幾天的報紙我沒看過。」於是，他一面喝茶，一面看報，就這麼消磨了一個下午。周母客氣地請他留下吃晚飯，他居然一口答應了。

蕙英下廚煮了一條糖醋魚，炒了兩道菜，文傑吃得很開胃。吃完晚飯，他又坐了一會，就告辭了。

從此，每隔兩三天，文傑就帶了些書報雜誌來周家看。蕙英並不在意，她母親卻有點煩了。

「這人是啥意思呀？來了就只自顧自地看書看報，連說兩句話都嫌多似地。他把我們家當免費茶館嗎？」

「媽，讓他來坐坐有什麼關係嘛。我猜想他內心很寂寞，又不願去娛樂場所，所以只能來找我。」

「蕙英呀，妳不是看上他了吧？每天晚上和周末，妳就等著他來，連舅舅的店裏也不肯去了。」

「是玉蘭託我照顧他的，我總不能不盡朋友之責呀。」

「唉，妳這傻妞，只會為別人著想。」周母搖頭嘆氣。

一天下午，蕙英預料文傑會來，卻沒想到，玉蘭先來訪。

「玉蘭，好久沒見到你了，請進來坐。」蕙英打開門，驚喜地說。

「真對不起，我這陣子很忙，一直沒空來探望妳。下個月中，我就要結婚了。今天我是特地給妳送請

帖來的。妳肯來參加婚宴嗎？」

「我會去的。」蕙英答應了，儘管她內心對玉蘭的匆促決定不能理解。

「妳見過文傑嗎？他還好嗎？」

「他最近常來我家，已經變得開朗些了。」

「太好了。我衷心希望你們能成對。」

「別瞎說。我們只是普通朋友，從不談愛情的事。」

「文傑能得到妳這樣的朋友，很幸運。我想請妳轉交一張請帖給他，可以嗎？」

「不好。你們的婚事可能又會刺激他。」

「他遲早會知道的，我想還是請你通知他的好。如果他願意來吃喜酒，我和友義都十分歡迎。若不願意，也不勉強。」

「還是妳親自和他說吧。大概再過一小時，他就會來的。」

「可惜我不能等。我已約了伴娘一起去看禮服，現在必須走了。」

「好吧。妳暫且留下請帖，讓我先探探他的口氣，再決定要不要給他。」

「蕙英，妳真是大好人，我感激不盡。」

「別客氣了。再見。」

玉蘭才走了不久，文傑就來了。蕙英請他在客廳裏坐了，即轉身去廚房沖茶。文傑見桌上放著一張紅色喜帖，不禁好奇地拿起來看。一看到新娘和新郎的名字，心頭一震，含愠放下帖子，便起身往屋外走去。走到門口，他停住了，仰首望著天，好像陷入了沉思。

蕙英一直在暗中觀察他的動靜，見他要走，急忙捧著茶盤出來。

「文傑，請喝茶。咦，你要走了嗎？」她放下茶杯，佯驚道。

文傑如夢初醒，緩緩地回頭走過來，重又坐下了，說：「剛才我看到了玉蘭的喜帖。」

「啊，真對不起。玉蘭剛才送了她的喜帖來，我忘了收起了。」

「不要緊。我已想通了，他們遲早總要結婚的，只是匆促了點。」

「我也覺得突然。他們重新和好不久，就這麼匆匆地定了終身大事，真令人費解。」

「或許玉蘭有難言之衷。」

「你是說，程友義逼迫她嗎？」

「不。妳太純潔了，是妳意想不到的。」文傑望著她，意味深長地，苦笑說。

蕙英見他露出笑容便高興，無心去追究玉蘭的隱衷，只試探地問道：「你不再恨玉蘭了吧？」

「其實我從未恨過她。追求她失敗後，我只恨自己愚蠢。」

「那麼，若她請你去吃喜酒，你會去嗎？」

「這，我還沒想過。若她請我，我或許會去，只怕友義不願我去煞風景。」

「不，玉蘭說，她和友義都歡迎你。這張請帖原是她請我轉交給你的。」

「啊，原來你詭計多端。我上了妳的當。」文傑驚訝，笑罵道。

「對不起。如果妳不願意，就不必接受它。」

「請帖我先收下了，但是，我還得考慮是否去吃喜酒。」文傑將帖子收入口袋，站起來告辭。

「文傑，你不用勉強自己。我想，你若不去參加婚禮，玉蘭絕不會怪你的。」

「謝謝妳，蕙英，改天我再來告訴你，我的決定。再見。」

「再見。」她送他出門。

不料，從此不見文傑上門來，蕙英後悔莫及。

在北京，蘇文康和孟紹卿同天各收到了一封家信。

文康拆開信看了，即興奮地叫道：「好消息，我哥哥已和玉蘭訂婚了。」

「哈，文傑不久就要成為我的姪女婿了。文康，你也該叫我聲叔叔。」紹卿說。

「休想。我們事先說好的，你我不論輩份。」

「好，好，總之我們很快就成親家了。我哥哥的信上一定也是報喜的吧。」紹卿說著，也打開信來看，但他感到困惑，說：「奇怪，我哥哥信上怎麼說玉蘭決定和程友義結婚呢？」

「你哥哥那封信大概是去年寫的，在郵局耽擱了一年吧。」文康猜測。

「不，是快郵，前天才寄出的。」紹卿看了郵戳說。

「快來對對信中的日期。」文康趕緊拿了文傑的信來對。

「我哥哥的信是比文傑的晚了兩天才寫的。這麼說，玉蘭最終還是決定嫁給友義了。」紹卿說。

「豈有此理。玉蘭答應文傑在先，怎麼可以朝秦暮楚呢？」文康怒道。

「也許是文傑會錯意了。」

「不可能。我哥哥為人穩重，一定是玉蘭背叛了他。」

「文康，請你先別下定論，也許這一切只是場誤會。」

紹卿正感到煩惱，不料，文康忽然動手摑了他一掌。

「你為何打我？」他驚怒。

「我替哥哥報仇。」

「你簡直不講理。快道歉，否則我揍回你。」

「這一掌，還消不了我的氣。」

「你想打架，好，我奉陪。」

「等一下。讓我先除下眼鏡。」文康擺手，要求暫停，即取下眼鏡放在桌上。

「哈，哈，瞎子也能打架嗎？」紹卿大笑。

冷不防，文康突然向他撲來，他仰天摔倒，被壓在地上。但很快抓住了文康的臂膀，反將他壓倒。兩人在地上翻滾，扭打。

忽然，進來一個女生，見狀，大叫：「你們在幹什麼?快住手。」

他們抬頭見是高琇瑩，只得住手，站起來。

「你們兩個，究竟怎麼回事？」琇瑩問。

文康摸到桌邊坐下，戴上了眼鏡，方才說：「玉蘭和文傑訂了婚，才不過一個星期就變卦了，反要嫁給程友義。我恨她如此玩弄文傑的感情，遷怒紹卿，我們就打起來。」

「我也為文傑難過，但是我認為玉蘭不會故意傷他的。」紹卿說。

「我同意紹卿。」琇瑩說：「雖然我和玉蘭認識不久，但彼此一見如故。文康，那天晚上，在你家的後院裏，她向我透露了心事，仍念念不忘她的失蹤的情人。或許，因一時脆弱，她答應了文傑的求婚，事後，她發現錯了，便即時回頭。長痛不如短痛，這樣對文傑也好。」

「紹卿，對不起。其實，你早就勸過我，不要鼓勵文傑去追求玉蘭，只怪我沒聽勸告。」文康氣餒地說。

「我不怪你。無論如何，是我姪女對不起你哥哥。」紹卿說。

一考完期末考試，紹卿就起程回鄉。他對姪女的婚變實在不滿意，所以，這次路過上海，他不到哥哥家停留，以免發生衝突。

回到孟家莊，進了院子，見東邊一排房子正在整修，他無暇過問，直接進屋去見父母。「爸，媽，我回來了。」

「咦，紹卿，你和秦叔這麼快就回來了。」崇漢夫婦感到意外地驚喜。

「我急著回來打聽一件事。文傑來信說玉蘭答應了他的求婚。可是哥哥又來信宣佈玉蘭要和友義結婚。你們知道這究竟是怎麼回事嗎？」紹卿方坐定，就迫不及待地問。

「確有其事。聽你哥哥說，玉蘭去赴友義的約會，原本想和他當面絕交，不料舊情復燃。逼得你哥哥只能硬著頭皮去蘇家退親。」孟夫人嘆道。

「我記得，哥哥曾口口聲聲說不許程友義再進他的家門，怎麼會突然答應讓玉蘭和他結婚呢？莫非他們……」紹卿為自己突起的念頭吃驚，目瞪口呆，說不出口。

「先斬後奏。」他父親替他說了，又說：「我和你媽媽也這樣猜測，只是大家心照不宣，你千萬別在你哥嫂面前提，懂嗎？」

「可恨。友義無故出走，卻又回來引誘玉蘭。好馬不吃回頭草，他連畜牲都不如！」紹卿氣憤，忍不住罵道。

「別胡說。若前邊無草，後邊草肥，那不知回頭吃草的馬才是笨馬。程友義可是個聰明人，他出去闖蕩不到一年工夫，就學會了做生意，還當上了貿易行的經理。」孟老爺說。

「不但如此。他和玉蘭和好後，已經一同來探望過我們兩次了。我看，他們倒像是天生的一對。」孟夫人說。

「據哥哥信上說，他們下個月中旬就要結婚了，婚後居住那裏呢？」紹卿問。

「就住這兒。東面那排房子裏外都在整修，就是準備給他們做新房的。」孟老爺說。

「什麼！他們要搬來這裏住。那麼，友義的工作怎麼辦？」

「說來話長。當初，友義得知玉蘭和文傑訂了婚，萬念俱灰，向公司辭了職。現在他失業了。」孟夫人說。

「哥哥在上海擁有好幾家工廠。友義既有商業才能，哥哥何不讓他去當經理呢？」

「你哥哥何嘗不這麼想，但友義拒絕了。他說還是比較喜歡教書，而且要到小城鎮去執教，玉蘭也想離開上海，可是你哥嫂不放心他們遠離。可巧，上回他們一起來這兒時，友義順便去探訪了附近幾所學校的校長，就在你讀過的那間中學獲得一份教職，因此他們同意搬來和我們一塊住。」孟老爺說。

「如此一來，你哥嫂就放心了，我們也求之不得。」孟夫人接下去說。

紹卿直覺事情有點蹊蹺，便說：「這一切都發生得太突然了。我想親自向玉蘭問個明白，還得去慰問文傑。」

「不，不許你去多管閑事。還有，在玉蘭完婚之前，你最好別去見蘇文傑，免得節外生枝。」夫人說。

「對，你剛回來，那裏也別去，就留在家中幫我監督修屋工人。等到吃喜酒時，再去上海吧。」孟老爺說。

紹卿無可奈何，只得暫時打消了去上海的念頭。

【第十九章】

婚禮插曲　內藏玄機

直到姪女結婚前一日，紹卿才來到哥哥家。崇漢夫婦沒來，他們準備在孫女婚後回到孟家莊時另辦宴席。

玉蘭見了紹卿，心虛地問：「小叔，你生我氣嗎？」

「氣死了，氣死了，我真快被你和友義氣死了。」紹卿故意誇張地叫罵。見她泫然欲淚，這才又笑道：「我自北京一回到家，就被妳爺爺禁足，那裏也不准去，只能為裝修你們的新房當監工，直到今日才被放出來，怎叫人不生氣呢？」

「原來你是為這個生氣。」他哥嫂一家人都鬆了口氣，笑起來。

「惡作劇。」玉蘭笑著輕捶了他一下。

紹卿和她說說笑笑，絕口不提蘇文傑的事，令她放心了。

當天下午，他打了個電話，約蘇文康到一個茶館見面。

「文康，令兄近況如何？」

「唉，別提他了。他完全變了樣。」

「噢，變得怎麼了？」

「他時常借酒消愁，有幾日，醉得上不了班。直到我父親實在忍不住，對他動了家法，他才答應戒酒，不再自暴自棄。但是成了工作狂，每日早出晚歸。下班後，還帶了一大包公事回來做。」

「呀，我本想等玉蘭完婚後再去探望他，如今等不及了，今晚就去你家，可以嗎？」

「可是今晚我不能奉陪。琇瑩已來到上海，住在她姑媽家，晚上我要去見她。」

「不要緊。我想和文傑單獨談談，只要他在家就行。」

「他會在家的。他謝絕一切社交應酬。昨日，有周小姐來找他，他都拒不見面。但我相信他一定會見你的。」

「請你先轉告他，我今晚八點鐘到。」

「好。我和琇瑩明日會參加玉蘭的婚禮，我們到時再見吧。」

「謝謝你。請代我向琇瑩問候，你們都給了玉蘭很大的鼓勵。」

當晚，文傑接見了紹卿，請他到房內敘話。

「文傑，真對不起。我應該一早就來探望你的。」

「不，請不要對我說任何道歉的話，你和玉蘭都沒得罪我。」

「今天下午，我見過文康。聽他說，你因憂傷過度，自暴自棄，莫非他言過其實？」

「弟弟說的是實話，但是，他和我父母都誤解了我。」

「我猜想你一定有說不出的苦衷，你願意讓我分擔你的秘密嗎？」

「你若知道了，一定會像我一樣痛苦。」

「如果這個秘密和玉蘭或友義有關，請你一定要告訴我。我有義務分擔你的憂慮和痛苦，我也會保守秘密。」

文傑猶豫了半晌，終於點頭，說：「好吧。我想應該讓你知道，至少令你有個心理準備。」

「文傑兄，請你快說吧。」

「當初，玉蘭乘我在南京出差時，和友義私會，背棄了她對我的承諾，令我憂傷了好幾天，但我很快就想通了，她一直愛著友義，我原本不應強求。她也很關心我，託她的好友周蕙英來安慰我。她和友義閃電似地定了婚禮，令我驚奇，但是他們兩廂情願，我只有祝福。」

「你的寬宏大量，令我欽佩和感激。」

「然而，就在我收到喜帖後的次日，我的世伯，也就是公安局長鄭達，約我見面。他說根據情報，程友義已加入了共產黨，和玉蘭結婚只不過是政治陰謀。他要我出面揭發，阻止這樁婚姻。」

「他胡說。」紹卿憤怒道。

「我最初的反應和你一樣。雖然我已加入了國民黨，但我不贊同陷害異己，所以，我拒絕了鄭達的要求。」

「我明白了。你痛苦，因為鄭達逼迫你合作，對嗎？」

「不，他沒逼我。他已預料我不會答應，所以另有一套計謀，要放長線，捕大魚，等友義展開活動後，再將他和他的的黨羽一網打盡。我回家後，仔細思量，不能不懷疑友義的行跡和動機。倘若鄭達所說屬實，那麼玉蘭的一片痴心，豈不是令她被誘入豺狼之口？我愛莫能助，因無法阻止悲劇的發生而痛苦。」

「既然有疑惑，我們就該去找程友義，逼他招供。現在取消他的婚禮也還來得及。」

「不，太遲了。我猜想，他棋高一著，早已佔有了玉蘭的身子，否則令兄也不會答應這件親事，而且火速趕辦喜事。」

紹卿早已懷疑友義和玉蘭私成夫妻，原以為他們因愛結合，萬沒想到其中有陰謀。如今聽了文傑的話，又驚又急。「友義已辭去了貿易行的工作，婚後即將搬進我們孟家莊居住，莫非這也是他的計策嗎？」

「一定是的。其實，他失縱不過一年，即以貿易行的經理身份出現，就值得懷疑。」

「糟了。看來，玉蘭和我父母兄嫂都已上了他的當，這可怎麼是好？」

「如今，只能靜觀其變。若玉蘭知道受騙，很可能憤而自殺，所以我們絕不能說穿，至少讓她有一段自以為幸福的婚姻吧。」

「難道就讓程友義的奸計得逞嗎？」

「他終將失敗的。切記，你千萬不可洩露機密，否則你和你家裏人都可能有殺身之禍。」

紹卿聽了，不禁毛骨聳然。告別了文傑，他獨自去到一家酒店，借酒消愁，直到凌晨一點，才醉醉醺醺地回到哥哥家。

他昏昏沉沉地走到姪女的臥房外，用力敲門，並高聲叫喊：「玉蘭，開門。」

次日要舉行婚禮，玉蘭原本就緊張得睡不著，聽見他的喊聲，立刻下床去開門，見了他的模樣，驚駭說：「小叔，這麼晚了，你還沒睡，還喝醉了，究竟出了什麼事？」

紹卿雙手扶住了她的肩膀，凝視著她說：「玉蘭，我請求妳，不要嫁給程友義。好不好？」

「你喝醉了，說夢話。」玉蘭氣惱地甩開他，說。

「不，我是為妳好。程友義靠不住，蘇文傑才是真正愛妳的人。」他仍纏著她說。

「你胡說。」玉蘭忍無可忍，用力一推，將他推到在地上。

紹鵬和婉珍都被驚醒，一起上樓來，聽見紹卿的話，即產生反感，並遷怒文傑。

「紹卿，你原是去勸慰蘇文傑的，為何反倒喝醉了回來鬧事？」紹鵬斥道。

「是呀，文傑明知玉蘭明日要結婚，卻把你灌醉了，半夜三更才放你回來，究竟是何居心呀？」婉珍也埋怨，說。

紹卿跌了一跤，酒已醒了一半，連忙就地跪了，說：「你們千萬別錯怪文傑。其實，我十點鐘就已離開他家了，自去酒店買醉，喝醉了和他無關。」他不敢說出隱衷，難過得哭了。

玉蘭見狀，扶起他說：「小叔，別難過，我相信文傑決不會蓄意破壞我的婚事。剛才的事，就當沒發生過，我扶你去睡吧。」

「唉，夜深了，玉蘭，你也快睡吧。」婉珍說。

次日，紹卿睡到日上三竿，才被玉祺叫醒。

「小叔，你該起床了。」

「呀，我睡過頭了。婚禮已舉行完了嗎？」紹卿驚起，昏頭昏腦地問。

「哈，你昨夜喝醉了，還沒清醒吧。婚禮在下午，現在還是早上。」

「我剛做了個夢，因遲到而錯過了玉蘭的婚禮。乖乖，好在是夢，否則她一輩子都不會原諒我的。」

紹卿驚魂未定，摸著胸口說。他真希望昨晚蘇文傑和他說的秘密也只是一場夢。

「文康，你在和誰打電話，怎麼講了一個鐘頭了還沒談完呀？」蘇太太站在客廳裏，不耐煩地說。

「對不起，琇瑩，我要掛電話了，回頭見。」文康連忙掛了電話，轉向他母親說：「媽，妳找我有什麼事嗎？」

「你不是要去參加婚禮嗎？時間不早，該去換衣服了。」

「奇怪。當初妳聽說我要去參加玉蘭的婚禮，很不高興。現在怎麼反倒催起我來了？」

「唉，只怪我多事。前天，周小姐來找你哥哥，他不肯見，我陪周小姐聊了一會，心中很過意不去，便建議讓你接她去參加婚禮。現在只得請你幫個忙。」

「媽，妳怎麼可以拿我做人情呢？不成，我要去接琇瑩。」文康大聲抗議。

「你乘汽車去，多接一個人，也沒什麼。」

「反正我不能接周小姐。妳打個電話取消就是了。」

「我沒她家的電話。文康，就算我求你。」

「不行。我不幹。」

「文康，你從小到大，媽媽為你做過多少事。現在只求你做一件事，你都不肯嗎？」

「別的事，我都可以為妳做，但是，今天我答應了接琇瑩，就不能再去接周小姐。」

這時，蘇錦山走進來，問明了緣故，先責備妻子：「你真多事。」回頭又威脅兒子：「你若不肯接周小姐，今天就休想用我的車子。」

文康惟恐沒車用，不得不服從，勉強說：「接就接吧。」

「謝謝你啦。既然要接兩個人，你快去換衣服，早點出去。」蘇太太鬆了口氣。

文康嘟著嘴走出客廳，正巧碰見文傑。

「什麼事？你和爸媽頂嘴，挨罵了嗎？」文傑小聲問。

「都怪你，上回得罪了周小姐。媽媽過意不去，叫我去還人情，接她去參加婚禮。」

文傑本要出門散心，聽了弟弟的話，呆了半晌，轉回自己房間去了。

不一會，文康穿戴整齊，走出來。說：「媽，妳還沒給我周小姐的地址呢。」

「唉呀，我沒她的地址。你去問哥哥要吧。」蘇太太說。

「我不去。妳自己去問他。」文康耍賴，說。

「錦山，請你幫忙去問問吧。」蘇太太轉向丈夫說。

「干我何事？」蘇先生也一口拒絕。

蘇太太正為難，卻驚奇地見文傑出現了。他也是西裝筆挺，像要赴宴似地。

「我決定參加婚禮，還是由我去接周小姐吧。」文傑說。

「好極了。那我去接琇瑩，先走了。再見。」文康大喜，轉身就要離去。

「且慢。」錦山連忙叫住他，又回頭向文傑說：「人家不一定歡迎，你還是別去的好，免得彼此尷尬。」

「玉蘭給了我請帖，我和蕙英一起去，料想新郎也不會介意的。」

「不如這樣吧，我和哥哥一同接了琇瑩和周小姐去，旁人就不會見疑。」文康說。

「嗯，那倒使得，我讓司機開車送你們一起去。」錦山同意了。

周蕙英在房裏自怨自艾，悔不該將玉蘭的喜帖轉交給文傑，害他又傷感情。他不再來找她不說，居然連她去他家時他都拒而不見，分明是絕交之意。幸而，蘇太太通情達理，不僅安慰她，而且主動說要派文康接她去參加婚禮。當時，她覺得蘇太太的盛情難卻，就勉強答應了，事後愈想愈不妥。如今，眼看要遲到了，文康仍未出現，真令她不知如何是好。

忽聽得她母親叫喚：「蕙英，妳快出來。文傑來了。」

她一面走出來，一面埋怨：「媽，我和妳說過多少次了，今天是他的弟弟，蘇文康來接我，不是

他。」

「妳真是的。當我瞎了眼嗎?他在院子裏，妳自己去看吧。」周母說。

蕙英走到門口一看，果然見文傑站在門外朝她微微笑。

她喜出望外，即刻奔到他身邊，說：「文傑，怎麼會是你?我以為你母親說派你弟弟來的。」

「他也來了，和他的女友一起在車上等著。時間不早，我們上車後再說吧。」

「好。」蕙英回頭向母親說了聲再見，即同文傑一起出門。

他們趕到禮堂時，已遲了幾分鐘，新娘和新郎已雙雙站在台前，正聆聽主婚人致詞。

忽然，後面傳來一陣輕微的騷動，玉蘭和友義回頭看見來客，都感到意外。她欣慰，他緊張。

剛行完禮，玉蘭便迫不及待地拉著友義來招呼好友，卻不見了文傑。

「蕙英，琇瑩，文康，謝謝你們來觀禮。咦，剛才看見文傑，這會怎麼不見了?」

「他和紹卿一同到外面去了。請別擔心，酒席上，你們又會見到他了。」文康說。

「玉蘭，恭喜你。終於和意中人結婚了。」琇瑩說。

「呀。這位美貌的小姐是誰?玉蘭，妳能為我介紹嗎?」友義笑眯眯地望著她說。

「文康，還是你來介紹吧。」玉蘭說。

「好。我來介紹。她是我北大校友，名叫高琇瑩。她讀物理系，我是文學系的。她的方程式中有我，我作的詩歌中有她。」文康說。

「啊，你們真是令人羨慕的一對。」友義讚道。

【第二十章】

真愛無悔　剎那永恆

孟紹鵬家財萬貫，本來嫁女必有一番盛況，卻因玉蘭在情場上的波折和婚期的迫切，只得一切從簡。儘管如此，男女雙方總共還是請了三十桌的客人。

紹卿陪蘇家兄弟，琇瑩和蕙英坐了一桌。喜宴上，文傑默不作聲，只以酒消愁。

林志明特地從香港趕來吃喜酒。言得軍居然也來了，他化名張逸風，穿了件長袍馬褂，喬裝成一個年老的紳士，坐在志明的身邊。酒席吃到一半，他倆前去向新娘新郎敬酒，友義顯然十分高興，和他們同乾了一大杯酒。隨後，志明轉向文傑走去。

「文傑兄，久違了。別來無恙吧。」

「還好。林志明，有兩年不見你了。你現在那裏高就？」

「我到了香港，在一家中學當老師。你呢？」

「電信局一個小科員，不足掛齒。」文傑說，又說：「我為你介紹，這位是孟紹卿，他是新娘的叔叔。」

「呀，孟紹卿，你年紀輕輕，友義倒成了你的姪女婿了。」志明驚奇地說。

「是他自願的嘛。志明兄，我已久仰大名，很高興認識你。」紹卿與他握手，說。

「我也給你們介紹一位我剛認識的朋友。這位是張逸風先生，他和友義是在生意上結交的朋友。」文傑心情不佳，對陌生人不感興趣，只冷淡地向對方點了點頭。

紹卿卻覺得張逸風有點面熟，然而，對方看來鬢髮灰白，他怎麼也想不到會是秦叔的外甥阿輝。

張逸風也不向文傑打招呼，只朝著紹卿說：「小兄弟，你是個大學生吧？」

「是的。我在北京大學讀物理系。」

「好。有出息。將來一定會成為有用的人才。」張逸風拍了拍他的肩膀，轉身和志明一起走了。

「這人有點奇怪。我瞧著面熟，好像在哪兒見過似地。」紹卿坐下了說。

「生意人，都是一般嘴臉。」文傑說。

就在這時，有位侍者拿了瓶酒走過來，裝作給他斟酒，悄悄地在他耳邊說：「蘇大少爺，方才和你說話的兩個人中，那個高個子的是誰？」

文傑回頭看清了侍者的臉，驚異問：「咦，馬警探，你怎當起侍者來了？」

「是鄭局長派我來的，要我注意行跡可疑的共黨分子。」

「那人叫張逸風，做生意的，他有什麼可疑之處？」

「哼，依我看，他做的生意不簡單。雖然他改名換姓又化了裝，但我還是認得出他是個被懸賞通緝的共產黨頭目。他身邊那人也可能是他的同黨。」

「你可別冤枉好人，那是我的朋友林志明。他和姓張的碰巧坐在同一桌，剛認識。」

「無論如何，我得立刻去報告局長，請你代為留意，別讓嫌疑份子跑了。」馬警探說完，將酒瓶放在桌上，即走出餐廳。

「文傑，那個侍者神神秘秘地和你說些什麼呀？」紹卿問。

「他是個警探，懷疑張逸風是共黨頭子。」文傑憂慮地說。

「什麼，又是共產黨？你們究竟弄什麼把戲，不是想故意陷害程友義吧。」紹卿氣惱地說。

「你既不信任我，我以後什麼也不和你說了。」文傑也生氣了，拿起酒杯，一飲而盡，又自斟了滿滿一杯。

「對不起，我失言了。我知道這一切於你無關。」紹卿連忙道歉。

但文傑不理他，只管喝酒。

紹卿看著心中難過，也企圖藉酒消愁。

文康，琇瑩和蕙英剛才去向新娘和新郎敬完酒，回來歸座，卻發現紹卿和文傑都醉了，兩人正在爭奪一個酒瓶。

「文傑，紹卿，你們都喝醉了吧，爭的是個空酒瓶。」琇瑩說。

文傑聽說，即放開空酒瓶，回頭揮臂喊道：「侍者，快來添酒。」引起眾人側目。

「來了。」一個侍者急忙來為他注滿一杯酒。

文康著急，說：「哥哥，你已醉了，不要再喝了。我們回家吧。」

「別管我。我還要喝喜酒。」文傑說。

「瞧，新娘和新郎來敬酒了。等敬完酒，我們再帶他走吧。」琇瑩說。

果然，玉蘭和友義由伴娘伴郎及雙方家長陪同一起走過來了。

友義特地高舉酒杯，說：「文傑兄，我和玉蘭都十分高興見到你來吃喜酒。我先敬你一杯酒。」

不料，文傑失控，突將手中的酒杯往上一揚，把酒灑到了友義的臉上和身上。

眾人皆驚，唯獨紹卿哈哈大笑。

文傑本有和友義拼鬥的傾向，但見紹卿笑，一霎時鬥志全消，放下空酒杯，也笑得前俯後仰。

「對不起，我哥哥醉了。請原諒他失態，我馬上帶他回家。」文康說。

「我看紹卿也醉了。」玉蘭說，又轉向友義，問：「你沒事吧？」

「沒什麼，只不過被醉漢濺了一身酒，我們走吧。」友義忍怒說。

伴娘和伴郎用手巾幫他擦乾了臉上和身上的酒漬，他挽了玉蘭就走開去。

不料，一波未平，又起一波，友義的三個堂兄弟，見有人欺侮他，一起衝過來要打架。友賢抓住了文傑，友德執住了文康，友理則拉住紹卿。

眼看友賢高舉拳頭，要毆打文傑，蕙英驚叫一聲，奮不顧身，上前掩護。友賢想收回拳頭已來不及，一拳捶在她的後腦，她倒地，文傑也跟著跌倒。

琇瑩乘友德分心，猛踢了他一腳，解救了文康。友理自動放開了紹卿。

「周小姐，哥哥，你們受傷了嗎？」文康急忙蹲下，問。

文傑神智不清，閉著眼，口中喃喃說：「文康，我好睏，你帶我回家吧。」看樣子，他對剛才發生的事，並不清楚。

「好在我的頭沒被打破。」蕙英摸著被打疼的後腦，故意裝作若無其事地說。

琇瑩扶她到一旁，讚道：「妳真勇敢。」

「小姐，對不起，我誤傷了妳。」友賢向蕙英道歉。

程長榮向他的兒子們咆哮：「混蛋。還不都給我退下。」

三兄弟急忙退走了。賓客們交頭接耳，議論紛紛。

「對不起，擾亂了喜宴，請讓我替哥哥道歉。我們告辭了。」文康說。

「令兄情有可原，我不怪他。」友義寬宏大量地說。

「文傑已醉得不知人事了。文康，你回去什麼都別說，就當沒事發生過。」玉蘭說。

「知道了，謝謝你們。再見。」文康說。

「紹卿，你是不是也醉了？要不要讓玉祺先陪你回去休息？」婉珍驚魂方定，說。

「不，嫂嫂放心，我沒醉。我送他們出去。」紹卿說，他剛才嚇出一身冷汗，已清醒了。

紹卿幫文康將文傑扶出酒店，送走了他們一行人。

他回身走進了酒店，瞧見林志明和張逸風匆匆地走進一個通道。他急忙跟著去，悄悄地在他們身後，偷聽談話。

「志明，你剛才在窗口瞧見了吧，外面有不少便衣。一定是有特務認出了我，召集了這批人來捉我。」

「好在，我們早有計謀，接應的同志們應該已來了吧。」志明說。

紹卿內心感到無比惶恐，但憑這幾句話，已可證明張逸風不是普通的商人。馬警探對他的指控可能是真的，而林志明和程友義也可能是他的同黨。

驀然，志明轉過身子，瞧見他，大吃一驚，喝道：「你，你幹嘛跟著我們？」

他勉強鎮定，說：「我剛從洗手間出來，看見你們要走，想幫姪女婿送客。」

走廊邊上正好有個洗手間，因此張逸風不懷疑他，只說：「有志明送我，你請止步吧。」

張逸風轉身走出一個邊門，外面是私家車的停車場，隨即有一輛黑色的汽車開到門口，將他載走了。

原來，馬警探百密一疏，因他親眼看見張逸風乘人力車來到酒店，從正門走進的，所以只在前後門外佈置了便衣，卻忘了車庫間這個缺口，讓張逸風成了漏網之魚，輕易地溜走了。

志明回到宴會廳，向友義說：「我已送走了張先生。」

友義點頭會意而笑。

紹卿目睹這一切，識穿他那個微笑含有不尋常的意義。

樂隊奏出悠揚的音樂，玉蘭和友義手牽著手，步入舞池中，跳第一支舞。他倆男才女貌，情意綿綿，真像是天作之合，令人羨慕不已。

他們跳完一曲，博得了全場的喝彩和掌聲。雙雙對對的男女旋即加入迴舞，舞池中人影婆娑，洋溢著歡樂的氣氛。

紹卿遠遠地站在一個牆角，袖手旁觀，覺得眼前一切都是虛幻。

驀然，玉蘭走到他面前，說：「小叔，你為何獨自站著發呆呀。來和我跳支舞吧。」

她已換了一件繡花旗袍，顯得婀娜多姿，臉上綻放著燦爛的笑容。

他滿懷愁緒，那有心情跳舞，便推脫說：「不，我不想跳舞。剛才酒喝多了，有點頭暈。」

「我知道，你仍反對我和友義的婚姻，不是嗎？」她的笑容消失了。

他實有難言之衷，便拉她在一張空桌旁坐了。說：「玉蘭，我不想掃妳的興，但之前友義對妳的愛情反覆，令我擔心他日後是否還會變心。」

「杞人憂天。我此刻已經找到真愛，這輩子將無怨無悔。」

「但願這份真愛能夠讓妳幸福一生。」

「當然能夠。只要是刻骨銘心的愛情，一剎那成永恆。」

「看來，妳已捕捉到了那一剎那，我若再反對妳的婚姻，就是庸人自擾了。」紹卿見她如此執著，知道自己多說無益。

忽見友義走過來，說：「玉蘭，我以為妳不見了，原來在這裏和小叔聊天。宴會已結束了，我們要到門口送客。請小叔也一起來吧。」

紹卿盯著他，說：「玉蘭對你一片真情，你能保證一生都不辜負她嗎？」

「請你放心。她的真情早已溶入我的癡心，儘管未來世事難料，我將盡我所能，保護這顆心。」友義摸著胸腔說。

紹卿覺得他這番話似乎無懈可擊，苦笑說：「百年難料，但求剎那。這點你們的想法倒是相同呀。我祝福你們。」

「謝謝你。」玉蘭恢復了笑容，轉身親熱地挽著友義走了。

送走了賓客，孟、程，兩個親家都鬆了口氣，雖然婚宴中有些小插曲，暗藏驚濤，幸而化險為夷，最後還是圓滿地閉幕了。

新娘和新郎在眾親戚和摯友們的祝福下，乘上一部轎車，開往別墅去度蜜月。

紹卿目送他們離去，暗思：「為了讓玉蘭能無憂無慮地享受眼前短暫的幸福，我必須做一個守密者。」

「情如虹」完。

請繼續欣賞「一寸丹心萬縷情」

中集：「情如浪」

下集：「情如熾」

國家圖書館出版品預行編目

一寸丹心萬縷情. 上, 情如虹 / 摯摯著. -- 一版. -- 臺北市：秀威資訊科技, 2009. 11-
冊；　公分. --（語言文學類；PG0283）
BOD版
ISBN 978-986-221-312-4（平裝）

857.7　　98018178

語言文學類　PG0283

一寸丹心萬縷情（上）
情如虹

作　　者 / 摯　摯
發 行 人 / 宋政坤
執 行 編 輯 / 胡珮蘭
圖 文 排 版 / 鄭維心
封 面 設 計 / 蕭玉蘋
數 位 轉 譯 / 徐真玉　沈裕閔
圖 書 銷 售 / 林怡君
法 律 顧 問 / 毛國樑　律師
出 版 印 製 / 秀威資訊科技股份有限公司
台北市內湖區瑞光路583巷25號1樓
電話：02-2657-9211　傳真：02-2657-9106
E-mail：service@showwe.com.tw
經 銷 商 / 紅螞蟻圖書有限公司
台北市內湖區舊宗路二段121巷28、32號4樓
電話：02-2795-3656　傳真：02-2795-4100
http://www.e-redant.com

2009 年 11 月　BOD 一版
定價：370 元

讀　者　回　函　卡

感謝您購買本書，為提升服務品質，煩請填寫以下問卷，收到您的寶貴意見後，我們會仔細收藏記錄並回贈紀念品，謝謝！

1.您購買的書名：＿＿＿＿＿＿＿＿＿＿＿＿＿＿＿＿

2.您從何得知本書的消息？

□網路書店　□部落格　□資料庫搜尋　□書訊　□電子報　□書店

□平面媒體　□ 朋友推薦　□網站推薦　□其他＿＿＿＿＿＿

3.您對本書的評價：(請填代號　1.非常滿意 2.滿意 3.尚可 4.再改進)

封面設計＿＿　版面編排＿＿　內容＿＿　文/譯筆＿＿　價格＿＿

4.讀完書後您覺得：

□很有收獲　□有收獲　□收獲不多　□沒收獲

5.您會推薦本書給朋友嗎？

□會　□不會，為什麼？＿＿＿＿＿＿＿＿＿＿＿＿＿＿＿＿＿＿＿＿

6.其他寶貴的意見：＿＿＿＿＿＿＿＿＿＿＿＿＿＿＿＿＿＿＿＿＿＿＿

＿＿＿＿＿＿＿＿＿＿＿＿＿＿＿＿＿＿＿＿＿＿＿＿＿＿＿＿＿＿＿＿

＿＿＿＿＿＿＿＿＿＿＿＿＿＿＿＿＿＿＿＿＿＿＿＿＿＿＿＿＿＿＿＿

＿＿＿＿＿＿＿＿＿＿＿＿＿＿＿＿＿＿＿＿＿＿＿＿＿＿＿＿＿＿＿＿

讀者基本資料

姓名：＿＿＿＿＿＿＿＿＿＿＿　年齡：＿＿＿　性別：□女　□男

聯絡電話：＿＿＿＿＿＿＿＿＿　E-mail：＿＿＿＿＿＿＿＿＿＿＿

地址：＿＿＿＿＿＿＿＿＿＿＿＿＿＿＿＿＿＿＿＿＿＿＿＿＿＿＿

學歷：□高中(含)以下　□高中　□專科學校　□大學

□研究所(含)以上　□其他＿＿＿＿＿＿＿＿

職業：□製造業　□金融業　□資訊業　□軍警　□傳播業　□自由業

□服務業　□公務員　□教職　□學生　□其他＿＿＿＿＿＿

請貼
郵票

To：114

台北市內湖區瑞光路583巷25號1樓

秀威資訊科技股份有限公司　　　收

寄件人姓名：

寄件人地址：□□□

(請沿線對摺寄回,謝謝!)

秀威與BOD

BOD（Books On Demand）是數位出版的大趨勢，秀威資訊率先運用POD數位印刷設備來生產書籍，並提供作者全程數位出版服務，致使書籍產銷零庫存，知識傳承不絕版，目前已開闢以下書系：

一、BOD 學術著作—專業論述的閱讀延伸
二、BOD 個人著作—分享生命的心路歷程
三、BOD 旅遊著作—個人深度旅遊文學創作
四、BOD 大陸學者—大陸專業學者學術出版
五、POD 獨家經銷—數位產製的代發行書籍